Das Chattenherz im Heidemoor!

Inhaltsverzeichnis:

Teil 1 Brag	Seite 2	bis Seite 167
Teil 2 Alra	Seite 168	bis Seite 232
Teil 3 Benedikt	Seite 233	bis Seite 293
Teil 4 Walburga	Seite 294	bis Seite 357
Teil 5 Hans	Seite 358	bis Seite 401
Schlusswort	Seite 402	

Teil 1: Brag

Brags Jugend:

Ende der späten Eisenzeit, 6 n. Chr. Geburt, in den Ederauen (heute Nordhessen).

Brag, Sohn von Alus und Redna, erlebte gerade seinen 15.ten Sommer. Er hatte 5 Geschwister, 3 Brüder und 2 Schwestern, teils älter, teils jünger als er selbst. Er wohnte in einem Langhaus mit der ganzen Sippe und dem Vieh. Sein Vater Alus hatte 12 Ziegen und 2 Kühe.

Brags Aufgabe war es täglich auf die Ziegen zu achten und diese in den Auen der Eder zu hüten. Keine schwere Aufgabe, sondern eine die es ihm ermöglichte viel zu träumen. Oft saß er direkt am Wasser, schaute hinein und fragte sich, was es sonst wohl noch alles zu sehen gäbe. Er verband seine Gedanken mit dem fließenden Wasser und träumte davon einfach mit ihm davon zu fließen. Wo es wohl enden würde, wo es beginnen würde?

Ein paar mal war er schon mit seinem Vater und den älteren Brüdern flussabwärts bis zu den nächsten Siedlungen gewandert um Sachen zu tauschen.

Diese kurzen Reisen waren für Brag immer was ganz Besonderes, er mochte es sehr unterwegs zu sein. Seine Neugier gegenüber allem Neuen war groß und er fragte dem Vater immer Löcher in den Bauch wenn sie unterwegs waren.

Aber heute, wie so viele andere Tage auch, saß er am Fluss, starte in das Wasser und träumte davon ganz weit zu reisen.

Zwischendurch störten ihn dabei immer wieder die Ziegen, die ihn anrempelten oder einfach nur gelangweilt hin und her trotteten.

Manchmal kam es auch vor, dass sich ein Tier dabei verletzte. Er hatte von der Mutter gelernt, wie er den Tieren dann helfen konnte. Sie hatte ihm Kräuter gezeigt, die ihm halfen die Leiden der Tiere zu lindern.

Im Laufe der Jahre hatte er auch schon selbst festgestellt, was alles hilfreich war, ob für ihn selbst oder aber auch für die Tiere. Auch gelang es ihm immer besser, wenn er die Tiere in den Arm nahm, zu spüren wie es ihnen ging und wenn sie Schmerzen hatten zu ergründen wo diese herkamen.

Abends dann Zuhause sprach er oft mit der Mutter darüber, seine Brüder machten sich über ihn lustig und meinten er wäre doch wohl besser eine Schwester geworden. Das aber störte ihn nicht; denn Mutter hörte ihm zu und verstand ihn auch mehr oder weniger.

Die Abende Zuhause waren geprägt vom Tageslicht und der Dunkelheit. Nach dem kargen Mal saßen sie meist noch zusammen am Feuer, sprachen über die Eindrücke des Tages und was man so von anderen gehört hatte, die in der Nähe wohnten oder durch das Land zogen. Solche Momente, wenn einer was erfahren hatte von einem der durch das Land zog, ließen Brag hellwach werden. Er hing dann förmlich an den Lippen des Erzählers und genoss jedes Wort über das Unbekannte, während seine Brüder und Schwestern dann eher gelangweilt schienen. Warum nur war er so anders als sie, das fragte er sich oft.

Auch seine Mutter spürte den Unterschied und die Neugier von Brag. Aber gerade er war ihr besonders ans Herz gewachsen. Sie hatte immer wieder diese Angst ihn irgendwann zu verlieren. Er war soviel feinfühliger und wissensdurstiger als die anderen.

Der Sommer war für Brag die schönste Zeit im Jahr, da waren die Tage am längsten und vor allem am wärmsten. Er konnte immer lange mit den Ziegen in den Auen bleiben und vor sich hin träumen. Auch waren die Lämmer nicht mehr so klein, als dass er besonders auf sie aufpassen musste, so konnte er sich auch viel damit beschäftigen, die Schönheit der Natur in sich aufzunehmen. Au Wiesen und Wälder waren das Schönste an Natur was er sich vorstellen konnte. Wenn er dann so am Fluss saß, der Wind ihm durch die Haare wehte, dass lange, saftige Gras im Wind sich hin und her bog, dann begann er immer wieder zu träumen. Wenn er älter wäre, nahm er sich vor, dann würde er die Quelle des Flusses suchen und ihm solange folgen bis es nicht mehr weiter ging. Ja, das würde er tun. Aber leider musste das noch ein paar Jahre warten.

Auch war einiges anders in diesem Jahr, sein Körper veränderte sich, er bekam Haare unter den Achseln und zwischen den Beinen, seine Stimme wurde dunkler und ja manchmal dachte er an Mädchen oder Frauen.

Was ihm aber blieb war seine Gabe die Gesundheit der Ziegen zu spüren. Es blieb nicht nur, es hatte sich immer weiter verstärkt. Neulich hatte er seine Schwester in den Arm genommen und ebenfalls gespürt, dass eine Krankheit in ihr war. Er sprach mit Mutter darüber und die schien sehr besorgt; denn sie wusste um seine Gabe und Fähigkeiten. Nachdem es seiner Schwester immer schlechter ging, begann Brag damit Kräuter für sie zu sammeln. Zuhause trocknete er diese, zerstampfte sie und gab sie ihr mit heißem Wasser zu trinken. Lange dauerte diese Prozedur, doch am Ende wurde sie wieder gesund. Nur er und Mutter wussten, dass er sie gerettet hatte. Die Kräuter, die er dafür benutzt hatte, prägte er sich gut ein. Hin und wieder sammelte er auch noch welche als sie schon wieder gesund war, trocknete diese und bewahrte sie auf. Denn falls sie im Winter noch einmal krank würde, könnte er keine sammeln und ihr sonst nicht helfen. Die Mutter war über diese vorausschauende Art sehr stolz auf Brag.

Der Sommer ging ins Land, der Herbst nahte. Die Tage wurden langsam kürzer und kühler. Aber noch wuchs das Gras am Fluss und die Ziegen fanden ihr Futter. Auch dank Brag; denn er hatte immer wieder ein Gefühl dafür die richtigen Weiden zu finden, so dass die Ziegen sich bester Gesundheit erfreuten und auch die Lämmer gut zunahmen. Das war etwas was seinen Vater erfreute und am Ende des Herbstes würde der ihn wieder mitnehmen wenn sie die Lämmer gegen andere Dinge in entfernten Siedlungen tauschten. Diesmal so hatte der Vater versprochen wollten sie flussaufwärts ziehen und versuchen die Lämmer in einer Gegend zu verkaufen wo es keine Flussauen gab, denn so meinte Vater, da könnten sie mehr dafür bekommen. Auch sollte es dort Schmiede geben, die gute Messer und kleine Schwerte schmiedeten und Brag sollte für seine gute Arbeit eins bekommen. Nun konnte Brag es gar nicht mehr abwarten, dass der Herbst verging und die Reise mit Vater und einem seiner Brüder begann.

Aber es war ein warmer Herbst, jeden Tag an dem die Lämmer noch zunehmen konnten wollte der Vater warten, damit der Wert der Lämmer noch größer wurde. Fast hätte Brag dafür diesen schönen Herbst gehasst, aber andererseits erfreute er sich auch weiter an der schönen Natur.

Endlich kam aber die Zeit, dass sich die Blätter der Pappeln, Birken und Eichen verfärbten, das Tal sich in eine wunderschöne, bunte Landschaft verwandelte. Der Tag der Abreise kam immer näher, Brag war schon so aufgeregt. Diesmal in die andere Richtung sollte ja die Reise gehen, etwas was er noch nicht kannte, er war so neugierig darauf. Sein Vater war schon vor einigen Jahren einmal in diese Richtung gewandert und hatte ihm davon erzählt. Von hohen Bergzügen, von anderen Bäumen und vor allem von anderen Menschen. An all diese Dinge musste Brag nun täglich denken, er konnte es kaum noch erwarten.

Die Reise flussaufwärts:

Endlich war der Tag da. Brag, sein Bruder Rig und Vater machten sich zusammen mit den 10 Lämmern auf den Weg.
Neben den Vorräten die sie mitnahmen trug Vater noch sein kleines Schwert, Brags Bruder nahm sein Messer mit. Man konnte ja nie wissen wem man begegnete. So verließen sie das Tal Richtung Flussaufwärts. Mutter stand noch lange am Haus und schaute hinterher. Kurz bevor sie los gingen, sagte sie noch zu Brag:" Du bist der klügste, pass gut auf die anderen auf!"
Die Reise ging langsam vorwärts; denn die Lämmer versuchten immer wieder stehen zu bleiben, zu fressen oder machten gar Anstalten zu flüchten. Hin und wieder kamen sie an einzelnen Häusern oder kleinen Siedlungen vorbei. Die Menschen waren freundlich und vom gleichen Stamm. Als die Sonne immer tiefer sank richteten sie ihr Lager ein. Vater entzündete ein Feuer und begann von früheren Reisen zu erzählen. Brag hörte wie immer aufmerksam zu, saugte jedes Wort förmlich auf. Müde von der Anstrengung schliefen sie dann bald ein.
Am nächsten Morgen war es schon merklich kühl, Tau lag auf den Wiesen. Nachdem sie sich gestärkt hatten, machten sie sich weiter auf ihren Weg. 10 Tage, so hatte der Vater gesagt, würde ihre Reise wohl auf dem Hinweg dauern. Zurück dann ohne die Lämmer würden sie nur noch die halbe Zeit benötigen. Für Brag hätte die Reise ewig dauern können, er freute sich auf jeden Tag und die vielen neuen Eindrücke die er bekam.

Schon am zweiten Tag wurde das Gelände langsam bergiger, links und rechts vom Fluss ragten schon etwas größere Berge auf, manchmal war der Platz zwischen Fluss und Abhang sehr eng, besonders wenn man mit Lämmern unterwegs war. Vater und Brag gingen voran, der Bruder ging hinter den Lämmern. Immer und immer wieder fragte Brag den Vater nach allen neuen Dingen die er sah, dieser aber konnte seine Fragen nur selten beantworten, so musste sich Brag selbst ein Bild von Allem machen. Die hohen Berge, meist Buchenwälder, standen schon stark im bunten Laub. Wenn die Sonne darauf schien, zeichnete sie wunderschöne Bilder. Brag war von dieser Schönheit so angetan und schaute so viel in die Gegend, dass er ab und zu stolperte und der Vater dachte:" Was ist das nur für ein Träumer".

Wenn die Sonne am höchsten stand, machten sie immer eine etwas längere Rast, bevor sie den Rest des Tages bis zum dunkel werden weiter zogen. Dann schlugen sie wieder ihr Lager auf, entzündeten das Feuer, das ihnen Wärme spendete und ließen den Abend ausklingen.

Am dritten Tag, es war noch lange vor der Rast, aus einem der angrenzenden Wälder sahen sie starken Rauch aufsteigen. Brag hatte Angst, dass dort ein großes Feuer wütete, aber der Vater erklärte ihm, dass dort Holzkohle hergestellt würde, welche die Schmiede für ihre Feuer benötigten, um das Metall zu erhitzen und zu bearbeiten. Dies alles waren ganz neue Dinge für Brag, er drängte den Vater so lange, bis dieser bereit war die Rast so zu legen, dass sie in der Nähe des Meilers waren um sich die Herstellung anzuschauen.

Der Bruder, den es nicht sonderlich interessierte, musste derweil auf die Lämmer aufpassen. Sie gingen schnellen Schrittes in den Wald, es war nicht schwer den Meiler zu finden. Der Rauch wurde immer beißender und dichter, je näher sie kamen. Auf einer Lichtung stand ein kleiner Hügel, der mächtig qualmte. Davor sahen sie eine Familie mit vielen kleinen Kindern. Alle waren schwarz vom Rauch und rochen eigenartig. Aber die Kinder waren vergnügt und auch der Mann sehr freundlich. Die Frau verzog sich in die kleine Hütte am Rande der Lichtung, die wohl ihr Haus war.

Brag in seiner Neugier fragte den Köhler was er da mache und wie und warum. Dem Vater war es schon unangenehm wie neugierig er war. Aber der Köhler beantwortete so gut er konnte Brags Fragen und stillte seine Wissbegier. Er gab Brag sogar noch einen kleinen Sack Holzkohle mit und sagte:" Da habt ihr was Gutes für euer Lagerfeuer heute Abend". Brag war glücklich über das erhaltene Geschenk und wollte die Kohle gar nicht für das Feuer verwenden, aber der Vater sagte ihm das es der Wunsch des Köhlers war, so lies Brag diesen Wunsch auch gelten. Kaum waren sie wieder bei den Lämmern mussten sie auch gleich weiter ziehen; denn der Aufenthalt am Kohlenmeiler hatte dank Brags Neugier viel länger gedauert als gedacht. So kamen sie diesen Tag nicht mehr weit und Brag war schon gespannt auf diese tollen Kohlen. Was sie wohl Besonderes bewirken würden. Wie Brag dann später am Lagerfeuer feststellte, hielten die Kohlen viel länger die Hitze als normales Holz, sie verbreiteten eine enorme Wärme. In Anbetracht der immer weiter sinkenden Temperaturen, war er jetzt sehr froh über sein Geschenk, er bewarte den Rest auf falls es mal besonders kalt werden sollte. Ja, das war typisch für ihn, er dachte immer einen Schritt weiter als alle anderen.

Der vierte Tag ihrer Reise brachte sie immer weiter in tiefe Wälder die vom Fluss durchlaufen wurden. Hier gab es kaum noch

Häuser oder Siedlungen, auch keine Herden mehr. Die Menschen die hier wohnten, waren meist damit beschäftigt, Holz zu schlagen oder zu verarbeiten. Die Arbeit der Menschen erschien Brag sehr schwer, auch machten die Leute einen ärmlichen Eindruck. Aber immer waren sie freundlich, ab und zu lagerten sie auch in der Nähe einer Hütte und die so ärmlich erscheinenden Menschen, gaben ihnen sogar noch etwas zu essen. Auch machten sie einen glücklichen Eindruck, obwohl sie so bescheiden leben mussten. Dies war für Brag ein wichtiger Eindruck, so hatte ihm der Vater doch immer gesagt, dass nur viele Tiere und ein großes Haus glücklich machen. Irgendetwas an dieser Behauptung schien nicht zu stimmen. Solche Eindrücke prägte sich Brag ganz besonders ein, Mutter würde ihm das bestimmt später erklären können.

Der Fluss wurde immer schmaler, floss sprudelnd und schnell dahin. Wie so wenige Tagesreisen doch das Landschaftsbild verändern konnten. Es wuchsen hier andere Pflanzen und Kräuter die Brag nicht kannte. Einige nahm er in seinem Beutel mit, um sie der Mutter zu zeigen.

Heute am fünften Tag, sie hatten gut die Hälfte der Reise geschafft, so sagte der Vater, wollten sie einen Ruhetag einlegen, damit die Tiere sich erholen konnten. Sie fanden eine Lichtung die mit Gras bewachsen war, auf der sie die Lämmer weiden lassen konnten. Dieser Ruhetag tat Allen gut; denn auch Vater war nicht mehr der jüngste, obwohl er es nicht zugeben wollte, so spürte doch Brag die sich langsam zeigende Schwäche. War dies vielleicht auch der Grund, dass Vater ihn mitnahm, damit er zukünftig mit dem Bruder die Reise alleine machen konnte?

Ansonsten war Brag sehr rastlos, oft ging er alleine los um die Gegend etwas zu erkunden.

Zuerst stieß er nur auf Holzfäller, sah ihnen bei der Arbeit zu. Dann aber kam es zu einem Unglück, einer der Männer die dort arbeiteten, wurde verletzt als ein Baum anders fiel als gedacht. Sofort eilten einige andere Arbeiter zu ihm und einer rief:" Bringt ihn zum Kräuterweib, die wird ihm schon helfen". Das machte Brag sofort neugierig, er eilte ebenfalls hinzu, sah den verletzten Mann und dass dieser schwer am Kopf getroffen war. Einige Männer packten den Mann und trugen ihn weg. Brag folgte ihnen in einem kleinen Abstand, er wollte wissen was nun passiert.

Sie mussten gar nicht weit gehen, da kamen sie an eine kleine Hütte im Wald und die Männer riefen schon aus einiger Entfernung:" Kräuterweib, komm raus, wir brauchen deine Hilfe".

Eine alte, kleine Frau, mit langen grauen Haaren trat aus der Hütte und sah sich den Verletzten an. „Bringt ihn rein", sagte das Kräuterweib und die Männer gehorchten sofort auf ihr Wort. Sie brachten den Verletzten in die kleine Hütte, legten ihn auf ein Deckenlager, dann verschwanden sie sofort wieder murmelnd zu ihrer Arbeit. Brag aber blieb und schaute neugierig was das Kräuterweib nun tat. Sie sprach Brag freundlich an und sagte:" Du bist anders als die anderen, das spüre ich sofort. Komm hilf mir, ich weiß das du das kannst".

Zuerst gab sie dem Verletzten einen Trank, während Brag seinen Kopf hielt, danach wusch sie die Wunde aus. Brag wunderte sich, dass der Mann keine Schmerzen beim Auswaschen hatte. Als er das Kräuterweib darauf ansprach, lachte diese und sprach:" Das ist mein Geheimrezept, er spürt jetzt nichts mehr". Brag war fassungslos, ein Trank, der die Schmerzen nahm, das hatte er noch nicht gehört. Nun legte sie einige Kräuter, solche wie auch Brag unterwegs gesammelt hatte, auf die Wunde und verband diese mit einem grossen Tuch. „Das sollte genügen", sagte sie, später wenn er sich noch etwas erholt hat, kann er wieder zu seiner Familie um sich zu erholen.

Brag war völlig gebannt von diesem Kräuterweib. Er hatte so viele Fragen, aber leider keine Zeit mehr; denn er musste zurück zu seinem Vater und der Herde. Das Kräuterweib erkannte seine Neugier und sagte ihm:" Du wirst auch einmal ein großer Heiler werden, ich spüre das, Du hast die besondere Kraft". Zum Abschied gab sie ihm noch einen Stein mit und sprach:" Nimm diesen Stein, er wird Dir helfen Deine wahre Bestimmung zu finden und Dir den Weg ins Glück zu bahnen".

Brag traute sich gar nicht den Stein anzuschauen, er hatte etwas Angst vor Magie. Als er ihn aber in der Hand spürte, stellte er schnell fest, dass dieser Stein die Form eines Herzens hatte. Er verstaute ihn gut in seiner Tasche und ging frohen Mutes, aber nachdenklich über die Worte des Kräuterweibes, seinen Weg. Beim Vater angekommen berichtete er über das Gesehene. Der Vater spürte wie es Brag mitgenommen, ja geradezu gefesselt hatte. Immer wieder musste Brag auch den Stein berühren, aber dieser fühlte sich einfach nur kalt und hart an. Hatte ihm das Kräuterweib einen Bären aufgebunden? Nein, das konnte er sich nicht vorstellen, sie war so freundlich ihm gegenüber gewesen. Außerdem war bestimmt noch nicht der Moment gekommen an dem er seine Wirkung entfalten sollte. An diesem Abend dachte er noch lange über das Erlebte nach und schlief dann in Gedanken versunken an das vom Kräuterweib Gesagte ein.

Der sechste Tag der Reise begann wieder mit Kälte. Aber das Feuer glühte noch. Nach kurzer Zeit waren sie wieder bereit für die Weiterreise. Brag war schon gespannt was für Abenteuer ihn heute erwarten würden.

Immer höher ragten die Berge neben dem Fluss auf, immer enger wurden die Täler, die dieser durchlief. Jetzt mussten sie sich intensiver um die Herde kümmern, da jeder Fehltritt gefährlich hätte enden können. Zu steil waren einfach die Ufer, als das man hätte nachlässig sein können. Jeder Verlust eines der Tiere wäre mehr als ärgerlich gewesen. Zu wertvoll waren sie für die Familie. Auch Brag selbst hatte ja in jedes viel Zeit investiert. Es tat ihm sogar leid die Lämmer abzugeben, aber das war nun mal der Lauf der Dinge. Von irgendwas mussten sie ja auch leben. Aber er erinnerte sich noch an die Geburt eines jeden Einzelnen. Er hatte ihnen auch heimlich Namen gegeben. Dies durfte der Vater natürlich nicht wissen, es hätte ihn erzürnt. Was aber auffällig war, dass die Lämmer ihm vertrauten und sich viel besser von ihm leiten ließen als vom Vater oder gar seinem Bruder. Er hatte im Frühling und Sommer eben eine ganz andere Beziehung zu den Tieren aufgebaut.

Auf immer weniger Menschen trafen sie, je weiter sie nach Westen marschierten. Die Region war schon recht unwirtlich. Brag fragte sich insgeheim, ob es denn überhaupt hier noch Menschen gäbe, an die sie ihre Lämmer verkaufen konnten. Die Bäume wichen immer häufiger steinigen Abhängen. Sie mussten aufpassen, da oft herunter gefallene Steine den Weg blockierten. Aber trotz Allem, kamen sie gut voran und der Vater sagte, wenn es so zügig weiter ginge, könnte es sein, dass sie schon morgen gegen Abend ihr Ziel erreichen würden.

Einerseits machte diese Aussicht Brag traurig; denn für ihn war die Reise ja das Größte, andererseits freute er sich natürlich auf das versprochene Messer. Der Tag verging ohne neue Abenteuer. Am Abend waren sie schnell müde vom langen, anstrengenden Weg des heutigen Tages. Brag sogar ganz besonders, da sein

Gepäck ja immer schwerer wurde. So musste er neben den normalen Sachen, auch noch den Sack mit der Holzkohle, seine Kräuter und all die anderen Dinge tragen, die er auf der Reise gesammelt hatte. Nur den Stein vom Kräuterweib den trug er immer ganz dicht bei sich.

Am nächsten Morgen machten sie sich früh auf den Weg; denn sie wollten heute noch ihr Ziel erreichen, viel schneller als der Vater gedacht hatte. Etwas hatten sie das auch Brag zu verdanken; denn durch seine gute Verbindung zu den Tieren, wurde die Reise viel einfacher. Vater wusste und spürte das auch. So oft er auch über Brags Träumerei verwundert war, so machte ihn dieses gute Verhältnis und Verständnis für die Tiere, aber auch sehr stolz. Ja, Brag war schon ein ganz besonderer Junge dachte der Vater so bei sich, er hat ein Extra verdient. Ohne es ihm aber schon zu sagen, würde er versuchen für Brag ein kurzes Schwert anstatt eines Messers zu besorgen.

Auch die Pause zum Mittag war heute recht kurz und fand in einem Steinbruch statt. Dort sahen sie wieder Leute die damit beschäftigt waren Steine aus dem Bruch zu holen. Diese Männer waren durch die harte Arbeit sehr kräftig. Aber auch viele Kinder waren hier beschäftigt. Einer der Männer erklärte ihnen, dass diese besser in die gehauenen Stollen kämen, um das Gestein zu bergen, aus dem dann später das Eisen gewonnen würde. Die Kinder machten im Gegensatz zu den Erwachsenen einen ungesunden Eindruck, sie sahen blass, ja sogar ausgezehrt aus. Brag spürte, dass dies an der Arbeit im Berg lag. Er war für sich selbst sehr froh, dass er seiner leichten Arbeit mit dem Aufpassen auf die Herde, besser gestellt war. Tauschen möchte er mit ihnen nicht. Was ihn aber sehr interessierte, war wie aus dem Stein das Eisen gewonnen wurde. Dies konnten ihm aber die Männer nicht verraten. Entweder sie wussten es nicht, oder sie wollten es ihm nicht sagen.

Nach der kurzen Pause ging es auf das letzte Stück ihrer Reise und tatsächlich erreichten sie kurz vor der Dunkelheit eine kleine Siedlung. Sie gingen aber nicht direkt bis dahin, sondern lagerten in einiger Entfernung; denn sie wollten die Bewohner nicht im Halbdunkel erschrecken, sondern lieber am nächsten Morgen ihre Geschäfte abwickeln.

Brag war schon ganz aufgeregt, vielleicht konnten ihm die Leute ja hier verraten, wie es funktioniert, aus Stein Eisen zu machen. Auch fragte er sich ob in seinem Stein auch Eisen war. Mit diesem Gedanken schlief er ein.

Kaum war der nächste Tag erwacht, da aßen sie schnell etwas und zogen dann auch gleich zu der Siedlung, um ihre Lämmer zu tauschen. In der Mitte der Siedlung gab es einen freien Platz, dort fanden sie einige Händler, die schon am frühen Morgen ihre Waren präsentierten. Aber niemand außer ihnen war hier, der Lämmer anbot. Der Vater hatte das gewusst und ganz gezielt deshalb den langen Weg auf sich genommen.

Sie mussten gar nicht lange warten, bis die ersten Interessenten kamen, um ihre kräftigen Lämmer anzuschauen. Die Männer begutachteten die Tiere ausgiebig, sie waren erstaunt, wie wohl genährt und gesund die Lämmer waren. Schnell begann das Handeln. Die Käufer boten Waren oder Münzen im Gegenzug. 9 der 10 Lämmer verkaufte oder tauschte der Vater auf diese Weise, aber Eines behielt er über.

Nach einem kräftigen, wohlverdienten Mal zum Mittag, wies der Vater die Söhne an hier auf ihn zu warten. Er nahm das verbliebene Lamm und verschwand alleine mit ihm.

Brag und sein Bruder schauten sich in der Siedlung und auf dem Markt um. Es gab so viel Neues zu entdecken. Viele Händler kamen von weit her, hatten sogar ein fremdes Aussehen. Auch einen Händler mit Messern und anderen Metallwaren sahen sie. Brag wunderte sich, dass der Vater ihm nicht das versprochene Messer gekauft hatte, aber vielleicht würde er das ja noch tun, wenn er wieder zurück war. Hoffentlich war dann der Händler noch vor Ort und nicht weiter gezogen. Je länger es dauerte, umso aufgeregter wurde Brag.

Erst kurz vor bevor es Dunkel wurde kam der Vater zurück. Der Marktplatz war mittlerweile leer und Brag enttäuscht, da der Händler mit den Messern schon weiter gezogen war. Aber er war zu sensibel um dies dem Vater zu zeigen. Er verbarg seine Enttäuschung. Auch sprach der Vater nicht darüber was er getan hatte. Er kam alleine zurück, dass Lamm war weg. So fiel das Essen zur Dunkelheit recht schweigsam aus. Nur der Vater schien mit seinem Handeln und Tun zufrieden.

Nach dem Essen packten sie schon ihre Sachen zusammen; denn sie wollten am nächsten Morgen zeitig los, um den langen Weg Zurück, in nur wenigen Tagen zu schaffen. Als alles erledigt war, rief der Vater Brag zu sich und sprach:" Hier Brag, das ist für Dich und Deine gute Arbeit, die du geleistet hast". Dabei gab er ihm ein kurzes Schwert. Brag war völlig außer sich vor Freude, nicht nur ein Messer, nein ein kurzes Schwert hatte der Vater für ihn erstanden. So sich in der letzten Zeit nicht nur sein Körper verändert, nun bekam er auch noch ein Schwert, ein weiteres Stück auf dem Weg zum Manne. Voller Stolz präsentierte er es seinem Bruder, aber der war etwas neidisch auf Brag und wollte es gar nicht richtig anschauen.

Brag hingegen konnte seinen Blick gar nicht mehr von dem Schwert nehmen. Was hatte er auf dieser Reise alles bekommen und erlebt. Die Kräuter, den Stein in Herzform, die weisen Worte des Kräuterweibes, die Holzkohle und so Vieles mehr. Am liebsten wäre er immer auf Reisen, so dachte er. Wie schön müsste es sein, durch die Welt zu ziehen, überall neue Dinge zu entdecken und andere Menschen kennenzulernen.

Fast bis zum nächsten Morgen lag er wach. Er war noch sehr müde als der Vater ihn weckte und zum Aufbruch drängte. Vater wollte schnell wieder bei der Familie sein und machte auch gleich deutlich, dass es auf dem Rückweg keine langen Pausen oder Abschweifungen geben würde. Außerdem wurde es von Tag zu Tag immer kälter und der erste Schnee schien nicht mehr weit. Er wollte die immer kürzer werdenden Tage nutzen um wieder schnell bei Weib und den restlichen Kindern zu sein.

Für den Rückweg brauchten sie nur 4 Tage. Ohne die Lämmer konnten sie wesentlich schneller gehen und hin und wieder auch mal Abkürzungen nehmen, die mit der Herde nicht möglich gewesen wären.

Eigentlich war Brag sehr zufrieden, aber was ihn noch so interessiert hatte, war ja wie aus Stein Eisen wird. Aber das würde er schon noch irgendwann in Erfahrung bringen. Sicherlich würde Vater ihn ja noch öfter mitnehmen, wo er sich doch so gut eingefügt hatte.

Wieder Zuhause war die Freude groß, dass sie gesund zurück waren und der Handel so erfolgreich abgeschlossen wurde. Vater hatte aber sowohl für die Mutter, als auch für alle anderen Kinder eine Kleinigkeit mitgebracht. So das nun auch sein Bruder sich über etwas freuen konnte. Stolz zeigte Brag der Mutter sein Schwert und konnte es überhaupt nicht erwarten ihr von all den

Dingen zu erzählen die er auf der Reise erlebt hatte. Dabei fiel ihm als erstes sein Stein ein, den er vom Kräuterweib bekommen hatte. Lange sprach er mit der Mutter über die verschiedenen Kräuter die er gesammelt und die auch das Weib angewandt hatte. Mutter spürte mal wieder welch ein besonderer Junge Brag war. Auch wusste sie darum, dass für ihn das Leben noch einen anderen Weg finden würde, als hier auf dem Hof alt zu werden. Sie spürte förmlich seinen Drang in die Welt, das Bedürfnis viel zu lernen, um den Menschen zu helfen und Gutes zu tun. Ihr war klar, dass es nicht mehr lange dauern würde, bis Brag seinen eigenen Weg gehen würde, ja müsste.

Die Zeit des Abschieds naht:

Der Winter kam schnell dieses Jahr und begann sogleich sehr heftig. Es wurde sehr kalt und Schneereich in diesem Jahr. Da hatten sie mit ihrer schnellen Heimreise noch viel Glück gehabt, dachte Brag so für sich.
Für die verbliebenen Ziegen gab es nun nichts Frisches mehr zu finden, der Schnee lag einfach zu hoch. Aber Brag in seiner weisen Voraussicht hatte ja vorgesorgt. Schon in den letzten Jahren hatte er gemerkt, wie wichtig es war, rechtzeitig Futter zu trocknen, damit die Tiere gut über den Winter kamen. Obwohl er nicht das älteste Kind war, so war er doch derjenige, der sich immer früh schon um Alles kümmerte. Er war den Eltern eine große Hilfe und Stütze.
Immer kälter wurde es, es schien als ob der Winter ewig dauern wollte. Sogar der Fluss war dieses Jahr komplett zugefroren, dies geschah nur sehr selten. Brag und seine Geschwister hatten damit allerdings ihren Spaß und das waren auch die Zeiten in denen er

nicht der kluge Besondere war, sondern einfach ein Junge wie alle anderen auch. Sie tobten im Schnee, liefen auf das Eis und genossen so diese kurzen Tage in ihrem kindlichen Dasein. Auch Vater und Mutter hatten jetzt eine ruhige Zeit und konnten sich vom anstrengenden Jahr erholen.

Heute war Vater sogar mit Draußen, um mit den Jungs im Schnee zu toben und mit ihnen auf das Eis zu gehen. So lustig hatte Brag ihn schon lange nicht mehr gesehen, er war sehr glücklich über eine so schöne Familie. Gerade dabei aber, musste er an die Kinder im Steinbruch denken, wie es denen wohl jetzt erging? Aber schnell kam wieder die Ablenkung und sie tobten mit Vater weiter auf dem Eis.

Da plötzlich passierte es, seine kleinste Schwester brach in das Eis ein. Es gab immer noch ein paar Stellen, die nicht fest genug waren und das hatte sie wohl übersehen. Gott sei Dank war das Wasser nicht zu tief und der Vater recht nah bei ihr. Er rannte so schnell das Eis es erlaubte zu ihr, brach zwar ebenfalls ein, konnte aber die kleine schnell auf das Eis heben. Nur er selbst kam nicht wieder heraus. Brag erkannte die gefährliche Situation sehr schnell und rief die anderen Brüder um den Vater zu helfen. Sie legten sich auf den Bauch auf das Eis und begannen zu ziehen. Es dauerte eine gefühlte Ewigkeit, bis sie den Vater wieder befreien konnten. Immer wieder rutschte er zurück in das Eisloch. Irgendwann aber gelang es ihnen mit der letzten Anstrengung ihn auf die Eisdecke zu ziehen. Vater war schon recht blau im Gesicht und atmete schwer. Sie gingen schnell mit ihm nach Hause, dort zog er die nassen Sachen aus und begab sich für den Rest des Tages an das wärmende Feuer.

Die nächsten Tage blieben immer noch kalt und Vater erholte sich leider nicht. Brag stand oft bei ihm am Lager und spürte wie heiß der Körper des Vaters war. Mutter legte ihm dann immer wieder kalte Lappen auf die Stirn, aber es wurde und wurde nicht besser. Starker Husten hatte sich eingestellt und das Fieber ging einfach nicht zurück. Trotz aller Kräuter und Hilfe die er und vor allem auch Mutter ihm zukommen ließen.

Am nächsten Morgen rief der Vater ihn mit schwacher Stimme zu sich und reichte ihm die Hand. Ein ganz komisches Gefühl durchfuhr Brag dabei. Es war eine Kälte, die er noch nicht erfahren hatte, obwohl der Körper des Vaters ganz heiß war, war da dieses unglaublich kalte Gefühl. „Brag" sagte der Vater, „meine Zeit ist gekommen von Euch zu gehen. Ich weiß, dass Du der Vernünftigste und Weiseste von all meinen Kindern bist, mein letzter Wunsch an Dich ist, dass du Deinen Weg gehst. Geh in die Welt hinaus, hilf den Menschen, sammle Wissen und noch mehr Weisheit und gib es an Andere weiter".

Brag war völlig erschrocken. Er konnte gar nicht glauben, was er da gehört hatte. Der Vater lag im Sterben und wollte ihn trotzdem weg schicken. Ihn, der sich am besten um Mutter kümmern konnte. Das war so unverständlich für ihn. Aber er wusste auch um die Weisheit des Vaters und versprach seinen Wunsch zu respektieren.

Noch am gleichen Tag verstarb der Vater. Tiefe Trauer machte sich im Hause breit und Brag litt ganz besonders darunter. Nun konnte er nicht mehr mit Vater auf Reisen gehen; denn der hatte nun die letzte, auf der ihn niemand begleiten konnte, angetreten. Hatte der Vater dies alles schon geahnt, ihn deshalb mit auf den Weg in die andere Richtung des Flusses genommen? Hatte er ihm darum das Schwert geschenkt, damit er für seine kommenden Reisen gewappnet war? Das waren so viele schwere Fragen, die sich Brag stellten und die er nicht beantworten konnte. Er war so traurig darüber, dass er dem Vater nicht hatte helfen können. Brag würde seinen Weg gehen und soviel lernen, dass wenn wieder mal jemand so kränkelte, er in der Lage wäre zu helfen. Ja, das entsprach ja auch dem Wunsch des Vaters. Wie weise er war, dachte Brag. Oft hatte er ihn wohl doch unterschätzt, nun aber war er ganz besonders stolz darauf, so einen weisen Vater gehabt zu haben.

Der Rest des Winters war für alle immer noch sehr traurig, auch hatten weder er, noch die anderen Kinder Lust darauf im Schnee zu tollen oder gar auf dem Eis zu spielen. Rig, Brags ältester Bruder war nun der Herr im Hause. Aber er spielte sich nicht auf, sondern leitete alles genauso ruhig wie der Vater. Hatte Brag auch ihn unterschätzt? Brag musste lernen, dass ein ruhiges Wesen noch lange nichts über die Stärke des Menschen sagte. Aber es beruhigte ihn auch und er war gewiss, dass Mutter und seine übrigen Geschwister bei ihm in guten Händen waren.

Heute hatte er mit Mutter über Vaters letzten Wunsch gesprochen. Mutter wusste darum, sie hatte schon lange vorher mit dem Vater Alles so besprochen. Sie sagte nur:" Warte bis zum Frühling mein Sohn, dann machst Du dich einfach auf die Reise, folge dem Fluss soweit er fließt. Lass Dich von Deiner Neugier und Deinem Herzen leiten, dann wirst Du schon den richtigen Weg finden".

Brags Wanderjahre:

Auch dieser lange, kalte Winter ging zu Ende. Die Tage wurden wieder deutlich länger, die Sonne kam immer mehr hervor und das erste Grün begann zu sprießen. Endlich konnten auch wieder die Ziegen aus dem Stall. Brag zeigte einer Schwester und einem Bruder was sie alles zu beachten hätten. Jeden Tag nahm er sie mit und wollte noch hier bleiben bis die Lämmer geboren wurden, um ihnen zu zeigen, was dann zu tun sei. Im nächsten Frühling könnten sie es dann selbst, Rig würde den Verkauf übernehmen und Vaters Rolle weiter führen.

Nachdem Alles in die Wege geleitet war, kam der Tag des Abschieds. Brag war jetzt 14 Jahre alt und schon auf dem besten Weg zum Manne. Durch die Reisen mit seinem Vater wusste er, was zu beachten war. Auch wie man sich Fremden gegenüber zu verhalten hatte, um Ärger zu vermeiden. Aber mit seiner offenen freundlichen Art, hatte er da ohnehin nie Probleme gehabt.

Als der Tag der Abreise gekommen war, waren Alle, auch Brag sehr traurig. Irgendwie wusste jeder, dass sie sich wohl nie mehr wiedersehen würden. Alle nahm er in den Arm, als letztes die Mutter. Sie hielt ihn lange und fest gedrückt. Dann sprach sie mit Tränen in den Augen:" Gehe Deinen Weg, der Vater und ich wollten es so und es ist das Beste, was Du machen kannst". Brag versuchte seinerseits die Tränen zu vermeiden, er wollte ja nun auch stark wirken, aber innerlich war er doch sehr zerrissen. Er überprüfte noch mal den Inhalt seines Beutels, fasste an sein Schwert und nahm den Stein vom Kräuterweib in die Hand. Er fühlte sich so anders an heute. Eine gewisse Wärme gab der Stein ab, auch als er ihn anschaute stellte er ein Leuchten fest. Er drückte ihn mit der Hand, steckte ihn in seine Tasche und dann ging er los.

Flussabwärts, so war der Wunsch der Eltern, soweit der Fluss fließt, soweit wollte er ihm folgen.

Langsam und mit offenen Augen folgte Brag dem Flusslauf. Die erste Strecke kannte er schon, aber dennoch sah er heute vieles mit anderen Augen und er hatte sich fest vorgenommen, diese Reise zu genießen und seinen Wissensdurst zu stillen. Immer wenn er etwas Neues sehen würde, dann würde er eine Rast einlegen und sich das Neue anschauen um davon lernen, so war sein Plan. Noch nie vorher war ihm aufgefallen, wie der Fluss langsam immer breiter wurde, wie viele Bäche und kleinere Flüsse noch in ihn mündeten und der Fluss diese auf- und mitnahm. Würde irgendwo auch dieser Fluss münden? Er würde es heraus bekommen. Die Ebenen wurden immer flacher und grüner, mit jedem Tal das er durchwanderte. Kaum noch hoben sich die Seiten ab, ja eigentlich konnte man gar nicht mehr von einem Tal sprechen; denn die Übergänge waren fast eben.

Trotz seiner offenen Augen und seinem bewussten Gehen kam er zügig voran. Gegen Abend suchte er sich einen geschützten Platz, unter ein paar großen Bäumen und entzündete ein Feuer, um sich für die Nacht warm zu halten; denn auch die Frühlingsnächte waren noch kühl.

Als die Morgensonne kam, konnte Brag es kaum noch erwarten weiter zu ziehen, immer mehr zu Sehen, immer mehr zu Lernen. In den Ebenen traf er immer wieder auf Menschen, viele davon auch mit kleinen Herden. Schnell kam er mit ihnen ins Gespräch und die Hirten bemerkten, dass er sich auskannte und waren deshalb auch gern gesprächig mit ihm. Ein jeder konnte ihm was über das nächste Stück Weg erzählen, gab ihm Ratschläge auf was er achten müsse und was es dort Besonderes gab. Aber alle diese Menschen waren noch vom gleichen Stamm wie er und außer über die Gegend konnten sie ihm nicht viel Neues erzählen. Hin und wieder traf er sogar einen, der seinen Vater kannte und dann war Brag erstaunt, wie bekannt sein Vater doch war und vor allem wie beliebt bei den Menschen. Wieder einmal war er im Nachhinein stolz auf seinen verstorbenen Vater. Dieser war immer so bescheiden gewesen und hatte nie damit geprahlt was er alles wusste und wen er alles kannte. Brag wollte sich diese gute Eigenschaft auch zu Eigen machen; dann könnte wenn er später mal selbst auch einen Sohn hatte, dieser auch stolz auf ihn sein.

Je weiter er flussabwärts ging, desto häufiger kam er auch zu Siedlungen wo immer einige Häuser standen. Meistens war in der Mitte der Siedlung auch ein kleiner Platz, wo wohl Märkte abgehalten wurden. Oft standen hier auch nur die Menschen und sprachen miteinander. Brag fand es sehr interessant, sich dazu zu stellen und einfach nur zu hören. Manchmal aber forderten die Leute ihn auch auf von sich zu erzählen. Dann sprach er voller Stolz von seinem Vater, seinen bisherigen Reisen, dem Kräuterweib und von dem was er nun vorhatte. Die Menschen waren dann verwundert, wenn er ihnen sagte, dass er in die Welt hinaus gehen wollte um zu lernen und Dinge zu erfahren. Zwar waren sie darüber erstaunt, aber irgendwie auch etwas neidisch. Wie konnte das jemand machen, ohne zu arbeiten, ohne Sachen zu haben die er tauschen konnte. Das konnten sie nicht verstehen. Aber jetzt wo sie das sagten, fiel es auch Brag auf, wovon sollte er eigentlich leben? Zwar hatte er für den Anfang etwas Proviant und auch hatte ihm die Mutter ein paar Münzen gegeben, aber die wären sicher schnell aufgebraucht und was dann? Komisch, dass er da vorher gar nicht dran gedacht hatte. Gerade er, der doch immer so vorausschauend war. Aber da waren wohl die Freude und die Neugier zu groß gewesen um an solche zwar wichtigen, aber dennoch niederen Dinge zu denken. Vielleicht gäbe es die Möglichkeit für andere hin und wieder die Tiere zu hüten und im Tausch dafür etwas zu essen zu bekommen oder auch mal ein Nachtlager bei schlechtem Wetter. Ja, das war eine Möglichkeit, schon in der nächsten Siedlung wollte Brag damit anfangen; denn umso länger konnte er von seinen Münzen zehren.

Auch am nächsten Tag traf Brag wieder Hirten. Sie sprachen miteinander und teilten ihr Essen mit ihm. Einer von ihnen erzählte Brag, er wäre auch schon etwas flussabwärts gereist, dabei wäre er an das Ende des Flusses gekommen, nur 3 Tagesreisen von hier. Brag erschrak förmlich, sollte seine Reise nur so kurz sein, was sollte er dann machen? Aber der Fremde erzählte weiter und sagte, dass der Fluss in einen genauso großen anderen Fluss münden und dieser dann in Richtung Norden weiter fließen würde. Brag konnte sich das gar nicht vorstellen, 2 so große Flüsse zusammen, es müsste ja gigantisch sein. Schon wich die Angst der Reise von ihm und die Neugier auf dieses Spektakel stand im Vordergrund. Wieder einmal hatte seine Neugier über alles gesiegt. Brag dankte dem Fremden für seine Auskunft und machte sich wieder auf den Weg, dem Ende des Flusses entgegen.

Zum Abend hin kam er zu einer grossen Siedlung. Viele Häuser und ein großer Marktplatz kennzeichneten den Ort. Die Leute waren noch geschäftig unterwegs. Manche brachten gerade ihre Herden nach Hause, andere saßen vor dem Haus und unterhielten sich. Brag grüsste sie freundlich, stellte sich vor und hörte ihnen zu. Da war einer der sprach von Soldaten, Römern, die einige Tagesmärsche weiter südlich hier lagerten, dort ein großes Kastell errichtet hatten und die Bevölkerung versuchten auf ihre Seite zu ziehen, um nach ihren Regeln zu Leben. Auch sprach er von Leuten aus ihrem Stamm, die sich dagegen zur Wehr setzten und die Soldaten immer wieder daran hinderten ihre Gesetze durchzusetzen. Das gefiel Brag sehr gut, dass es da Leute gab, die die Freiheit der Bevölkerung verteidigten. Das würde er auch tun wenn er Erwachsen wäre, nahm er sich vor.

Jetzt erzählte Brag von seinen Reisen und fragte bei der Gelegenheit gleich nach Arbeit um seine Vorräte wieder aufzufrischen. Er hatte Glück, einer der Männer sagte, dass sein Hirtenjunge krank wäre und er Ersatz bräuchte; denn er hatte selbst nicht die Zeit sich um die Herde zu kümmern. Brag könnte heute Abend gleich mit zu ihm kommen, dort lagern und morgen früh mit der Herde losziehen. Wenn er das ein paar Tage machen würde, bis der Hirte wieder gesund wäre, dann würde er seine Vorräte auffrischen und ihm sogar noch ein paar Münzen geben. Brag war sehr glücklich über diesen Umstand, ganz besonders auch deshalb, weil es eine größere Siedlung war und er hoffte, noch mehr an Neuigkeiten über die Soldaten im Süden und über die Leute hier zu erfahren.

Der Mann, der ihn mitnahm, war scheinbar recht wohlhabend. Er lebte mit seiner Frau und drei kleinen Kindern in einem ansehnlichen Haus. Extra abgeteilt hatte er ein Stück des Hauses für das Vieh. Das Paar war sehr freundlich zu ihm und am Abend, als die Kinder schon schliefen, unterhielt er sich noch lange mit ihnen. Besonders über sein Vorhaben, aber auch über die Dinge die er schon erlebt hatte. Der Mann bat ihn daraufhin, am nächsten Tag, wenn er mit der Herde wieder rein käme, doch einmal nach seinem kranken Hirten zu schauen, vielleicht könnte Brag ihm ja helfen, schnell wieder gesund zu werden.

Früh am nächsten Morgen weckte ihn die Frau des Hauses, gab ihm etwas zu essen und zu trinken und sagte er könne dann mit der Herde los ziehen, ihr Mann sei schon unterwegs um seinen Geschäften nach zu gehen.

Brag schaute sich die Herde an, es waren fast 30 Ziegen. Er sprach mit den Tieren und machte sich mit ihnen vertraut bevor er mit ihnen loszog. Als wachsamer und aufmerksamer Hirte hatte er auf dem Weg zur Siedlung schon einige Plätze bemerkt, wo er heute mit der Herde hingehen würde. So machten sie sich auf den Weg und zogen los. Zwar hatte Brag reichlich Erfahrung mit Tieren, aber dennoch war diese ja viel größer als bisher und er kannte die Tiere noch nicht wirklich. Somit lies er besondere Sorgfalt walten; denn er wollte ja nicht sein Weiterziehen gefährden. Wie immer zog es ihn zum Fluss, wo er schon die Weideplätze gesehen hatte. Das gute Gras würde den Ziegen gut tun.

Auch für die Mittagsmalzeit hatte ihm die Frau reichlich zu essen eingepackt, daran war ebenfalls zu merken, dass sie sehr wohlhabend, aber auch gutmütig waren. Ein weiterer Punkt, den sich Brag merken musste, auch wenn man wohlhabend war, sollte man anderen gegenüber großzügig sein. Jeden Tag lernte er etwas hinzu, was für sein Leben wichtig sein konnte. Er hatte sich ja vorgenommen, die guten Eigenschaften der Menschen zu verinnerlichen und diese an andere weiter zu geben. Das war ja auch ein Wunsch des Vaters, der auch so immer gelebt hatte. Damals hatte Brag das nur noch nicht so erkannt, aber mit jeder neuen Erfahrung die er machte, erkannte er auch gleichzeitig die hohen Werte die sein Vater gelebt hatte.

Als es dunkel wurde zog er mit der Herde wieder zurück zum Haus. Alle Ziegen hatten den Ausflug gut überstanden und Brag bat sogleich darum nun zu dem Hirtenjungen gehen zu dürfen, um zu schauen, wie es ihm ginge. Der Herr des Hauses ging mit ihm zusammen hin, so musste er sich nicht kompliziert vorstellen und alles noch einmal über sich erzählen.

Die Hütte in der der Junge wohnte war, im Gegensatz zum Haus des Herdenbesitzers, recht ärmlich. Auch schien das Dach den Winter nicht sehr gut überstanden zu haben, an einigen Stellen konnte man hindurch schauen. Brag wurde den Eltern des Jungen vorgestellt, auch sie machten einen etwas kränklichen Eindruck. Dann ging Brag zu dem Jungen, der auf ein Lager gebettet war. Der Junge war ca. 2 bis 3 Jahre jünger als er, sah sehr blass aus und das obwohl er ja auch als Hirte viel in der Natur war. Brag hielt kurz seine schwache Hand. Diese war zwar schwach, aber Brag spürte dennoch die Lebenskraft, die in dem Jungen steckte. Er sprach noch kurz mit ihm und spürte auch, dass er schon wieder auf dem Weg der Besserung war. Beruhigt sprach er mit dem Herrn und den Eltern des Jungen und wünschte ihnen noch alles Gute. Auf dem Heimweg dann sagte er dem Herrn, dass wohl das kaputte Dach dafür verantwortlich sei, dass die ganze Familie etwas kränklich erschien. Sein Vater hatte schon früher immer sehr darauf geachtet, dass Dach immer wieder zu erneuern und auszubessern, damit es im Haus trocken war und alle gesund blieben. Wieder mal ein Augenblick wo ihm die früher so verhasste Arbeit zeigte, wie vorsorglich auch sein Vater war. Der Herr versprach daraufhin den Eltern des Hirtenjungen behilflich zu sein, das Dach zu reparieren, damit sowohl der Junge, als auch die Familie, schnell wieder gesund werden könne und vor allem blieb. Schon am nächsten Tag wollte er mit ein paar anderen Bewohnern sprechen, um der Familie schnell zu helfen. Brag war sehr gerührt über die Menschlichkeit des Herrn und fühlte sich daher hier besonders geborgen.

7 Tage blieb Brag bei der Familie, dann war der Hirtenjunge wieder gesund und konnte seinen Dienst antreten. Brag war sehr froh, den Jungen gesund zu sehen und vor allem darüber weiterziehen zu können. Auch erzählte der Junge darüber wie schon am Tage nach Brags Besuch einige Männer des Dorfes das Dach ausgebessert und repariert hatten. Brag erhielt noch reichlich Proviant und ein paar Münzen, so dass er einige Zeit weiter sorglos wandern konnte. Er war ja so neugierig auf die Stelle wo der Fluss in einen anderen großen münden sollte, wie es ihm beschrieben wurde.

Er setzte seine Reise guten Mutes fort und marschierte weiter flussabwärts. Immer breiter wurden die Täler, ja es waren wirklich Ebenen. Er konnte unendlich weit schauen, sah überall fruchtbares Land und Auen. Auch konnte er Siedlungen ausmachen, die nicht direkt am Fluss lagen. Wovon die Leute dort wohl lebten? Aber wahrscheinlich hatten auch sie Tiere und würden Felder bestellen. Wäre da nicht der große Drang die Mündung des Flusses zu sehen, hätte er mal einen Abstecher zu den weiter im Lande gelegenen Siedlungen gemacht. Diese lagen aber auch südlich und er hatte keine Lust mit den römischen Soldaten in Konflikt zu kommen. Erst viel später sollte er erfahren, dass es doch viele Tagesmärsche weiter südlich war, wovon die Männer gesprochen hatten.

Am dritten Tag nach seiner Abreise war es endlich soweit. Das Rauschen des Flusses wurde merklich lauter, dann sah er sie auch, die Einmündung in den anderen Fluss. Er ging ganz dicht heran und stand eine gefühlte Ewigkeit wie angewurzelt, so spannend war diese Erscheinung für ihn. Er beschloss spontan hier sein

Nachtlager zu errichten. Was für ein magischer Moment. Auch wenn es in der Nacht laut sein würde, so wollte er diese doch unbedingt hier verbringen.

Am Abend machte er sich wieder ein Feuer und nach vielen Tagen nahm er mal wieder den Stein vom Kräuterweib in die Hand. Er fühlte sich richtig warm an und auch gar nicht mehr so hart. War die Wärme des Steins ein Zeichen, dass er auf dem richtigen Weg war? Brag deutete es so für sich, steckte den Stein wieder in die Tasche und begab sich zur Ruhe.

Nach einer unruhigen Nacht, er hatte oft von dem zuletzt erlebten geträumt, wachte er schon sehr früh auf. Die Sonne kam gerade am Horizont hervor und tauchte das ganze Mündungsgebiet in ein wunderbares Licht. Leichte Nebel stiegen auf, es sah aus wie in einer anderen, fernen Welt. Brag genoss diesen Moment sehr. Er nahm sich vor, dem Verlauf des neuen, gemeinsamen Flusses nach Norden zu folgen. Zum einen würde er dann den Soldaten aus dem Weg gehen, zum anderen sollte er ja dem Fluss bis an das Ende folgen. Irgendwie war er ja noch nicht zu ende, er war nur mit einem anderen gemeinsam auf der Reise, wie zwei Freunde die den gleichen Weg haben und damit es leichter fällt, diesen gemeinsam gehen. Ja, ein Freund, dass wäre für ihn auch etwas schönes, dann könnte man jeden Tag die Erfahrungen miteinander austauschen und abends wäre er auch nicht so alleine. In solchen Momenten dachte er auch an seine Familie. Was sie wohl jetzt so machten, ob es ihnen allen gut gehen würde. Manchmal war Brag dann ein bisschen traurig darüber sie verlassen zu haben.

Auch war er etwas traurig darüber, diesen magischen, schönen Ort wieder verlassen zu müssen, aber es war ja nicht sein Ziel hier zu bleiben. So machte er sich wieder auf den Weg, dem neuen, breiten Fluss in Richtung Norden zu folgen. Die Gegend, die er nun durchwanderte, wurde wieder bergiger. Bei weitem nicht so wie auf der Reise mit seinem Vater, in die Quellrichtung, aber wieder mehr, als in den vergangenen Tagen. Es waren breite Talkessel, meist mit Siedlungen direkt am Fluss. Zurzeit hatte er aber noch keine Lust auf andere Menschen, obwohl ihm ein Freund fehlte; denn in seinen Gedanken schwirrten die Familie und der Weg den er gehen sollte. Was war seine Berufung? Diese Frage stellte er sich immer wieder. Der Vater hatte ihm ja indirekt den Weg gewiesen, aber wie gern hätte er noch mehr vom Vater darüber erfahren.

Gegen Mittag zog schlechtes Wetter auf, Regen und Sturm machten die Weiterreise schwer. Brag suchte sich einen geschützten Platz am Waldrand und machte sich über seine Vorräte her in der Hoffnung, dass er danach weiter gehen könnte. Doch es kam anders, Sturm und Regen nahmen immer noch zu und an die Weiterreise war nicht mehr zu denken. So beschloss Brag seinen Platz zu behalten und auch die Nacht hier zu verbringen. Das war außer seiner Tätigkeit als Aushilfshirte der erste Tag an dem er nur eine kleine Wegstrecke zurückgelegt hatte.

Abends holte ihn immer wieder der Gedanke an seine Zukunft ein. Er wollte lernen, anderen helfen, sie heilen und lehren. Ja, das war es was er wollte. Das Kräuterweib und die Worte seines Vaters hatten hier ihre Wirkung hinterlassen und Brag spürte, dass es seine Berufung war. Als er ganz unbewusst in diesem Moment seinen Stein aus der Tasche holte, war dieser ganz warm, für Brag ein sicheres Zeichen, dass dieser Weg der richtige für ihn wäre. Aber sogleich kam in ihm die Frage auf, wo er solche Dinge lernen könnte. Bei irgendwelchen Kräuterweibern, bei Heilern? Er kannte ja keine außer der einen, von der er den Stein bekommen hatte. Er würde in Zukunft drauf achten ob er welche fände oder in den Siedlungen nach Heilern fragen. So wollte er es machen.

Am Morgen hatte der Regen nachgelassen und Brag machte sich mit seinen neuen Erkenntnissen wieder auf den Weg. Er hatte sich als nächstes Ziel ausgedacht, eine möglichst große Siedlung zu finden und dort nach Heilern und Kräuterweibern zu fragen.

Schnell schritt er voran, ganz gegen seine Gewohnheit ohne die Natur zu beobachten, er wollte schnell seiner Berufung nachgehen. Zur Mittagszeit konnte er in einer weiten Talsenke eine große Siedlung erkennen. Aber er würde es am heutigen Tage nicht mehr schaffen diese zu erreichen. So ging er soweit er konnte, denn am nächsten Tag war die Siedlung ja auch noch da. Vom Vater hatte er ja auch gelernt, nicht mit einbrechender Dunkelheit eine Siedlung zu betreten, da dies die Leute meist erschreckte. Mit diesem Gedanken errichtete Brag sein Nachtlager und freute sich schon auf den nächsten Tag.

So schnell wie an diesem Morgen war er schon lange nicht mehr in den Tag gestartet. Seine Hoffnung auf einen Heiler oder ein Kräuterweib, die ihm etwas beibringen konnten, trieben ihn förmlich an.

Die große Siedlung:

Von den Hängen, südöstlich des Talkessels, näherte er sich der großen Siedlung. Schon aus der Ferne konnte er erkennen, dass mehrere kleine und der große Fluss die Siedlung durchzogen. Die Flüsse und auch die saftigen, langsam ansteigenden Weiden hatten die Siedler hier wohl sesshaft werden lassen. Er konnte sich gut vorstellen, dass hier viele Herden waren und er auch Arbeit finden würde, bis er seinem Ziel näher kam.

Es zogen viele Ochsenkarren, meist schwer beladen, zu der Siedlung. Auch gab es mehr als nur einen Marktplatz, wobei einer besonders groß erschien. Durch diesen guten Fernblick hatte Brag gleich eine Übersicht über diese Siedlung und er versuchte sich das gut einzuprägen, um sich später dort besser orientieren zu können.

Der Weg zog sich doch noch lange, so dass Brag erst kurz vor der Mittagszeit in der Siedlung ankam. So viele Menschen, wie in dieser Siedlung, hatte Brag bisher noch nie zusammen gesehen. Die Eindrücke prasselten nur so auf ihn ein. Er ging erstmal in verschiedene Richtungen, um sich in Ruhe alles anzuschauen. Aber zur eigenen Sicherheit kehrte er immer wieder zu dem großen Marktplatz zurück, den er sich als Orientierungspunkt gesetzt hatte. Hier war jetzt zur Mittagszeit viel Betrieb, viele Stände an denen man die verschiedensten Waren erstehen konnte. Brag schaute sich alles an und immer wieder entdeckte er Neues aus fernen Gegenden. Aber auch viele Tiere wurden hier verkauft, ja das hätte der Vater mal sehen müssen, da hätte er bestimmt auch gern mitgehandelt.

In einer Seitengasse auf dem Marktplatz stand eine ganze Menschentraube um einen Ochsenkarren herum. Was es da wohl gab, fragte sich Brag, das musste er sich unbedingt ansehen; denn wo so viele Menschen standen, musste es ja was ganz Besonderes geben. Er drängte sich durch die Menge und erkämpfte sich einen Platz ganz vorne in der Menschentraube. Ein Mann stand auf einem Ochsenkarren, pries Wundertränke und die Heilung von Kranken an. Der Karren war bunt verziert und sah genau wie der Mann sehr ungewöhnlich aus. Dieser war recht klein, etwas dicklich und sah irgendwie lustig aus. Er lachte viel, redete laut aber die Menschen kamen zu ihm und kauften von seinen Tränken. Manche bezahlten mit Münzen, andere mit Eiern oder anderen Gegenständen. Diesen Mann musste Brag unbedingt kennenlernen. Er wartete geduldig bis das Spektakel vorbei war, die Menschentraube sich aufgelöst hatte, dann sprach er den Mann an. Er stellte sich freundlich vor, so wie es ihm der Vater beigebracht hatte. Zuerst nahm ihn der Mann gar nicht zur Kenntnis, aber Brag war hartnäckig wenn er etwas wollte. Er bot dem Fremden an ihm zu helfen, bei seinen täglichen Arbeiten, sich um die Tiere zu kümmern und das alles ohne Bezahlung. Nur für Proviant und um von ihm zu lernen. Der Mann war gerührt darüber, besonders das jemand etwas von ihm lernen wollte. Da der Mann aber dachte, dass Brag in der Siedlung wohnen würde, sagte er, dass er viel umherzöge und es daher wohl nicht ginge, dass Brag bei ihm bliebe. Brag erzählte ihm daraufhin von seiner Geschichte, seinem Vorhaben, von seinem Vater, vom Kräuterweib und auch von seinen Gefühlen wenn er Kranke berührte. Plötzlich veränderte sich die Einstellung des Mannes und er bot Brag an ihn begleiten zu dürfen.

Die Zeit mit dem Heiler:

Zusammen bauten sie den Stand des Heilers ab und verstauten ihn auf dem Ochsenkarren. Rogon nannte sich der Heiler. Er erzählte Brag, dass er auch heute den ersten Tag in dieser Siedlung war und wohl noch ein paar Tage hier bleiben wollte. Zuerst ein paar Tage auf dem großen Marktplatz, dann noch jeweils einen auf den verschiedenen kleineren. Brag hing mit Ohren und Augen an den Lippen des Mannes. Jedes Wort saugte er förmlich auf.

Von ihm wollte er lernen, ja, das wollte er. So gab er sich auch große Mühe Rogon alles Recht zu machen.

Am Abend zogen sie aus der Siedlung heraus, bis zum Waldrand und schlugen dort ihr Lager auf. Brag spannte die Ochsen aus, band diese fest und sorgte für ein ordentliches Lagerfeuer. Nach dem Essen erzählte Rogon wie er sein Geschäft betrieb. Er sammelte selbst einen Teil der Kräuter, andere wieder kaufte und tauschte er mit Kräuterweibern. Diese machten auch manche Tränke für ihn. Immer wenn er dann eine bestimmte Menge zusammen hatte, zog er durch die Gegend und verkaufte diese. Auch zog er faule Zähne, versorgte Wunden mit Verbänden und vieles andere. Brag war begeistert, das war genau das was er lernen wollte. Zur Sicherheit holte er heimlich seinen Stein aus der Tasche um zu sehen wie er sich anfühlte. Dieser aber war hart und kalt. Das verwirrte Brag zwar etwas, aber er dachte: "Was soll es, ist ja nur ein dummer Stein, was weiß der schon". Er überlegte ob er ihn einfach fort werfen sollte, entschied sich aber dann doch anders und steckte ihn wieder weg.

Sie sprachen noch lange am Lagerfeuer und Brag war sehr glücklich, diesen weisen Mann getroffen zu haben. Am nächsten Morgen richtete Brag für beide das Essen, spannte die Ochsen ein und sie zogen erneut zum großen Marktplatz. Dort baute Brag nach Anweisung Rogons den Stand auf und sollte sich dann im Hintergrund aufhalten. Das tat Brag gern, so konnte er doch dem großen Rogon bei seiner Arbeit zuschauen und lernen. Wieder versammelte sich schnell eine Menschentraube um Rogons Stand und der Heiler verkaufte verschiedene Tränke gegen die komischsten Leiden. Es gab kleine Flaschen, große Flaschen, dunkle, helle, für jede Krankheit etwas anderes. Auch gab es Tiegel mit Salben und Tinkturen.

Nachdem die ersten Heilmittel verkauft waren, begann Rogon mit dem Zähne ziehen. Die Kranken kamen zu dem Wagen, setzten sich hinter einen Vorhang und bekamen einen Trank. Dann nahm Rogon eine Zange, suchte nach dem kaputten Zahn und riss ihn mit großer Kraftanstrengung heraus. Die Leute schrien vor Schmerzen, aber waren dennoch froh, den kaputten Zahn endlich los zu sein. Bezahlen mussten sie immer schon im Voraus. Bei manchen war der Schmerz so groß das sie ohnmächtig wurden. Dann holte Rogon ein kleines Fläschchen mit einem stark riechenden Inhalt hervor, hielt es dem Ohnmächtigen unter die Nase und nach kurzer Zeit kamen die Leute wieder zu sich. Brag war begeistert davon und wollte unbedingt wissen was in dem kleinen Fläschchen war. Aber Rogon sagte: „Das ist das letzte Geheimnis das ich dir beibringen werde". Trotz Brags Neugier nahm er dieses so hin und dachte bei sich, ja das ist verständlich, die große Kunst ist das Schwerste und dafür muss ich vorher noch sehr viel lernen.

Rogon war mit seinem Geschäft für heute sehr zufrieden und so zogen sie gegen Abend mit vielen Münzen für Rogon und reichlich Proviant wieder in ihr Abendlager.

Während Brag wieder die Ochsen ausspannte und das Lagerfeuer errichtete, wollte Rogon neue Flaschen mit Tränken auffüllen. Brag war sehr schnell fertig mit seiner Arbeit und wollte Rogon gerade zum Essen rufen, als er sah, wie dieser alle verschiedenen Flaschen aus einem großen Gefäß befüllte. Brag war sehr verwundert, hatte er doch gedacht, dass es sich immer um verschiedene Tränke handeln würde. Aber er traute sich nicht Rogon danach zu fragen. Hingegen fragte er ihn nach dem Ziehen der Zähne und woran Rogon erkennen würde, welcher Zahn der richtige war. Rogon erklärte es ihm so gut er konnte und bot Brag an, dass nächste Mal sich dicht dazu zu stellen und genau aufzupassen. Brag war sehr froh über diese Nachricht und freute sich schon auf den nächsten Tag um wieder viel Neues zu lernen.

Der Tagesablauf am nächsten Tag war der gleiche wie gestern. Zuerst verkaufte Rogon seine Tränke und Tinkturen, die verschiedenen Fläschchen und Tiegel für die unterschiedlichsten Krankheiten, dann begann wieder das Zähne ziehen. Brag schaute sich alles genau an. Rogon lies sich von den Leuten zeigen wo es am meisten schmerzte, dann klopfte er noch einmal zur Sicherheit mit der Zange leicht gegen den kranken Zahn und wenn der Schmerz für den Kranken am größten war, dann wusste er, dass er den richtigen erwischt hatte. Das Schwerste aber war, den Zahn so zu fassen, dass dieser mit einem Mal heraus kam und nicht dabei abbrach, so erklärte ihm Rogon. Es brauchte dafür viel Übung so sagte er. Wenn sie das nächste Mal wieder über Land zögen, wollte er versuchen ein paar frisch geschlachtete Tierschädel zu besorgen, an denen Brag das dann üben könnte. Brag war sehr froh, dass sein Meister ihn so sehr mochte, dass er ihm diese Kunst beibringen wollte.

Heute war die Menschentraube schon nicht mehr so groß gewesen wie an den Tagen vorher und daher beschloss Rogon, am nächsten Tag dann die kleineren Marktplätze aufzusuchen. Auch war er nicht so zufrieden heute mit dem Geschäft und daher etwas schlechter gelaunt. Brag konnte das gar nicht verstehen, Rogon müsste doch so glücklich sein, so vielen Leuten wieder geholfen zu haben, aber vielleicht verstand er das einfach noch nicht. Beim Lagerfeuer am Abend war dann Rogon auch nicht sehr gesprächig und beide schliefen früh ein.

Morgens war Rogon immer noch nicht besser gelaunt, Brag hingegen freute sich schon wieder auf den neuen Tag. Sie fuhren mit ihrem Karren auf einen der kleineren Marktplätze und auch hier fanden sich ein paar Kranke, die nach einigen überzeugenden Worten von Rogon dessen Medizin kauften oder sich Zähne ziehen ließen. Gegen Mittag wechselten sie aber schon zu einem weiteren Platz und auch hier fanden sie noch weitere Käufer. Rogons Vorräte waren aufgebraucht und so sagte er zu Brag, dass sie heute Abend schon die Gegend wieder verlassen würden, um neue Medizin bei den Kräuterweibern zu erstehen und selbst welche zu machen. Das fand Brag natürlich spannend, endlich würde er sehen, wie die Tränke, oder war es nur einer, zubereitet würden. Er konnte es kaum erwarten, dass er den Stand abbauen durfte, um endlich wieder weiter zu ziehen. Das Reisen war neben dem Lernen für ihn immer noch das Schönste.

Mit der Abendsonne zogen sie in Richtung Westen aus der Stadt und schafften es heute noch den Talkessel zu verlassen. Irgendwie schien auch Rogon sich auf die Weiterreise zu freuen, denn er war wieder viel freundlicher und gesprächiger, so wie Brag ihn kennengelernt hatte. Außerhalb des Kessels schlugen sie ihr Lager auf, Brag spannte die Ochsen aus und kümmerte sich wieder um das Feuer, so wie jeden Abend. Mittlerweile war er mit diesen Tätigkeiten schon so vertraut, dass alles ohne Anweisungen von Rogon ablief. Auch die Ochsen schienen heute besonders motiviert, spürten sie auch, dass es wieder in ihre Heimat ging oder freuten sie sich einfach nur darauf nicht den ganzen Tag nur herumstehen zu müssen.

Am Lagerfeuer dann erzählte Rogon, dass sie einige Tage unterwegs wären, bei verschiedenen Kräuterweibern anhalten und auch dort nächtigen würden. Er erzählte das mit einem Lächeln, was auch immer das bedeutete. Brag freute sich jedenfalls auf die neue Erfahrung und konnte es kaum abwarten bis die Nacht vergangen war. Nach einem kräftigen Frühstück machten sie sich sogleich auf den Weg und die Ochsen zogen zügig den Karren. Es war ein sehr ungewohntes Reisen für Brag, sonst war er ja immer gelaufen, aber er genoss es auf dem Karren zusammen mit Rogon zu sitzen und sich die Landschaft anzuschauen. Die Gegend war recht eben durch die sie zogen, doch auch von vielen Wäldern umgeben und je weiter sie kamen, desto weniger Siedlungen tauchten am Wege auf. Mit zunehmender Dauer und geschaffter Strecke wurde Rogon immer fröhlicher, ja er begann sogar zu summen. Zur Mittagszeit hielten sie heute nicht an, sondern aßen nur etwas während der Fahrt. Rogon wollte noch heute beim ersten Kräuterweib nächtigen, um Kräuter zu kaufen, so sagte er.

Noch bevor die Sonne unterging kamen sie zu einer einsamen, kleinen Behausung. Rogon sprang schnell vom Wagen und lief zum Eingang. Kurz darauf erschien das Kräuterweib dort und sie umarmten sich herzlich. Es muss schön sein, so dachte Brag, so gute Freunde zu haben, die einen so empfangen. Rogon stellte Brag dem Kräuterweib kurz vor, befahl ihm dann die Ochsen auszuspannen und draußen zu warten bis er wieder aus dem Haus käme. Brag konnte das nicht verstehen, er wollte doch so gerne sehen, was für Kräuter Rogon kaufte. Aber vielleicht hatten die beiden ja Geschäfte zu erledigen die er noch nicht sehen sollte. Wie ihm geheißen wartete er beim Ochsenkarren und irgendwann erschien dann auch Rogon. Er sah sehr zufrieden aber etwas zerzaust aus. Auch das Kräuterweib kam heraus und kicherte. Sie war noch deutlich jünger als das Kräuterweib von dem er den Stein erhalten hatte, ja sogar noch viel jünger als seine Mutter.

Noch bevor es endgültig dunkel wurde, führte sie das Kräuterweib zu einem nahen Bach und forderte sie auf erstmal ein Bad zu nehmen. Das Wasser war noch recht kühl aber sehr erfrischend.

Brag wunderte sich allerdings, dass auch das Kräuterweib sich seiner Kleidung entledigte und ebenfalls ein Bad nahm. Irgendwie musste er immer wieder zu ihr hinschauen, bisher hatte er noch nie nach einer Frau oder einem Mädchen geschaut. Klar hatte er schon seine Schwestern und auch seine Mutter unbekleidet gesehen, doch dieses war irgendwie anders. Er spürte auch ein Zucken in seinen Lenden und es war ihm unangenehm. Er verbarg seine Männlichkeit schnell im tieferen Wasser und war froh, dass die Kühle ihn wieder etwas abregte.

Nach dem Bad zogen sie sich schnell alle wieder an und begaben sich zur Behausung vom Kräuterweib. Drinnen brannte ein Feuer, über dem ein Kessel hing und dieser hatte einen starken, betörenden Duft. Sicherlich wurde hier Medizin gebraut dachte Brag. Er würde sie danach fragen, was für Kräuter sie verwendete. Sie nahmen das Mal für den Abend gemeinsam ein und Brag erkundigte sich interessiert nach verschiedenen Kräutern bei dem Weib. Sie erzählte ihm von den verschiedensten Gewächsen deren Namen für Brag alle neu waren. Sie erfreute sich an der Wissbegier und gab ausgiebig Auskunft über ihr Tun. Ja, sie schien sich förmlich darüber zu freuen, mit jemanden sprechen zu können. Rogon hingegen wurde immer stummer und versuchte das Kräuterweib immer wieder anzufassen. Zuerst schien ihr das auch zu gefallen, aber je länger die Unterhaltung mit Brag dauerte, um so mehr wies sie Rogon zurück. Noch lange dauerte ihr Gespräch und Rogon hatte sich schon auf das Lager gelegt und sogleich begonnen laut zu schnarchen. Dieses Geräusch war Brag nur zu gut bekannt; denn das hatte er schon die ganzen letzten Nächte vernehmen müssen. Zwar war er einige Male davon wach geworden, aber wirklich gestört hatte es ihn nicht.

In der Hütte war es recht warm; denn das Feuer loderte immer noch und der Duft des Kessels war betörend. Das Kräuterweib bot Brag noch etwas zu trinken an und sagte das er damit gut schlafen könnte. Brag vertraute ihr und nahm das Getränk zu sich, zumal auch das Weib davon trank. Es schmeckte ungewohnt scharf und er spürte auch eine seltsame Wirkung. Er fühlte sich ganz leicht, die Worte die er sagte sprudelten nur so hervor und es war ein gutes Gefühl.

Bevor auch sie beiden sich auf das große gemeinsame Lager legten, zog sich das Kräuterweib noch ganz aus. Wieder musste Brag wie gebannt hinschauen. Dies schien ihr aber sogar zu gefallen und im Schein des Feuers konnte er ihre Figur genau betrachten. Sie war viel rundlicher gebaut als seine Schwestern und das gefiel ihm gut. Er konnte seinen Blick gar nicht mehr von ihr nehmen. Als sie auf dem Lager Platz genommen hatte, nahm das Kräuterweib seine Hand und führte diese zu ihrer Brust. So etwas hatte Brag noch nie gespürt bis dahin. Er berührte sie erst ganz vorsichtig, dann etwas fester. Er spürte wie die Brustwarze des Weibes sich aufrichtete und es ihr scheinbar sehr gefiel, wie er sie berührte. Rogon schnarchte immer noch laut und lies sich in seinen Träumen nicht durch ihr Tun stören. Nun streichelte das Kräuterweib erst seinen Bauch und langsam glitt ihre Hand dabei immer etwas tiefer. Er spürte eine Erregung die er noch gar nicht kannte und plötzlich fasste ihn das Weib da an, wo die Erregung am größten war. Brag schloss die Augen und genoss dieses Gefühl. Dann streichelte auch er ihren Bauch und auch seine Hand glitt immer tiefer. Erst spürte er ihr zartes Haar zwischen den Schenkeln, dann spürte er dort die weiche Haut und etwas sehr feuchtes. Er begann sie da zu streicheln, das schien ihr noch mehr zu gefallen als vorher. Sie gab leicht stöhnende Laute von sich und animierte Brag dazu unbedingt weiter zu machen. Nach einer Weile rückte sie erst dichter an Brag heran, dann drehte sie ihn sanft aber bestimmt auf den Rücken. Er wusste gar nicht was sie von ihm wollte, aber er lies es geschehen. Plötzlich und ohne Vorankündigung setzte sie sich auf ihn und er konnte spüren wie ein Stück von ihm langsam in sie eindrang. Es war ein unvergleichliches, wunderschönes Gefühl. Langsam begann sich das Kräuterweib zu bewegen, ganz vorsichtig auf und ab, Brag wurde ganz anders, er spürte wie seine Erregung immer größer wurde. Aus den langsamen, vorsichtigen Bewegungen wurden immer heftigere und je schneller sie sich bewegte, desto heftiger war das Gefühl für Brag. Er spürte ihren Atem, er hörte ihr immer lauter werdendes Stöhnen und hatte schon Angst das Rogon wach würde. Doch sie lächelte nur wissend dabei und bewegte sich noch schneller. Plötzlich durchlief Brag ein Gefühl das er sich nicht in seinen kühnsten Träumen hatte vorstellen können und er ergoss sich in das Kräuterweib. Irgendwie war er sehr erschrocken darüber, doch sie lächelte erneut und das beruhigte ihn sogleich wieder. Kurz danach kletterte sie von Brag herunter, hielt ihn noch einen Moment im Arm und dann schlief Brag auch sofort ein.

Am nächsten Morgen waren Rogon und das Kräuterweib schon aufgestanden als Brag erwachte. Er war sehr verwirrt, er wusste nicht, ob er einen komischen Traum gehabt oder ob er das alles wirklich erlebt hatte. Irgendwie schämte er sich etwas. Ob Rogon von dem Ganzen irgendwas mitbekommen hatte, fragte er sich. Hatte sie das mit Rogon auch gemacht, als er am Abend vorher draußen warten musste? Hatte sich Rogon deshalb so auf den Weg gefreut? Sollte er mit ihm darüber sprechen? So viele Fragen quälten Brag. Das Einzige was er sicher wusste war, dass es ihm sehr gut gefallen hatte.

Nach dem Frühstück verluden sie noch einige Kräuter und einige große Gefäße mit Kräutertrank, dann verließen sie das Weib und machten sich auf den Weg um weitere Vorräte aufzunehmen.

Die Fahrt verlief sehr ruhig, Brag war noch immer in den Gedanken an die Nacht versunken und auch Rogon sprach nicht viel. Aber er schien nicht böse zu sein, sondern lächelte nur zufrieden. Irgendwann war es Rogon der das Eis brach und sagte: "Na, hat dich das Kräuterweib zum Mann gemacht"? Er wusste also wohl was in der Nacht geschehen war. Hatte sie mit ihm darüber gesprochen oder war das sogar seine Absicht gewesen? Brag war etwas beschämt, doch dann lächelte auch er und sagte: „Ja, es war wunderschön". „Ich weiß", sagte Rogon, so sollte es auch sein. Du solltest nicht nur Lernen und Arbeiten, sondern auch wissen, dass es noch andere schöne Dinge im Leben gibt. Vielleicht war Rogon seinen Kranken gegenüber nicht immer ganz ehrlich, aber irgendwie war er im Grunde doch ein guter Kerl und Brag dankte ihm in Gedanken dafür, dass er diese Erfahrung hatte machen dürfen. „Wann kommen wir denn zum nächsten Kräuterweib"? fragte Brag. Rogon lachte laut und sprach: „Du kannst es wohl kaum erwarten, doch bei der nächsten wo wir Halt machen, das ist ein sehr altes Kräuterweib, da holen wir nur mehr Medizin ab, nichts anderes"! Da musste auch Brag laut lachen und irgendwie beruhigte ihn diese Antwort dann auch.

Bester Laune setzten sie ihren Weg fort und machten diesmal auch am Mittag eine Rast, da sie ohnehin an diesem Tag nicht mehr ihr Ziel erreichen würden.

Abends dann als Brag das Feuer entfacht hatte, zog Rogon einen geschlachteten Hasen aus dem Gepäck und briet diesen langsam über dem Feuer. „Eine Gabe vom Kräuterweib" sagte er. Sie genossen den Duft des bratenden Hasen und füllten sich anschließend die Bäuche reichlich. Das gute Essen machte schnell müde. Brag schlief mit den Gedanken an die letzte Nacht glücklich und zufrieden ein. Mitten in der Nacht wurde Brag durch ein lautes Geräusch geweckt. Im Schein des Feuers konnte er eine Gestalt am Ochsenkarren ausmachen und das war nicht der Heiler. Er weckte Rogon sofort, ergriff auch gleich sein Schwert und eilte zum Karren. Dort versuchte ein Dieb den Karren zu durchwühlen und wertvolles zu suchen. Brag hob sein Schwert zur Bedrohung und der Mann erkannte, dass er diesem wohl nicht gewachsen wäre und suchte schnell das Weite. Rogon noch etwas verschlafen war mittlerweile auch am Karren erschienen und als Brag dem Dieb nachsetzen wollte hielt Rogon ihn zurück und sagte: „Lass ihn, er hat nichts gefunden; denn meine Münzen trage ich am Leibe und wozu willst Du Dein Leben aufs Spiel setzen". Brag erkannte schnell das Rogon Recht hatte und sicherlich auch die Erfahrung der vielen Jahre, die er schon durch die Gegend reiste, ließen ihn etwas sachlicher mit dem Vorfall umgehen. Aber der Vorfall hatte auch sein Gutes, er verband die beiden fester miteinander und Rogon wusste nun, dass er sich im Ernstfall auf Brag verlassen konnte. Brag hingegen hatte auch aus dieser Erfahrung wieder etwas gelernt, nämlich das Überleben das Wichtigste ist und beim nächsten Mal würde er auch etwas mehr Vorsicht walten lassen.

Morgens, nach dem sie den Rest vom Hasen verspeist hatten, zogen sie weiter. Zur Mittagszeit, so hatte ihm Rogon gesagt, würden sie den Ort erreichen, wo sie auf das alte Kräuterweib trafen. Dort würden sie aber nur kurz anhalten und nicht übernachten; denn ihr Weg war noch weit und mehr als Kräuter und Medizin wollten sie ja diesmal nicht erwerben. So kam es dann auch und die Frau war wirklich sehr sonderbar. Sie war klein, bucklig und schon sehr alt. Auch war sie nicht sehr freundlich, sondern kicherte nur immer ganz seltsam und redete auch wirre Worte. Brag wunderte sich schon, dass Rogon hier gehalten hatte. Rogon, der bemerkte das Brag verwundert war, erklärte ihm das sie hier die Medizin bekamen, die er immer dann verwendete wenn jemand bewusstlos geworden war. Diese Auskunft reichte Brag um ihm zu bestätigen dass dieser Aufenthalt doch seine Berechtigung hatte. Zwar hätte ihn die Zusammensetzung der Medizin sehr interessiert, doch er hatte keine Lust dieses verwirrte, alte Weib danach zu fragen.

Rogon verstaute ein paar von den kleinen Fläschchen, gab dem Kräuterweib ein paar Münzen und dann zogen sie auch gleich weiter. Unterwegs scherzte Rogon und sagte zu Brag: „Na da bist du wohl froh, dass die nicht zum Mann gemacht hat, was"? Brag lachte nur laut, das war Antwort genug für Rogon. Aber merke dir den Weg gut zu ihr, sie ist die Einzige, die dieses Mittel herstellen kann. Das hatte sich Brag schon irgendwie gedacht, er hatte sich den Weg gut eingeprägt und würde ihn auch wiederfinden, da war er sich sicher.

Am Abend sprachen sie noch lange über das Kräuterweib und irgendwann traute sich Brag auch nach dem großen Behälter zu fragen, aus dem all die kleinen, unterschiedlichen Fläschchen abgefüllt wurden. Rogon hatte diese Frage schon lange erwartet. Er erklärte Brag, dass es das gleiche wäre, was er beim ersten Kräuterweib zu trinken bekommen habe. Dieses Mittel würde berauschen und die größte Hilfe die es den Menschen leistete war deren Glauben daran und die Wirkung des Rausches und der Entspannung. Die meisten würden dann ihre Schmerzen gar nicht mehr spüren oder vergessen. Deswegen war es egal, dass es nur aus einem Behälter kommen würde. Brag war einerseits entsetzt über diese Antwort, jedoch je länger er darüber nachdachte, desto mehr spürte er die Wahrheit in Rogons Worten. Viele Krankheiten oder Beschwerden kamen also nur daher, dass die Menschen es so empfanden und es gab gar keinen wirklichen Grund dafür. Wenn sie dann daran glaubten, dass es hilft und am Anfang auch die Rauschwirkung spürten, dann war ihr Glaube so fest an die Gesundung, dass diese dann auch in vielen Fällen eintrat. Wieder mal ein wichtiger Punkt in seiner Lehrzeit, den er sich unbedingt merken musste. Was aber war mit denen, die wirklich eine Erkrankung hatten und sich diese nicht nur einbildeten oder die so schwer war, dass der Glaube an die Heilung alleine nicht ausreichte? Darauf hatte Rogon auch keine wirkliche Antwort, sondern sagte nur: „Man kann nicht immer allen helfen, das wirst Du auch noch feststellen".

Mit diesen neuen Erkenntnissen und auch endlich der Gewissheit über den großen Behälter schlief Brag ein.

Direkt nach dem Frühstück am Morgen zogen sie weiter. Sie erreichten nach kurzer Fahrt eine kleine Siedlung mit einem Marktplatz. Brag wollte schon beginnen die Ochsen auszuspannen und den Stand aufzubauen als Rogon ihn bremste und sagte: „Hier wollen wir nur ein paar Tierschädel kaufen und eine neue Zange, damit du üben kannst, wie man Zähne zieht". Brag war sichtlich erfreut und dankte Rogon mit einem freundlichen Lächeln. Rogon zog alleine los während Brag beim Wagen blieb. Nach gar nicht langer Zeit kam Rogon mit den Tierschädeln und einer neuen Zange zurück und sie zogen weiter. Heute suchten sie dann schon zum Mittag einen Rastplatz, damit Brag gleich mit dem Üben beginnen konnte.

Es war gar nicht so einfach wie es aussah, als Rogon die Zähne gezogen hatte. Am Anfang drückte Brag die Zange nicht fest genug zu, so dass er immer wieder abrutschte, dann wieder war es zu fest, so dass die Zähne zerbrachen. Es dauerte eine ganze Weile, bis er das Gespür dafür entwickelte, den richtigen Druck zu finden. Auch erklärte ihm Rogon, dass die Zähne unterschiedlich viele Wurzeln hätten und bei welchen es schwieriger war und bei welchen er nicht so fest ziehen musste. Brag, ein gelehriger Schüler, merkte sich all diese Dinge gut und beim letzten Kopf den sie für diese Übung hatten, gelang es ihm alle Zähne zu ziehen, ohne auch nur einen zu beschädigen. Rogon war sehr zufrieden mit ihm und sagte: „Nun habe ich Dir in kurzer Zeit schon alles beigebracht was ich weiß, entschuldige das es nicht mehr ist, aber auch ich habe nicht mehr gelernt und bin so immer gut durch das Leben gekommen". Wie entscheidend diese Worte für Brag wirklich waren konnte er in diesem Moment noch nicht einschätzen, doch er sollte es bald erfahren.

Sehr zufrieden mit seiner Leistung und zur Feier des Gelernten gönnten sich beide ein Glas von der „guten Medizin" und schliefen dann früh am Lagerfeuer ein.

Brag wieder auf sich gestellt:

Am nächsten Morgen war er spät wach geworden und als er sich umsah, erschrak Brag. Der Ochsenkarren und Rogon waren nicht mehr da. Was war geschehen, warum war er einfach ohne ihn weitergezogen? Brag war völlig ratlos. Rogon hatte ihn nur einen kleinen Sack mit etwas Proviant, ein paar Münzen, der neu gekauften Zange und 2 kleinen Fläschchen mit dem Wundermittel gegen Bewusstlosigkeit da gelassen. Er wollte doch noch soviel von ihm lernen. Aber hatte er es nicht irgendwie angekündigt, hatte er ihm nicht gesagt, dass er ihm nun alles beigebracht hätte was er wusste. Aber warum wollte er alleine weiterziehen, hatte Brag ihn gestört? Er wusste es nicht, er wusste nur, dass er auf eine bestimmte Art und Weise Rogon sehr dankbar war, auch für die Sachen die er ihm da gelassen hatte. Er nahm seinen Beutel, sein Schwert, die Dinge von Rogon und verließ die Feuerstelle in die Richtung aus der sie gekommen waren. Er wollte zum Fluss zurück und diesem weiter folgen. Jetzt hatte er auch die Möglichkeit einigen Menschen zu helfen und sich so sein Auskommen für die Zukunft zu sichern. Erst jetzt spürte er, wie sehr ihm Rogon eigentlich geholfen hatte, er stand nun auf eigenen Füssen und Rogon hatte dafür gesorgt, dass er die wichtigsten Dinge erfahren hatte. Seit langer Zeit mal wieder holte Brag seinen Stein aus der Tasche und als er ihn in der Hand hielt, war dieser wieder weich und warm, so wie früher. So wusste er, dass er nun wieder auf dem richtigen Weg war und dieser Abstecher nur dazu gedient hatte, ihn auf sein Leben vorzubereiten und ihm zu helfen diesen Weg beibehalten zu können.

Für den Weg zurück würde Brag etwas länger benötigen als mit dem Ochsenkarren, aber dafür hatte er jetzt wieder mehr Zeit und Muse die Schönheit der Natur wahrzunehmen und sich nach anderen neuen Dingen umzusehen. Schwer zu finden war es nicht, noch konnte er die Spuren vom Karren sehen und er hatte sich auch immer markante Punkte im Gelände gemerkt. Rogon war übrigens in die andere Richtung weiter gefahren.

Nach ein paar Tagen der Wanderschaft kam er wieder an der Behausung des jungen Kräuterweibes vorbei. Sie war gerade vor ihrem Haus und erkannte ihn sofort. Sie winkte ihn zu sich, doch

Brag lächelte nur freundlich und rief ihr zu: „Ich muss meinen Weg gehen, danke für Dein Handeln". Sie lächelte zurück und hatte schon damals gespürt, dass dieser Junge etwas Besonderes war und eine andere Bestimmung hatte.

Nun dauerte es nicht mehr lange und Brag kam wieder zum Fluss und konnte diesem weiter in Richtung Norden folgen. Die große Siedlung hatte er auch bewusst ausgelassen; denn dort hatte er ja alles gesehen und er wollte schließlich Neues erfahren. Als er an diesem Abend sein Lagerfeuer machte, fühlte er sich irgendwie befreit. Die Zeit mit Rogon war schon schön, aber jetzt fühlte er sich gestärkt und freier. Sein Kopf war gewillt zu Lernen, sein Körper hatte sich in letzter Zeit weiter entwickelt und gekräftigt und außerdem stand der Sommer vor der Tür und was konnte da schöner sein als zu reisen. Viel mehr nahm er wieder die Schönheit der Natur in sich auf, erfreute sich an Landschaft und Pflanzen, aber am allermeisten an den wilden Tieren die er während seiner Reise sah. Er beobachtete sie immer sehr genau und auch aus ihrem Verhalten konnte er so einiges lernen.

Als er am nächsten Morgen seine Weiterreise aufnahm, fühlte Brag schon sehr früh den warmen Wind, der ihm durch die Haare fuhr. Es schien ein heißer Tag zu werden. Aber das sollte Brag nicht stören, wenn ihm zu warm wurde, würde er sich im kühlen Fluss erholen und dann die Reise fortsetzen. Auch bemerkte er wie die Hänge am Rande des Flusses wieder deutlicher anstiegen und schmaler wurden. Die Gegend war ähnlich der, in die ihn sein Vater auf der letzten Reise mitgenommen hatte, nur der Fluss war viel größer und breiter. Brag hatte von den Tieren gelernt, an welchen Stellen er sich dem Fluss nähern oder ihn zum Baden betreten konnte und wo lieber nicht. An vielen engen Stellen, besonders wenn die Hänge sehr steil waren und der Fluss plötzlich deutlich schmaler, dann floss das Wasser viel schneller und diesen Bereich meiden die Tiere, so hatte er festgestellt. Bestimmt wussten sie warum und er würde es genauso machen.

Je weiter Brag nun nach Norden kam, desto steiler wurden die Hänge, desto schmaler die Durchlässe für den Fluss. Auch sprachen die Menschen in den Siedlungen etwas anders. Zwar noch so, dass Brag sie gut verstehen konnte, aber sie betonten manche Laute doch deutlich anders. Ansonsten waren sie den Menschen aus seiner Region sehr ähnlich. Sie lebten genauso vom Ackerbau, Viehzucht und kleinen Werkstätten, wo Gegenstände aus Holz, Eisen, Leder und Ton hergestellt wurden. Auch waren die Siedlungen ähnlich gestaltet. So war es für Brag auch kein Problem hier immer wieder Fuß zu fassen.

Heute war so ein Tag, wo er mal wieder eine der Siedlungen aufsuchen wollte. Als Heiler konnte er noch nicht arbeiten, dafür war er noch zu jung. Aber als Hirte hatte er ja gute Erfahrungen und so jemand wurde immer mal wieder gesucht. Es war einfach mal wieder an der Zeit mit anderen Menschen zu sprechen. Auch musste er seinen Proviant auffrischen. Wie immer begab er sich am frühen Vormittag in die Siedlung. Er schaute sich dann die Häuser an, suchte sich die größeren heraus; denn er wusste ja, dass dort wo die größeren Häuser waren, sich auch die größeren Herden befanden. Die Menschen hier, wie auch bei ihm Zuhause hatten die Tiere im Haus mit untergebracht. Zum einen bot dies Sicherheit für die Tiere und im Winter Wärme für die Menschen. Wenn Brag die Möglichkeit hatte, achtete er auch darauf ob die Menschen Haustiere wie Hunde oder Katzen hatte; denn die Vergangenheit hatte ihm gezeigt, dass diese Menschen besonders freundlich waren. So machte er es auch heute und begann an den größeren Häusern zu klopfen und nach Arbeit zu fragen. Bis jetzt hatte er an diesem Tag noch kein Glück gehabt, zwar waren die Menschen freundlich zu ihm gewesen, aber sie hatten alle ihre eigenen Hirten oder Kinder die diese Arbeit übernahmen. So suchte er noch lange weiter, aber der Erfolg blieb heute aus. Am nächsten Tag wollte Brag es erneut versuchen; denn alle Häuser hatte er noch nicht geschafft. Da er aber nicht in der Siedlung übernachten wollte, machte er sich wieder auf den Weg zurück zum Fluss um dort sein Nachtlager aufzuschlagen. Er hatte noch nicht die Siedlung verlassen als ihn ein Mann ansprach. Dieser hatte gehört, dass Brag nach Arbeit suchte. Es war ein ungewöhnlich kräftiger Mann, der einen Lederschurz trug und mächtige Oberarme hatte. Er sei Schmied sagte der Mann und er suchte jemanden der den Blasebalg bedienen sollte damit das Feuer heiß genug für das Eisen war. Brag teilte ihm mit, dass er keine Erfahrung damit hätte, aber gerne die Arbeit lernen würde und bekundete Interesse. Sie wurden sich einig und der kräftige Mann nahm Brag mit zu seinem Haus.

Hier angekommen lernte Brag schnell die Familie kennen, die aus Frau und 4 kleinen Kindern bestand. Beim Essen erzählte Brag von seinen bisherigen Erlebnissen, auch davon wie er gesehen hatte wie die Holzkohle hergestellt wurde und das sein Vater ihm ein Schwert gekauft hatte. Der Schmied sah sich das Schwert lange an und war begeistert davon. Er fragte Brag wo er dieses bekommen hatte. Brag erzählte genau wo er damals mit seinem Vater war, aber eben auch das dieser alleine bei einem Schmied war, um ihn mit dem Schwert zu überraschen. Immer wieder sah sich der Schmied das Schwert an und fragte Brag ob sie es nicht am nächsten Tag mal an ein paar Holzbalken testen wollten. Brag willigte gerne ein und war gespannt darauf warum es den Schmied so sehr interessierte. Für die Nacht bekam Brag ein eigenes Lager und schlief tief und fest bis zum nächsten Morgen.

Die Schmiede:

Nach einem reichhaltigen Frühstück am nächsten Morgen, begab sich Brag zusammen mit dem kräftigen Mann, in die Schmiede. Das erste Bekannte, was Brag sah, war die Holzkohle. Mit dieser wurde das Feuer geheizt, das der Schmied benötigte um das Eisen auf die gewünschte Temperatur zu bringen. Der Blasebalg war ein Ungetüm aus Leder und Holz und wurde an einer langen Stange auf und nieder bewegt, um Luft in das Feuer zu blasen. Überall lagen und hingen große Hämmer und Zangen um das Eisen zu bearbeiten. Die Hämmer waren so schwer, dass Brag sie kaum halten konnte. Jetzt erklärten sich auch die starken Arme des Schmiedes, sowie das reichhaltige Essen. Noch bevor Brag nach seiner Tätigkeit fragen konnte, sprach der Schmied ihn schon wieder auf sein Schwert an. Er wollte es so gerne einmal ausprobieren.

Sie gingen gemeinsam vor die Schmiede, wo einige Holzbalken lagen. Der Schmied hatte ein eigenes Schwert mit und hieb damit so fest er konnte in einen der Balken, dann nahm er das Schwert von Brag und tat genau das gleiche. Während das Schwert des Schmiedes nur ein kleines Stück in das Holz eingedrungen war und die Schneide auch leichte Schäden davon getragen hatte, drang Brags Schwert fast komplett durch den Balken und hatte keinerlei Schäden davon getragen. Der Schmied untersuchte die Schneide, schüttelte immer wieder mit dem Kopf und schien sehr nachdenklich. Brag selbst war erschrocken, mit welcher Kraft und wie tief sein Schwert in den Balken eingedrungen war. Er stellte sich vor, welch schreckliche Verletzungen es wohl bei einem Menschen hinterlassen würde und das gefiel ihm im Gegensatz zu dem Schmied überhaupt nicht.

Anschließend zeigte der Schmied Brag seine neue Arbeit. Er zeigte sie ihm nicht nur, sondern erklärte auch die Wirkungsweise und das freute Brag besonders; denn so konnte er wieder etwas dazu lernen. Den Rest des Tages fertigte der Schmied so einige Werkzeuge, aber war auch mit der Erstellung eines neuen Schwertes beschäftigt. Er war seit dem Test, außer wenn er etwas erklärte, recht ruhig und nachdenklich geworden, zumindest empfand dies Brag.

Mittags, nach dem gemeinsamen Mahl, bat er Brag schon mal zur Schmiede zu gehen und das Feuer ordentlich vorzuheizen. Er musste noch etwas mit seiner Frau besprechen. Brag tat wie ihm geheißen und brachte das Feuer ordentlich zum glühen. Kurze Zeit später kam der Schmied zurück und arbeitete weiter an seinem Schwert. Als er es fertig gestellt, auch geschliffen hatte, nahm er es mit nach draußen und testete auch dieses wieder an dem Holzbalken. Aber auch dieses Schwert drang nur ein Stück in den Balken ein und auch die Schneide war wieder beschädigt. Kopfschüttelnd warf er es auf einen Haufen alten Eisens und ging brummig mit Brag in das Haus zurück. Er schien unzufrieden mit seiner Arbeit.

Nach den wieder außergewöhnlich reichhaltigen Essen, saß Brag noch mit der Familie zusammen, da sprach der Schmied Brag erneut auf sein Schwert an. Er fragte Brag, ob er ihm den Weg zu der Schmiede zeigen könnte, wo er das Schwert her bekommen hatte. Er würde ihm die Zeit der Reise auch bezahlen und zusammen mit ihm den Weg dorthin auf sich nehmen. Brag zögerte mit einer Antwort; denn es waren bestimmt, sogar bei zügiger Reise, 20 Wegtage bis zu diesem Ort. Aber sie würden bei seiner Familie vorbei kommen und er sie wieder sehen, das war sein nächster Gedanke. Bis sie dann aber zurück wären, würde es schon fast Herbst sein und Brag wollte doch noch soviel Neues sehen. Der Schmied bemerkte sein Zögern und bot ihm deshalb folgendes an, er würde mit Brag zusammen hin und zurück reisen, sie könnten einen Aufenthalt bei Brags Familie machen und er würde ihn im Anschluss bis zum nächsten Frühling beschäftigen und gut entlohnen, so dass Brag dann anschließend gut ausgestattet und ohne sich um sein Auskommen sorgen zu müssen weiter ziehen könnte. Brag bat ihn darum mit seiner Entscheidung bis zum nächsten Tag zu warten, er wollte erst einmal darüber schlafen und in Ruhe nachdenken. Der Schmied gab ihm gerne die Zeit für diese Entscheidung, es schien ihm unheimlich wichtig zu sein.

In dieser Nacht schlief Brag sehr schlecht. Immer wieder musste er über das Angebot des Schmiedes nachdenken und mal entschied er sich dafür und mal dagegen. Bis zum frühen Morgen war er sich unschlüssig, dann hatte er sich entschieden den Schmied zu fragen, warum dies für ihn so wichtig wäre und wenn er den Grund dafür gut finden würde, dann würde er einwilligen. Ja, das war eine gute Entscheidung dachte Brag, so wollte er es machen.

Schon vor dem Frühstück fragte der Schmied Brag nach seiner Entscheidung und war überrascht über die Frage die Brag ihn diesbezüglich stellte. Der Schmied sagte ihm: „Mein lieber Brag, wir werden hier und auch nördlich von hier in letzter Zeit immer häufiger von römischen Soldaten bedroht. Diese fordern Zwangsabgaben und schränken unsere Freiheit ein. Einige Stämme sind dabei aufzubegehren, doch mit unseren bisherigen

Waffen sind wir chancenlos gegen die Römer und deshalb muss ich das Geheimnis des Schwertes kennenlernen, um ebenfalls solche Schwerter schmieden zu können und unseren Stamm gegen die Römer zu stärken". Brag dachte kurz über die Antwort des Schmiedes nach. Da er ja auch schon weiter im Süden über die römischen Soldaten nichts Gutes gehört hatte und sich selbst damals schwor wenn er Erwachsen wäre gegen diese zu kämpfen, fasste er den Entschluss, der Bitte des Schmiedes nachzugeben. Als der Schmied die Entscheidung von Brag hörte, war er sehr glücklich, obwohl er seine Familie dann für eine lange Zeit verlassen musste. Auch die Frau des Schmiedes war erleichtert; denn sie wusste, wenn ihr Mann mit seiner Arbeit nicht zufrieden war, war er nur schwer zu ertragen und das auf lange Zeit wäre sicher viel schlimmer, als die Zeit die er nicht bei ihnen sein konnte.

Schon in vier Tagen sollte es losgehen, der Schmied schien es wirklich eilig zu haben. Er wollte noch ein paar Werkzeuge bis dahin fertig stellen, die die Bauern benötigten und die Reise vorbereiten. Schwerter würde er bis dahin nicht mehr schmieden, die entsprachen einfach nicht mehr seinen Vorstellungen. Brag holte seit langen mal wieder seinen Stein hervor, um diesen nach seiner Entscheidung zu befragen. Der Stein war weich und sehr warm. Ein Zeichen für Brag, die richtige Antwort gegeben zu haben. Auch freute er sich darauf seine Mutter und seine Geschwister wiedersehen zu können. Der Schmied, der noch nie weit aus seiner Siedlung heraus gekommen war, schien sich auch auf die Reise, nicht nur auf das Ziel zu freuen, er hatte schon immer gespannt zugehört, wenn Brag von seinen Erfahrungen und seinen Reisen erzählt hatte.

Die vier Tage vergingen schnell, da noch sehr viel zu tun war. Brag schmerzten oft abends die Arme von der schweren Arbeit, aber er wollte keine Schwäche zeigen und auch er freute sich ja darauf wieder unterwegs zu sein.

Am Tag der Abreise frühstückten sie noch kräftig, dann verabschiedete sich der Schmied von seiner Familie und sie gingen los, in die Richtung zurück, aus der Brag gekommen war. Da Brag große Erfahrung im Reisen hatte und der Schmied ein kräftiger Mann war, kamen sie schnell voran und schon nach 4 Tagen erreichten sie die große Siedlung, wo Brag damals den Heiler getroffen hatte. Hier machten sie eine längere Rast und Brag zeigte dem Schmied auch den großen Marktplatz und erzählte ihm noch einiges über den Heiler. Nur das Stück mit dem jungen Kräuterweib ließ er aus, das war ihm doch zu unangenehm darüber zu sprechen. Aber vergessen hatte er diese Nacht bei weitem nicht. Oft in seinen nächtlichen Träumen sah er das Kräuterweib, wie es auf ihm saß. Wenn er dann morgens erwachte, war sein Lager meistens nicht mehr ganz unbefleckt.

Auf dem Marktplatz hielt der Schmied sogleich Ausschau nach anderen Schmieden die hier ihre Waren anboten. Bei jedem schaute er sich genau die Schwerter an und stellte fest, dass diese genau wie seine geschmiedet waren, nicht aber so wie Brags Schwert. Somit drängte er dann auch bald auf die Weiterreise, um nicht soviel Zeit zu verlieren. Brag war es nur recht, so konnte er seine Familie umso früher sehen.

Es dauerte wiederum nicht lange, dann kamen sie zu der Stelle, wo der Fluss an dem Brag früher gewohnt hatte, in den anderen mündete. Brag schlug vor hier zu lagern, er wollte dann am frühen morgen noch einmal diesen besonders schönen Sonnenaufgang sehen, der ihm damals schon vergönnt war und der Alles in ein so magisches Licht verwandelt hatte. Da es ohnehin auf den Abend zuging stimmte der Schmied gerne ein. Sie saßen an diesem Abend lange zusammen am Feuer und genossen das sonderliche Rauschen der beiden Flüsse die sich hier vereinten.

Am nächsten Morgen lichtete sich der Nebel langsam und als die Sonne hindurch brach gab es wieder dieses magische Licht, das Brag schon damals so in seinen Bann gezogen hatte. Es sah mystisch aus, wenn der Nebel noch tief lag und man die Baumkronen oben heraus ragen sah, die dann gleichzeitig von der Sonne angestrahlt wurden. So als ob nicht nur zwei Flüsse sich vereinigen würden, sondern es zwei Welten wären die hier eng miteinander verbunden waren. Der Schmied hatte leider nicht soviel für die Natur über, aber für Brag war es sehr wichtig und er sagte dem Schmied auch immer wieder wie viel er schon von der Natur und den Tieren gelernt hatte. Vielleicht, so war seine Hoffnung, konnte er im Laufe der Reise, den Schmied auch noch etwas empfindsamer dafür machen.

Jetzt ging die Reise weiter flussaufwärts am Heimatfluss von Brag. Dies war die Gegend mit den flachen Ebenen, den saftigen Auen und vor allem der Weg in Richtung Brags Familie. Beide schritten guten Mutes voran, Brag um seine Familie zu sehen, der Schmied um möglichst schnell hinter das Geheimnis des Schwertes zu kommen. Aber einige Tage würde es noch dauern, bis jeder sein Bedürfnis befriedigen konnte. Brag hatte mit dem Schmied besprochen, dass sie auf dem Hinweg nur kurz bei Brags Familie anhielten, dann zügig weiter flussaufwärts gehen würden damit er ihm den Weg weisen konnte. Dann sollte Brag schon wieder zu seiner Familie zurück gehen und der Schmied wollte ein paar Tage vor Ort bleiben, um sich in die Geheimnisse des Schwertschmiedens einweihen zu lassen. Auf dem Rückweg

würde er dann Brag wieder aufsuchen und mit ihm zusammen zurück zur Schmiede reisen. Dieser Gedanke gefiel Brag sehr gut, so konnte er in Ruhe ein paar Tage mit seiner Familie verbringen und viele seiner Neuigkeiten in Ruhe erzählen. Alles bis auf die Nacht mit dem Kräuterweib, so hatte er es sich geschworen.
Als sie bei Brags Familie ankamen, war die Freude riesengroß. Seine Mutter weinte vor Glück und seine Geschwister waren ebenfalls sehr froh. Als sie hörten, dass Brag aber gleich wieder weiter ziehen wollte waren sie zuerst enttäuscht, doch die Nachricht, dass sie anschließend ein paar Tage zusammen verbringen könnten lies die Stimmung schnell wieder steigen. Diese Nacht jedoch blieben sie in Brags Zuhause Die Mutter und Geschwister waren alle so neugierig von Brags Reise zu hören. Er konnte ihnen aber nur einen kleinen Teil erzählen, den Rest würde er ihnen dann bei seiner Rückkehr berichten, so versprach Brag.
Nach einer kurzen Nacht brachen Brag, der Schmied, sowie ein Bruder von Brag zusammen auf. Der Bruder wollte auch die Gegend kennenlernen; denn er wäre es, der zusammen mit Rig im Herbst die Lämmer wieder zum Verkauf dorthin bringen würde. So könnte er schon einmal den Weg kennenlernen. Da er auch nur ein Jahr jünger war als Brag, konnte er problemlos mithalten.
Wie schon damals auf dem Rückweg ohne Herde kamen sie zügig voran und waren schon nach wenigen Tagen in der bergigen Gegend wo die Köhlerfamilie wohnte. Brag musste den Schmied förmlich dazu drängen hier einen Halt einzulegen. Als Brag ihm aber über die tollen Brenneigenschaften der Kohle berichtete war auch der Schmied plötzlich bereit diesen Halt mit einzuplanen.
Die Köhlerfamilie erkannte Brag sogleich wieder. Brag dankte ihnen noch einmal im Nachhinein für die wunderbare Kohle, die er damals von ihnen bekommen und die sie ganz besonders in den

kalten Nächten der Reise erfreut hatte. Diesmal war es der Schmied, der besonders interessiert an der Arbeit der Köhler war. Er verglich die Kohle mit der die er immer benutzte und stellte fest, dass diese eine bessere Qualität hatte. Ob es an der Art der Verarbeitung lag oder am anderen Baumbestand, das wusste er nicht, aber er bemerkte den Unterschied. Zusammen mit dem Köhler ging er zum Meiler und lies sich die Arbeit dort genau erklären. Wenn er dann wieder in seiner Heimat wäre, würde er zu seinem Köhler gehen und dies vergleichen. Jedenfalls machte das Lob des Schmiedes die Köhlerfamilie sehr stolz und obwohl sie ein karges Dasein fristeten waren sie doch eine auf ihre Arbeit stolze und auch ansonsten sehr zufriedene Familie.

Als Brag, sein Bruder und der Schmied die Köhlerfamilie wieder verließen, gaben sie ihnen noch einige ihrer üppigen Vorräte und wünschten ihnen weiterhin viel Glück. Nun war der Weg nicht mehr weit bis zu der Siedlung an der Brags Vater damals die Lämmer verkauft und heimlich sein Schwert beschafft hatte. Da es meist nur einen Schmied für die umliegenden Siedlungen gab, sollte es also nicht so schwer sein, diesen ausfindig zu machen. Brag jedenfalls wollte den Schmied solange begleiten, bis sie ihn gefunden hatten und als Sicherheit sein Schwert zum Vergleich dort zeigen.

Weiterhin kamen sie gut voran und auch Brags kleinerer Bruder konnte gut mithalten. Am meisten drängelte aber der Schmied, er konnte es gar nicht abwarten endlich hinter das Geheimnis der Schmiedekunst für solche Schwerter zu kommen. Als sie endlich in die Nähe der Siedlung kamen, in der Brags Vater die Lämmer verkauft hatten war es schon kurz vor Sonnenuntergang. Der Schmied drängelte, doch Brag ließ sich nicht erweichen, auch hier galt sein Grundsatz, nie eine Siedlung in der Dunkelheit zu betreten. Dies war eine der vielen Regeln die er vom Vater gelernt hatte und wie er immer mehr spürte, hatte dieser ihm viel mehr gelehrt, als er damals dachte.

Endlich, am nächsten Morgen gingen sie zur Siedlung, zuerst zum kleinen Marktplatz. Einige Händler waren gerade dabei ihre Stände aufzubauen um ihre Waren feil zu bieten. Sie sprachen die Händler an, doch die meisten von denen kamen nicht direkt aus der Gegend. Also warteten sie, bis die ersten Käufer kamen; denn diese mussten ja wissen wo die hiesige Schmiede sei. So war es dann auch, schon der zweite den sie fragten konnte ihnen den Weg beschreiben.

Ohne sich noch weiter auf dem Markt umzuschauen, machten sie sich sogleich auf den Weg zu dieser Schmiede. Sie folgten einem ausgetretenen Pfad und schon nach kurzer Zeit konnten sie das hämmern hören. Der Schmied war vor Freude gar nicht mehr wieder zu erkennen. Sie traten in die heiße Schmiede ein und Brag stellte sich und seine Begleiter vor. Die beiden Schmiede waren schnell am fachsimpeln und Brag und sein Bruder wurden gar nicht mehr beachtet. Da wusste Brag, er hatte seinen Teil der Abmachung erledigt und verabschiedete sich von seinem Begleiter mit der Absprache, dass dieser sich auf dem Rückweg wieder bei ihm meldete.

Brag und sein Bruder machten sich sogleich wieder auf den Weg; denn Brag wollte ja so viele Tage wie möglich mit seiner Familie verbringen.

Die Tage der Rückreise nutzte Brag um sich viel mit seinem kleineren Bruder zu unterhalten. Komisch dachte Brag, so lange war ich doch noch gar nicht weg und trotzdem hatte sich sein Bruder schon so verändert. Ja, auch er war gereift. Durch den Tod des Vaters und den Weggang von Brag, hatten alle in der Familie eine neue Rolle übernommen und somit neue Erfahrungen gesammelt. Vom Bruder erfuhr Brag, dass die Familie ihr gutes Auskommen hatte und der Zusammenhalt genauso wie früher, sehr groß war. Nur die Mutter war oft traurig, da ihr der Vater doch sehr fehlte. Jetzt wo auch Brag den Wert seines Vaters im Nachhinein anders zu schätzen wusste, konnte er das nur zu gut verstehen.

Eins hatte sich Brag für den Rückweg noch vorgenommen, er wollte noch einmal kurz bei dem Kräuterweib vorbei schauen, von der er den magischen Stein in Herzform bekommen hatte. Den Weg hatte er sich gut gemerkt und so kamen sie auch schnell zu der kleinen Hütte vom Kräuterweib. Doch als sie ankamen stellten sie schnell fest, dass hier sich etwas verändert hatte. Alles sah so verwildert aus und als sie an die Hütte klopften öffnete auch niemand. Auf dem Weg zurück zum Fluss kamen sie wieder zu den Holzfällern und Brag entdeckte hier den Mann, der sich damals verletzt hatte. Es ging ihm wieder gut und er ging seiner Arbeit nach. Brag befragte ihn nach dem Kräuterweib. Der Holzfäller teilte ihm mit, dass kurz schon nach seiner Abreise damals das Kräuterweib verstorben war und die Hütte in der sie gewohnt hatte mittlerweile verwaist war. Hatte sie damals schon gespürt, dass es auf ihr Ende zuging und deshalb den Stein an ihn weiter gegeben, fragte sich Brag. Er wusste es nicht und um sicher zu gehen nahm er den Stein aus der Tasche und dieser fühlte sich ganz feucht an obwohl es warm und sonnig war. Weinte der Stein etwa? Jedenfalls war Brag immer mehr von der Magie des Steins überzeugt, ja förmlich gefangen. Er verstaute ihn wieder in seiner Tasche und war nun froh darüber, dass er ihn damals nicht weg geworfen hatte. Sicher würde er ihm noch oft bei der Richtigkeit seiner Entscheidungen hilfreich sein. Traurig über den Tod des Kräuterweibes nahmen sie ihren Rückweg still wieder auf.

Nach nur wenigen Tagen kamen sie wieder bei Brags Familie an. Die Mutter und die Geschwister freuten sich sehr und nun war ja auch endlich die Zeit gekommen, wo Brag über all seine bisherigen Abenteuer in Ruhe erzählen konnte. Brag genoss diese Zeit sehr. Mutter spürte die deutliche Veränderung in ihm, ja er war ein bisschen wie sein Vater in jungen Jahren, so dachte sie. Er war auf seiner Reise sehr gereift und sprach und dachte schon wie ein Erwachsener.

Eins wollte sich Brag jedenfalls nicht nehmen lassen. Er bestand darauf einen Tag mal wieder mit der Herde alleine am Fluss zu verbringen. Dieser Wunsch wurde ihm nur zu gerne gewährt, seine Geschwister freuten sich über den freien Tag. Für Brag hingegen war es wie eine Meditation. Er genoss diesen Tag sehr, dies beruhigende Fressen der Lämmer und der seicht dahin fließende Fluss. Er versank förmlich in der Vergangenheit. Immer wieder kamen in ihm die Erinnerungen an seinen Vater auf, der den er so unterschätzt hatte und der sich als so guter und wichtiger Lehrmeister erwiesen hatte. Brag hoffte nur, er könnte ihm verzeihen, egal wo er jetzt wäre. Der Tag plätscherte so wie der Fluss langsam dahin und irgendwie war es nicht mehr wie früher. Brag spürte wie ihn die Abenteuerlust wieder hinfort zog. Er war ja auch noch lange nicht am Ende seiner Reise und vor allem nicht am Ende seines Weges angekommen.

Er war nun schon wieder seit 7 Tagen zu hause und der Schmied hatte sich noch immer nicht gemeldet. Hatte er ihn etwa vergessen und wollte der ihn um seinen Lohn betrügen oder war ihm gar etwas unterwegs passiert? Brag begann schon zu überlegen ob er nicht wieder alleine aufbrechen sollte. Er würde noch 3 weitere

Tage warten, dann würde er sich wieder alleine auf den Weg machen.

Als Brag am nächsten Tag mit seinen Geschwistern draußen spielte, kam ein Ochsenkarren angefahren, ähnlich dem wie der Heiler ihn hatte. Aber auf dem Karren saß nicht der Heiler sondern der Schmied. Brag begrüßte ihn freudig und wunderte sich doch sehr über diese neue Anschaffung des Schmiedes. Der Karren war voll beladen mit Eisen und Holzkohle. Brag konnte es nicht erwarten was der Schmied ihm zu erzählen hatte. Wenn er es denn erzählen würde. Aber der Schmied war gerne bereit darüber zu sprechen. Er hatte von seinem Kollegen erfahren, dass nicht nur die Art des Schmiedens und das vorhandene Erz dafür verantwortlich war, sondern auch die Temperatur des Feuers, welche wohl durch die besondere Holzkohle erreicht werden konnte. Der Schmied war sehr froh, durch Brag die Köhlerfamilie kennengelernt zu haben um so die richtige Kohle für sein Schmiedefeuer zu bekommen. Sie sprachen noch lange am Abend über die neuen Erkenntnisse des Schmiedes und dieser erzählte ihm, dass sein Kollege nur bereit war sein Geheimnis zu verraten, als auch er ihm den wahren Grund, nämlich der Kampf gegen die römischen Soldaten, genannt hatte warum er solche Schwerter schmieden wollte. Hier spürte man den Zusammenhalt der Menschen gegen die Unterdrückung.

Schon am nächsten Morgen machten sie sich auf den Weg zurück. Brags Mutter und seine Geschwister waren traurig, wussten aber darum, dass Brag seinen Weg gehen musste und irgendwo waren sie ja auch ungeheuer stolz auf ihn. Vielleicht würde er ja auch irgendwann wieder einmal zurückkehren.

Die Reise zurück zur Schmiede im Ochsenkarren ging zwar nicht schneller als wenn sie gelaufen wären, aber sie war weniger anstrengend. Pflichthalt für Brag aber war wieder die Einmündung des Flusses in den anderen, die Vereinigung des Wassers. So eilig es der Schmied auch hatte, diesen Wunsch wollte er Brag doch gern erfüllen. Schließlich hatte dieser ihm ja auch seinen großen Wunsch nach der Erkenntnis der anderen Schmiedekunst erfüllt.

Somit lagerten sie wieder an der Einmündung, saßen lange am Lagerfeuer und Brag freute sich schon auf das Schauspiel des Sonnenaufganges am nächsten Morgen. Wie er diesen Anblick immer genoss. Diese magische Verbindung zwischen den Welten, wie er sie nannte. Hatte dies für ihn eine tiefere Verbindung, Brag empfand jedenfalls etwas ganz Besonderes bei diesem Schauspiel. Er nahm dann auch wieder seinen Stein aus der Tasche um ihn zu befragen. Der Stein war weich, warm und hatte diesmal einen leicht rosa Schimmer. Brag konnte das zwar nicht deuten, aber er wollte ihn weiter beobachten ob die Veränderung anhielt und sicher würde ihm die Zukunft zeigen, was es damit auf sich hatte.

Auf dem weiteren Rückweg wollte der Schmied unbedingt noch einmal bei der großen Siedlung anhalten und den Markt besuchen. Brag gab dem gerne nach, da so ein Markt ja doch immer wieder was Neues bot und seine Neugier ohnehin nur schwer gestillt werden konnte. Dort angekommen ging der Schmied erst zu den verschiedensten Händlern um für seine Frau und die Kinder eine Kleinigkeit zu erwerben die er ihnen von seiner Reise mitbringen konnte, dann aber suchte er zielstrebig nach Händlern die Holzkohle verkauften. Er hatte sich ein Stück vom Ochsenkarren in die Tasche gesteckt und war immerzu am vergleichen mit der dort angebotenen. Bei einem der Händler wurde er dann fündig und vereinbarte für die Zukunft einen Handel mit diesem. Komplett zufrieden kam er zu Brag zurück und sagte: „So, nun habe ich alles was ich brauche, nun können wir endlich nach

Hause". Sie lagerten am Abend noch außerhalb des Talkessels und machten sich dann am nächsten Morgen gleich früh auf die Heimreise.

Wieder bei der Schmiede angekommen waren der Schmied, seine Frau und seine Kinder sehr froh darüber, dass die Reise vorbei war und sich alle gesund wiedersahen. Aber kaum angekommen zog es den Schmied und so zwangsweise auch Brag in die Schmiede. Er konnte es wohl kaum erwarten das Gelernte umzusetzen. Brag ahnte schon, dass nun viel Arbeit am Blasebalg auf ihn zukommen würde. Sein Trost lag aber darin, dass der Schmied ihn gut entlohnen und diese Arbeit seine Muskeln kräftigen würde. Auch hatte sich Brag vorgenommen vom Schmied zu lernen, wohl wissend, dass dies nie seine Berufung wäre, aber vielleicht einmal später im Leben eine nützliche Kenntnis.

So ging der Herbst ins Land, der Schmied hatte nach vielen Versuchen und immer wieder einschmelzen des Eisens es endlich geschafft, seine Schwerter so zu schmieden, dass er zufrieden und stolz auf seine Arbeit war. Die Schwerter verkaufte der Schmied aber nicht auf einem Markt, sondern es kamen immer wieder Männer zu ihm die eins, oft aber auch gleich mehrere kauften. Wenn diese Männer dann kamen, blieben sie nicht nur zum Kauf, sondern auch häufig über Nacht. Es gab dann lange Gespräche zwischen dem Schmied und den Käufern, bei denen aber Brag anfangs nicht zugegen sein durfte. Erst im Laufe der Zeit hatte der Schmied ihn einigen vorgestellt und den Käufern versichert das Brag absolut vertrauenswürdig sei. Dies erfüllte Brag mit Stolz. In den Gesprächen waren immer die Rede von den römischen Soldaten und die Gefahr für die Freiheit. Es wurde über Stammesführer gesprochen, über Vertraute, aber auch über

Verräter, vor denen gewarnt wurde. Brag hörte aufmerksam zu und versuchte sich Orte, Namen und Zusammenhänge einzuprägen. Was Brag jedoch immer wieder verwunderte war, dass alle nur über das bekämpfen und töten sprachen, nie aber über die Verletzten und Verwundeten. Auch warum man sich nicht einig war und sich zusammenschloss um die römischen Soldaten zu vertreiben konnte Brag nicht verstehen. Aber diese Männer, oft wohl Anführer von Stämmen, wussten sicher was zu tun sei.

Auch über den Winter, der dieses Jahr wieder sehr kalt war, musste viel gearbeitet werden. In der Schmiede war es immer schön warm, das gefiel Brag dabei sehr gut. Auch wurde er immer kräftiger, die Arbeit beim Schmied lies seine Muskeln stark werden und auch der erste Bartwuchs begann. Brag wurde immer mehr zum Mann. Aber genau das war auch ein Problem für Brag. Oft musste er an die Nacht mit dem Kräuterweib denken, irgendetwas fehlte ihm. Manchmal dachte er schon daran sich einfach fortzustehlen und entweder seine Reise fortzusetzen oder aber zu dem jungen Kräuterweib zurück zu kehren. Beides aber würde ihn um seinen verdienten Lohn bringen und dafür hatte er nun schon zuviel gearbeitet. Auch wäre die Reise im Winter wohl mehr als beschwerlich gewesen, wo hätte er nächtigen sollen, nicht immer auf seinem Wege hatte er ja eine Siedlung gefunden und wenn, dann wusste er ja auch nicht ob die Menschen dort ihm auch so gut gesonnen waren. Aber diese Gedanken vergingen dann auch so schnell wie sie gekommen waren und Brag widmete seine ganze Kraft und seine Gedanken dann wieder der Arbeit und dem Lernen von seinem jetzigen Lehrmeister.

Allerdings jetzt wo langsam der Frühling nahte, wurde Brag immer unruhiger. Es zog ihn hinaus in die Ferne. So ein langer

Aufenthalt war für ihn wie eingesperrt zu sein. Sein Geist brauchte die Freiheit, das Reisen, das sehen von Neuem. Auch der Schmied spürte die Rastlosigkeit in Brag und eines Tages sprach er zu ihm: „Mein lieber Brag, dir habe ich, meine Familie und meine Freunde viel zu verdanken. Du hast mir nicht nur den Weg zur besseren Schmiedekunst gezeigt, sondern mir auch immer fleissig geholfen. Ich weiß aber, es zieht dich hinaus und dem solltest du auch folgen" Er gab ihm mehr als den versprochenen Lohn und freute sich auch selbst Brag die Freiheit wieder geben zu können; denn Freiheit war ja schließlich auch das, wofür er und seine Freunde kämpften.

Brags Wanderjahre als junger Mann:

Brag genoss die neu errungene Freiheit. Freiheit nicht nur in der Form, dass er wieder wandern konnte wohin er wollte, nein auch dass er sich über sein Auskommen erstmal keine Sorgen machen musste; denn der Schmied hatte ihn ja mehr als großzügig entlohnt. Sicher hatte der Schmied auch durch den Verkauf und Tausch der vielen Schwerter gut verdient. Als erstes ging Brag wieder zum Fluss um von dort aus dessen Lauf zu folgen. Der erste Tag wieder auf Wanderschaft zeigte ihm, was er noch so alles vermisst hatte. Die Schönheit der Natur, die sich langsam emporreckenden Pflanzen, die wilden Tiere, dies alles war ihm nur gar nicht so bewusst gewesen, aber jetzt spürte er es ganz deutlich, tief im Herzen. Mittags setzte er sich dicht an das rauschende Wasser, nahm sein Mahl ein und wurde in seinen Gedanken eins mit dem Fluss. Erst nach einer ganzen Weile erwachte er aus seinem Traum, in dem er mit dem Wasser des Flusses durch das Land gereist war.

Nun aber weiter, so dachte Brag, dem Glück entgegen. Die Landschaft veränderte sich zusehends. Die Berge ragten immer höher auf, die Täler wurden schmaler und der Fluss lauter und floss schneller dahin. Dies war immer ein Warnsignal für Brag, dem Fluss nicht zu nahe zu kommen und eventuell hinein zu fallen. Auch lief dieser jetzt nicht mehr so gerade, sondern machte viele Schleifen, immer den Tälern folgend. Als die Sonne unterging, schlug Brag sein Lager in einer der vielen Flussschleifen auf und sammelte angeschwemmtes Holz für ein Feuer. Das hatte er nun so lange nicht mehr erlebt, die Nacht unter freiem Himmel, nur er, der Fluss und die Nacht. Kein Kindergeschrei, kein Schnarchen, nur die Geräusche der wilden Tiere und das Rauschen des Flusses waren zu hören.

Die Nacht war noch ungewohnt kühl und so machte sich Brag schnell auf, um seinen Körper zu bewegen und die Wärme wieder herzustellen. Er folgte den Schleifen des Flusses immer weiter, bis er irgendwann auf einen Hirten traf. Dieser hütete seine Schafe, er hatte auch 2 Hunde die sogleich auf ihn zugelaufen kamen und kräftig bellten. Brag kniete nieder und die Hunde beruhigten sich. Er streichelte ihnen den Kopf und zusammen gingen sie bis zu dem Hirten. Brag erzählte ihm, dass er auch lange als Hirte gearbeitet hatte und so wurden sie schnell vertraut. Der Hirte erzählte ihm im Gegenzug, dass in der Nähe eine größere Siedlung wäre und wenn er dem Fluss dann noch weiter folgen würde, dieser in einen noch größeren mündete. Noch größer? Das konnte sich Brag gar nicht vorstellen, er wurde sehr neugierig was der Hirte darüber wusste. Aber der sagte nur, dass er selten in diese Richtung gehen würde, da hier die besseren Weidegründe waren.

Brag verabschiedete sich von der kurzen Bekanntschaft und machte sich auf um die Siedlung noch im Hellen zu erreichen.

Dies gelang ihm mühelos; denn der Weg war nicht mehr weit. Wie so oft strebte er als erstes zum Marktplatz. Wie überall auf den Märkten hatten die Händler ihre Stände aufgebaut, manche verkauften direkt von ihrem Ochsenkarren, andere hatten nur eine Art Bauchladen. Plötzlich, er konnte es kaum fassen, sah er einen Ochsenkarren der ihm sehr vertraut war. Es war der Karren des Heilers mit dem er eine Zeit lang unterwegs gewesen war. Brag überlegte ob er zu ihm gehen und ihn fragen sollte, warum er damals einfach ohne ihn davon gezogen war. Oder wäre es dem Heiler unangenehm? Aber bestimmt würde er sich sehr freuen ihn zu sehen.

Brag näherte sich dem besagtem Ochsenkarren und als er ganz dicht dran war, war seine Verwunderung nur umso größer. Nicht der Heiler war bei dem Wagen, sondern das junge Kräuterweib. Was war passiert? Brag ging freudig zu ihr. Auch sie erkannte ihn trotz seiner Veränderung gleich wieder und freute sich ebenfalls sehr. Schnell waren die Kunden vergessen und die beiden kamen sofort ins Gespräch. Das Kräuterweib, sie hieß übrigens Sylka, erzählte Brag, dass der Heiler beim letzten Mal als er bei ihr war, schon schwer krank gewesen sei. Sie hatte versucht ihm noch mit all ihren Mitteln zu helfen, doch es sei zu spät gewesen. Er hatte schon gespürt, dass er den Winter nicht mehr überleben würde. Er hatte sie gebeten, ihn bis zu seinem Ende zu pflegen und ihr dafür den Karren und die Ochsen überlassen. Da ihr nun auch der Abnehmer für ihren Trank fehlte, versuchte sie selbst diesen zu veräußern. Aber so richtig gut lief der Verkauf nicht, die Leute waren entweder zu misstrauisch ihr gegenüber, da sie für ein Kräuterweib ja doch noch sehr jung war oder aber fragten nach Zähne ziehen, was sie nicht konnte.

Brag bot ihr an, mit ihr zusammen zu reisen. Er würde das Zähne ziehen übernehmen und zusammen wäre sie auch nicht so schutzlos und alleine. Dieses Angebot nahm Sylka nur zu gerne an, auch hatte sie schon damals die angenehme Art von Brag zu schätzen gewusst. Das alleine Reisen war für eine Frau schließlich auch nicht ganz ungefährlich. Am Abend zogen sie mit dem Karren aus der Siedlung fort und lagerten am Fluss. Sie beschlossen gemeinsam dem Lauf des Flusses zu folgen und ihre Waren und Heilkünste in den kommenden Siedlungen anzubieten. Nach langen Gesprächen am Lagerfeuer legten sie sich nebeneinander nieder und nur die Ochsen und der Himmel wurden Zeugen einer Nacht wie auch Brag sie bis dahin noch nicht erlebt hatte.

Schon gleich nach dem Erwachen waren sie fröhlich und irgendwie war alles ganz leicht, so dachte Brag. Ein wunderbares Gefühl machte sich in Brag breit. Sein Herz pochte, sein Bauch kribbelte, wann immer er Sylka erblickte. Auch sie lächelte wenn sie ihn anschaute und ihre Augen waren so tiefgründig und schienen die Güte in ihrem Herzen zu zeigen.

Während Brag die Ochsen einspannte, packte Sylka die Sachen auf den Karren und sie setzten bester Laune ihre Reise fort. Noch immer zog der Fluss Schleife um Schleife und Brag war schon gespannt auf den Ort, wo dieser in einen noch größeren münden sollte. Er hatte am Abend auch Sylka davon erzählt. Wieder veränderte sich die Landschaft, die Schleifen des Flusses wurden größer, die Berge wieder etwas niedriger und die Täler breiter. Den ganzen Tag auf dem Ochsenwagen unterhielten sie sich und jeder von ihnen erzählte dem anderen seine Geschichte. Es gab so viel zu reden, dass sie von der Landschaft gar nicht viel wahrnahmen und die Zeit sehr schnell verging. Auch abends am

Lagerfeuer sprachen sie immer noch, hielten sich bei der Hand und teilten anschließend das Lager.

Nach 2 Tagen kamen sie dann zu der Stelle von der Brag Sylka erzählt hatte. Der Eindruck war gigantisch. Dieser große Fluss wurde von dem noch größerem einfach verschlungen. Der daraus resultierende war riesig und unvorstellbar groß. Nie könnte man hier auf die andere Seite kommen dachte Brag. Sie hatten schon aus der Ferne eine große Siedlung ganz in der Nähe ausgemacht und da es noch früh am Tage war, wollten sie dort ihr Glück mit dem Verkauf versuchen. Am Abend, so hatten sie abgesprochen, würden sie dann hier am Ort, der Vereinigung der beiden Flüsse, den Tag ausklingen lassen.

Auf dem Markt war schon reger Betrieb und sie fanden nur noch einen Platz der nicht so günstig gelegen war. Ob es an der gemeinsamen Freude übereinander lag oder an diesem Markt konnten sie nicht sagen, aber Sylka kündigte freudig und mit einem Lächeln ihre Künste an und die Leute kamen in Scharen. Sie vertrauten dieser liebevollen Stimme und Sylka konnte reichlich von ihrer Medizin tauschen bzw. gegen Münzen verkaufen. Auch Brags Zähne ziehen kam gut an. Obwohl er ja jetzt viel kräftiger war als damals beim Üben, hatte er dennoch das richtige Gefühl wie fest er zupacken musste. Kein Zahn brach ab und auch niemand wurde vor Schmerz bewusstlos.

Sie schafften es gar nicht alle Leute zu versorgen und so versprachen sie dem Rest, dass sie morgen wieder zurück wären und es dann weiter ging. Zufrieden mit ihrem Geschäft und dem guten Gefühl der gemeinsamen Arbeit, fuhren sie zu der verabredeten Stelle um am Lagerfeuer den Abend ausklingen zu lassen. So wie die beiden Flüsse, so wollten sie in Zukunft gemeinsam weiter Reisen und eng verschlungen ihren gemeinsamen Weg gehen. Brag tat nun etwas ganz Außergewöhnliches, er holte im Beisein eines anderen Menschen seinen Herzstein hervor. Als er ihn in der Hand hielt war es ganz weich, ganz warm und hatte sich tiefrot verfärbt. Auch Sylka war überrascht über das Aussehen des Steines. Als Brag Sylka ihn in die Hand geben wollte fing der Stein förmlich an zu pulsieren. Beide erschraken und Brag packte den Stein schnell wieder weg. Irgendwie noch sehr benommen von diesem Eindruck hielten sie sich an den Händen, schauten auf die Mündung und schwiegen miteinander. Die Nacht teilten sie wieder gemeinsam ihr Lager, aber dennoch war es anders als die Tage vorher. Nicht mehr die wilde Lust aufeinander war es was sie verband, sondern ein tiefes Gefühl der inneren Ruhe und Liebe zueinander. Ein Gefühl das beide bis dahin noch nicht gekannt hatten. Auch am nächsten Morgen war es anders, nicht das es nicht mehr lustig und fröhlich war, sondern eine tiefe Zufriedenheit und ein inneres Glücksgefühl hatte sich über sie gelegt.

Am frühen Morgen fuhren sie zu dem Marktplatz um die restlichen Leute noch zu versorgen, dann wollten sie gemeinsam weiterziehen. Heute fanden sie auch einen zentralen Platz und es sprach sich schnell unter den Menschen herum wo ihr Wagen stand. Aber zu ihrer Überraschung kam nicht nur der Rest von gestern, sondern es war eine große Traube an Menschen die sie aufsuchte. Ohne Pause bis zum Abend arbeiteten beide und erst als der letzte Patient versorgt war, brachen sie zu ihrer Weiterreise auf. Weit kamen sie an diesem Tag nicht mehr, kurz hinter der Siedlung lagerten sie an dem jetzt enorm breiten Fluss und genossen ihr neues Miteinander in wunderbarer Eintracht. Genau wie der Fluss, dachte Brag. Auch der floss jetzt in gemächlicher Ruhe aber enormer Größe dahin.

Jeder Morgen, an dem Brag und Sylka jetzt gemeinsam erwachten, war für beide etwas Besonderes. Sylka deren Eltern schon so früh verstorben waren, die sich dann die ganzen Jahre mit dem Wissen was sie als Kind schon von ihrer Mutter bekommen hatte über Wasser hielt und viel allein gewesen war, aber auch Brag, der wohlbehütet aufwuchs, kannten diese Form der Liebe noch nicht. Diese Zärtlichkeit, dieses Mit- und Füreinander.

Am heutigen Morgen nahmen sie ihre Weiterreise auf. Sylka sagte, sie müssten schon jetzt immer nach Kräutern Ausschau halten, da ihre zur Neige gingen und der Weg zurück bis zu ihrer verlassenen Hütte zu weit wäre. Immer wenn sie also rasteten, liefen sie etwas die Auen entlang, manchmal ein Stück in den Wald um Kräuter zu suchen. Sie kannten ja das wahre Geheimnis der Medizin, so dass es nichts ausmachte, wenn die Kräuter in ihrer Zusammensetzung auch mal etwas abwichen vom Rezept. Aber wie sie beim gemeinsamen Verkauf festgestellt hatten, war es nicht nur die beschwingende Wirkung der Medizin die den Verkauf ausmachte, sondern auch die herzliche Art von ihnen beiden, was die Menschen anlockte und zum Kauf drängte. Aber dieser Erfolg war im Moment für beide nicht von Bedeutung, sondern wichtig war ihnen einfach, dass sie Zusammen sein konnten.

Je breiter und ruhiger jetzt der Fluss wurde und je flacher die Ufer und angrenzenden Auen, desto häufiger trafen sie auch auf Siedlungen. In allen Größeren hielten sie an, verkauften Sylkas Medizin und Brag zog Zähne oder machte Verbände. Es hätte immer so weiter gehen können, so wünschten sie sich das. Aber je weiter sie nach Norden kamen, umso häufiger hörten sie schlimme Klagen über die römischen Soldaten. Brag dachte, diese wären nur im Süden, nun musste er aber feststellen, dass sie wie in einem Bogen auf der einen Seite von den Soldaten und dem Fluss auf der anderen, eingeschnürt waren. Es hatte den Anschein, als würde sich der Raum in dem sie sich frei bewegen könnten, immer enger werden. Es gab schon Siedlungen in denen berichtet wurde, dass die Römer vor Ort gewesen waren und Waren und Tiere als Bezahlung für ihr Dasein gefordert hatten. Den Bauern und Viehhaltern ging es zwar nicht schlecht, aber die Römer noch zusätzlich versorgen, das konnten sie nicht. Auch wollten die Soldaten, dass die Menschen sie als Herren anerkannten. Das passte aber so gar nicht in das Denken der hier Siedelnden.

In einer der größeren Siedlungen traf Brag auf dem Markt einen der Männer, die damals beim Schmied waren und Schwerter gekauft hatten. Auch der Mann erkannte Brag gleich wieder. Sie unterhielten sich eine ganze Zeit lang und Brag kehrte anschließend besorgt zu Sylka zurück. Er erzählte ihr von dem Gespräch, dass der Mann gesagt hatte, dass die Gegend hier nicht mehr sicher sei und die Römer vom Norden und vom Westen immer öfter in die Region vordrangen und versuchten dem Volk ihren Willen aufzuzwingen. Erst mit Worten, dann mit Gewalt. So waren schon viele Hütten abgebrannt worden, Frauen und Kinder verschleppt und viele Männer getötet.

Durch diese schlechte Nachricht berührt, beschlossen Brag und Sylka, nun lieber nicht mehr weiter gen Norden zu fahren, sondern lieber wieder umzukehren und ihr Glück im noch freien Land, aus dem sie kamen, zu versuchen. Wie zur Überprüfung ihrer Entscheidung befragte Brag seinen Stein. Als er einen Moment alleine war, holte er ihn aus der Tasche und der Stein war weich, sehr warm, rot und pulsierte schnell. Das deutete Brag als richtige Entscheidung.

Sie beendeten auch hier ihren Markttag erfolgreich und ihre Liebe zueinander ließ sie schnell die Sorgen vergessen. Aber dennoch traten sie die Rückreise an. Sie hatten sich dabei vorgenommen, diesmal die kleineren Siedlungen, in denen sie auf dem Hinweg noch nicht gehalten hatten, zu besuchen und dort ihre Heilkunst feil zu bieten. Zwar kamen die Kranken nicht in der Menge wie in den großen Siedlungen, aber für das Auskommen des jungen Paares reichte es gut. Meist mussten sie so auch nur einen halben Tag auf dem Markt bleiben und konnten die restliche Zeit für die Weiterreise oder das Sammeln von Kräutern verwenden. Manchmal aber saßen sie auch nur gemeinsam am Fluss, schauten in das Wasser und schwiegen. Es war die schönste Zeit in ihrem bisherigen Leben. Beide konnten nicht voneinander lassen und waren nur wirklich glücklich wenn sie einander sehen oder sich berühren konnten.

Die Zeit verging sehr schnell, der Sommer kam und beide genossen die Wärme, das gemeinsame Baden im Fluss und vor allem sich gegenseitig. Sie empfanden nie Langeweile wenn sie zusammen waren und immer noch war da dieses Lächeln von Sylka, was Brag so verzaubert hatte. Ihr Lächeln, ihre Augen, ja sie war ein wahrer Glücksgriff für ihn.

Da sie nicht immer zu den gleichen Märkten fahren konnten, wichen sie bei ihrer Tour auch oft in Richtung Westen aus, um dort Siedlungen aufzusuchen. Hier mussten sie zumeist einen höheren Bergrücken überqueren, bevor sie dann wieder in die Ebenen kamen in denen die Siedlungen lagen. Auf jedem Marktplatz wo sie ankamen waren sie willkommen. Dort erkundigten sie sich dann auch gleich bei den anderen Händlern nach weiteren Siedlungen und ließen sich den Weg erklären. Dies war Brags vorausschauende Art, die ihn an so etwas denken lies.

Zwischendurch sammelten sie dann wieder Kräuter und ergänzten ihre Vorräte. Für den Winter hatten sie beschlossen die alte Hütte von Sylka wieder in Ordnung zu bringen; denn mittlerweile war diese bestimmt verfallen. Dort wollten sie dann überwintern, bevor sie im Frühjahr wieder ihre Tour machen würden. Ja so schön konnte das Leben sein. Brag war so glücklich, dass alles so gekommen war.

In den letzten Tagen hatte sich Sylka irgendwie verändert. Lag es daran, dass sie beschlossen hatten den Winter in ihrer alten Hütte zu verbringen, störten sie die Erinnerungen daran? Brag konnte es sich nicht erklären. Auch war ihr oft übel und sie musste sich dann übergeben. Dabei machte sie aber keinen kranken Eindruck und auch wenn Brag sie berührte, fühlte es sich gut an. Ganz im Gegenteil, ihre Haut war straff, ihre Wangen wohl gerundet und ihr Gesicht strahlte. Aber irgendetwas war anders. Brag spürte es genau.

Als er am Abend mal wieder seinen Stein hervor holte machte er eine sonderbare Entdeckung. Der Stein war wie immer in letzter Zeit, warm, weich, rötlich und pulsierend, aber in der Mitte des Steines schien es so, als würde sich ein zweiter bilden. Sozusagen Stein in Stein. Schnell packte Brag den Stein wieder in seine Tasche, lief zu Sylka und sagte: „ich glaube, Du trägst ein Kind unter deinem Herzen". Sylka sah ihn freudig an und lächelte nur in gewohnter Weise wissend. Sie war sich noch nicht sicher gewesen, deswegen hatte sie Brag noch nichts gesagt. Als sie Brag fragte, wie er darauf käme, erklärte er ihr die Sache mit dem Stein und das ihm dann plötzlich eingefallen war, wie Mutter sich immer verändert hatte, wenn sie eines seiner kleinen Geschwister unter dem Herzen getragen hatte. Sylka wollte den Stein sehen und ja, es war wie Brag sagte, in der Mitte bildete sich ein zweiter Stein.

In der nächsten Zeit behandelte Brag Sylka als wäre sie aus Glas und könnte jederzeit zerbrechen. Sylka gefiel das gar nicht, sie bat Brag das zu unterlassen und sie ganz normal zu behandeln, schließlich ging es ihr gut und sie war ja nicht krank. Brag versprach es ihr, doch heimlich erledigte er alle schweren Arbeiten, so dass Sylka gar nicht erst in die Gelegenheit kam diese zu tun. Sie lächelte dann nur wissend und genoss auch diese Fürsorge.

Der Herbst näherte sich und wenn Brag ganz genau hinschaute, dann konnte er auch schon sehen, wie Sylkas Bauch wuchs. Zumindest redete er sich das ein. Sie zogen jetzt noch eine Weile nach Süden bevor sie dann bald nach Westen schwenken und in Richtung Sylkas alte Hütte reisen wollten.

Es war mal wieder ein Marktplatz, in einer der kleineren Siedlungen, wo sie heute waren. Es ging auf Mittag zu und es waren nur noch wenige Kranke zu versorgen. Plötzlich gab es einen Riesenkrach, Menschen schrien, wie es Brag noch nicht gehört hatte. Kinder heulten und laute metallische Geräusche wie in der Schmiede waren zu hören. Brag war gerade dabei noch Vorräte zu besorgen und Sylka bediente die letzten Kunden. Dann sah Brag was geschah, eine ganze Horde von Soldaten überfiel den Markt, sie brannten die Stände nieder, schmissen Wagen um und schlugen wild mit Schwertern um sich. Sofort eilte er zu ihrem Wagen um Sylka und ihr Hab und Gut in Sicherheit zu bringen. Doch es war zu spät, der Wagen war umgestoßen und brannte lichterloh. Von Sylka keine Spur. Ein schreckliches Gefühl überkam Brag. Hatte sie sich noch schnell verstecken können? Er rannte die Gassen der Siedlung lang, ohne darauf zu achten ob Soldaten kamen oder nicht. Ihm war jetzt alles egal, er musste Sylka finden. Aber so sehr er auch suchte, Sylka war nirgends zu finden. Brag war todtraurig. Er wusste nicht was er tun sollte. Immer und immer rief er ihren Namen, überall schaute er nach, fragte die Menschen. Doch diese waren alle noch selbst so verschreckt oder auf der Suche nach Angehörigen, so dass er keine Auskunft erhielt. Keiner hatte Sylka gesehen oder kannte ihren Verbleib. Brag wurde fast wahnsinnig vor Schmerz in seinem Herzen. Wäre er nur nicht alleine zum Besorgen der Vorräte gegangen. Wäre er bloß bei Sylka geblieben. Warum war er so egoistisch gewesen und hatte sie nur allein gelassen. Diese Fragen quälten Brag in das Unermessliche. Er suchte noch den ganzen Tag, die Nacht und den nächsten Tag, dann wusste er, er hatte Sylka für immer verloren. Sylka und ihr gemeinsames Kind. Auch alle seine Sachen, bis auf die die er am Leibe trug, waren verbrannt. Wahnsinnig vor Trauer ging er zum Fluss und ließ seinen Tränen freien Lauf, so dass diese vom Fluss mit auf die große Reise genommen wurden. Alles war ihm geschenkt worden, das größte Glück das er sich vorstellen konnte und nun war auf einen Schlag alles wieder genommen. Er hasste die Soldaten, er würde jeden von ihnen töten den er sehen würde.

Brags Trauer- und Rachegefühle:

Nach der traurigsten Nacht die er je erlebt hatte, war er innerlich völlig leer. Er wusste gar nicht was er machen sollte. Wohin würde ihn sein Weg jetzt führen. Der Winter nahte und Brag war bis auf sein Wissen völlig mittellos. Das einzige was ihm einfiel war der Schmied. Bis dorthin war es von hier nicht weit und vielleicht könnte er den Winter über ja wieder bei ihm arbeiten. Er wollte auch nicht viel dafür haben, nur Unterkunft und Essen. Ja, es würde ihm sogar gut tun, dabei zu helfen Schwerter zu schmieden, mit denen die widerlichen, römischen Soldaten getötet würden. Vielleicht hatte er auch die Möglichkeit zusammen mit einem der Käufer in die Schlacht zu ziehen. Er würde so viele von ihnen töten wie er nur konnte. Brag war ganz fest und tief in seinen Rachegefühlen.

Somit machte er sich auf den Weg zur Schmiede. Unterwegs nahm er rein gar nichts von der Schönheit der Landschaft wahr. Immer wenn er an einen Platz kam, an dem er schon mit Sylka gewesen war, musste er weinen. Dann liefen die Tränen über sein Gesicht ohne dass er irgendwas dagegen tun konnte. Aber das wollte er auch nicht wirklich. Das Weinen half ihm im Kampf gegen die Traurigkeit. Die Vorgänge wie Lagerfeuer machen, Lager bereiten, liefen alle wie von selbst ab. Jede Freude, jeder Spaß war ihm vergangen. Auch das Einschlafen war schwer für ihn, seine Gedanken waren immer bei Sylka. Als er wieder einmal nicht schlafen konnte, holte er seinen Stein hervor, hielt ihn in der Hand und der Stein war ganz hart und kalt. Ganz so wie am Anfang, bis auf das er sich feucht anfühlte, so als würde auch er weinen. Der kleine Stein in der Mitte aber war noch da. Dieses alles verwirrte Brag nur noch mehr und er überlegte erneut ob er ihn einfach in den Fluss werfen sollte. Was sollte der Stein ihm jetzt noch Gutes tun können? Es gab nichts mehr worauf sich Brag noch freuen konnte. Verdrossen steckte er ihn wieder in die Tasche und schon graute auch der Morgen. Sein Körper fühlte sich durch die ganze Trauer und den wenigen Schlaf sehr schwach und schlapp an. Aber er stand auch heute auf und ging seinen Weg weiter in Richtung der Schmiede. Wenn er an diesem Tag zügig voran schritt, so wusste er, würde er heute noch dort ankommen. Würde ihn die Familie wieder so freundlich aufnehmen?

Kurz bevor die Sonne unterging erreichte Brag die Schmiede. Er ging nicht zum Wohnhaus, sondern direkt in die Schmiede. Der Schmied war noch bei der Arbeit und freute sich überschwänglich Brag zu sehen. Als er aber bemerkte, dass Brag sehr traurig war, schaute auch der Schmied zurückhaltend und fragte was denn los sei. Erst wollte Brag nicht heraus mit der Sprache, der Schmerz war einfach zu groß. Aber dann brach es aus ihm hervor. Unter Tränen erzählte er dem Schmied die ganze Geschichte. Diese war so traurig, dass selbst bei diesem starken Mann die Tränen liefen. Sie hielten sich gegenseitig fest und der Schmied stellte für diesen Tag die Arbeit ein. Er nahm Brag mit ins Haus, erklärte kurz der Frau die Situation. Brag war dankbar für den ruhigen Abend den sie ihm gaben und auch für die Arbeit die er wieder aufnehmen durfte.

Am nächsten Morgen erzählte ihm der Schmied, dass er von einem Käufer schon von dem Scharmützel gehört hatte. Immer öfter wurden jetzt Siedlungen überfallen, niedergebrannt und Menschen getötet oder verschleppt. Das wäre auch der Grund dafür, dass er jetzt nur noch Schwerter fertigte und keine Gebrauchsgegenstände mehr. Die Stämme würden alle aufrüsten sagte er. Jede Waffe und jeder Mann würde gebraucht. Das freute Brags Rachegefühle und er wollte dabei helfen, so oder so. Der Schmied allerdings war froh, dass Brag beim schmieden der Schwerter half; denn nach seiner Ansicht war er nicht als Kämpfer geboren und außerdem noch viel zu jung um schon im Kampf zu sterben.

Immer wenn jetzt Käufer kamen, die auch über Nacht blieben, war Brag wieder bei den Gesprächen dabei. Jetzt hörte er aber nicht nur zu, sondern beteiligte sich auch aktiv am Gespräch. Durch seine Art erkannten die Männer schnell, dass Brag ein sehr wacher Geist war. Zwar vielleicht kein Kämpfer, aber einer der organisieren und planen konnte. Zumindest aber konnte er helfen die Verwundeten zu versorgen. Einer der Männer bot ihm daher an, wenn er das nächste Mal im Frühling her kommen würde, um Schwerter zu erstehen, dann könnte Brag ihm folgen und mit seinem Stamm zusammen in den Kampf ziehen. Brag stimmte sofort voreilig zu. Der Schmied sah ihn daraufhin sehr ernst an, sagte aber nichts; denn er wusste, der Junge war noch sehr tief von Rachegefühlen geführt.

Brag stürzte sich förmlich in die Arbeit, um sich von seiner Trauer abzulenken. In der ersten Zeit war es wieder der Blasebalg, den er bedienen musste. Aber immer öfter zog der Schmied ihn auch zu anderen Tätigkeiten heran und zeigte ihm viel von seinem Handwerk. Er verriet ihm auch so manches Geheimnis, was die Bearbeitung von Eisen betraf. Brag wurde durch die harte, körperliche Arbeit immer kräftiger. Der Schmied sah dies mit Freude und manchmal dachte er, vielleicht wird ja doch noch ein Schmied aus ihm. Während des Tages, wenn Brag viel zu tun hatte, ließ sich der Schmerz ertragen, aber zur Nacht, wenn er dann alleine auf seinem Lager lag, dann war er wieder da, dieser quälende, nicht enden wollende Verlustschmerz. Brag musste dann oft weinen und versuchte sich an die schöne Zeit mit Sylka zu erinnern. Hin und wieder schaute er auch seinen Stein an, aber dieser blieb einfach unverändert, immer hart, hell und feucht – so als würde auch er immer weinen. Brag hatte aber festgestellt, dass der kleine Stein, der im Großen eingelagert war, ganz allmählich wuchs.

Je länger der Winter dauerte, desto mehr lernte Brag. Auch wurde der Schmerz seltener und manchmal erwischte er sich dabei, dass er sogar wieder lachen konnte. Heilte die Zeit doch alle Wunden?

Fast schien es so. Aber was würde er tun, wenn er auf römische Soldaten treffen würde, fragte er sich. Würde er wirklich versuchen sie zu töten? Das war ja eigentlich nicht seine Art, er war ja schon damals erschrocken, als der Schmied mit seinem Schwert so heftig in den Holzbalken geschlagen hatte. Außerdem wäre er ja dann auch nicht besser als die Verbrecher, die Sylka verschleppt oder getötet hatten. Vielleicht würde er jemanden töten, der gar nichts mit der Sache zu tun hatte. Dessen Eltern oder seine Frau wären dann ebenfalls sehr traurig. Nein, töten war nicht das was er tun sollte. Der Vater hatte ihn gebeten zu lernen und den Menschen Gutes zu tun. Wie hatte er das nur vergessen können. Dennoch war es nicht richtig, was die römischen Soldaten mit der Bevölkerung machten und so konnte er auch die verstehen, die dagegen kämpften. Wenn er im Frühjahr von dem Käufer abgeholt werden sollte, dann würde er mitgehen, aber nicht um zu töten, sondern er würde sich um die Verletzten und Kranken kümmern, damit nicht noch mehr Leid auf die Menschen zukam. Ja, so wollte er das machen. Das wäre sicher auch in Sylkas Sinne.

Die Tage wurden länger, Brags Trauer und Wut wurden weniger und er freute sich schon auf den Frühling. Brag war jetzt schon ein kräftiger, junger Mann. Es wurde Zeit für ihn seine Reise wieder fortzusetzen, er wartete nur noch auf den Käufer, der ihm versprochen hatte, ihn mitzunehmen. Der Tag kam schneller als er dachte. Der Mann kam wieder, kaufte einige Schwerter und schon am nächsten Morgen sollte es los gehen. Der Schmied wies ihn noch einmal auf die Gefahren hin und hatte etwas Bedenken, dass Brags Rachegefühle wieder aufkamen. Brag konnte ihn aber beruhigen und erklärte ihm sein Vorhaben. Beruhigt ließ der Schmied ihn gehen, gab ihm reichlich Proviant und auch einige

Münzen mit. Dann hatte er noch ein besonderes Geschenk für Brag, eine Zange. Mit der kannst du wieder Zähne ziehen, denn kranke Kämpfer sind schlechte Kämpfer. So kannst du Gutes tun und trotzdem die Männer, die sich für unsere Freiheit einsetzen, unterstützen.

Der Kampf für die Freiheit:

Bagor, so nannte sich der Mann, der Brag mitnahm auf seine neuen Abenteuer. Wieder folgten sie dem Fluss in der Richtung wie dieser seinen Weg nahm. Diese Strecke kannte Brag nur schon zu gut. Immer wenn sie an eine Stelle kamen, die Brag auch im letzten Jahr schon mit Sylka bereist hatte, wurde Brag wieder traurig, nicht mehr so schwer wie im letzten Jahr, aber vergessen würde er Sylka nie.

Bagor war niemand der viele Worte machte, eher ein stiller, aber sehr bedachter Mann. Manchmal hätte sich Brag etwas mehr Unterhaltung auf dem Weg gewünscht, aber Bagor sprach nur, wenn es wichtig war. Heute kamen sie an die Stelle, an der dieser Fluss in den anderen großen mündete. Bagor hatte keinen Blick für diese Schönheit der Natur, er drängte zum Weitermarsch und sagte nur: „Meine Männer warten auf die Waffen, wir können uns nicht mit solchen Dingen aufhalten". Für Bagor schien nur der Kampf um die Freiheit wichtig, alles andere hatte er diesem edlen Ziel untergeordnet. Da er nun immer öfter von seinen Männern sprach, ging Brag davon aus, dass Bagor ein Anführer sein musste. Immer abends, wenn Brag das Lagerfeuer vorbereitete, übte Bagor mit seinem Schwert. Es sah so aus, als ob er gegen imaginäre Feinde kämpfte. Einmal forderte Bagor Brag auf es ihm gleich zu tun. Als Brag erwiderte, er wolle niemanden töten, sagte

Bagor nur: „Aber verteidigen solltest du dich schon können; denn tot kannst du niemanden mehr helfen". Das sah Brag ein und ab dem nächsten Abend ließ er sich von Bagor in die Kampfkunst mit dem Schwert einführen. Durch die harte Arbeit beim Schmied war Brag sehr kräftig geworden, ausdauernd und zäh war er schon immer. Er stellte sich geschickt in der Führung des Schwertes an und Bagor sprach: „Eigentlich schade, mit Dir hätten wir einen weiteren starken Mann". Brag lächelte nur über das Lob und antwortete: „Mein Nutzen für Euch wird viel größer sein, als wenn ich mit dem Schwert kämpfen würde".

Heute verließen Brag und Bagor den Flusslauf in Richtung Westen. Bragor hatte ihm gesagt, dass es noch 2 Tagesmärsche bis zu seiner Siedlung waren. Zuerst mussten sie eine etwas hügelige Gegend überwinden, dann folgte nur noch ebenes Gelände, so dass sie gut voran kamen.

In Bagors Siedlung wurden sie freudig begrüßt. Bagor hatte seinen Leuten schon vorher mitgeteilt, dass er noch jemanden mitbringen würde. So wurde auch Brag schnell in die Gemeinschaft aufgenommen. Es war eine recht große Siedlung und Bagor hatte eine Menge von Männern um sich geschart. Jeden Tag, wenn diese ihr normales Tagwerk beendet hatten, trafen sie sich. Dann wurden entweder Gespräche geführt oder es wurde der Schwertkampf trainiert. Manchmal übten die Männer mit verbundenen Augen, das verwirrte Brag etwas. Aber Bagor erklärte ihm, das wäre nötig, damit sie in der Dunkelheit besser kämpfen könnten. Überhaupt war die Nacht wohl ihre Zeit, in der sie ihre Angriffe durchführen wollten. Immer und immer wieder übten sie das. Auch streiften sie oft nachts durch die Gegend und sollten somit Sicherheit in diesem Gebiet bekommen; denn es waren große Wälder, die schon am Tage nicht leicht zu durchqueren waren.

Die Streifzüge in der Nacht führten leider immer noch häufig zu Verletzungen der Männer. Manche knickten mit dem Fuß um, andere stießen sich an Ästen und trugen Kopfwunden davon. Hier kam nun Brag ins Spiel. Er verband die Kämpfer, half ihnen mit Kräutern oder mit einem speziellen Trank. Diesen hätten die Männer am liebsten immer gehabt, selbst wenn sie nicht verletzt waren. Denn scheinbar gefiel ihnen die leicht berauschende Wirkung.

Bagor und Brag hatten festgestellt, wenn die Männer nur etwas von diesem Trank zu sich nahmen, dass dann ihre Wahrnehmung geschärft und ihre Kampfbereitschaft erhöht war. Das behielten die beiden aber für sich und würden es nutzen, wenn es nötig wäre.

Die neuen Schwerter, die Bagor für seine Männer gekauft hatte, waren deutlich kürzer als ihre bisherigen. Dies hatte Bagor schon damals mit dem Schmied so abgesprochen. Erst waren die Männer darüber etwas enttäuscht, doch als sie spürten, dass man mit den kurzen Schwertern im engen Wald oder Unterholz viel besser kämpfen konnte, verstanden sie diese Entscheidung. Bagor war schon ein Anführer, der auch etwas weiter dachte. Es machte Brag sehr stolz, von einem so weisen Anführer geführt und akzeptiert zu werden. Auch befragte Bagor Brag oft nach seiner Meinung.

Es kam der Tag, da nahm Bagor Brag mit auf eine kurze Reise. Sie wollten andere Stammesführer besuchen und mit ihnen sprechen. Ihr Weg führte sie immer weiter nach Westen und zu einigen Siedlungen in denen sie mit anderen Anführern sprachen. Bei einigen dieser Gespräche durfte Brag dabei sein, bei anderen wiederum bat Bagor ihn, dass er diese alleine führen möchte. Neuerdings war es so, dass immer wenn sie eine Siedlung verließen, der dortige Anführer mit ihnen kam. Inzwischen waren sie schon eine ansehnliche Anzahl von Männern. Gemeinsam zogen sie immer noch in Richtung Westen. Auf der Reise kam es immer wieder zu Diskussionen unter den Männern. So wie Brag das verstehen konnte, waren sich einige unsicher, ob der Stammesführer zu dem sie sich jetzt begeben würden, auch vertrauenswürdig wäre. Manche sprachen davon, dass er mit den Römern gemeinsame Sache machte. Andere wieder sagten, dass dies vorüber sei und er jetzt auf ihrer Seite stünde.

So kamen sie in die Siedlung deren Stammesführer Segimer hieß. Auch aus anderen Richtungen kamen Stammesführer, es schien ein großes Treffen zu werden. Es bildete sich ein richtiges Lager. Auch hier wurde untereinander immer noch lautstark diskutiert, es gab viele die meinten, sie wären der Anführer von Allen. Segimer versuchte die Männer zu beruhigen und versprach für den nächsten Tag eine Überraschung.

Am nächsten morgen konnten es alle kaum noch erwarten, was da auf sie zukommen sollte. Und dann geschah es, ein römischer Soldat kam geritten. Was sollte das? Hatte Segimer sie verraten? Aber wieso dann nur 1 Soldat? Schnell stellte sich heraus, dass dieser römische Soldat Arminius war, der Sohn des Segimer. Arminius war als Kind zu den Römern gekommen und hatte dort Karriere gemacht. Aber was wollte er hier?

Arminius hielt eine Rede, in der er klar machte, dass nur wenn sie alle zusammenhalten würden, sie eine Chance gegen die römische Übermacht hätten. Da er selbst eine führende Position in der römischen Armee hatte, kannte er die Gewohnheiten und auch die Verletzbarkeit der Legionen. Die Männer aus den verschiedenen Siedlungen ließen sich zur Gemeinschaft überreden und benannten Arminius zu ihrem Anführer. Arminius schilderte seinen Plan. Teilte die Stammesführer mit ihren Männern in verschiedene Gruppen ein und benannte auch gleich die Orte, wo diese sich postieren sollten. Auch beschrieb er ihnen, wie sie vorgehen sollten. Nun mussten alle schnell in ihre Siedlungen zurück gehen, ihre Männer hinter sich scharren, am vereinbarten Ort lagern und abwarten bis die Legionen hier lang kämen. Diese wären dann auf dem Weg in ihr Winterlager sagte Arminius. Er würde dafür sorgen, dass sie ihren gewohnten Weg verließen und gezwungen wären durch das Unterholz zu marschieren. Dies sollte mit einer List geschehen.

Eilig machten sich alle auf den Weg; denn die Zeit war knapp. Bagor und Brag machten kaum eine Rast auf dem Rückweg. Unterwegs erzählte Bagor, dass ihre Aufgabe es wäre, die Römer immer nur nachts anzugreifen. Tagsüber würden sie sich zurückziehen und andere Truppen würden den Kampf weiterführen. Jetzt verstand auch Brag die nächtlichen Übungen, die kurzen Schwerter sowie das Training mit verbundenen Augen. Bagor wollte möglichst früh am vereinbarten Ort sein, damit sich seine Männer noch gut das dortige Gelände anschauen könnten, um auch bei Nacht sicher ihre Angriffe zu führen.

Kaum in der Siedlung angekommen, wurden alle Männer zu den Waffen gerufen und machten sich sogleich wieder auf den Weg.

Brag hatte reichlich von seiner Medizin mitgenommen; denn diese sollte ja noch ihren besonderen Einsatz bekommen. Auf dem Weg zu ihrem Einsatzort machten sich die Männer gegenseitig Mut und waren guter Stimmung. Würden sie es endgültig schaffen die Römer aus dem Land zu jagen und dann endlich in Ruhe, Frieden und vor allem Freiheit leben zu können?

Nach ein paar harten Tages- und Nachtmärschen kamen sie an dem Ort an, den Arminius ihnen zugewiesen hatte. Gleich machten sich die Männer mit der Gegend vertraut. Jede freie Minute waren sie in der näheren Umgebung unterwegs. Übten mit ihren Schwertern und machten sich für den Kampf bereit.
Durch das viele Üben im Gelände und nur wenige Möglichkeiten sich zu reinigen waren die Männer sehr verdreckt. Wenn sie sich nachts orientierten, war aufgefallen, dass die schmutzigsten am schlechtesten zu sehen waren. Daraufhin begannen sich die Männer absichtlich mit Erde und Dreck zu tarnen, ja selbst im Gesicht beschmierten sie sich damit. Sie waren bereit!
Schon von weitem hörten sie dann den Lärm, es war noch früh am Tage, aber deutlich konnten sie hören, dass der Kampf begonnen hatte. Am liebsten wären die Männer gleich losgerannt um ihre Leute zu unterstützen, aber Bagor hielt sie zurück und mahnte zur Disziplin. Ihre Aufgabe waren die nächtlichen Angriffe. Sie sollten immer wieder angreifen, einige Soldaten eliminieren und sich dann wieder in die Deckung zurück ziehen. Dann wieder an anderer Stelle zuschlagen und immer so fort.
Als es begann Dunkel zu werden, verteilte Brag an alle etwas von seiner Medizin. Die Männer waren aufgeregt und kampfbereit, ja sie brannten förmlich darauf die Römer aus dem Land zu jagen. Erst als es wirklich Nacht war, gab Bagor den Befehl zum Angriff. Immer in kleinen Gruppen stießen die Kämpfer auf den langen Tross der römischen Soldaten zu. Töteten einige und verbargen sich sogleich wieder im Unterholz. Obwohl die Römer schon den ganzen Tag gekämpft hatten, waren sie von diesen nächtlichen Angriffen doch überrascht. Niemals hatten sie auch in der Dunkelheit damit gerechnet. Sie kamen gar nicht mehr zur Ruhe, konnten sich nicht erholen vom Kampf am Tage. Immer und

immer wieder schlugen Bragors Männer zu. In der Dunkelheit, für sie völlig unbekannten und ihrem Kampfstiel überhaupt nicht passenden Umgebung waren die Römer nur noch Opfer. Die Männer schlugen gnadenlos zu und ihre Wildheit, noch mehr gefördert durch Brags Medizin, ließen sie den Römern wie Furien erscheinen. Als der Morgen graute, zogen sie sich zur Erholung zurück, um sich für die nächste Nacht vorzubereiten.

Aber auch am Tage hatten die Römer keine Ruhe, immer wieder griffen andere Gruppen sie an. Die Römer ermatteten immer mehr und ihre Zahl nahm stetig ab.

Brag versorgte die wenigen Verletzten; denn die Römer hatten in der Dunkelheit kaum einen erwischt. Die meisten Verletzungen waren die gleichen wie im Training, lediglich durch Äste verursacht oder durch Ausrutschen.

Ausgeruht am späten Nachmittag erhielten sie wieder ihre Medizin und tarnten ihre Gesichter. Mit Einbruch der Dunkelheit wurde der Kampf genauso wie am Vortag aufgenommen. Wieder und wieder zugeschlagen und anschließend sich verborgen, aber nur um an anderer Stelle erneut anzugreifen. Zwei Tage und zwei Nächte dauerte der Kampf nun schon. Die römischen Kräfte schwanden immer mehr, aber sie waren noch nicht gebrochen. Nach erneuter Erholung, am dritten Tage, wollten die Kämpfer in der kommenden Nacht die Entscheidung suchen. Wieder mit ihrer Medizin versorgt und mit vollem Mute, gingen sie in den Kampf. Bisher hatte es kaum Verletzte gegeben, was ihrem Mut nur gut tat. Die Gruppen, die tagsüber angriffen, mussten viele Verletzte, ja sogar Tote hinnehmen. Bagors Truppe, die nur nachts aktiv war, hatte da das bessere Los gezogen. In dieser dritten Nacht gaben die Männer Alles. Mit dem Willen endlich die Entscheidung herbei zu führen, stürmten sie in die verbliebenen römischen Gruppen und massakrierten diese zum Teil auf schreckliche Weise. Mit Beginn des vierten Tages war es dann vorbei.

Es kehrte eine schreckliche Ruhe ein. Überall lagen Laichen und Gegenstände. Auf einer Strecke über Tagesmärsche verstreut. Da die römischen Soldaten so gut wie nicht mehr fliehen konnten und auch ihre Anführer, die sie bis zuletzt verteidigten, sich selbst getötet hatten, gaben sich die römischen Soldaten auf. Entweder töteten sie sich ebenfalls selbst oder ließen ohne Gegenwehr die Freiheitskämpfer gewähren. Sie hatten ihnen eine Lektion erteilt, die Rom nie wieder vergessen sollte.

Arminius wurde überall bejubelt und die Männer waren froh ihn zum Anführer gewählt zu haben. Die Freiheit hatte gesiegt. Etwas wofür auch Brag immer wieder einstehen wollte. Zwar hatte er nicht als Kämpfer mit eingegriffen, doch seine Versorgung der Verletzten, aber auch seine Medizin, hatte die Truppe immer einsatzfähig gehalten und dafür dankten sie auch ihm.

Zufrieden mit sich selbst und dem Ausgang der Schlacht zogen die verschiedenen Gruppen in ihre Siedlungen zurück. Sie wollten zu ihren Familien und diesen die gute Nachricht überbringen. Endlich wieder in Frieden und Ruhe leben. Leben ohne zusätzliche Abgaben und nach ihren Vorstellungen und Regeln, so wie die vielen Jahre vor der römischen Bedrohung.

Auch Brag ging mit Bagor zurück zu dessen Siedlung und wollte dann wieder seinem eigenen Weg fortsetzen. Aber erstmal wollten sie in Bagors Siedlung feiern.

Brags Reise in einem freien und friedlichen Land:

Nach den ausgiebigen Feiern des großen Sieges, sollte Brags Reise nun endlich weiter gehen. Er wollte noch vor dem Winter ein gutes Stück Weg schaffen und dann sich bei Zeiten ein Quartier für die Winterzeit suchen.

Brag ging zurück bis zum Fluss. Diesem wollte er in gewohnter Weise flussabwärts folgen und schauen, wie weit ihn sein Weg noch führen sollte. Jetzt hatte er wieder Zeit und Muse sich auch der Natur und ihren Schönheiten zu widmen. Sicher dachte er immer noch oft an Sylka, aber der Schmerz war nicht mehr so groß, nur tief in seinem Herzen, da sollte sie immer sein. An diesem Abend am Lagerfeuer, holte Brag nach sehr langer Zeit mal wieder, seinen Stein zum Vorschein. Der kleine Stein, in der Mitte des großen, war wieder ein Stück gewachsen. Der Stein war trocken und etwas weicher geworden. Aber die Farbe blieb immer noch die gleiche. Sie veränderte sich einfach nicht mehr.

Brag genoss noch etwas die Stille und die Einsamkeit, nur das Rauschen des Flusses war zu hören. Friedlich und zufrieden über seine Entscheidung, seine Reise wieder aufzunehmen, schlief er ein.

Am Morgen machte er sich dann auf, dem Fluss folgend, nach Norden. Was würde ihn hier erwarten? Er hoffte nur, dass auch hier Frieden herrsche und die Menschen ihm wohl gesonnen waren. Unterwegs sammelte er immer wieder Kräuter und trocknete sie, damit er sie länger aufbewahren konnte. Auch beobachtete er die Tiere; denn auch von ihnen so wusste er ja, konnte er lernen.

So zog er von Siedlung zu Siedlung, immer darum bemüht Neues zu erfahren oder Menschen zu treffen, mit denen er sich unterhalten konnte. Irgendwann hatte er festgestellt, dass immer wenn er sich mit jemanden über seine Geschichte unterhielt, sich andere dazu gesellten und zuhörten. Sowohl Männer, als auch Frauen. Wenn er dann von dem traurigen Verlust von Sylka sprach, dann weinten oft die Weiber. Kam es zum Bericht über die Schlacht mit den Römern, dann jauchzten die Männer und viele sagten, da wären sie auch gern dabei gewesen. Auch traf er einige die dabei gewesen waren, dann wurde im Anschluss immer noch einmal der Sieg gefeiert und die Männer waren stolz darauf einen kennengelernt zu haben, der zu den Wilden gehörte, die immer wieder nachts angegriffen hatten. Wenn die gewusst hätten, dass Brag selbst nicht das Schwert geschwungen hatte, vielleicht hätten sie dann anders gedacht, aber das umschrieb er in seinen Erzählungen so geschickt, dass es niemanden auffiel. In der letzten Siedlung lief ihm dauernd ein Hund nach, ein gar zotteliges Tier. Als er danach fragte, wem dieser gehöre, bekam er nur zur Antwort, der sei von selbst in den Ort gekommen und gehöre niemanden. Beim Verlassen des Ortes folgte der Hund Brag immer noch in einem kleinen Abstand, dann näherte er sich langsam. Brag kniete nieder, strich dem Hund freundlich über den Kopf und sagte: „Willst du mich begleiten? Na dann komm mit".
Nun hatte er wieder einen Begleiter, zwar konnte dieser nicht sprechen, aber schien recht gelehrig zu sein. War er auch ein Streuner, der alleine bisher durchs Leben gegangen war, auch so eine einsame Seele wie Brag? Er wusste es nicht, aber innerlich freute er sich sehr über seinen kleinen Freund. Wobei klein schon etwas untertrieben war, besonders durch sein zotteliges Fell machte der Hund doch einen imposanten Eindruck. So einen

hatte er sich schon als kleiner Junge gewünscht, wie schön wäre es gewesen, wenn so ein Hund ihm damals beim Hüten geholfen hätte. Einen Namen gab Brag ihm nicht, er nannte ihn einfach Hund. Hund trottete immer ein kleines Stück hinter Brag her. Blieb Brag stehen, setzte sich Hund neben ihn und schaute ihn an. Dabei neigte er meistens leicht den Kopf als ob er fragen wollte, wann es weiter ginge.

Auf dem Weg zur nächsten Siedlung lief Hund plötzlich wie besessen in den Wald. Brag dachte, dass er einen Hasen gesehen hätte und diesen jetzt jagen würde. Aber das wäre ungewöhnlich, so etwas hatte er bisher noch nie gemacht. Brag wartete am Ufer, aber Hund kam nicht zurück. Nach langer Zeit sah er ihn am Waldesrand stehen, schaute ihn an und Hund rannte wieder in den Wald. Wollte er ihm etwas zeigen? Langsam trottete Brag zum Waldrand und suchte die Stelle wo Hund verschwunden war. Der kam plötzlich wieder auf ihn zu gerannt, drehte aber sofort um und wies Brag so den Weg. Sie folgten einem kleinen, aber doch recht ausgetretenen Pfad. Dieser ging durch Moos und das Unterholz, aber immer so, dass man problemlos hier lang gehen konnte. Dann plötzlich sahen sie schon von weitem ein kleines, einzeln stehendes Haus auf einer Lichtung. Bestimmt ein Kräuterweib was da wohnt, dachte Brag. „Los Hund, lass uns dort mal schauen". Brag pochte gegen die Tür, drinnen war nur ein Murmeln zu hören und nach einiger Zeit öffnete sich die Tür. Hervor trat aber kein Kräuterweib, sondern ein alter, weishaariger Mann mit einem langen Bart und einem seltsam anmutenden Gewand. „Was willst Du, Fremder?" sagte er. Brag der noch etwas verwundert war, erzählte ihm in kurzen Sätzen von seiner Reise und das er auf der Suche danach wäre, neue Dinge zu erfahren und zu lernen. „Aha, ein neugieriger Schüler" sprach der alte

Mann. Er bat ihn herein, bestand aber darauf, dass der Hund draußen blieb. Hunde machen nur Unsinn, so brabbelte er sich in den Bart. Brag musste darüber etwas lächeln, aber er folgte dem Alten in die Hütte.

Wie bei den Kräuterweibern hing auch hier ein großer Kessel über dem Feuer und an den Wänden überall getrocknete Kräuter und Pflanzen. Das fiel Brag sofort auf und machte ihn neugierig. Der alte Mann erwies sich zwar als etwas kauzig, aber er hatte ein großes Wissen, dass stellte Brag sehr schnell fest. Sie kamen überein, dass Brag so lange er wollte bei ihm bleiben und von ihm lernen könnte. Dafür aber viele Arbeiten wie Aufräumen, Feuerholz machen und ähnliches übernehmen sollte. Außerdem sollte Brag für sich selbst sorgen und ihm nicht auf der Tasche liegen, hatte der Alte gesagt. Das konnte Brag so akzeptieren und willigte ein. Nach einem langen Gespräch, in dem sie weitere Einzelheiten klärten und in dem Brag über seine Geschichte erzählt hatte, wollte er noch einmal nach draußen um zu schauen was Hund machte. Aber Hund war nicht mehr da. War es nur seine Aufgabe gewesen ihn hier her zu führen? Brag sagte dem Alten das Hund weg sei und der Alte war darüber nicht verwundert. „Ich kenne das Vieh" sagte er, „wenn Du ihn brauchst wird er wieder da sein. Frag nicht länger, nimm es so hin. Der alte Streuner ist immer da wenn man ihn braucht, so macht er das schon einige Jahre". Brag war zwar verwundert, aber beruhigt; denn er wollte nicht schon wieder einen Begleiter verlieren.

In einer Ecke der Hütte hatte Brag sich ein Lager gerichtet und seine Habseligkeiten verstaut. Der Alte war schon früh am Morgen wach und rüttelte Brag aus dem Schlaf. Brag musste nun das Feuer in Gang bringen, anschließend sollte er ihm folgen und helfen Kräuter zu sammeln. Brag tat wie ihm geheißen und war schon begierig darauf von dem Alten zu lernen. Nachdem sie einen nicht sonderlich gut schmeckenden Brei gegessen hatten, ging der Alte einen Sack und eine Sichel holen. Dann wies er Brag an ihm zu folgen. Sie gingen ein Stück den Pfad entlang, den Brag schon kennengelernt hatte, doch dann bog der Alte plötzlich durch eine große Tanne ab. Er hatte nur einen Ast angehoben und dahinter zeigte sich ein neuer Pfad. Dieser war vom anderen gar nicht zu sehen, eine Art Geheimtür diese Tanne, so dachte Brag.

Nach einer kurzen Zeit kamen sie zu einer weiteren Lichtung. Hier standen jede Menge Pilze. Der Alte schnitt einige ab und zeigte sie Brag. Er erklärte ihm welche essbar waren, welche man unbedingt liegen lassen sollte und dann zeigte er ihm noch ein paar, die sich zwar nicht zum Essen eigneten, jedoch verschiedene Wirkungen in Tränken oder als Ganzes hatten. Diese sollte Brag sich besonders gut merken erklärte ihm der Alte. Manche davon sollten nach seiner Aussage gegen einfache Erkrankungen wie Husten, Schmerzen im Bauch oder ähnliches helfen. Dann fanden sie einen Pilz von sehr ungewöhnlichem Aussehen. Dieser, so sagte der Alte ist ein ganz Besonderer. Wenn Du davon ein kleines Stückchen isst, dann wirst du sehr müde, wenn du zwei Stückchen isst, dann kannst du fliegen wie ein Vogel, bei 3 Stückchen siehst du Dinge und Menschen die weit weg sind und bei 4 Stückchen wachst Du nie wieder auf und bist tot. Aber noch solltest Du ihn nicht probieren, dafür bist du noch nicht weit genug. Höre auf mich und mach es auch nicht heimlich, du würdest es nicht überleben. Das sage ich Dir nur einmal, beherzige es gut. Brag hatte die Warnung verstanden, aber sehr neugierig hatte ihn das schon gemacht. Dieser Alte wusste soviel, er war sehr froh den alten Griesgram getroffen zu haben. Hinter der Lichtung führte der Pfad sie immer tiefer in den Wald. Hier sammelte der Alte noch einige Kräuter, zeigte sie Brag immer und erklärte ihm wozu man diese brauchte. Brag versuchte sich zwar alles zu merken, aber es war einfach nicht möglich. Der Alte wusste darum und sagte: „Keine Angst, wir werden hier noch oft herkommen und ich werde dir es immer wieder erklären bis es in deinen jungen Schädel hinein geht".

Plötzlich hörte Brag das rauschen von Wasser. Als sie nach nur einem kurzen Stück aus dem Dickicht heraus kamen, stand Brag vor dem wohl schönsten Ort, den er je gesehen hatte. Der Alte hatte einen Finger auf die Lippen gelegt, was Brag zeigen sollte, dass er still sein musste.

Aber der hätte ohnehin nichts sagen können, so erstaunt war er über das, was er hier sah. Es war eine Lichtung, die auf der einen Seite von Felsen begrenzt war. Aus diesen fiel von oben glasklares Wasser herab und stürzte ein ganzes Stück nach unten in einen kleinen See. Alle anderen Seiten waren mit dichtem Baumbewuchs geschützt. Um den kleinen See herum war eine Aue mit einem Grün, wie es Brag noch nie zuvor gesehen hatte. Viele Tiere waren hier, manche tranken, andere weideten, aber alle friedlich miteinander. Die Bäume um den See herum waren von besonderer Schönheit und obwohl es hier viele Vögel gab, so war doch kein Laut außer dem plätschern des Wassers zu hören. Brag konnte gar nicht genug sehen, immer wieder entdeckte er etwas Neues hier und wenn er dann sich aufmachte zu fragen, legte der Alte nur wieder den Finger auf die Lippen und deutete ihm somit ebenfalls diese Stille die hier herrschte zu bewahren. Wenn er diesen wunderschönen Ort nur Sylka hätte zeigen können, das hätte ihr bestimmt gefallen, dachte Brag. 10 Monde war es nun schon her, dass er sie verloren hatte. Der Gedanke daran machte ihn wieder etwas traurig. Wie in Trance nahm er seinen Stein aus der Tasche. Dieser war weich, hatte die gleiche intensive grüne Farbe wie die Aue und pulsierte. Aber nicht so wie früher, beide Steine pulsierten, der größere langsam, der kleine eingeschlossene in der Mitte deutlich schneller. Völlig unbemerkt stand plötzlich der Alte ganz dicht neben ihm und starrte völlig verwirrt auf den Stein. Aber auch er sprach nicht und blieb so stumm wie alle Tiere hier.

Nach einiger Zeit verließen sie diesen wundersamen Ort wieder in der Richtung, aus der sie gekommen waren. Brag wollte gerade anfangen zu sprechen, da kam ihm der Alte schon zuvor. „Das ist der Ort des Friedens und der Stille, deswegen solltest du dort nicht sprechen. Auch alle Tiere sind an diesem Ort friedlich miteinander und respektieren sich. Sprich niemals hier wenn du wieder einmal herkommen solltest". „Aber sag einmal, wo hast du diesen ungewöhnlichen Stein her, es ist das Chattenherz". „Ich habe es schon einmal auf einer meiner früheren Reisen bei einer alten, sehr weisen Frau gesehen, es zeigt dem, der es bei sich trägt, den rechten Weg und stellt das Herz seines Trägers, sowie derer die in seinem Herzen sind dar".

Diese Aussage verwirrte Brag sehr. Er erzählte dem Alten vom Kräuterweib, das ihm den Stein gegeben hatte. Auch das sie mittlerweile nicht mehr auf dieser Welt weilte. Der Alte nickte wissend und sprach: „Diese Frau war etwas ganz Besonderes und wenn sie Dir den Stein gegeben hat, dann wusste sie warum sie das tat und dann bist auch Du etwas ganz Besonderes. Nur Menschen mit einem wirklich guten Herzen können die Veränderungen an dem Stein bemerken". „Ich kann Dir nicht sagen, was der Stein Dir sagen will, aber ich weiß, dass Du immer gut auf ihn Acht geben und ihn nur an jemanden weiter geben solltest, der ebenfalls ein wirklich gutes Herz hat. Wenn Du niemanden findest, wenn Du spürst das Du von dieser Welt gehst, dann wirf ihn einfach weg, es kann ihn nur jemand finden, der ihn auch verdient hat".

Brag musste an diesem Tag noch lange über die Worte des Alten nachdenken und schwor sich jedenfalls gut auf den Stein aufzupassen. Er war nun wieder mal froh, dass er ihn nicht schon in seiner Verzweiflung damals weg geworfen hatte.

Wieder in der Hütte des Alten angekommen war dieser von nun an ganz anders zu Brag. Er behandelte ihn wie einen Gleichberechtigten, nicht wie einen dummen, neugierigen Schüler. Zwar musste Brag trotzdem seine Aufgaben erledigen, aber der Alte erklärte alles viel freundlicher und hatte auch seine kauzige Art abgelegt.

Da es immer dichter auf den Winter zuging, musste Brag viel Zeit opfern um genügend Holz für den Winter zu besorgen. Der Alte konnte das nicht mehr und war sehr froh, dass Brag ihm diese Aufgabe abnehmen konnte. Wenn Brag dann wieder in der Hütte war, erklärte er ihm die Kräuter, wofür oder wogegen diese halfen und in welchen Mengen man sie zu den verschiedensten Tränken, Tinkturen und Pasten zusammenstellte. Brag nahm dies alles in sich auf und bald schon stellte er selbst die ersten Sachen her. Auch erzählte er dem Alten von dem Rezept, dass schon der Heiler, Sylka und auch er verkauft oder benutzt hatten. Der Heiler lachte nur und sprach: „Ja in manchen Situationen hilft das auch, aber es beseitigt nie die Ursache, sondern verblendet diese nur".

An manchen Tagen gingen sie auch gemeinsam in den Wald. Der Alte zeigte Brag viele Stellen wo Kräuter wuchsen und es war eine Art Ritual, immer wieder auf dem Heimweg noch einmal zum Platz des Friedens und der Stille zu gehen. Dieser Moment war für Brag immer etwas Besonderes, eine Art Meditation. Er kam dann zur Ruhe, konnte in sich hinein fühlen und vor allem wenn er dort den Stein hervor holte das pulsieren der beiden Steine spüren.

Der Winter kam mit viel Kälte und noch mehr Schnee. Der Alte bat Brag nun nicht mehr zum Platz des Friedens und der Stille zu gehen; denn die Spuren im Schnee hätten diesen Ort verraten und vielleicht noch Männer angezogen, die den Tieren nachstellten. Dann wäre der Friede gebrochen und der Ort entweiht. Brag konnte das nur zu gut verstehen und nahm die nötige Rücksicht; denn er mochte ja die Tiere, von denen er auch schon gelernt hatte, aber auch um diesen Platz für sein Wohlbefinden zu erhalten.

Die kurzen Tage mit dem wenigen Licht die es jetzt gab, ließen Brag manchmal etwas traurig werden. Er musste dann oft an Sylka denken und daran, wie schön es doch wäre, mit ihr jetzt die Hütte zu teilen. Der Alte hatte schon bemerkt, dass Brag etwas traurig war und da er seine Geschichte kannte, wusste er auch warum. Eines Abends, als Brag wieder einmal lange wach lag und nicht einschlafen konnte, kam der Alte an sein Lager und sagte: „Erinnerst Du Dich noch an unseren ersten gemeinsamen Ausflug, als wir die die Pilze gesammelt haben"? Brag nickte kurz. Der Alte hielt ihm ein Stück vom getrocknetem Pilz hin und sprach: „Wir fangen mal mit einem Stück an, dann kannst Du gut schlafen und beim nächsten Mal können wir die Dosis steigern und vielleicht hilft es dir ja irgendwie". Wie ihm gesagt, nahm Brag den Pilz zu sich und schon nach einem Augenblick fand er in den Schlaf. In einem Traum konnte er noch mal die Zeit mit Sylka erleben. Am nächsten Morgen erzählte er dem Alten seinen Traum und dieser lächelte zufrieden.

Schon am nächsten Abend bat Brag den Alten dann um eine größere Ration. Der hatte sich das schon gedacht und sagte Brag noch einmal, dass er dann fliegen könnte wie ein Vogel. Aber er könne nicht den Weg bestimmen und wäre auch anschließend immer noch am selben Platz. Brag verstand das nicht so ganz, nahm es aber so hin und bekam seine 2 Stücke von dem Pilz.

Er schloss kurz die Augen, dann begann eine seltsame Reise. Ganz leicht fühlte sich Brag, wie eine Feder die vom warmen Wind in den Himmel empor getragen wird. Sein Körper fühlte sich an, als ob überall Federn wuchsen, dann Schwingen und plötzlich war er ein großer Vogel, der über dem Land schwebte. Unter ihm waren riesige Berge, schneebedeckt und felsig. Dann glitt er weiter, es folgten viele Flüsse und Auen. Grosse und kleine Siedlungen, Seen und Bäche. Dann wieder nicht enden wollende Wälder, die in ihren Ausläufern in weiten Mooren endeten. Dann erschien ein riesiger See, der überhaupt nicht enden wollte. Der Vogel, dessen Augen er benutzte, drehte wieder um und flog in Richtung Land davon. Die Küste kam in Sicht, dann große freie Flächen und nun wieder die Moore am Rande der Wälder. Hier landete der Vogel und Brag wachte schweißgebadet auf. Sein Körper fühlte sich nun wieder ganz schwer an. Es hatte ihn unheimlich angestrengt, aber es war unglaublich schön gewesen.

Am nächsten Morgen erzählte er dem Alten von seinem Flug. Dieser kannte das Gefühl; denn auch er hatte es schon mehr als einmal ausprobiert. Er fragte Brag wo der Vogel gelandet sei. Brag beschrieb den Rückflug, von dem riesigen Wasser zurück zum Land, noch einmal ganz genau und erzählte von den Mooren wo der Vogel nieder gegangen war. „Moore haben immer etwas Geheimnisvolles", sagte der Alte. Sie verbergen aber bewahren ihre Geheimnisse und nur manchmal geben sie sie frei. Aber Moore sind auch gefährlich, ein falscher Schritt kann das Ende bedeuten. Das Moor kann den Menschen ganz still verschlingen.

Nur wer sich dort auskennt oder lange dort lebt, der wird ihre wahre Schönheit finden. Brag nahm sich vor, nach seiner Lehrzeit, irgendwann einmal ein solches Moor zu suchen. Er wollte sich so einen spannenden Ort aus der Nähe ansehen.

Es waren nur wenige Tage vergangen, da bat Brag den Alten um die Dosis mit den 3 Pilzstücken. Der Alte atmete schwer und sprach: „Mein lieber Brag, Du wirst Dinge sehen die weit entfernt sein können und Dir in dem Moment ganz nahe sind. Du wirst die Vergangenheit vermischt mit der Zukunft sehen und nichts wird sein wie du es kennst. Du wirst Menschen an Orten sehen, wo diese noch niemals waren. Vieles wird danach nicht mehr so sein wie vorher".

Brag hatte die Warnung verstanden, bat aber trotzdem um die Dosis. Der Alte gab ihm das Gewünschte und Brag fiel wie benommen auf sein Lager. Was dann passierte war einfach unglaublich. Es war als ob sich ein Schleier vor Brags Augen hob. Langsam wurde Alles immer deutlicher. Jetzt konnte er ganz klar sehen. Er sah 2 seiner Brüder, die mit einer Herde Lämmer unterwegs waren, dann sah er seine Mutter, wie sie das Haus reinigte, ganz schnell gingen die Bilder wieder weg und neue erschienen. Er sah schreiende Krieger die Römer töteten, ein schreckliches Gemetzel, aber nicht in der Gegend wo er war, sondern an einem riesigen Fluss den er nicht kannte, dann wieder neue Bilder, er sah ein schreiendes Baby und einen römischen Soldaten mit einem Schwert. Der Soldat ging zu dem Baby, legte die Hände um seinen Hals und wollte es erwürgen, da stach ihn von hinten eine Frau nieder. Dann waren die Bilder wieder weg. Völlig verschreckt wachte Brag auf. Sofort berichtete er dem Alten was er gesehen hatte und fragte: „Ist das alles wahr was ich gesehen habe"? Der Alte antwortete: „Ja, es ist wahr, aber Zeiten und Orte sind nicht real. Es kann hunderte von Jahren her sein oder erst in Zukunft passieren. Es kann dort sein wo du es gesehen hast, oder ganz woanders. Aber es wird so sein oder es war so".

Dies alles war für Brag nun doch ein bisschen viel, so dass er beschloss diese Dosis nicht wieder zu nehmen.

Langsam wurden die Tage wieder länger, jeden Tag etwas mehr Licht. Brag und auch der Alte sehnten sich nach dem Frühling. Was beide kaum erwarten konnten, war mal wieder an den Platz des Friedens und der Stille zu gehen. Bald würde der Schnee getaut sein und dann könnten sie ihrem Wunsch nachgehen. Sie hofften nur, dass nicht durch Zufall einer der Jäger diesen Platz gefunden hatte. Diese Angst hatte der Alte in jedem Winter, aber noch nie hatten diesen Platz Augen gesehen die ihn nicht sehen sollten. Kaum war der Schnee weg, da sahen sie nach und zu ihrer tiefen Zufriedenheit hatte auch in diesem Winter niemand den Platz entweiht. Sie genossen diese Stille, schlossen kurz die Augen, nahmen die Kraft in sich auf und gingen schweigend, aber mit einem starken Glücksgefühl wieder zur Hütte zurück.

Die Sonne wurde mit jedem Tag kräftiger und eines Morgens, als Brag vor die Hütte trat, saß da ein alter Bekannter. Hund, er wedelte mit dem Schwanz und begrüßte Brag gar übermütig. Nun kam auch der Alte hinzu und sagte: „Siehst du Brag, wenn man ihn braucht, dann ist er da. Er will dich abholen. Ich habe Dir alles beigebracht was ich wusste, nun musst Du Deinen Weg wieder alleine gehen oder besser gesagt, mit dem verlaustem Zotteltier". Dabei lachte er und irgendwo mochte er Hund wohl doch; denn sonst hätte er nicht so von ihm gesprochen. Aber in die Hütte durfte er dennoch nicht, da war der Alte eisern.

Brag packte seine Sachen, bekam vom Alten noch eine Sammlung an Kräutern mit und ein paar getrocknete Pilze. Die mit der besonderen Wirkung. Brag dankte dem Alten für Alles, aber auch er wusste, dass es Zeit war zu gehen und wieder Neue Dinge zu sehen und das umzusetzen was er bei dem alten Mann gelernt hatte. Er würde ihn vermissen, dass wusste er. Ihn und den Platz des Friedens und der Stille. Als er dieses dem Alten kund tat, da sprach der nur: „Einen Platz des Friedens und der Stille gibt es überall, man muss ihn nur wollen und für sich entdecken".

Mit diesen letzten weisen Worten des Alten machte sich Brag auf die Reise. Wieder ging er in Richtung Fluss davon und würde diesem folgen. Hund wie gewohnt, immer ein paar Schritte hinter ihm. Die Natur erwachte überall, die ersten Blumen sprossen aus dem Boden, dass Gras begann zu wachsen und in den Auen am Fluss konnte man auch schon wieder die ersten Hirten mit ihren Herden sehen. Brag erfreute es immer, wenn er Hirten sah. Er dachte dann an die Zeit zurück, als er mit den Ziegen seines Vaters am Fluss war und von der Welt und dem Reisen träumte.

Schon nach wenigen Tagen kam Brag zu der ersten Siedlung seiner jetzigen Reise. Es war eine sehr große Siedlung mit allerdings nur einem Marktplatz. Hier herrschte reges Treiben und viele Menschen waren unterwegs. Brag sah sich den Markt in Ruhe an. Er ging von Stand zu Stand und schaute was die Händler so alles anboten. Er war wie erschlagen von der Vielfalt der Waren. Neben den vielen Tieren die hier angeboten wurden, gab es auch Stände von Schmieden, viele mit Lederwaren, aber auch Gebrauchsartikel aus Holz. Andere wieder versorgten die Marktbesucher mit Getränken oder Essen. Alles was die Menschen brauchten fanden sie hier. Bis auf eins, kein Heiler oder Kräuterweib war auf dem Markt, niemand der Zähne ziehen oder

Verbände machen konnte. Brag beschloss daher dies am nächsten Tag auf dem Markt anzubieten. Am Abend verließ er wieder die Siedlung, so wie er es schon immer gemacht hatte und lagerte am Fluss. Er machte sein Lagerfeuer, spielte etwas mit Hund und kurz bevor er einschlief nahm er mal wieder seinen Stein aus der Tasche. Dieser fühlte sich leicht warm und erdfeucht an. Beide Steine pulsierten und der Stein war am oberen Rand braunschwärzlich gefärbt und eine blaue Linie durchlief ihn von unten nach oben. Brag steckte ihn wieder ein und sagte zu sich selbst: „Irgendwann komme ich schon hinter dein Geheimnis". Mit einem Lächeln auf den Lippen schlief er ein.

Am nächsten Morgen stand Brag zeitig auf, packte seine Sachen zusammen und mit Hund an seiner Seite ging er guten Mutes zum Markt. Dort tauschte er an einem Stand mit Holzartikeln ein paar Münzen gegen einen kleinen Hocker und an einem Stand mit Stoffen erwarb er ein großes Stück Stoff. Er baute sich so einen kleinen Stand, wo die Leute, die sich die Zähne ziehen lassen wollten, auf dem Hocker Platz nehmen und andere die Verbände bekamen sich hinter der Stoffwand den neugierigen Blicken der Menschen entziehen konnten.

Es dauerte nicht lange, bis die ersten sich zu ihm wagten. Brag hatte sein Geschick beim Zähne ziehen nicht eingebüßt. Auch jetzt brach kein Zahn ab und niemand wurde ohnmächtig. Von seinen Kräutersäften verkaufte er auch ein paar, so dass er zufrieden am Abend den Markt wieder verlassen konnte. Er war schon auf dem Wege aus der Siedlung als ihn eine junge Frau ansprach. Sie sagte, ihre Schwester wäre erkrankt und sie habe auf dem Markt gesehen wie er Leute geheilt hätte und Kräuter verkaufen würde. Ob er ihr nicht helfen könnte. Brag ließ sich gern überreden; denn die junge Frau machte einen netten

Eindruck und wenn er auch noch helfen konnte, warum nicht. Sie nahm ihn mit zu ihrer Hütte und da lag auf einem Lager eine weitere junge Frau. Sie war sehr blass und machte einen schwächlichen Eindruck. Brag legte ihr die Hand auf die Stirn und spürte, dass sie sehr warm war. Auch fühlte sich ihre Haut verschwitzt an. Brag fragte, seit wann sie sich so schwach fühlen würde. Sie sagte seit 3 Tagen wäre es zunehmend schlechter geworden und des Nachts konnte sie nicht schlafen. Brag suchte in seinem Beutel nach den besonderen Pilzen und gab ihr davon ein kleines Stück. Er sagte ihr, dass sie nun gut schlafen könnte und er würde am nächsten Tag noch einmal vorbei schauen, wie es ihr dann ginge.

Zufrieden verließ Brag die Siedlung und ging wieder zum Fluss um dort zu lagern. Am nächsten Tag wollte er noch einmal seinen Stand auf dem Markt aufbauen und dann gegen Abend bei der jungen Frau vorbei schauen um zu sehen ob der Pilz und die Ruhe ihr geholfen hatten. Mit diesem Gefühl, heute viel Gutes getan zu haben schlief er ein.

Mit diesem guten Gefühl ging Brag am nächsten Morgen wieder zum Markt. Hund war heute sehr komisch, er zerrte immer wieder an Brag, so als wollte er ihn in eine andere Richtung ziehen. Brag schüttelte ihn ab, schimpfte mit ihm und schließlich trabte Hund dann doch gemächlich hinter ihm her. Brag baute schnell seinen Stand auf und die ersten Kranken kamen auch zu ihm. Er hatte bei zwei Männern Zähne gezogen, einer Frau die schon am Vortag bei ihm war den Verband gewechselt und einiges an Kräutertränken verkauft, als plötzlich ein paar mit Schwertern bewaffnete Männer bei ihm auftauchten. Bei ihnen war auch die junge Frau, die ihn gestern gebeten hatte, ihre Schwester zu heilen. „Dort ist er, er hat meine Schwester getötet" schrie sie laut. Brag war völlig verstört und sich keiner Schuld bewusst. Aber er kam gar nicht dazu etwas zu sagen, da hatten ihn die Männer schon gepackt und schleppten ihn von dannen. Sie brachten ihn zu einem großen Haus, hier wohnte wohl der hiesige Stammesführer. Je ein kräftiger Mann ging auf jeder Seite neben ihm und hielt ihn am Arm fest. Im Haus angekommen saß der Stammesführer auf einem hohen Stuhl, eine Art Thron. Die Männer schmissen ihm Brag vor die Füße und die Frau wiederholte ihre Anschuldigung.

Der Stammesführer gebot Brag aufzustehen und er sollte dazu Stellung nehmen. Brag erzählte was er bei der jungen Frau festgestellt hatte und sagte auch, dass er ihr ein Stück von dem Pilz gegeben hätte. Dies machte auf den Stammesfürst den Eindruck eines Geständnisses. Er ließ Brag in Ketten legen und in ein Verlies hinter dem Haus sperren. All sein Hab und Gut wurde ihm weg genommen und fast ohne Kleidung wurde er fest gebunden.

Brag konnte sich das alles gar nicht erklären. Seiner Meinung nach war die Frau nicht schwer krank gewesen, dass hätte er doch gespürt als er ihre Stirn berührt hatte. Er dachte sie wäre nur sehr erschöpft und hätte leichtes Fieber gehabt. Hatte er sich so getäuscht? Konnte er sich nicht mehr auf sein Gefühl verlassen? Was war passiert?

Gegen Mittag kam ein bewaffneter Mann und brachte ihm einen widerlichen Brei zum Essen. Erst wollte Brag den gar nicht zu sich nehmen, doch dann wurde er sich schnell bewusst, dass dies wohl alles war was er am heutigen Tage bekam. So nahm er gequält den Brei zu sich.

Gegen Abend kamen dann wieder zwei bewaffnete Soldaten, packten ihn und brachten ihn wieder ins Haus. Allerdings diesmal deutlich freundlicher und ohne ihm dabei weh zu tun. Wieder war die Frau da, die ihn beschuldigt hatte. Sie war völlig aufgelöst und stammelte unter Tränen, dass ihre Schwester doch lebte und sich bester Gesundheit erfreute. Was war passiert? Sie erzählte, dass ihre Schwester wohl in eine Art Tiefschlaf verfallen sein musste und überhaupt nicht aufzuwecken war. Da hatte sie Angst bekommen und gedacht ihre Schwester sei tot. Am Nachmittag dann, als sie die Schwester noch waschen wollte, sei diese plötzlich erwacht und war wieder kräftig und gesund. Der lange tiefe Schlaf hatte sie gesund werden lassen.

Der Stammesführer sagte Brag, dass er viel Glück gehabt hätte, denn am nächsten Tag hätte man ihn öffentlich enthauptet. Er bekam all seine Sachen wieder und die Frau entschuldigte sich so oft sie nur konnte. Er aber bat sie nur, die Schwester sehen zu dürfen um zu fragen wie es ihr ginge und eventuell zu erfahren was im Schlaf mit ihr passiert war. Die Frau erzählte ihm, dass sie sogleich tief eingeschlafen war und dann geträumt hatte. Sie hatte geträumt, sie wäre ein Vogel und wäre eine lange Strecke über das Land geflogen und zum Schluss wäre sie hier wieder gelandet. Da ging Brag ein Licht auf, die Wirkung war für eine Frau zu stark, sie hatte den Traum, der eigentlich nur bei der doppelten Menge hätte auftreten dürfen und deshalb auch so tief geschlafen. Er musste sich das unbedingt merken und wenn er mal wieder jemanden von den Pilzen gab, es dementsprechend berücksichtigen, dass bei Frauen die Menge nur halb so groß sein durfte.

Obwohl die Frau nun wieder gesund war, entschuldigte sich Brag bei ihr für seine Unachtsamkeit und dankte ihr für ihr rechtzeitiges Erwachen, so wie der Schwester das diese sich noch einmal beim Stammesführer gemeldet hatte.

Brag verließ die Siedlung gleich in der anderen Richtung und wollte auch nicht wieder her kommen. Diese Erinnerung war zwar wichtig für ihn, aber sie war nicht schön. Er war nur knapp der Enthauptung entgangen. Glücklich über diesen Ausgang lagerte er mit Hund am Fluss und dankte auch diesem, weil der ihn wohl am Morgen davon abhalten wollte zum Markt zu gehen. Wenn Hund wieder mal so etwas tun würde, dann wollte Brag auf sein Gespür vertrauen und lieber dem von Hund vorgeschlagenen Weg gehen.

Am nächsten Morgen ging ihre Reise flussabwärts weiter. Sie trafen wieder Hirten und auch einige Händler die mit Karren unterwegs waren. Mit einem der Händler kam Brag ins Gespräch und dieser bot ihm an, ihn ein Stück auf dem Karren mitzunehmen, um sich mit ihm zu unterhalten und so etwas Kurzweil auf der Reise zu haben.

Der Händler war ein Mann mittleren Alters, der schon viel auf Reisen gewesen war. Brag erzählte ihn von den Mooren die er auf seiner Reise als Vogel gesehen hatte.

Moore gäbe es viele sagte der Mann, er selbst habe schon einige auf seinen Reisen gesehen. Brag hörte gespannt zu und wollte so viel wie möglich darüber wissen. Immer wieder löcherte er den Mann mit Fragen, der schon immer lachen musste wenn Brag davon anfing. Also lies er sich breitschlagen sein Wissen darüber kund zu tun. Er erzählte von den Mooren die auch an diesem Fluss liegen würden, allerdings viel weiter im Norden. Brag würde sie finden, wenn er dem Fluss folgte. Aber es gab noch viele andere, kleine, große, in allen Variationen. Der Händler bat Brag deshalb zu überlegen, ob er noch etwas anderes auf seinem Flug gesehen hatte. Brag hatte zwischendurch das Gefühl der Mann würde ihn nicht ganz ernst nehmen oder gar denken, er wäre nicht ganz bei Troste.

Brag überlegte und ging im Kopf noch einmal den Flug durch. Laut sagte er dann: „Zuerst war da das große, nicht endende Wasser gewesen, dann kamen weite Ebenen, ein paar Flüsse und nach einiger Zeit noch bevor die ersten Berge kamen, war das Moor". Plötzlich fiel ihm noch etwas ein, kurz bevor das Moor kam, war die Erde in ganz ungewöhnlicher Farbe. Rötlich, bläulich schimmernd. Eine ganz große Fläche. Der Händler überlegte eine Weile, dann sprach er: „Das nicht endende Wasser von dem du sprichst, nennt man Meer. Es reicht so weit die Augen schauen können". Aber die große Fläche, die in einer so sonderbaren Farbe erschienen war, die hatte er auch schon gesehen. Es war eine kleine Pflanze, die den Boden dicht bedeckte. Dort gab es auch Hirten die ihre Schafe dort hüteten und mit diesen durch die weiten Flächen dieser Landschaft wanderten. In der Gegend gab es nicht viele Siedlungen, so dass die Herden viel Platz hätten und man tagelang durch die Gegend wandern könnte ohne einem Menschen zu begegnen. Da wurde Brag besonders aufmerksam. Er versuchte sich vorzustellen wie es wäre, mit einer Herde durch eine Gegend zu laufen, die so eine wunderschöne Farbe hätte. Aber es war sicher auch nicht ganz ungefährlich, wenn man an die Moore kam. Er hatte ja gehört, wie diese Menschen verschlingen konnten die nicht aufpassten und hinein gerieten.

Der Händler erzählte ihm während der Fahrt alles was er über Moore und ganz besonders über die in der beschriebenen Region, wusste. Auch waren einige Schauergeschichten dabei, wie Leute vom Moor verschlungen wurden und es dort seltsame Wesen und Lichter gab. Brag nahm alles gierig in sich auf und war geradezu fasziniert von diesen Mooren. Irgendetwas zog ihn dahin. Weiter sprach der Mann davon, dass die Menschen in den Mooren meist recht einfach und karg lebten. Um dahin zu kommen müsste Brag dem Fluss noch lange Zeit Richtung Norden folgen. Wenn der Fluss dann nach Osten abbiegen würde, sollte er nach Westen gehen. Aber vorher auf dem Weg dahin, sollte er aufmerksam sein und eine Furt suchen; denn er müsste auf die andere Flussseite.

So unterhielt er sich noch lange mit dem Händler. Am Abend dann lagerten sie noch zusammen, bevor sich am nächsten Morgen ihre Wege trennen würden. Diesen Abend brauchte Brag lange um einzuschlafen, seine Gedanken kreisten immer um die Moore. Er würde auf dem Weg dorthin so viele Siedlungen wie möglich besuchen um viele Kranke zu heilen und sich etwas anzusparen, damit er später sich vielleicht eine kleine Herde kaufen könnte und damit durch die bunte Landschaft zu ziehen, wo sich die Moore befanden. Der Gedanke gefiel ihm gut und endlich kam er zur Ruhe.

Mit diesem schönen Gedanken wachte er auch am nächsten Morgen auf. Endlich hatte er ein Ziel, eine ganz neue Situation für ihn. Als er losging blieb Hund einfach stehen, schaute ihn an, wedelte mit dem Schwanz, drehte sich um und ging einfach in die andere Richtung. Brag wusste, dass Hund seinen Dienst getan, ihn auf den richtigen Weg gebracht hatte und nun wieder seinen eigenen Weg gehen wollte. Er dankte Hund noch in Gedanken und machte sich dann auf die Reise. Ab jetzt würde er die Augen offenhalten und immer nach einer Furt suchen; denn es war ja egal auf welcher Seite des Flusses er weiterziehen würde.

Unterwegs achtete er immer auch auf die Auen, ob er die nötigen Kräuter finden würde. Hetzen wollte er sich nicht; denn er wusste ja ohnehin, dass es noch ein langer Weg und viele Tagesmärsche waren. Außerdem musste er sein Budget aufbessern wenn er sich dann irgendwann mal eine Herde kaufen wollte. Die nächste

Siedlung kam, Brag suchte den Marktplatz, baute seinen Vorhang und seinen Stuhl auf und bot laut seine Künste an. Manchmal dauerte es einfach eine Weile bis sich die ersten Kranken zu ihm trauten; denn er war ja noch sehr jung und die Menschen hatten immer den Glauben, dass ein Heiler ein alter, erfahrener Mann sein musste. Wenn dann aber sich die ersten getraut hatten, dann lief das Geschäft auch gut, denn die Menschen spürten, dass er seine Aufgabe mit ganzem Herzen erfüllte und auch das nötige Wissen hatte.

Mit ein paar Münzen mehr und aufgefülltem Proviant ging es weiter zur nächsten Siedlung. Auf seinem Wege am Flussufer entlang, entdeckte Brag nun häufiger auch einfache Hütten direkt am Fluss. Die Menschen, die dort lebten, ernährten sich vorwiegend von Fischen die sie im Fluss fingen. Auch verkauften sie diese auf den umliegenden Märkten. Die Fischer waren recht stumme Gesellen und sprachen nicht viel. Aber sie kannten den Fluss wie kein anderer und einer bot ihm auch an, ihn mit seinem kleinen Boot über den Fluss zu bringen, dann müsse er nicht ständig Ausschau nach einer Furt halten. Diesem Angebot konnte Brag nicht widerstehen und so gelangte er auf das östliche Ufer des Flusses. In tiefer Dankbarkeit gab er dem Fischer ein paar Münzen und marschierte nun auf der anderen Seite des Flusses weiter. Die Landschaft und auch die Menschen waren die gleichen und natürlich gab es auch hier Siedlungen.

Da der Fluss jetzt viele Schleifen machte, musste Brag immer sehr darauf achten wie groß diese waren; denn er wollte ja nicht die Stelle verpassen, an der der Fluss komplett nach Westen abbog. So folgte er ihm immer weiter und hielt in jeder Siedlung an um sich etwas zu verdienen.

Lange schon hatte Brag seinen Stein nicht mehr angeschaut. Jetzt nahm er ihn aus der Tasche und der Stein fühlte sich gut an. Er war warm, beide Steine pulsierten nur die Farbe hatte sich etwas verändert. War noch letztes Mal die bräunliche Farbe oben gewesen, so war sie nun nach rechts gewandert. Der blaue Strich war immer noch da. Brag steckte ihn wieder zufrieden in seine Tasche und war wie immer etwas verwirrt über den Zustand des Steines, aber er wusste ja von seinem Lehrmeister, wie wertvoll dieser für seine Zukunft sein sollte.

Wieder einmal folgte Brag einer Flussschleife nach Westen. Schon einen halben Tagesmarsch hatte er hinter sich, als sich auf seiner Seite eine leichte Erhöhung abzeichnete. Brag kletterte empor und konnte somit weit in die Ferne schauen. Er sah, dass es keine Schleife war, sondern dass der Fluss nun immer weiter nach Westen floss. Das war also die Stelle, wo er seine Richtung ändern musste. Er ging zurück bis zum Beginn der gedachten Schleife und dort wollte er sein Nachtlager aufschlagen. Ein letztes Mal das Lagerfeuer an diesem Fluss, seinem langen Wegbegleiter. Morgen würde er ihn verlassen und sich auf die Suche nach den Mooren begeben. Lange dachte er am Abend noch an die Moore. Was würde ihn dort erwarten? Würde sich dann alles zum Guten wenden? Brag wusste es nicht, aber was er wusste war, dass er es versuchen musste.

Brags Weg zu den Mooren:

Voller Hoffnung auf eine zwar unbekannte, aber seiner Meinung nach erfolgreiche Zukunft, machte Brag sich am nächsten Morgen auf den Weg. Er wusste, dass er immer Richtung Osten gehen musste. Auch war ihm bekannt, dass dies die Richtung war, wo morgens die Sonne aufging. Mittags stand sie im Süden, also auf seiner rechten Seite und am Abend musste er sie im Rücken haben. Wenn er sich daran halten würde, sollte er die Gegend mit dem ungewöhnlich gefärbten Boden finden.

Der Frühling ging zu Ende und die Tage waren jetzt angenehm warm und sehr lang. So konnte Brag jeden Tag ein gutes Stück Weg schaffen. Zwar wollte er möglichst schnell sein Ziel erreichen, doch würde er weiterhin die Siedlungen aufsuchen, um seine Vorräte aufzufrischen. Die Gegend durch die er kam war recht eben und ließ sich gut durchwandern. Siedlungen gab es nicht viele und wenn, dann waren sie nicht sehr groß. Aber bei jeder hielt er an und bot seine Künste dar. Auch fragte er immer die Menschen nach den Mooren, aber bisher noch erfolglos. Die Leute waren alle nicht weiter als 1 bis 2 Tagesmärsche herum gekommen und noch keiner hatte von der Gegend mit dem bunten Bewuchs gehört.

Immer dünner wurde die Besiedlung auf seiner Reise. Manchmal wanderte er 2 Tage ohne überhaupt einen Menschen oder ein Haus zu sehen. Aber heute sollte sich das ändern, schon aus großer Entfernung erblickte er eine Hütte und sah dass dort ein Feuer brannte. Der Rauch war gut zu erkennen. Er hielt geradewegs darauf zu und als er ankam klopfte er an die Tür. Eine Frau mittleren Alters, umringt von einer Horde Kinder öffnete die Tür. Brag stellte sich vor und fragte auch sie nach den Mooren.

Die Frau berichtete, dass ihr Mann Hirte war und immer zu den Mooren zog. Er war dann lange unterwegs und kehrte erst im Herbst wieder zurück. Aber jedes Mal erzählte er ihr von dem wunderschönen Bewuchs der Gegend. Wenn sich dann im Sommer der Boden verfärbte und in dieser unvergleichlichen

Farbe leuchtete. Das war es, was Brag hören wollte. Er war also auf dem richtigen Weg. Dankbar verabschiedete sich Brag von der Frau und machte sich mit noch mehr Elan auf den Weg. Er ahnte schon, dass es noch ein paar Tagesmärsche wären, aber mit dem Wissen auf dem richtigen Weg zu sein, machte es das marschieren leichter. Wieder nach 2 Tagesmärschen kam er erneut an eine Hütte. Diese lag umgeben von hohen Büschen und einigen Bäumen, malerisch in der Landschaft. Brag wollte sich erneut nach dem Weg erkundigen. So klopfte er an die Tür und es dauerte eine ganze Weile bis eine alte Frau öffnete. Sie hatte lange, graue Haare und einen seltsamen Blick. Es schien, als sei sie der Welt entrückt. Sie sah so aus, wie die Menschen, die zuviel von der von ihm und Sylka früher verkauften Medizin zu sich genommen hatten. Brag stellte sich auch ihr vor und fragte nach dem Weg. Die Frau sprach sehr langsam und etwas verwaschen. Aber sie bat ihn herein und Brag folgte ihr. Sofort fielen ihm die Kräuter an den Wänden auf und der obligatorische Kessel über dem Feuer. Er war mal wieder bei einem Kräuterweib gelandet. Was er aber bisher noch nicht kannte, waren blaue Beeren die er in großer Menge in einem Bottich sah. Darauf angesprochen grinste das Weib und sagte, dies seien Trunkelbeeren. Diese würden das Leben leichter machen und jedem ein gutes Gefühl vermitteln. Sie bot Brag an diese zu probieren. Brag war erst etwas misstrauisch, aber dann langte er zu. Schon nach kurzer Zeit hatte er das Gefühl, ganz leicht zu werden. Sein Blick aber wurde unscharf und er befand sich wie in einer Art Tunnel. Er fühlte sich entspannt und sehr locker. Die Wirkung hielt eine ganze Weile an. Als sie nachließ verstand er die Erscheinung des Kräuterweibes von vorhin.

Brag fragte wo sie diese Beeren gefunden hatte. Das Kräuterweib wollte nicht so recht heraus mit der Sprache aber gab ihm den Tipp, wenn er in die Gegend mit dem wundersamen Bodenbewuchs käme, dann sollte er die Augen offen halten. Es wäre auch nicht mehr weit bis dahin vertröstete sie ihn. Brag war sehr froh über diese Nachricht, dankte dem Weib für ihre Auskunft und die Beeren und machte sich weiter auf seinen Weg.

Ständig hielt er die Augen auf, besonders wenn er auf einer kleinen Anhöhe stand um die komischen Pflanzen zu entdecken, die den Boden so verzieren sollten.

Aber bisher war noch nichts zu sehen. Die Vegetation hatte sich schon verändert. Es gab jetzt viele Birken und hohe Büsche die ihm oft die Sicht versperrten. Abends schlug er dann mal wieder sein Lager auf und holte den Stein hervor. Dieser war sehr warm, beide Steine pulsierten und der braune Fleck war fast in der Mitte des Steines. Die blaue Linie war ganz an den linken Rand gerückt. Sein Lager war zwischen einigen hohen Büschen so dass er etwas Schutz hatte. Am nächsten Morgen packte er wieder sein Bündel, trat durch die hohen Büsche und traute seinen Augen nicht.

Vor ihm lag das was er so lange gesucht hatte. Da hatte er unwissend die ganze Nacht neben dem verbracht, was ihn so anzog und er hatte es nicht bemerkt. Völlig verwirrt schaute er auf diese vielen kleinen Pflanzen die diese wunderschöne Farbe ausstrahlten. Sie fassten sich hart und rau an, aber die Farbe war einfach unvergleichlich. Es waren so viele, der ganze Boden war übersät damit. Immer wieder durchwachsen von ein paar Birken und hohen Büschen. Jetzt fehlten nur noch die Moore, aber die würde er auch noch finden, da war er sich ganz sicher.

Brag wanderte ehrfurchtvoll durch die Landschaft. Zuerst bemühte er sich nicht auf die schöne Pflanze zu treten, aber schon nach kurzer Zeit merkte er, dass dies gar nicht möglich war. Auch schien es den Pflanzen nicht zu schaden, sie drückten sich kurz herunter und standen dann förmlich sofort wieder auf. Sie waren eben nicht nur hart und rau, sondern auch zäh. Brag konnte seine Augen gar nicht mehr vom Boden nehmen so fasziniert war er. Erst im letzten Augenblick bemerkte er die großen Steine, fast wäre er dagegen gelaufen. Ein sonderbares Gebilde stand da vor ihm. Mehrere große Steine lagen auf dem Boden und wurden von einer riesigen Steinplatte bedeckt. Dies konnte doch keine zufällige Erscheinung sein, dies musste von Menschenhand so errichtet sein. Brag konnte zwar keinen Sinn hinter dieser Anordnung finden, fand sie aber sehr mystisch und interessant. Nach einer kurzen Pause an diesem seltsamen Gebilde ging Brag weiter. Bis zum Abend sah er nichts anderes mehr als diesen wunderschön bewachsenen Boden. Er schlug sein Lager auf und schlief tief und fest ein.

Es dauerte noch einen Tag bis Brag mal wieder zu einer Siedlung kam und das war auch keine kleine. Endlich mal wieder eine Gelegenheit für ihn sein Können auf dem Marktplatz anzubieten. Sein Geschäft lief gut an und schon bald hatte sich eine kleine Menschenmenge vor ihm versammelt. Er war gerade dabei einem Mann einen Zahn zu ziehen, da hörte er laute Stimmen und sah wie die Menschentraube vor seinem Stand sich schnell in eine andere Richtung bewegte. Als Brag mit dem Zahn fertig war, wollte auch er sehen, was da vor sich ging. Vor ihm stand schon eine große Menschenmenge, doch er konnte bewaffnete Männer erkennen, die 3 Gefangene auf den Marktplatz gebracht hatten. Schnell hatte er erfahren, dass diese 3 jetzt hier öffentlich hingerichtet werden sollten. 2 der 3 hatten häufig andere bestohlen unter anderem Vieh. Der dritte so wurde hinter der

Hand gemunkelt hätte nicht eine Beziehung zu Frauen, sondern zu Männern gehabt.

Die beiden Diebe wurden an einem großen Baum in der Mitte des Platzes aufgehängt und zappelten nun bis sie verstarben. Der dritte aber musste seinen Kopf auf einen Hauklotz legen und wurde durch einen Schwerthieb enthauptet. Als der Leib aufhörte zu zucken, wurden ihm noch die Arme abgehackt und seine Männlichkeit abgeschnitten. Alle Teile wurden dann von den bewaffneten eingesammelt und auf einer Karre geworfen. Brag fragt einen Mann der neben ihm stand, was das nun sollte. Der Mann antwortete, die Überreste würden im Moor versenkt und die Gliedmaßen, den Kopf und die Männlichkeit würde man ebenfalls dort versenken; denn falls der Mann als Wiedergeborener zurück käme, dann könnte er ohne Kopf, Arme und Geschlechtsteil nicht mehr viel anstellen.

Brag widerte der Gedanke zwar an, aber das interessante daran war natürlich das die Körperteile im Moor versenkt werden sollten. Er würde einfach dem Karren folgen und somit das Moor finden. Zum Markt würde er dann morgen zurück kommen und sein Geschäft hier noch weiter führen. Aber jetzt musste er sich sputen; denn der Karren von 2 Ochsen gezogen fuhr unmittelbar los.

In einem respektvollen Abstand folgte Brag dem Karren. Es dauerte doch eine ganze Weile bis dieser anhielt. Brag hatte sich den Weg gut eingeprägt. Er ging nun näher an den Karren heran und sah, dass die bewaffneten die Körperteile vom Karren nahmen. Sie gingen nun hintereinander in kleinen Abständen und trugen die Teile davon. Erst als Brag ganz dicht dran war, sah er dass die Männer über Bohlen und Bündel von Zweigen liefen, die einem Pfad gleichend ausgelegt waren. Auch fiel ihm auf, dass der

Boden neben diesen sich scheinbar bei jedem Schritt bewegte. Er blieb lieber am Karren stehen; denn es schien nicht ganz ungefährlich zu sein und der weise Alte hatte ihn ja davor gewarnt, dass das Moor die Menschen verschlingen würde.

Die Männer gingen eine ganze Zeit lang auf den Pfaden, dann warfen sie die Teile ins Moor. Sie nahmen dann lange Stangen und drückten sie einfach in den Boden hinein. Es sah ungewöhnlich aus, wie die Körperteile langsam in dem festen, schwarzen Brei versanken. Sie kamen auch nicht wieder nach oben, sondern blieben unter der Oberfläche. Die Männer kamen zurück, gingen zum Karren und fuhren davon ohne Brag sonderliche Beachtung zu schenken.

Brag ging nur ein kleines Stück zurück zur Siedlung und wollte in der Nähe des Moores übernachten, um dann erst am nächsten Morgen auf den Marktplatz zurück zu kehren. Gegen Abend kam Nebel auf und die ganze Gegend war wie von Geisterhand eingedeckt. Brag konnte kaum noch die Hand vor Augen sehen. Er wusste nur, dass er jetzt solange hier bleiben musste bis der Nebel weg war; denn jeder Schritt in die falsche Richtung hätte den Tod bedeuten können.

In gewisser Weise war Brag froh über diese Vorstellung heute und auch über den Nebel. Beides hatte ihm gezeigt wie gefährlich doch das Moor sein konnte. Er würde diesen Anblick fest verinnerlichen und sich das immer vor Augen halten. Am nächsten Morgen lichtete sich der Nebel, die Sonne kam hervor und die Moorlandschaft war wunderschön. Eingebettet in die wundervolle Pflanze, erstrahlte das Moor in einer verführerischen Schönheit. Brag war wie verzaubert von diesem Anblick und verstand nun umso mehr, dass Menschen von dieser Schönheit sich anlocken und verleiten ließen, unvorsichtig zu sein und sich im Moor in tödliche Gefahr begaben. Mit diesem Wissen und dem Bild des Moores vor Augen,m ging Brag zurück zum Markt um die verbliebenen Kranken zu heilen.

Zum Ende des Tages befragte er einige Händler die vom Anschein her hier ansässig waren, ob sie nicht eine Hütte kannten, wo er sich fest einrichten könnte. Nach vielem Kopfschütteln kam er zu einem Verkäufer der mit Schafen handelte. Dieser sagte er habe 3 Tagesmärsche von hier noch eine alte Hütte, die er früher als Hirte genutzt hatte. Wenn Brag möchte, könne er am nächsten Tag mit ihm die Reise dahin antreten und sie könnten sich die Hütte anschauen.

Brag traf sich am nächsten Tag wie verabredet mit dem Händler. Sie zogen los in Richtung Osten und der Händler erzählte Brag von seiner Zeit als Hirte. Er hatte sich im Laufe der Zeit immer mehr Tiere angeschafft und nun hatte er Hirten die für ihn arbeiteten und er selbst kümmerte sich nur noch um den Verkauf der Tiere. So konnte er mehr bei seiner Familie sein und die dankte ihm dies auch. Hin und wieder, gerade auch jetzt, zog es ihn dann aber doch immer mal wieder in die Ferne. Dies waren wohl die Erinnerungen an die Hirtenzeit, die er auch sehr genossen hatte. Aber nicht nur von seinen Erinnerungen sprach der Händler, sondern auch wies er Brag in die Landschaft ein. Er sagte ihm, dass es hier viele Moore gab und man ständig auf der Hut sein musste, um nicht plötzlich im Boden zu versinken. So solle man sich am besten immer an die festen Pfade halten oder eben mit Tieren unterwegs sein; denn die würden die Gefahr rechtzeitig entdecken. Er erklärte Brag auch, dass die Landschaft nicht immer diese Farbe hätte und wenn er im Frühling gekommen wäre, diese gar nicht als solche erkannt hätte.

Die Reise ging schnell voran, sie unterhielten sich angeregt und aus dem Händler wurde ein wertvoller Begleiter und Lehrer. Brag lernte in diesen 3 Tagen eine ganze Menge über das Moor. Auch das das abgestorbene Moor den sogenannten Torf bilden würde, den man gut als Brennmaterial verwenden könnte, da es ohnehin nicht sehr viele Bäume hier gäbe. Immer gegen Abend, wenn die Luft abkühlte bildete sich Nebel über den Moorflächen, da dieses die Temperatur länger hielt als die Luft. Morgens wenn dann die Sonne wieder die Luft erwärmte, verzog sich der Nebel so schnell wie er gekommen war und präsentierte wieder die ganze Schönheit der Natur. Viele neue Pflanzen und Kräuter entdeckte Brag auf dieser Reise, aber es blieb nun keine Zeit dafür diese zu ernten.

Endlich, am dritten Tag kamen sie an der Hütte an. Diese lag wunderschön gelegen zwischen hohen Büschen und Birken. Ein kleiner Bach speiste das naheliegende Moor und die ganze Umgebung war leicht hügelig. Dieser Ort gefiel Brag sofort. Die Hütte war schon fast Nebensache und er konnte seine Augen nur schwer von der Landschaft nehmen, als der Händler ihm die Hütte zeigen wollte. Diese war zwar etwas verfallen aber in der Grundsubstanz noch gut und mit ein wenig Arbeit würde Brag sie wieder auf Vordermann bringen. Wasser war vorhanden, Brennmaterial auch und Kräuter wuchsen rund herum. Jetzt würde er nur noch ein paar Tiere brauchen, dann könnte er sich im Laufe der Zeit eine kleine Herde hier aufbauen.

Der Händler und Brag wurden sich einig, Brag ging mit dem Händler wieder zurück zur Siedlung und erwarb sogleich noch ein Dutzend Schafe und einen Bock. Mit diesen machte er sich dann wieder auf den Rückweg, zu seinem neuen Zuhause. Unterwegs sprach Brag viel mit den Tieren, so wie früher mit der Herde

Zuhause. Er spürte auch die Vorsicht der Tiere wenn sie in die Nähe des gefährlichen Moores kamen. Nur mit dem Bock hatte Brag noch etwas Probleme, dieser sah in ihm wohl einen Konkurrenten. Immer mal wieder versuchte dieser Brag mit seinen Hörnern in die Schranken zu weisen. Aber Brag nahm es gelassen, sprach auch mit dem Bock und bald wurde er ein guter Begleiter, der Brag wie ein Hund folgte.

Am neuen Zuhause angekommen, machte sich Brag sofort an die Arbeit, die Hütte wieder in Ordnung zu bringen. Die nötigen Werkzeuge waren vorhanden und so war nach 2 Tagen die Hütte so, wie Brag sie sich vorgestellt hatte. Die Herde behielt er dabei immer im Auge und dann war ja da auch noch der Bock der ebenfalls um seine Herde besorgt war. Jetzt wo er mit der Hütte fertig war, wollte er den Rest des Tages sich ausruhen um am nächsten Tag mit der Erkundung der Gegend zu beginnen. Er würde dann Weideplätze suchen, nach Kräutern Ausschau halten und sich einfach ein bisschen orientieren. Vielleicht würde er ja in der Nähe auch ein paar Nachbarn finden und weitere Siedlungen, wo er in der kalten Jahreszeit auch seine Kräuter vermarkten und Zähne ziehen konnte.

Aber nun war erstmal Erholung für Brag angesagt; denn die letzten Tage waren durch die langen Märsche und die Reparatur der Hütte doch recht anstrengend gewesen. Brag setzte sich auf den Boden, beobachtete die Natur und war rund um mit sich zufrieden. Nur eins fehlte ihm noch zu seinem Glück, ein Weib. Würde er je wieder eine wie Sylka finden? Er konnte es sich nicht wirklich vorstellen, aber alleine sein wollte er auch nicht. Er würde sich auch danach in den umliegenden Siedlungen umschauen. Nun nahm er mal wieder seinen Stein aus der Tasche. Dieser war bis auf einen kleinen braunen Fleck in der Mitte ganz weis. Die beiden Steine pulsierten, aber er war ganz hart. Brag deutete dies als Zeichen das er sein Ziel erreicht hatte. Sicher würde er sich auch wieder rot verfärben wenn er ein neues Weib hätte. Er musste nur danach suchen. Mit diesem Wissen beendete Brag den Tag, sperrte die Herde hinter der Hütte in den Verschlag und wollte sich dann gut ausgeruht am nächsten Tag seinen Erkundungen widmen.

Schon früh holte er die Tiere aus ihrem Schutz und nahm sie mit auf seine erste Erkundung. Für heute hatte er sich die Richtung Norden ausgesucht. Er folgte ein kurzes Stück dem kleinen Bach, der neben seiner Hütte entlang lief, doch dann war er auch schon bald an der Quelle angelangt und musste ohne so gewohnte Wasserbegleitung nur mit der Herde weiterziehen. Die Tiere freuten sich über die Bewegung. Allerdings ging es langsam voran, da sie immer wieder anhielten um Gräser und Kräuter zu fressen. Aber auch an der bunten Bodenpflanze fraßen sie. Das hatte ihm der Hirte schon erzählt und gesagt, das wäre wichtig für die Pflanzen und würde diesen gut tun. Auch knabberten sie an kleinen Sprösslingen von Büschen. Das bewahrte die Landschaft davor, dass sie komplett mit Büschen zuwuchs.

Da sie nur so langsam voran kamen, beschloss Brag das sie eine Nacht im Freien verbringen würden um noch etwas weiter in die eingeschlagene Richtung zu kommen; denn bisher hatte er weder eine Siedlung, noch eine Hütte entdeckt. Noch lange bevor es dunkel wurde suchte Brag einen Lagerplatz aus. Er überzeugte sich davon, dass kein Moor in der Nähe wäre, wo sich bei Nebel sonst die Tiere verlaufen könnten. Hier war sie wieder seine vorausschauende Denkweise, die ihn schon so oft vor schwierigen Situationen bewahrt hatte. Am Abend machte er ein Feuer und auch die Tiere hielten sich ganz in seiner Nähe auf.

Der Morgen begann für Brag sehr früh, es begann zu regnen. Trotzdem setzte er seinen Weg fort und nach einiger Zeit zogen die Wolken davon und es blieb trocken. Aber seine Sachen waren leider trotzdem durchnässt, so dass er gegen Mittag wieder ein Feuer entzündete um diese zu trocknen. Da ja ansonsten niemand in der Nähe war, konnte er sich auch ganz der Sachen entledigen ohne dass es ihm hätte peinlich sein müssen. Wieder trocken zogen sie weiter; denn bis zum Abend wollte er noch ein Stück schaffen. Als die Sonne am Horizont tiefer ging, wollte Brag gerade einen Lagerplatz für die Nacht suchen, da entdeckte er in der Ferne eine Siedlung. Die wollte sich Brag aber dann lieber am nächsten Tag anschauen; denn heute hätte er es nicht mehr geschafft und wie immer wollte er nicht im Dunkeln eine Siedlung betreten. So lagerten sie etwas außerhalb und zogen am nächsten Morgen zur Siedlung weiter. Als er zum Marktplatz kam, wurde er gleich gefragt ob er die Tiere verkaufen wollte. Aber das war ja nicht in Brags Sinne. Er schaute sich nur in aller Ruhe den Markt an und kaufte die eine oder andere Kleinigkeit die er noch für seine Hütte gebrauchen konnte. Um seinen Proviant aufzufrischen kaufte er auch noch ein paar Äpfel. Hinter dem Stand war eine junge Frau mit einem frohen Lächeln und üppiger Figur. Sie lächelte Brag an und dieser war etwas verlegen. So kaufte er nur die Äpfel und ging dann wieder seines Weges. Nach einem kurzen Stück drehte er sich aber wieder um und schaute sie aus einiger Entfernung an. Sie hatte etwas Anziehendes an sich dachte er so für sich. Aber noch einmal zurück gehen und sie ansprechen wollte er nun doch nicht. Vielleicht würde er bald wieder Äpfel kaufen müssen und dann wüsste er immerhin wo. Aber was wenn sie dann nicht da wäre, wenn sie nur an bestimmten Tagen auf dem Markt war? Brag war sichtlich verwirrt. Wie zur Kontrolle holte er seinen Stein aus der Tasche und dieser war leicht rosa verfärbt. Sollte das ein Zeichen sein?

Brag auf Freiersfüßen:

Brag überwandt seine Scheu, ging erneut zum Stand mit den Äpfeln und sagte er brauchte doch noch ein paar mehr. Das Mädchen lächelte noch freundlicher aber irgendwie auch anders als bei seinem ersten Besuch. Diesmal stellte sich Brag auch bei ihr vor, er nannte mit etwas zittriger Stimme seinen Namen und erzählte ihr, dass er eine Tagesreise südlich von hier wohnen würde, in einer alten Hütte die er von einem Händler erworben hatte.

„Und Deine Familie nimmst Du immer zum Markt mit" sagte das Mädchen scherzhaft und zeigte auf seine Schafe. Brag spürte wie er ein ganz heißes Gesicht bekam und stotterte ein Nein heraus. Doch dann wurde er sicherer und sagte: „Nein mit Familie brauche ich nämlich doppelt so lange". Beide lachten laut und der Bann war gebrochen. Sie scherzten noch ein bisschen miteinander und verabredeten wenn der Markt zu Ende sei noch etwas Zeit miteinander zu verbringen.

Brag konnte es gar nicht abwarten bis sie den Stand abgebaut hatte und dann endlich zum verabredeten Ort kam. Jetzt war auch sie etwas schüchtern, der Marktstand hatte ihr wohl Sicherheit verliehen. Mala nannte sie sich und war genauso alt wie Brag. Beide erzählten sich in kurzer Form ihre Geschichte, wobei Brag die Zeit mit Sylka ausließ. Mala wohnte noch bei ihren Eltern und war für den Verkauf der Äpfel verantwortlich. Zuhause hatte sie noch 2 Brüder und 2 jüngere Schwestern. Der Vater und die Brüder kümmerten sich um die Ernte und auch um eine kleine

Schafherde. Die kleinen Schwestern halfen der Mutter im Haushalt.

Sie war von Brags Geschichte fasziniert; denn sein Leben war soviel aufregender gewesen als das ihre und sie konnte erst gar nicht verstehen, dass er seine Wanderschaft eingestellt und nun in dieser einsamen Gegend leben wollte. Sie war noch nie weit weg gekommen, sondern stand fast jeden Tag hier auf dem Markt. Nun müsse sie aber nach Hause, die Eltern würden bestimmt schon warten und sollten sich keine Sorgen machen, dass ihr was passiert war sagte sie zu Brag. Brag versprach wieder zu kommen um sie zu sehen und natürlich um noch mehr Äpfel zu kaufen. Zum Abschied schauten sie sich eine Weile an, dann gaben sie sich einen vorsichtigen Kuss und ihre Wege trennten sich.

Brag ging am Abend noch aus der Siedlung heraus und lagerte kurz hinter dem Ort an dem Platz den er Tags zuvor schon erkundet hatte. Er spürte, dass er das Mädchen sehr sympathisch fand und sich auch freute sie wieder zu sehen. Es war aber nicht das Gefühl, was er bei Sylka empfunden hatte. Noch einmal holte er den Stein hervor und dieser war zartrosa und feucht. Aber hart und fest. Das pulsieren der beiden Steine war vorhanden, aber viel schwächer als sonst. Diesmal konnte Brag das nicht deuten und steckte ihn wieder weg und sagte sich: "Es ist halt nur ein Stein, wie soll er alles wissen".

Am nächsten Morgen machte sich Brag wieder auf die Rückreise und diesmal trieb er seine Herde an, damit sie es an einem Tag schaffen würden. Erst spät am Abend kamen sie an der kleinen Hütte an und Brag war froh, dass er in dem noch unbekannten Gelände kein Tier verloren hatte. In ein paar Tagen würde er wieder zum Markt gehen um Mala zu treffen, dann aber ohne Herde los ziehen damit er schneller voran käme.

Die nächsten Erkundungsreisen machte Brag erst nach Osten dann nach Süden. Den Westen konnte er sich ja sparen, von dort war er ja gekommen. Aber auch die anderen beiden Richtungen führten ihn zu keiner Siedlung innerhalb eines Tages. Aber was er entdeckt hatte, waren Trunkelbeeren. Diese könnte er sicher auch gut auf dem Markt verkaufen, so dachte er. Er musste ohnehin wieder Kräuter sammeln; denn seine Vorräte gingen zur Neige und bis er im nächsten Jahr Lämmer verkaufen konnte, musste er seinen Lebensunterhalt ja weiterhin so bestreiten. Einmal im Monat würde er zum großen Markt gehen, wo er den Händler kennengelernt hatte, um dort Tränke und Kräuter zu verkaufen und Zähne zu ziehen. Aber das alleine würde nicht genügen, dass wusste er. Es war also von Nöten auch den Markt im Norden zu besuchen und vielleicht mit etwas mehr Geduld noch andere zu finden.

Als er am Abend die heute gesuchten Kräuter in seiner Hütte zum Trocknen aufhängen wollte, klopfte es an die Tür. Brag erschrak etwas; denn in dieser einsamen Gegend hatte er nicht mit irgendwelchen Menschen gerechnet. Vielleicht war es ein Hirte der Hilfe brauchte. Brag legte die Kräuter weg und ging zur Tür. Dort stand Mala vor ihm. Er war völlig verlegen. Sie aber sprach: „Meine kleine Schwester ist krank und ich bin zu dir geeilt in der Hoffnung das du mich begleitest und ihr helfen kannst". Brag bat sie erstmal in die Hütte und sagte sofort seine Hilfe zu. Gleich am nächsten Morgen wollte er mit Mala zu ihrem Haus gehen und sich die kleine Schwester anschauen. Heute aber im Dunkeln wäre es zu gefährlich, da waren sich beide einig.

Am Abend unterhielten sie sich noch lange und irgendwann begannen sie auch ganz nebenbei von den Trunkelbeeren zu naschen. Immer aufgelöster wurden sie und die Beeren hatten ihre

Wirkung. Mala wurde plötzlich sehr warm und sie entledigte sich ihrer Kleidung. Brag sah die üppigen Formen und spürte das Leben in seinen Lenden. Er musste sie berühren, da konnte er nicht widerstehen. Es dauerte nicht lange, da teilten sie das Lager und die Nacht war der einzige Zeuge was geschah.

Als Paar gingen sie in den Morgen und zogen dann sogleich auch los um Malas Schwester anzuschauen.

Auf dem Wege dahin war Mala sehr anhänglich. Brag war zwar nicht abgeneigt, aber es war nicht dieses freie Gefühl was er damals bei Sylka hatte. Das aber verschwieg Brag und er war trotzdem froh Mala bei sich zu haben. Auch war die Nacht mit ihr ja eine wirkliche Abwechslung in seinem Leben gewesen. Er konnte ja auch nicht ewig Sylka nachtrauern, wer wusste schon was damals passiert war.

Spät am Abend kamen sie am Haus von Malas Eltern an. Diese öffneten die Tür und baten Brag hinein. Brag stellte sich kurz vor und bat dann sogleich sich die kleine Schwester von Mala ansehen zu dürfen. Die Schwester hatte starken Husten und der Kopf und die Brust schmerzten ihr sehr. Brag fühlte ihre Stirn und das beruhigte ihn, was er da spürte. Er tastete ihren Kopf, ihren Nacken und ihre Brust ab, konnte aber nichts Besonderes feststellen. Aus seinem Beutel nahm er einige Kräuter, bat um heißes Wasser und bereitete ihr einen Trunk zu. Er legte einige Kräuter heraus und bat die Mutter der kleinen das morgens, mittags und abends die nächsten 3 Tage zu geben, dann sollte es ihr wieder besser gehen.

Malas Eltern boten ihm etwas zu essen an und sagten ihm er könne ruhig über Nacht bleiben, in der Dunkelheit wäre es zu gefährlich durch diese Moorgegend zu gehen. Mala musste ihnen in der Zeit als er die Schwester untersucht hatte wohl schon einiges erzählt haben; denn sie hatten nichts dagegen, dass er mit Mala das Lager teilte. Aber sie baten ihn, Mala noch ein bisschen bei ihnen zu lassen, zumindest so lange, bis die Kleine wieder gesund wäre.

Brag war völlig überrascht von dieser Eile, daran Mala gleich mit in seine Hütte zu nehmen war gar nicht sein Gedanke gewesen, aber andererseits stand der Winter bald vor der Tür und dann wäre es in der Einsamkeit schon schön, wenn er nicht alleine wäre. So verblieben sie also gemäß dem Vorschlag der Eltern. In der Nacht mussten sich Brag und Mala etwas zurückhalten, es wäre ihnen doch unangenehm gewesen wenn die Eltern sie bei ihrem Tun gehört hätten.

Am nächsten Morgen verabschiedete sich Brag und Mala versprach, so bald die Kleine gesund wäre und ihre Aufgabe auf dem Markt übernehmen könnte, würde sie zu ihm kommen.

Auf dem Rückweg überlegte Brag ob es alles so richtig sei wie es kam, aber er war ja zufrieden und so lies er es geschehen.

Wie versprochen kam Mala nach wenigen Tagen zu Brag. Die Schwester war wieder gesund und kümmerte sich schon um den Verkauf der Äpfel auf dem Markt.

Tagsüber hütete Brag die Herde, Mala kümmerte sich um den Haushalt und zusammen sammelten sie dann auch Kräuter und verarbeiteten diese. Mala war eine fleißige Frau und half Brag sehr bei seiner täglichen Arbeit. Nachts war sie eine unersättliche Liebhaberin die Brag doch sehr forderte und es ihm schon manchmal zuviel wurde.

Dann wurde es Zeit, dass Brag mal wieder den Markt besuchte, auf dem er den Händler kennengelernt hatte. Mala sollte derweil auf die Herde aufpassen. So war sie ihm natürlich eine große Hilfe; denn Brag musste ja 3 Tage hin und 3 wieder zurück wandern. Diese Reise tat Brag gut, immer wenn er zu lange an einem Ort war, trieb es ihn wieder hinaus in die Ferne. Auch wenn es nur ein paar Tage wären, so reichte ihm das und er konnte sich auch gut vorstellen, dass so bei zu behalten. Auf dem Markt baute er seinen Stand auf und die Menschen kamen in großer Zahl von ihm. Sie hatten schon lange darauf gewartet, dass mal wieder ein Heiler zu ihnen kam. Er erzählte auch allen von seiner Hütte und davon, dass sie wenn sie einmal schwer erkrankt wären auch nach ihm schicken könnten. Ansonsten wollte er immer 2 Tage nach Vollmond hier auf dem Markt sein.

Bis zum Abend hatte er gut zu tun und im Anschluss baute er den Stand ab und lagerte kurz hinter der Siedlung.

Am nächsten Morgen machte er sich auf den Rückweg und freute sich auch darauf Mala wieder in seine Arme zu schließen. Am vorletzten Tag auf seiner Rückreise traf er einen Hirten. Brag sprach ihn an und sie unterhielten sich eine Weile. Brag erfuhr von ihm, dass er viel in dieser Gegend unterwegs sei und sich ganz gut auskannte. Er kannte auch die Hütte in der Brag wohnte und erzählte ihm, wenn er 2 Tage Richtung Süden von dort aus gehen würde, dann käme noch eine große Siedlung wo er bestimmt auch seine Künste anbieten konnte. Brag dankte dem Hirten für diese Auskunft und erzählte auch ihm, dass er immer 2 Tage nach Vollmond auf dem Markt in der großen Siedlung wäre und falls er mal erkranken sollte, er ihn aus Dankbarkeit für die Information kostenlos behandeln würde. Auch der Hirte bedankte sich dafür und zog seines Weges.

Wieder Zuhause fiel ihm Mala gleich in die Arme und erzählte in ihrer plappernden Art, wie sie sich um die Herde gekümmert hätte. Brag hingegen erzählte von dem Hirten den er getroffen und über die gute Nachricht die er von ihm bekommen hatte.

Mala lenkte das Gespräch schnell wieder auf die Herde. Sicher wollte sie es nicht hören, dass Brag nun noch einmal im Monat zu einer anderen Siedlung wollte. Aber das konnte er ja auch verstehen, sie waren ja gerade erst kurze Zeit ein Paar.

Es war eine Woche vergangen, da machte sich Brag auf den Weg gen Süden um die andere Siedlung zu finden. Er hatte auf Verdacht gleich alles mitgenommen und wenn er sie finden würde, dann würde er auch gleich einen Tag dort bleiben. Mala sollte wieder auf die Herde achten, dass hatte sie ja mit Erfolg gemacht. Aber Mala schien diesmal nicht so traurig wie beim letzten Abschied, schön dass sie sich daran gewöhnte dachte Brag, sie ist eben ein vernünftiges Weib.

Mit einem guten Gefühl und der nötigen Portion Neugier machte Brag sich auf den Weg. Einen Tag war er ja schon mal in diese Richtung gegangen, damals war er wohl einfach nur zu schnell umgekehrt. Diesmal wollte er rechtzeitig sein Lager aufschlagen und dann am nächsten Tag die Siedlung suchen. Früh am Morgen machte er sich dann auf den Weg und schon nach wenigen Stunden sah er die Siedlung. Er ging direkt zum Marktplatz, baute seinen Stand auf und tat den Leuten kund was er anbot. Nach der üblichen Anlaufzeit fand er noch einige Kranke, denen er helfen konnte und so verging dieser Tag doch sehr schnell.

Am nächsten Morgen ging er zeitig los, sparte sich die Mittagspause um den Weg an einem Tag zu schaffen. Mala sollte sich ja freuen, ihn einen Tag früher als gedacht wieder zu sehen. Es wurde schon fast dunkel als er in die Hütte trat. Dort fand er aber nicht nur Mala, sondern auch den Hirten der ihm vor kurzer Zeit begegnet war. Mala war etwas überrascht über das zeitige Erscheinen von Brag und erzählte ihm, dass der Hirte ein guter Freund ihrer Familie war und sie auf seinem Wege durch die

Gegend kurz besucht hatte. Brag freute sich darüber, dass sie zu dem Hirten so nett war; denn schließlich hatte er ihm ja auch den Weg zur neuen Siedlung gewiesen. Sie aßen noch zusammen und Brag bat den Hirten doch über Nacht zu bleiben damit er nicht im Freien übernachten müsste. Der Hirte nahm das Angebot dankbar an und es wurde noch ein fröhlicher Abend. Am nächsten Morgen verabschiedete sich der Mann und ging mit der Herde seiner Wege.

Die nächsten Tage verliefen wie immer. Brag kümmerte sich um die Herde, Mala um den Haushalt und zusammen sammelten sie Kräuter. Am Abend sprachen sie dann noch lange miteinander bis sie sich gemeinsam zum Lager begaben. Mala war wieder unersättlich, aber das wunderte Brag ja auch nicht, er hatte sie ja auch viel allein gelassen in der letzten Zeit. Sie ließ Brag kaum Schlaf und machte Dinge mit ihm, die er noch nicht kennengelernt hatte. Morgen wird es sicher ruhiger werden dachte Brag und nahm es ja schließlich auch mit Genuss hin, dass ihn sein Weib so sehr begehrte. Aber da hatte sich Brag geirrt, auch am nächsten und allen folgenden Tagen war Mala nicht zu bremsen. Er war fast froh, dass der Vollmond durch war und er wieder seine monatliche Reise zur großen Siedlung antreten konnte und somit 6 Tage Erholung von ihr hatte.

Es hatte sich rum gesprochen, dass Brag jetzt einen festen Tag hatte an dem er den Kranken hier zur Verfügung standen. Es hatte sich schon am Morgen eine große Traube um seinen Stand gebildet. Brag dachte so bei sich, dass muss ich in der anderen Siedlung auch so machen, dann wissen die Leute wann ich da bin und es kommen mehr als sonst. Er hielt dies für eine sehr gute Idee und wenn er wieder Zuhause wäre, dann würde er gleich Mala von seinem tollen Einfall erzählen. Bis zum Abend hatte er zu tun, eigentlich wollte er sich noch etwas auf dem Markt umschauen und für Mala ein kleines Geschenk mitbringen, aber als er mit dem letzten Kranken fertig war, hatten alle anderen Händler ihre Stände schon abgebaut. Er zog noch aus der Stadt und lagerte in gewohnter Weise kurz hinter der Siedlung.

Nach dem zweiten Tag der Rückreise hatte Brag gerade sein Lager aufgeschlagen, als noch ein alter Bekannter hinzu stieß. Der Hirte war auch wieder auf dem Weg. Zusammen lagerten sie, was natürlich viel unterhaltsamer war. Brag erzählte dem Mann auch davon was für eine Idee er hatte. Er würde die Besuche aufteilen und dort immer 2 Tage nach Neumond seine Kunst anbieten. Der Hirte sagte, dass dies eine sehr gute Idee sei, so könnte sich jeder darauf einstellen und niemand müsste unnötig warten.

Am nächsten Morgen trennten sich wieder ihre Wege und Brag machte sich auf den Weg zu Mala. Die freute sich sehr über Brag und auch sie begrüßte seine Idee mit dem regelmäßigen Besuch der anderen Siedlung.

Beim weiden der Herde am nahe gelegenen Moor hatte Brag festgestellt, dass wenn der Bach weniger Wasser führte und einige Stellen des Moores austrockneten, er dort das abgestorbene Moor entnehmen und als Brennmaterial verwenden konnte. Er hatte nun damit begonnen, einige etwas abgelegene Stücke davon trocken zu legen, indem er das Wasser abgrub und Abläufe schuf. Der Winter war ja nahe und Feuerholz war in dieser Gegend dünn gesät. Immer wenn er jetzt mit der Herde zu diesen Stellen kam, konnte er etwas von dem toten Moor mitbringen und Mala freute sich, dass sie heizen konnte.

So langsam klappte die Harmonie in ihrem Tagesablauf immer besser und Brag war froh Mala an seiner Seite zu haben. Sie nahm ihm doch viel Arbeit ab und vor allem konnte sie sich um die

Herde kümmern wenn er nicht da war. Das einzige was ihn etwas störte war ihre ungeheure Lust nach Beischlaf. Er fragte sich manchmal wie sie das machte, dass sie tagsüber nicht müde war, er jedenfalls nickte oft ein, wenn er dann mit der Herde zum weiden ging.

Einmal vor dem Winter wollte Brag noch die beiden Siedlungen besuchen, wenn dann erstmal der Schnee das Gelände bedeckte, waren die Märkte nicht mehr gut besucht und es wäre auch gefährlich wenn die Moorflächen nicht als solche zu erkennen wären. Der Neumond kam und Brag machte sich wie geplant auf zu seiner vorletzten Reise in diesem Jahr.

Irgendwie beschlich ihn diesmal dabei etwas Melancholie, er wusste, er würde die Reisen vermissen. Er konnte nur hoffen, dass der Winter nicht so lang wäre; denn diese Reisen würden ihm fehlen. So genoss er es diesmal besonders. Er ging mit wachen, offenen Augen durch die Natur. Schaute sich die Pflanzen genau an und atmete die frische Luft immer wieder bewusst ein. Brag war so mit sich und der Natur beschäftigt, dass er gar nicht gesehen hatte, dass 2 Männer ihm entgegen kamen. Erst als sie fast vor ihm standen hatte er sie entdeckt. Sie unterhielten sich angeregt und machten einen friedlichen Eindruck. Brag wich ihnen trotzdem etwas aus und ging seines Weges. Auch die Männer hatten ihn nur kurz angesehen, genickt und waren ihres Weges gegangen. Komisch dachte Brag, sonst ist mir hier noch nie jemand begegnet, aber irgendwann musste es ja mal passieren. Er wollte nun etwas aufmerksamer sein; denn es war nicht sicher, dass alle die ihm in dieser einsamen Gegend begegneten so friedlich waren. So setzte er seinen Weg fort und hielt die Augen gut offen. Aber niemand mehr begegnete ihm.

Auf dem Marktplatz angekommen, errichtete er seinen Stand und begann mit den Behandlungen. Einige seiner Kranken kannte er schon und für viele war er fast schon ein Vertrauter. Sie kamen manchmal gar nicht wegen der Medizin, sondern einfach um mal bei ihm ihre Sorgen los zu werden; denn sie hatten gemerkt, dass Brag nicht nur ein guter Zuhörer war, sondern oft auch praktische Tipps zur Lösung ihrer Probleme hatte. Da er aber für zuhören und Tipps geben keine Waren oder Münzen bekam, war er froh, dass die Leute noch etwas kauften. Vielleicht taten sie das auch nur um bei ihm dran zu kommen. Aber es freute Brag, dass die Menschen zu ihm Vertrauen hatten und gern zu ihm kamen. Wieder bis zum Sonnenuntergang hatte Brag zu tun. Danach kam das Übliche, lagern kurz hinter der Siedlung und dann wieder auf den Rückweg, der ja immerhin 2 Tagesmärsche dauerte.

Der Rückmarsch verlief wie immer, bis auf das ihm am zweiten Tag wieder die beiden Männer begegneten. Da er schon beim ersten Mal gesehen hatte, dass sie friedlich waren, musste er auch nicht ausweichen, sondern sprach sie einfach an. Sie sagten ihm, dass sie ihn kennen würden, er wäre doch der Heiler, der immer auf dem Markt in ihrer Siedlung wäre. Brag freute sich darüber, dass er schon so bekannt war. Er erzählte ihnen, dass dies vor dem Winter seine letzte Reise in die Siedlung war. Die Männer schienen fast traurig darüber zu sein und fragten: „Was machen denn die Kranken im Winter"? Brag überlegte kurz, dann sagte er, dass wenn jemand wirklich sehr krank wäre, man nach ihm schicken könnte, dann würde er wenn es wirklich ernst wäre, auch im Winter diese Tour auf sich nehmen. Das schien die beiden Männer zu beruhigen und sie verabschiedeten sich freundlich von ihm.

Nun war es nicht mehr weit bis zu seiner Hütte, Brag freute sich schon auf Mala und das immer frisch gewaschene Lager. Er fand es schön, dass immer wenn er von der Reise zurück kam, Mala das Lager frisch gewaschen hatte und er sich so gut ausruhen konnte. Außerdem war das auch immer die Nacht, in der sie ihm Ruhe gönnte und ihn durchschlafen ließ.

Diesmal machte Mala einen besonders gelösten Eindruck als Brag zur Tür herein trat. Sie freute sich bestimmt darüber, dass dies die vorletzte Reise vor dem Winter war. Alles war wie immer, Mala umsorgte ihn, ließ ihn durchschlafen und war um sein Wohl bemüht. Eine tolle Frau, dachte Brag für sich, gut das sie bei mir ist.

Die Tage wurden immer kürzer und kälter. Die Zeit mit der Herde draußen war gezählt. Bald müsste Brag sie auch am Tage im Verschlag lassen. Seine Hauptbeschäftigung war nun das Besorgen von Brennmaterial; denn wenn erstmal der Frost kam, würde die Entnahme kaum noch möglich sein. Er war froh, in seiner vorausschauenden Art, die Stellen trockengelegt zu haben und nun davon zu profitieren. Brag musste auch noch einen Anbau an die kleine Hütte bauen, um es zu trocknen und zu lagern. So verging die Zeit bis zur letzten Reise in die große Siedlung sehr schnell.

Ein letzter Abschied von Mala für dieses Jahr, dachte Brag, dann können wir die Ruhe und Schönheit des Winters genießen. Den Winter wollte er dazu nutzen, die vielen gesammelten und getrockneten Kräuter zu verarbeiten, um gleich für den nächsten Frühling wieder genug Tränke, Tinkturen und Salben zu haben. Schon am ersten Abend, bei seinem ersten Lagerplatz den er immer aufsuchte bei seiner Reise in die große Siedlung, traf er auf den bekannten Hirten. Dieser erzählte ihm, dass dies auch seine letzte Tour vor dem Winter wäre; denn dann würden die Tiere nichts mehr finden und die lange, langweilige Zeit würde beginnen. Brag verstand ihn nur zu gut, wo er doch selbst ebenfalls so gern unterwegs war. Er war auch froh Gesellschaft am Abend zu haben und so sprachen sie noch lange über dies und das, bis beide irgendwann gut zugedeckt einschliefen. Es ist schön, so dachte Brag, Freunde zu haben auf die man sich verlassen kann.

Der Andrang von Kranken in der großen Siedlung war diesmal besonders groß. Brag beschloss einen Tag länger zu bleiben um alle noch vor dem Winter zu versorgen. Am Abend lagerte er dann wieder außerhalb der Siedlung. Wieder einmal holte er seinen Stein hervor. Er war hart, kalt, weis, aber beide pulsierten. Er zeigt mir den Winter an, dachte Brag und steckte ihn wieder ein. Auch am zweiten Tag hatte er noch genug Kranke, die sich vor dem Winter noch mal mit Medizin eindecken wollten.

Einerseits etwas traurig, andererseits sich auf die ruhige Zeit freuend, machte Brag sich auf den Rückweg. Unterwegs traf er wieder seinen Freund den Hirten. Sie begrüßten sich kurz, verabschiedeten sich bis zum Frühling und gingen ihrer Wege.

Zuhause angekommen, war Mala erfreut ihn zu sehen, sie hatte sich schon etwas Sorgen gemacht, weil er einen Tag länger unterwegs war. Sie hatte die Hütte schön sauber gemacht, dass Lager wieder frisch gewaschen und hatte schon so sehr auf ihn gewartet.

3 Tage war Brag wieder Zuhause, da kam schon der erste Schnee. Das war knapp, dachte er; denn wenn man die Moorflächen nicht sehen konnte, war es sehr gefährlich. Es schneite heftig und lange, so dass sie kaum die Hütte verlassen konnten und die Pfade nicht mehr zu erkennen waren. Ansonsten aber sah die Gegend

wunderschön aus. Auch so hatte die Moorlandschaft ihren Reiz. Der Schnee deckte alles zu, es war wie eine andere Welt. Alles war so still, so rein. Manchmal ging Brag vor die Hütte, blieb einfach stehen und atmete tief die kalte, klare Winterluft ein. Er schaute den Vögeln nach und dachte wie gut die es haben, sie müssen sich nicht vor dem Moor fürchten, sie können einfach drüber hinweg fliegen. Er überlegte ob er mal wieder 2 Portionen von dem Pilz zu sich nehmen sollte, um ebenfalls zu fliegen. Nach dem Vorfall aber mit der jungen Frau, wollte er es lieber lassen, die Gefahr dieser Droge war ihm zu hoch.

In der Hütte hatten Mala und Brag jetzt immer damit zu tun, die getrockneten Kräuter zu verarbeiten. Mala stellte sich dabei sehr geschickt an und Brag war wieder einmal froh, dass sie bei ihm war. Aber Mala wusste auch ihre Gelüste durchzusetzen. So überfiel sie ihn manchmal geradezu und dann wurde schon am Tage das Lager zur Lustwiese. Brag hatte gedacht, jetzt wo er jeden Tag Zuhause war, würde das etwas nachlassen, aber das Gegenteil war der Fall. Wie hielt sie das nur aus, wenn er nicht da war?

So gingen die Tage ins Land, die Sonnenwende war schon lange vorbei und auch der Schnee war zusammen gesunken und nicht mehr tief. Eines Tages klopfte es an die Tür, als Brag und Mala gerade wieder mal am verarbeiten der Kräuter waren. Es waren die beiden Männer, die Brag schon zweimal auf dem Wege zur und von der Siedlung getroffen hatten. Der eine sprach erregt: „Meine Mutter ist schwer erkrankt, kannst Du uns helfen"? Brag in seiner gutmütigen Art erklärte sich sofort dazu bereit. Der Mann sprach weiter: „Du kannst deutlich unsere Spuren hier her erkennen, dann kann dir nichts passieren. Es ist die dritte Hütte wenn du in die Siedlung kommst. Wir müssen leider noch weiter ziehen, wir wollen noch zu unserem Onkel". Brag packte sofort seine Sachen und bat die Männer sich doch noch etwas auszuruhen, Mala würde sie versorgen damit sie gestärkt ihren Weg fortsetzen könnten. Mala nickte freundlich und schien auch gar nicht so traurig, dass Brag sich auf den Weg machte. Sie verstand eben seine Hilfsbereitschaft.

Brag folgte den Spuren der Männer, diese waren gut zu sehen und er war dankbar dafür, dass sie zu zweit waren, so konnte er die Abdrücke nur noch besser erkennen. Die Nacht im Freien war trotz Feuer sehr kalt, aber wenn Brag jemandem helfen konnte, dann hatte das für ihn Vorrang. Am zweiten Tag kam er dann zu der Siedlung, hielt an der dritten Hütte an und klopfte. Eine schwache Stimme rief ihn herein. Brag betrat die Hütte und sah eine alte Frau, die auf ihrem Lager lag. Er fühlte ihre Stirn und war beruhigt, sie hatte zwar Fieber und war sehr geschwächt, jedoch war es kein Zustand der sie umgebracht hätte. Ein paar Tage im Lager und etwas Ruhe hätten schon genügt um sie wieder auf die Beine zu bringen. Zuerst war Brag nun etwas böse darüber, für so einen Fall geholt worden zu sein, dann aber dachte er, die Männer konnten es vielleicht nicht richtig einschätzen und waren nur besorgt. Eigentlich haben sie ja alles richtig gemacht und besser so, als wenn sie ihn nicht gerufen hätten und die Frau wäre wohlmöglich verstorben. Sollte er ihnen wieder begegnen, würde er so tun, als ob sie alles richtig gemacht hätten. Brag verabreichte ihr einen Trunk und sagte ihr, sie müsse diesen jeden Morgen, Mittag und Abend zu sich nehmen, dann käme sie schon wieder schnell auf die Beine. Bis dahin sollte sie das Lager hüten und ihr Sohn wäre sicher bald zurück.

Das verwirrte die Frau etwas und sie sagte, dass sie gar keinen Sohn habe und hier schon ewig alleine wohnen würde. Brag beschrieb ihr den Mann, der ihn gerufen hatte und fragte ob sie ihn kennen würde. Die Frau war noch mehr verwundert; denn sie wusste wer das war und sagte Brag, dies sei ein ganz schlechter Mensch und sein Freund ebenfalls, es würde sie doch sehr verwundern, dass ausgerechnet diese beiden wegen ihr sich den langen Weg gemacht hätten. Die beiden würden sonst nur den Frauen nachstellen und da wäre ihnen kein Weg zu weit, aber für sie alte Frau hätten die bestimmt kein Interesse etwas zu tun.

Brag fiel es wie Schuppen von den Haaren. Schlagartig wurde ihm klar was passierte wenn er nicht Zuhause war und ihm immer wieder die gleichen Menschen begegneten, als kämen sie zufällig aus der Richtung in die er wollte, warum Mala das Lager immer frisch gewaschen hatte wenn er zurück kam und nun wusste er auch, wie sie es aushielt, wenn er nicht da war.

Wütend machte er sich sofort auf den Rückweg, er würde im Dunkeln durchmarschieren und nachsehen, ob sich das was er dachte bewahrheiten würde. Es war eine klare Nacht und Brag konnte die Spuren gut im Schnee erkennen, so dass es nicht zu gefährlich war. Weit in der Nacht kam er an der Hütte an. Schon von draußen konnte er das Stöhnen von Mala hören, welches sie sonst nur machte, wenn er ihr beischlief. Brag riss die Tür auf und beide Männer teilten mit Mala das Lager. Alle schauten entsetzt auf ihn. Mala und beide Männer waren nackt. Brag ergriff sein Schwert und jagte die Männer so wie sie waren aus der Hütte. Mala wollte noch irgendetwas stammeln, doch Brag schrie sie nur an: „So vergnügst Du Dich also wenn ich nicht Zuhause bin, Du Hure. Morgen werde ich Dich zu Deinen Eltern zurück bringen und ihnen sagen was für ein schlechtes Weib Du bist. Diese Männer, der Hirte und wer weiß, wer noch alles sich mit Dir vergnügt hat". Mala flehte ihn an, dies nicht zu tun, aber Brag war entschlossen, da gab es nichts dran zu rütteln.

Mala packte am Morgen ein paar Sachen zusammen, dann ging Brag mit ihr los. Unterwegs fing sie immer wieder an zu betteln, sie würde es nie wieder tun und viele ähnliche Floskeln, doch Brag ließ sich nicht erweichen und wurde nur noch härter. Ihre Eltern würden sie verstoßen flehte sie. Brag antwortete nur kurz: „Das würde ich nur zu gut verstehen".

Bei den Eltern angekommen, trug Brag das Gesehene vor und Mala änderte augenblicklich ihre flehende Art und sagte zu den Eltern: „Er war ja nie da, er konnte mir nicht das geben was ich brauchte, er ist ein Versager". Brag war geradezu wütend über diese Aussage. Da schlug der Vater auf den Tisch und schrie: „Es hatte sich schon bis zu uns herum gesprochen was Du treibst, Du Hure. Die Leute lachten schon wenn die jungen Männer kurz nach Neu- und Vollmond loszogen um Dir einen Besuch abzustatten. Behalt Deinen Beutel gleich bei Dir und geh zu denen die Dich sonst auch besucht haben. Aber auch von denen wird Dich keiner wollen; denn so etwas braucht niemand in seinem Hause, nur für den Spaß".

Die Eltern entschuldigten sich bei Brag für das Verhalten ihrer Tochter und warfen diese sofort aus dem Haus.

Brag ging wieder nach Hause und dachte bei sich selbst nur, wie dumm und blind war ich doch. Aber nun ist es vorbei und ich werde mich nur noch um meine Kranken und meine Tiere kümmern; denn die haben es verdient und die betrügen mich auch nicht.

Brags neue Freiheit:

Wieder Zuhause, musste Brag nun sein Leben neu ordnen. Er würde bei seinen Besuchen auf den Märkten die Herde mitnehmen und dort nach einem kleinen Hirten oder nach einem Stall für diese Ausschau halten, damit er in Ruhe seine Kranken versorgen konnte. Ja, so würde er es machen.

Die Tage wurden länger, der Schnee war weg und Brag freute sich schon sehr auf seine erste Reise in diesem Jahr. Mit der Herde kam er zwar langsamer voran, aber er musste sich keine Sorgen machen, dass irgendwelche anderen Männer sich in seinem Lager vergnügen würden. Auch müsste er keine Rücksicht nehmen, wie lange er an einem Ort bleiben würde. Er war frei und das tat ihm gut.

Auch die Kranken hatten ihn schon erwartet und erschienen in großer Zahl an seinem Stand. Gegen Mittag kam wieder Tumult auf, wieder führten bewaffnete Männer einen Gefangenen auf den Marktplatz. Brag konnte sich schon denken, was nun passieren würde. Aus der Ferne konnte er nur eine glatzköpfige Gestalt erkennen. Aber auch ihn zog die Neugier zu dem Richtplatz. Als er dicht heran kam, erkannte er, es war Mala. Man hatte ihr die Haare geschoren und öffentlich wurde sie der Hurerei bezichtigt. Die Soldaten rissen ihr die Kleider vom Leib und stachen ihr mit dem Messer mehrfach in den Hals, bis das Leben aus ihr wich. Danach, noch bevor der Körper steif wurde, nahmen sie ihre Daumen und steckten diese zwischen Zeige- und Mittelfinger. So ließen sie den Leichnam erstarren, dann luden sie sie auf den Karren und fuhren Richtung Moor davon, um sie dort zu versenken. Mala tat Brag nicht leid, sicher hatte sie noch viele mehr betrogen und Leid über die Menschen gebracht. Es hätte ihr bewusst sein müssen; denn dies war nun einmal die dafür vorgesehene Strafe. So wurden normale Straftäter erhängt, aber Unzüchtige und Feiglinge wurden auf besondere Art und Weise dem Moor zugefügt. Was Brag allerdings nicht gefiel, war das Kinder, die verkrüppelt oder schwachsinnig waren, oft auch getötet und im Moor versenkt wurden.

Er nahm seine Tätigkeit wieder auf und musste noch einen zweiten Tag bleiben um alle zu versorgen. Für die Herde hatte er einen Jungen gefunden, der diese während der Zeit der Behandlungen hütete. Diesem gab er dann dafür etwas und so war er die Sorge um die Herde los. Bald aber würden die ersten Lämmer geboren und dann musste er sich natürlich selbst darum kümmern. So wie die Tiere aussahen, hatte der Bock seinen Namen alle Ehre gemacht; denn sie waren alle trächtig.

Er war noch nicht wieder lange in seinem Heim, da ging es auch schon los mit den Geburten. 23 Tiere hatte er nun. Die Herde verdoppelt. Ein paar wollte er verkaufen, aber die meisten behalten; denn die Herde sollte ja wachsen, sicher würde auch noch das eine oder andere vielleicht umkommen. Was er aber tun musste, war den Stall erweitern und wenn er weiter züchten wollte, sogar einen größeren bauen. Aber damit wollte er noch bis zum Herbst warten.

Brag war jetzt kaum noch in seiner Hütte, immer zwischen seinen beiden festen Terminen zog er mit der Herde durch die Gegend, um diese gut versorgt zu wissen. Er genoss diese Freiheit sehr und hatte so auch gleich die Möglichkeit, immer Kräuter zu sammeln und vieles Neues zu sehen. Was ihm aufgefallen war, er sah niemals mehr den anderen Hirten, von dem er dachte er wäre sein Freund, noch die anderen beiden Männer wieder. Vielleicht auch besser so.

Bei den Menschen in der Umgebung genoss Brag mittlerweile hohes Ansehen. Sie waren froh, dass er in ihrer Gegend wohnte und immer hilfsbereit war. Die Sache mit Mala hatte sich natürlich auch herum gesprochen und da tat er den Leuten leid. So einer Betrügerin aufgesessen zu sein. Sie waren auch froh darüber, welches Ende sie gefunden hatte. Die die ihn drauf ansprachen trösteten ihn meistens damit, dass jemand wie er bestimmt eine neue und gute Frau finden würde. Brag lächelte dann nur; denn im Moment konnte er sich das überhaupt nicht vorstellen und irgendwo war er ja auch froh über seine wieder gewonnene Freiheit. Er würde jedenfalls nicht danach suchen, es sollte sich schon von allein ergeben.

Brags Herde war gesund und kräftig. Immer noch sprach er mit den Tieren und war in dem festen Glauben, dass diese ihn auch verstehen konnte. Sogar der Bock war inzwischen eine Art Freund geworden. Er hatte verstanden, dass Brag sich in anderer Weise um die Herde kümmerte als er. Die viele Bewegung, die gut ausgesuchten Auen und auch die Plätze an denen die Tiere viele Kräuter fressen konnten, hatten sie so widerstandsfähig gemacht.

So verging der Frühling, der Sommer und der Herbst in wunderschöner Zeit für Brag. Er spürte tief in sich den Frieden, den er mit sich und diesem Leben gefunden hatte. Aber nun kam der Winter, die Zeit, in der er mit der Herde nicht umherziehen konnte und auch die Reisen zu den Siedlungen einstellen musste. Die Zeit der Einsamkeit. Zwar war in diesem Winter noch kein Schnee gefallen, doch war es schon sehr kalt. Kalt war es auch im inneren von Brag. Jetzt spürte er ganz deutlich, dass ihm doch etwas fehlte. Seit langer Zeit dachte er mal wieder an die Zeit mit Sylka zurück. Wie schön wäre es gewesen, hier mit ihr zu Leben. Dieser Gedanke machte ihn so traurig. Tief in seinem Herzen war

noch immer Sylka. Nie wieder würde er so eine Frau finden, dass wurde ihm immer bewusster. Als er nun seinen Stein aus der Tasche nahm, der ihn immer begleitete, war dieser warm, leicht rosa und pulsierte sehr schnell. Dachte der Stein auch an Sylka? Komisch dachte er. Traurig steckte er ihn wieder in die Tasche.
Der Winter zog sich lange, Brag verarbeitete seine Kräuter in gewohnter Weise, aber irgendwie war ihm langweilig. Irgendetwas fehlte ihm und das war keine Frau. Die innere Leere in dieser Zeit wurde immer größer. Was nur könnte es sein, was sein Leben auch im Winter bereichern würde. Er dachte immerzu darüber nach. Er ging in seinen Gedanken in die frühere Zeit zurück, ja sogar bis in seine Kindheit. Er dachte darüber nach, was sie als Kinder im Winter gemacht hatten. Aber außer spielen fiel ihm da eigentlich nichts ein. Nur der schlimme Moment, als seine Schwester in das Eis eingebrochen war und die später zum Tode von seinem Vater geführt hatte, die war ihm noch gut im Gedächtnis. Das war ja auch der Moment gewesen, wo er sich geschworen hatte, soviel zu lernen, dass wenn jemand krank wurde, er ihm helfen könnte. Aber das tat er ja und somit konnte es das nicht sein. Aber tat er das wirklich? Er hatte vieles gelernt und wendete dieses auch an, aber hatte nicht sein Vater ihn gebeten dieses auch an andere weiter zu geben? Ja, das hatte er damals. Diesen Punkt der Bitte seines Vaters hatte Brag ziemlich vergessen in seinem Tun. Nun hatte er ein schlechtes Gewissen und kam sich sogar sehr egoistisch vor. Aber wie könnte er das ändern? Brag dachte und dachte nach, aber so recht fiel ihm nichts dazu ein. Er war ja auch alleine hier, wie hätte er da sein Wissen weiter geben können?
Eines Morgens wachte er schweißgebadet auf. Er hatte einen Traum gehabt. Er hatte geträumt, er würde in einer großen

Siedlung wohnen und mehrere Kinder und Jugendliche wären zu ihm gekommen um von ihm zu lernen. Da hatte er eine Idee, wenn er wieder in der großen Siedlung wäre, dann würde er den dortigen Stammesführer aufsuchen und ihm vorschlagen im nächsten Winter einige Schüler zu unterrichten und ihnen die wichtigsten Sachen in Kräuterkunde beibringen. Ja so konnte er sein Wissen auch anderen gut zur Verfügung stellen. Vater wäre stolz auf ihn gewesen.

In doppelter Hinsicht konnte er nun kaum noch den Frühling erwarten, einerseits um dann endlich mit der Herde wieder umherziehen zu können, andererseits um den Stammesführer aufzusuchen und ihm seinen Vorschlag zu unterbreiten. Wäre es nur doch schon soweit.

Aber als hätte sich der Winter gegen ihn verschworen, er dauerte diesmal besonders lange. Es war schon fast die Zeit in der die neuen Lämmer geboren wurden, als der letzte Schnee der Sonne wich. Nun musste Brag dieses auch noch abwarten, aber dafür wurde er wieder mit vielen Lämmern belohnt und seine Herde war schon auf eine stattliche Zahl angewachsen.

Endlich kam der Tag des Aufbruchs. Zuerst wollte er natürlich die große Siedlung besuchen. Er wartete auch nicht mehr auf den Vollmond, zu groß war seine Ungeduld.

Die erste Reise im Jahr war irgendwie immer die schönste, das Erwachen der Natur zu spüren, die Pflanzen wie sie sprossen, die wilden Tiere die scheinbar fröhlich durch die Gegend rannten. Alles war immer wieder wie neu. So jung, so frei. Brag ließ sich trotz aller Ungeduld genügend Zeit auf dieser Tour um all diese Eindrücke wieder neu in sich aufzunehmen und sie intensiv zu spüren. Aber dann war er angekommen, in der großen Siedlung. Zuerst suchte er seinen Hirtenjungen auf, um ihm die Herde zu übergegeben während er seinen Geschäften nachging. Auch fragte er die Eltern des Jungen gleich nach dem Haus in dem der Stammesführer wohnen würde. Sie zeigten ihm freundlich den Weg und Brag ging unvermittelt zu ihm.

Der Stammesführer war ein älterer, aber noch sehr robuster Mann, von scheinbar großer Erfahrung und Weisheit. Er ließ Brag zu sich in das Haus und hörte sich erstmal sein Vorhaben an. Dann sprach der Mann mit langsamer und tiefer Stimme: „Brag, ich kenne Dich vom erzählen der Leute, Du bist der heilende Hirte. Ich habe schon viel Gutes von Dir gehört. Ich werde über Deine Idee nachdenken und bevor Du die Siedlung wieder verlässt, kommst Du noch einmal hier her und dann werde ich Dir meine Entscheidung mitteilen". Brag fand dies eine gute Idee und wollte es gerne so handhaben. Es war sogar weise von dem Stammesführer, die Entscheidung nicht gleich zu fällen, sondern in Ruhe darüber nachzudenken. Das sprach für seine Größe.

Brag ging nun zum Markt, wo er schon freudig begrüßt wurde und baute seinen Stand auf. Er war noch nicht ganz fertig damit, da kamen schon die ersten Kranken zu ihm; denn diesmal hatten sie durch den langen Winter ja auch besonders lange warten müssen. Aber Brag sicherte allen zu, dass sie dran kämen, er würde zur Not auch länger bleiben. So kam es dann auch, Brag musste 2 Tage bleiben bis er alle behandelt hatte. Es schien sich immer schnell herum zu sprechen wenn er auf dem Marktplatz war. Auch ließ er gleich verlauten, dass er zukünftig dann wieder 2 Tage nach Vollmond auf dem Markt zu finden sei.

Vor seiner Abreise kam nun der entscheidende Moment beim Stammesführer. Brag ging zu seinem Haus, klopfte an und wurde auch gleich vorgelassen. Der Stammesführer schickte noch einen Mann los, er solle noch 2 weitere Männer holen die mit bei dem

Gespräch sein sollten und bat Brag doch so lange zu warten und etwas von seinem Leben zu erzählen.

Brag tat wie geheißen und erzählte in der Wartezeit von seinen Reisen und Abenteuern. Kaum das er geendet war, traten auch die gerufenen Männer hinzu und der Stammesführer war fast traurig, dass Brags Erzählung schon zu Ende war. Er hätte gern noch mehr gehört, besonders über den Kampf gegen die Römer, diesem hatte er auch beigewohnt, doch Brag damals noch nicht zur Kenntnis genommen. Aber vor der verwegenen Truppe, die immer nachts angriff, wenn sie sich erholten, vor der hatte er schon damals Respekt gehabt.

„Mein lieber Brag", so begann der Stammesführer, „Wir haben in unserer Gemeinschaft über Dein Vorhaben gesprochen. In der Winterzeit können die Jugendlichen ihren Eltern ohnehin nicht viel helfen und wir wären sehr froh darüber, wenn Du ein paar von ihnen in der Heilkunst unterrichten würdest. Suche Dir im Herbst die dazu geeigneten aus und wir richten für Dich ein Haus mit einem großen Raum ein, in dem Du Dein Wissen weiter geben kannst. So ist die Winterzeit sinnvoll genutzt und zusätzlich stehst Du unserem Stamm auch im Winter zur Verfügung. Für die Nutzung des Hauses sollst Du nichts bezahlen, aber in dieser Zeit, bis auf Deine Auslagen, die Menschen hier kostenlos betreuen.

Brag war begeistert von dieser Idee und noch mehr von der Weisheit des Stammesführers. Ja, da hatten die Menschen einen guten Führer ausgewählt. Er war besonnen und weise. Brag würde diesen Wünschen gerne nachkommen.

Hoch motiviert machte Brag sich wieder auf den Heimweg. Er überlegte sich, im Spätsommer schon mit der Auswahl der Schüler zu beginnen. Er würde 6 Schüler auswählen und sie beginnen auszubilden. Nach den Grundlagen würde er aber nur noch 2 behalten, denen er dann all sein Wissen beibringen würde; denn er konnte sich nicht vorstellen, dass es so viele auserwählte gäbe. Ja, so wollte er es machen. Bei seinem nächsten Besuch in der Siedlung würde er das allen erzählen, damit die Eltern schon ihre Kinder darauf vorbereiten konnten.

Jetzt begann die Zeit, die Brag für weitere Wanderungen mit seiner Herde nutzen wollte. Die schönste Zeit, so dachte er. Er würde sich wieder ganz der Natur widmen, die Pflanzen und Tiere beobachten und natürlich auch die Gegend weiter erkunden. Er musste unbedingt noch einmal weiter in Richtung Osten ziehen, die anderen hatte er ja schon ganz gut kennen gelernt. Bis zum ersten Besuch in der anderen Siedlung waren ja noch einige Tage Zeit, so dass Brag sich nach einem Tag Aufenthalt in seiner Hütte gleich wieder auf den Weg machte.

Er wollte 5 Tage nach Osten wandern, dann erst wieder zurück kehren.

Schon nach 2 Tagen veränderte sich die Landschaft, die Vegetation war eine andere und auch kamen wieder größere Anhöhen und Täler. Hier war also das Ende der Moorgegend. Die Landschaft glich in etwa der seiner Heimat, nur der Fluss fehlte. Aber der fehlte nicht nur hier, der fehlte auch Brag. Gern erinnerte er sich daran, wie er oft stundenlang einfach nur darauf gestarrt und geträumt hatte. Wie lange ihn die Flüsse auf seiner Reise begleitet und geleitet hatten. Wohin hatte der Fluss damals wohl seine Tränen mitgenommen, die er wegen Sylka geweint hatte. Irgendwann würde er sich mal wieder aufmachen und dem Fluss weiter folgen, aber nicht jetzt, jetzt stand erstmal die Ausbildung der Schüler im kommenden Winter an.

Brag wanderte seine 5 Tage in Richtung Osten, entdeckte auch die eine oder andere kleine Siedlung, aber er hatte nicht vor, dort seine Kunst anzubieten; denn diese wären für eine weitere Anreise dann immer viel zu weit entfernt gewesen. So gab er hier nur den durchziehenden Hirten und fragte höchstens einmal nach dem Weg. Andere Hirten traf er hier nur noch selten, scheinbar gab es in dieser Region nicht so viele Tiere. Die Leute hier bestellten ihre Felder und hatten immer nur wenige Tiere für den eigenen Bedarf. Mit diesem Wissen machte er sich wieder auf den Heimweg und wusste, dass er diese Gegend nicht wieder bereisen würde. Auf dem Heimweg dachte er schon ständig darüber nach, wie er seinen Schülern am besten alles beibringen konnte. Er würde sich von allen Kräutern ein möglichst frisches und ein getrocknetes Exemplar zurücklegen um den Schülern diese zu zeigen; denn im Winter konnten sie ja nicht in die Natur gehen um diese hier zu finden. Manche, mit einer etwas gefährlicheren oder berauschenden Wirkung, wie z. B. die Trunkelbeeren oder bestimmte Pilze würde er ihnen nicht zeigen; denn wie er ja selbst die schlimme Erfahrung gemacht hatte, könnte dies zu schlimmen Folgen führen.

Mit diesen Aufgaben und den monatlichen Besuchen in den Siedlungen, vergingen Frühling und Sommer sehr schnell. Es kam nun der Tag, an dem er die Schüler aussuchen wollte.

Brag war zu seinem normalen Termin in der Siedlung angereist, hatte seine Kranken versorgt und nun sollten sich die Schüler vorstellen. Viele Eltern kamen mit ihren Töchtern und Söhnen zu ihm. Brag sprach immer erst mit der Familie gemeinsam und dann mit jedem Schüler alleine. Aus allen wählte er 6 Schüler aus, 3 Mädchen und 3 Jungen. Er sagte ihnen auch gleich, dass nur 2 es bis zum Schluss schaffen würden, vorausgesetzt sie hätten genügend Interesse und Verständnis. Die Schule sollte 3 Tage nach dem letzten Vollmond im Herbst beginnen.

Im Anschluss ging Brag zum Stammesführer um ihm zu berichten, aber auch um zu erfahren, welches Haus dieser für ihn ausgesucht hatte. Der Stammesführer freute sich sehr darüber Brag wieder zu sehen. Als erstes musste dieser noch mal ausführlich über den Kampf gegen die Römer erzählen. Gemeinsam schwelgten sie in den Erlebnissen aus dieser Zeit, dann erst machte sich der Stammesführer mit Brag auf den Weg um ihm das ausgewählte Haus zu zeigen.

Das Haus lag recht zentral in der Siedlung und zu Brags Verwunderung war es neu errichtet worden. Der Stammesführer hatte die Männer des Ortes dazu zusammengeholt und es extra für Brags Vorhaben bauen lassen. Es hatte einen Wohnraum für Brag, einen Stall für seine Herde und einen großen Raum mit ein paar Tischen und Bänken. Brag war begeistert und dankte dem Stammesführer für seine Weitsicht und seine Mühe.

Brag machte sich auf den Rückweg und wenn er Zuhause wäre, dann würde er sich sogleich auf den Unterricht vorbereiten. Er hatte im Laufe des Jahres reichlich Kräuter gesammelt, einige getrocknet, andere wieder in Wasser gestellt, so dass er von allen ihm bekannten ein Exemplar in beiden Zuständen hatte. Nun stellte er sie noch nach Gruppen zusammen, in denen sie angewendet wurden. Auch würde er den Schülern die Fundorte beschreiben und die Jahreszeit in der sie diese finden konnten.

Er konnte es kaum noch erwarten, dass es losging. Endlich war der Tag des Umzuges da, Brag verbarrikadierte seine Hütte, packte seine Kräuter und alles was er benötigte ein, schnappte sich seine Herde und machte sich auf den Weg. So sehr er sich darauf freute, sein Wissen weiter zu geben, so sehr war er doch auch nervös. Schließlich eine ganz neue Aufgabe für ihn. Aber er wusste, er würde sein Bestes geben und vor allem wollte er die Schüler so behandeln, wie er es sich selbst gewünscht hätte.

Brags Schule:

Bisher war es immer so gewesen, dass die Mädchen im Haushalt bei der Mutter halfen und so ihre Aufgaben für ihr späteres Leben lernten. Die Jungs hingegen im Väterlichen Handwerk, als Hirte und nebenbei von einigen Männern im Kriegshandwerk unterwiesen wurden. Bei der Auswahl der Schüler hatte Brag sehr darauf geachtet, dass diese eine sensible Art hatten.
Brag richtete sich ein und schon am nächsten Tag sollte es auch losgehen. Die Schüler waren alle pünktlich da und schienen auch hoch motiviert ihre Lernaufgaben zu erfüllen. Als Erstes erzählte Brag etwas von seinen Reisen, von den Menschen von denen er gelernt hatte, von seinen Versuchen mit Tierschädeln und dem Zähne ziehen. Aber auch von dem Vorfall, als er wegen Verdacht eine junge Frau getötet zu haben, festgenommen wurde. Dies war als Beispiel dafür gedacht, dass man immer sorgsam auch mit Kräutern und Pflanzen umgehen musste.
Danach ließ er die Schüler erzählen, welche Erfahrungen sie schon mit Kräutern, Tinkturen, Salben und Verbänden hatten. So verging der erste Tag in entspannter Atmosphäre und sowohl die Schüler, als auch Brag freuten sich schon auf den nächsten Unterricht.
Jetzt kam die Kräuterkunde. Brag zeigte ihnen ein Kraut, sagte wo man es zu welcher Jahreszeit finden könne und vor allem welchen Zweck es erfüllte. Er verwies auf die Unterschiede im Aussehen, wenn es frisch oder getrocknet war. So vergingen die ersten Tage und alle machten gut mit.

Mit der Zeit lernten die Schüler immer mehr Kräuter kennen, konnten diese auch in Gruppen schon zu Tränken und Salben zusammenstellen. Es zeigte sich aber, dass ganz besonders die Jungs etwas das Interesse verloren und wohl auch in der Siedlung von ihren Freunden gehänselt wurden. Diese nannten die Jungs dann Kräuterweiber und lachten über sie. Den Jungs war das unangenehm und so ließ auch ihr Interesse nach. Es dauerte nicht mehr lange, da kamen schon 2 der 3 nicht mehr. Brag nahm das zur Kenntnis und fand es ohnehin nicht so schlimm, da er ja zum Ende hin sowieso nur 2 Schüler ausbilden wollte, für die anderen sollte ja nur das Grundwissen die Ausbildung sein.

Der verbliebene Junge aber und eines der Mädchen stellten sich besonders geschickt an, so dass sich Brag jetzt schon sicher war, dass diese beiden Kinder wohl das Rennen machen würden. Der Unterricht ging immer bis zum frühen Nachmittag, danach stand Brag wie mit dem Stammesführer abgesprochen, den Bewohnern der Siedlung kostenlos zur Verfügung. Dieses Angebot wurde auch reichlich genutzt. Seine größte Klientel stellten seltsamerweise alleinstehende Frauen jeden Alters dar. Manche von ihnen luden ihn auch zu sich nach Hause ein oder machten ihm sogleich ungewöhnliche Angebote. Brag, dem die strengen Sittenregeln des Stammes bekannt waren, musste hier standhaft bleiben, dass wusste er. Ansonsten würde er sicher schnell den Unmut des Stammesführers auf sich ziehen.

Aber Brag war auch nur ein Mann und so kam es wie es kommen musste. Nicht eine junge Frau, die zu ihm gepasst hätte, war es die es schaffte ihn zu verführen, sondern eine ältere Witwe. Bestimmt doppelt so alt wie Brag. Bei den ersten beiden Besuchen bei Brag hatte sie ihn zu sich nach Hause eingeladen und Brag hatte es beide Male mit Vorwänden abgesagt. Als sie wieder kam und Brag sich schon eine Ausrede überlegte, falls sie ihn wieder fragen würde, lief alles ganz anders. Die Frau klagte über Beschwerden im Bauch und machte keinerlei Anstalten ihn einzuladen. Brag untersuchte sie daher beruhigt, aber sie hatte nicht nur den Bauch zum abtasten von der Kleidung befreit, sondern den ganzen Oberkörper. Brag dachte sich aber nichts dabei, sondern ihm fielen nur ihre äußerst üppigen Brüste auf. Als er sich zu ihr beugte um das Ohr an den Bauch zu halten, passierte es. Die Frau griff beherzt direkt an seine Männlichkeit und hatte diese auch gleich fest im Griff. Brag spürte das pochen in seinen Lenden und wie seine Männlichkeit bei dem Griff unverzüglich steif wurde. Die Frau spürte das ebenfalls und quittierte dieses mit einem wissenden Lächeln und genauso wissend war auch ihr Griff und die Bewegung die sie mit der Hand machte. Brag konnte gar nicht anders, er musste diese riesigen Brüste berühren, ja sie fest in seine Hände nehmen. Die Frau ließ das gerne geschehen und genoss es sehr. Nach einer kurzen Zeit setzte sie sich auf das Lager und Brag der vor ihr stand wusste gar nicht was sie vorhatte. Sie aber befreite seine Männlichkeit von der Kleidung, nahm sie mit ihrem Mund auf und befriedigte Brag auf diese Weise. Brag hatte so etwas noch nicht erlebt und bebte förmlich. Kurz bevor Brag aber soweit war, hörte sie genauso plötzlich wie sie damit begonnen hatte wieder auf. Sie legte ihre Kleidung an und sagte: „Den Rest bekommst Du, wenn Du mich besuchst. Keine Angst, ich suche keinen festen Partner, ich suche nur das eine. Du kannst mich also immer wenn du Lust und Zeit hast besuchen und brauchst dich nicht zu binden; denn das möchte ich auch nicht". Völlig verwirrt sagte Brag seinen Besuch für denselben Abend noch zu. Das Haus der Witwe lag nicht weit von der Schule entfernt. Im Schutze der Dunkelheit machte sich Brag zu ihr auf den Weg. Sie hatte ihm nicht zu viel versprochen und in dieser Nacht bekam Brag nicht viel Schlaf. Die Witwe war ausgehungert und trotz ihres Alters konnte sie einen jungen, kräftigen Mann noch mehr abverlangen als diesem lieb war.

Gegen Morgen, aber noch in der Dunkelheit verließ Brag die Witwe und versprach alsbald wieder zu kommen. So handhabte er es dann auch und 2- bis 3-mal die Woche besuchte er die Witwe. Ihr Abkommen war für beide eine große Freude und Brag war besonders froh darüber, dass er sich nicht wieder binden musste.

In der Schule war der Tag der Entscheidung gekommen und Brag behielt wie er es sich schon gedacht hatte nur den einen Schüler und die besonders empfindsame Schülerin. Die anderen waren aber wider Erwarten darüber nicht traurig; denn auch sie hatten ja einiges gelernt und freuten sich wohl auch darauf, mit den anderen Kindern wieder mehr Zeit zum Spielen zu haben.

Die beiden verbliebenen unterrichtete Brag jetzt etwas unterschiedlich. Während er dem Jungen, auch mit Hilfe von Tierköpfen, dass Zähne ziehen lehrte, wies er das Mädchen auch in die Kräuter ein, die eine verwirrende oder gefährlichere Wirkung hatten. Hier war natürlich besondere Sorgfalt geboten und Brag spürte, dass sie die Richtige war, um dies zu lernen. Der sensible Junge hingegen stellte sich beim Zähne ziehen immer geschickter an und Brag wollte in Kürze einen Schmied aufsuchen, damit der Junge eine eigene Zange bekäme.

Heute Abend wollte Brag mal wieder die Witwe besuchen. Als er klopfte, bat sie ihn sogleich herein. Als er drinnen ankam, war er jedoch überrascht. Eine andere Frau war noch zugegen. Brag sagte: „Hätte ich gewusst, dass Du Besuch hättest, wäre ich nicht gekommen". Die Witwe aber beruhigte ihn und sagte das sei kein Problem. Zuerst aßen sie gemeinsam, dann unterhielten sie sich eine Weile. Die andere Frau stellte sich ebenfalls als Bewohnerin des Ortes vor. Auch sie war verwitwet, wie so viele seit dem großen Kampf gegen die Römer. Nicht alle Gruppen, besonders die die am Tage gekämpft hatten, waren so glimpflich davon gekommen wie die Truppe der Brag angehört hatte. Brag sagte, dass ihm leid täte, dass sie ihren Mann verloren hätte. Die Frau erzählte dann, dass sie aber ganz gut versorgt sei; denn der Stammesführer ließ von allen in der Siedlung immer wieder Lebensmittel und Münzen sammeln, mit denen dann die Kriegerwitwen versorgt wurden. Wieder einmal ein Beweis für die Weitsicht dieses Mannes dachte Brag.

Doch, so sprach sie weiter, könnte der Stammesführer ja nicht für Alles sorgen, bei diesem Satz ließ sie ihre Hand auf Brags Männlichkeit absinken und fasste zugleich kräftig zu. Brag erschrak etwas, was sollte denn die Witwe denken, die er ja immer besuchte? Doch die lächelte nur und sprach: „Du kannst schon 2 alte Weiber ertragen, keine Angst". Dies wurde eine unvergessliche Nacht für Brag und ab da trafen sie sich öfter zu dritt. Allerdings hatte er immer noch ein schlechtes Gewissen gegenüber dem Stammesführer, den er doch so sehr verehrte.

Die Ausbildung der Schüler war zu Ende und der Frühling stand vor der Tür. Brag verabschiedete sich von den beiden Schülern, indem er ihre Eltern aufsuchte und denen über das erfolgreiche Lernen der Kinder berichtete. Die Eltern schienen recht stolz darauf zu sein.

Auch von den beiden Witwen verabschiedete sich Brag. Die beiden hingegen waren nicht so glücklich darüber, aber Brag versprach bei jedem Besuch in der Siedlung nicht mehr außerhalb zu lagern, sondern dann die Nacht bei ihnen zu verbringen. Damit waren die Witwen mehr als zufrieden.

Als letztes wollte Brag sich vom Stammesführer verabschieden, zumindest bis zum nächsten Winter. Er wurde vorgelassen und Brag berichtete von der erfolgreichen Ausbildung der Kinder und der Versorgung der Kranken während des Winters. Als er gerade aufstehen wollte um zu gehen, gebot der Stammesführer ihm sitzen zu bleiben. Brag bekam etwas Angst, da der Mann einen recht ernsten Eindruck machte. Hatte jemand etwas von seinem Treiben mit den Witwen erfahren?

„Mein lieber Brag" begann der Stammesführer, „ich habe nur Gutes über Dich in dieser Zeit gehört. Es war für unsere Siedlung ein wirklicher Gewinn Dich hier zu haben. Die Siedlung wächst ständig und die Zahl der Kranken und Alten damit leider auch. Ich möchte Dir daher folgendes vorschlagen: Kümmere Dich in dem Haus um die Kranken und Alten, wenn sie Zuhause nicht gepflegt werden können, dann richte ihnen ein Lager in dem Haus ein. Such Dir Helfer wenn es vonnöten ist. Bis zum nächsten Winter werden wir das Haus erweitern, so dass es einen extra Raum für die Ausbildung neuer Schüler gibt. Die Gemeinschaft der Siedler wird Dich dafür jeden Monat entlohnen und zwar so, dass es Dir an nichts fehlen wird, auch Deine Helfer sollen ihren Lohn erhalten".

Brag wusste gar nicht, was er dazu sagen sollte und bat um einen Tag Bedenkzeit. Dieser wurde ihm nur zu gerne gewährt. Den ganzen Tag dachte er über dieses großzügige Angebot nach. Es war eine riesige Chance, doch wie sehr würde ihm die Freiheit fehlen? Dann wieder fiel ihm ein, dass bisher manch kranke oder verkrüppelte Kinder einfach getötet und ins Moor geworfen wurden. Wenn er dies verhindern konnte, dann wollte er zusagen.

Noch am Abend ging er wieder zu der Witwe um ihr davon zu erzählen. Auch fragte er sie danach, ob sie und ihre Freundin nicht als Helfer für ihn zur Verfügung stehen würden, dann brauchten sie sich nicht mehr unterstützen lassen, sondern könnten allein für ihr Auskommen sorgen. Die Witwe holte kurzerhand die andere und gemeinsam besprachen sie das Vorhaben. Beide willigten fröhlich ein und Brag würde die Entscheidung am nächsten Tag dem Stammesführer mitteilen.

Nach einer weiteren wilden Nacht mit den beiden Witwen, ging Brag am nächsten Tag zum Stammesführer und trug folgendes vor: „Ich würde das wohl gerne machen, doch hätte ich noch 2 Bitten, auch wenn dies komisch erscheinen mag. Ich möchte, dass kranke und verkrüppelte Kinder nicht mehr getötet und im Moor versenkt werden, sondern dann in dem Haus untergebracht werden, außerdem sollten 2 Frauen aus der Siedlung ihm helfen, 2 Kriegerwitwen. Diese müssten dann auch nicht mehr einfach nur unterstützt werden, sondern würden für ihre monatliche Entlohnung ihn unterstützen, durch Bereitung der Speisen, Reinigung des Hauses, waschen der Lager und Kranken." Der Stammesführer hielt dies für eine sehr gute Idee und sagte Brag sofort die nötige Unterstützung zu. Für die Betreuung der Nachbarsiedlung würde Brag mit seinen beiden Schülern zum nächsten Termin gemeinsam gehen, damit diese dann die Aufgabe dort übernehmen könnten. Auch bat er den Stammesführer noch, ob er nicht mit dem Führer der Nachbarsiedlung sprechen könnte um eventuell mit ihm zu vereinbaren, dass Kranke, die Zuhause nicht gepflegt werden könnten, dies in dem hiesigen Haus erhalten könnten. Die Siedler dort oder die Familie der Kranken könnte ja dann das Haus durch Lebensmittel oder Sammlung von Münzen unterstützen. Der Stammesführer versprach dies mit dem dortigen zu besprechen und wenn Bedarf wäre es zuzusagen.

Brags Haus für Kranke, Verkrüppelte und Alte:

Gleich am nächsten Tag begann Brag mit der Arbeit. Er und die beiden Witwen, Sori und Rola, entfernten einen Teil der Tische und Bänke und richteten dafür Lager ein. Sie besprachen den täglichen Ablauf und die Verteilung der Aufgaben. Sori, dies war die Witwe, die Brag zuerst kennengelernt hatte, war für die Verpflegung zuständig, Rola hingegen sollte sich um die Sauberkeit im Haus und der Lager kümmern. Die Versorgung mit Medizin war Brag vorbehalten. Beim Waschen der Kranken und Alten sollten dann die beiden Witwen sich die Arbeit teilen.

Es dauerte nicht lange, da wurden die ersten Alten und verkrüppelten Kinder gebracht. Für die Familien war es schwer bei der täglichen Arbeit diese zu versorgen und sie waren sehr froh über diese gute Idee des Stammesführers.

Nach anfänglichen Schwierigkeiten lief nach kurzer Zeit der Betrieb problemlos. Brags Organisationstalent, sowie seine Voraussicht waren hierbei von großer Hilfe. Die ersten Wochen waren vergangen und einige Männer des Ortes hatten nach Weisung des Stammesführers, damit begonnen 2 weitere Räume an das Haus anzubauen. Einer sollte für die Schüler im Winter genutzt werden, der andere wurde als Raum für die Erstellung der Verpflegung benötigt.

Nach einiger Zeit kamen 2 weitere Stammesführer aus anderen Siedlungen und schauten sich das Haus und seine Funktion an. Sie kamen mit dem hiesigen Stammesführer überein, auch ihre bettlägerigen Kranken und Alten, sowie verkrüppelte Kinder, zu Brag zu bringen, um die dort versorgen zu lassen. Dafür würden sie zum Lohn von Brag und seinen Helfern, sowie zum Unterhalt für das Haus etwas hinzu geben.

Trotz ihrer vielen Arbeit ließen sich Brag, Sori und Rola ihre gemeinsamen Nächte nicht nehmen. Brag hatte gespürt, dass nicht nur Arbeit das Leben versüßt. Manchmal und da war es ganz besonders Sori, konnte auch eine kurze Arbeitspause sie nicht davon abhalten, ihren Gelüsten nachzugehen. Das Jahr ging schnell ins Land, zum Winter wurden wieder neue Schüler angelernt und Brag verfuhr in bekannter Weise mit Ihnen. Es hatte sich auch in den Nachbarsiedlungen herumgesprochen und auch von dort bewarben sich Schüler bei ihm.

Jahr um Jahr verging, mittlerweile musste das Haus schon um einen weiteren Saal erweitert werden um die vielen Leute aufzunehmen. Auch hatte Brag mittlerweile 4 Helfer, davon war einer ein Schüler aus dem letzten Jahr, der ihm bei der medizinischen Versorgung half und ihn auch mal vertreten konnte.

Es war mittlerweile das Jahr 24 n. Chr., Brag hatte nun schon viele Jahre das Haus geführt und war vor mehr als 17 Jahren von seiner Familie gegangen. Sein Verhältnis mit den beiden Witwen war auch mehr oder weniger eingeschlafen, da die beiden aufgrund ihres Alters nun doch etwas ruhiger wurden. Für Brag war dies gut so; denn die Arbeit wurde immer mehr.

Wieder war es Spätherbst und die Auswahl der Schüler stand an. Wie immer hatte Brag es beibehalten, nur 6 Schüler zu nehmen. Durch die Nachbarsiedlungen war die Anzahl der Bewerber recht groß geworden und die Auswahl dauerte schon mehrere Tage, da sich Brag immer noch reichlich Zeit für jeden nahm. 4 Schüler hatte Brag schon ausgesucht. Heute kam ein Junge alleine ohne Eltern. Das war sehr ungewöhnlich, aber Brag wollte sich trotzdem seine Geschichte anhören. Der Junge erzählte, er hieße ebenfalls Brag und er käme weit aus dem Süden von einem großen

Fluss. Da Flüsse Brag immer noch sehr interessierten, hörte er besonders aufmerksam zu und fragte nach mehr. Der Junge erzählte weiter, dass er mit seiner Mutter alleine leben würde und auch diese sich mit der Kräuterheilkunde auskennen würde. Er aber noch mehr lernen möchte. Fasziniert erzählte der Junge noch mehr vom Fluss und der langen Reise hier her. Als er begann die letzten Reisewochen zu beschreiben und sagte, seine Mutter hätte diese Gegend schon vor vielen Jahren bereist, wurde Brag sehr hellhörig; denn irgendwie erinnerte ihn der Junge an sich selbst. Kaum begann der Knabe weiter zu sprechen, da spürte Brag etwas in seiner Tasche. Noch immer trug er hier seinen Stein. Er nahm ihn heraus und erschrak. Der Stein war tiefrot gefärbt, ganz weich und beide Steine pulsierten stark. Brag wirkte verstört und sagte dem Jungen, er würde ihn gern als Schüler nehmen, müsste dafür aber mit seiner Mutter sprechen. Irgendetwas war hier komisch, sonderbar, der Junge schien ihm förmlich vertraut. Lag es an dem gemeinsamen Interesse an Flüssen? Sogleich beendete Brag die Arbeit für heute, ließ sich vertreten und machte sich mit dem Jungen auf den Weg.
Sie mussten bis zum Rande der Siedlung gehen und kamen zu einer der kleinen Hütten, die meist von recht ärmlichen Leuten bewohnt waren. Brag hatte denen gegenüber aber keine Vorurteile. Der Junge öffnete die Tür und rief nach seiner Mutter, diese kam kurz danach heraus und Brag fiel aus allen Wolken, es war Sylka. Er erkannte sie sofort.

Brag und Sylka wieder vereint:

Beide blieben wie angewurzelt stehen und schauten sich nur an. Dann überwanden sie die wenigen Schritte und nahmen sich einfach in den Arm und hielten sich fest. Der Junge war völlig verwirrt. Aber da sagte Sylka, dass ist dein richtiger Vater. Sie nahmen den Jungen in ihre Mitte und alle drei weinten.

Was war passiert? Sylka erzählte den ganzen Tag, den Abend und die Nacht. Sie war damals von den römischen Soldaten verschleppt worden. Sie hatte so laut geschrien, doch bei dem Kampfgetümmel konnte Brag sie nicht hören. Sie war dann lange Zeit mit den Soldaten nach Osten gezogen und später nach Süden. Sie wurde von einem ranghohen Soldaten als Sklavin gehalten. Dieser nahm sie dann mit an den großen Fluss, wo er in einem Lager hinter der großen Befestigung, seinen Dienst versah. Dort kam auch Brag Junior, den Sylka bewusst nach seinem Vater benannt hatte zur Welt. Sylka musste dort den Haushalt des Soldaten versorgen und wurde immer im Lager gefangen gehalten. Eines Tages, sie nahm Brag immer mit in das Haus des Soldaten, hatte der Junge furchtbar geschrien. Der Soldat, der in der Nacht davor viel getrunken hatte, wollte seine Ruhe. Er war zum Lager des Jungen gegangen und wollte ihn würgen damit er ruhig wäre. Als Sylka das sah, hatte sie ein Messer genommen und ihn erstochen. Daraufhin wurde sie viele Jahre hinter Gitter gesperrt und nur Dank eines anderen Soldaten, der die Wahrheit gesagt hatte, nicht zum Tode verurteilt. Im letzten Jahr dann war sie frei gekommen und hatte sich auf den langen Weg in ihre alte Heimat gemacht. Sie hatte zwar nicht mehr die Hoffnung auf Brag zu treffen, doch wollte sie einfach weg von den Römern und sich in gewohnter Gegend aufhalten. Da aber ihre Hütte natürlich nicht mehr stand, hatte sie sich mit dem Verkauf von Kräutern erst flussabwärts orientiert und dann als sie wieder in die Nähe von römischen Lagern kam, war sie nach Osten ausgewichen. Sie war erst vor wenigen Tagen hier angekommen und hatte von einem Heiler gehört, der Schüler suchte. Sie hatte nicht gewusst dass es Brag war, aber sie hatte den Wunsch des Jungen entsprochen, der so gerne noch mehr lernen wollte.

Gleich am nächsten Tag zog Sylka zu Brag und das der seinen Sohn als Schüler aufnahm war natürlich selbstverständlich. Die beiden Witwen waren zwar einerseits enttäuscht, jedoch da sie Brags Geschichte kannten auch sichtlich gerührt und ihr Dasein blieb das Geheimnis der drei.

Jetzt begann eine Zeit, von der Brag immer geträumt hatte. Er und Sylka vereint und dazu noch sein Sohn, konnte das Leben schöner sein? Nun verstand er auch im Nachhinein die vielen Hinweise des Steins. Das Heranwachsen des kleinen Steins der in der Mitte des großen war. Die Enttäuschung des Steins als er Mala zur Gefährtin nahm und all die anderen Veränderungen des Herzsteines. Sylka war ihm eine große Hilfe bei der täglichen Arbeit, die aber nun nicht mehr der Höhepunkt von Brags Leben war, dass waren ausschließlich Sylka und ihr Sohn. All die Jahre war sie in seinem Herzen geblieben, nie war sie wirklich weg. Jetzt folgte der Lohn für all die harten Jahre die doch eigentlich sehr einsam waren. Brag war so dankbar für diese Wendung. Alles war seit dem anders geworden. Manchmal erwischte sich Brag wie er einfach vor sich hin träumte.

Auch er hatte seine lange Geschichte Sylka erzählt. Die Zeit der Trauer und der Rache, die Zeit des Lernens bei dem Heiler. Er erzählte ihr vom Ort des Friedens und der Stille und auch von der

Einnahme des Pilzes, der ihn erst diese Gegend und bei der starken Dosis dann das Erstechen des Soldaten gezeigt hatte. Damals hatte er es nicht deuten können, jetzt wurde ihm das Alles bewusst. Auch erzählte Brag von seinen Anfängen hier, von der kleinen Hütte, die 3 Tagesmärsche entfernt stand, von den Mooren, den Personen die darin versenkt wurden und und und.

Brag Junior und Sylka hörten so gerne seine Geschichten und der Junge bat Brag doch im nächsten Sommer mal mit ihm zu der Hütte und den Mooren zu gehen. Da protestierte aber Sylka, sie wollte auch mitgehen, sie wollte Brag nie mehr alleine lassen und genauso dachte Brag auch. Sie gehörten zusammen und das sollte nun auch alle Zeit so bleiben.

Brag Junior hatte nicht nur schon Erfahrung mit Kräutern, nein er war auch ein ausgesprochen guter Schüler. Brag brachte ihm alles bei, was er wusste um ihn für die Zukunft zu rüsten. Sicher würde er eines Tages auch aus dem Hause gehen und seinen Weg suchen. Aber bis dahin war noch viel Zeit.

Der Winter war zu Ende, der Frühling ging ins Land und endlich kam der Sommer. Sie wollten ihre kurze Reise zu Brags alter Hütte machen. Brag hatte mittlerweile genügend Leute auf die er zurückgreifen konnte um sich vertreten zu lassen. Und dann endlich ging es los.

Brag zeigte ihnen den Weg, abends machten sie wie früher ein Lagerfeuer und waren vergnügt. Brag warnte schon fast zu oft vor den Gefahren des Moores. Er erklärte wie man daraus Brennmaterial machen konnte und verwies schon auf den nächsten Morgen, wenn alles langsam aus dem Nebel auftauchte und das Licht die Gegend verzauberte. Gemeinsam genossen sie den Moment, Brag hatte Sylka dabei von hinten umarmt und hielt sie ganz fest. Sie genossen diesen besonderen Augenblick als das fast magische Sonnenlicht langsam durch den Nebel drang und sie die ganze Schönheit des Moores erkennen konnten. Sylka atmete tief ein und wusste ganz tief in ihrem Herzen, dass dies ein ganz besonderer Moment war und sich ihr Herz ganz weit öffnete.

Erst nach einer ganzen Weile zogen sie weiter zur alten Hütte. Diese stand zwar noch, war aber schon sehr verfallen und nicht mehr bewohnbar. Sie setzten sich an den kleinen Bach, tranken das kalte, klare Wasser und waren einfach nur froh alle drei wieder zusammen zu sein.

Kaum zurück nahmen sie ihre gewohnte Arbeit wieder auf. Aber Brag hatte gespürt, wie gut dem Jungen diese Reise getan hatte. Es war anders als sein langer Weg vom großen Fluss hier her. Er konnte das nur zu gut verstehen; denn er selbst hatte es ja ebenfalls früher sehr genossen mit der Herde durch das Land zu ziehen. Auch er müsste seine Wanderjahre machen um den Punkt zu finden, wo er glücklich sein könnte. Er erinnerte ihn so stark an sich selbst. Die Arbeit mit Sylka war für Brag sehr angenehm. Er musste ihr keine Anweisungen geben, alles ging wie von selbst. Ihre gegenseitige Rücksichtnahme und die Harmonie waren so groß, dass sie im Einvernehmen die Dinge erledigten und noch viel dabei lachen konnten. Sylka war ein Gewinn für dieses Haus, nicht nur für Brag persönlich sondern auch für die Kranken, Verkrüppelten und Alten. Ihre Lebensfreude übertrug sich einfach auf die Menschen und das half bei der Gesundung. Sie sprach oft lange mit den Leuten, gab ihnen Mut und Hoffnung.

Mittlerweile war Brag mit Sylka und seinem Sohn auch beim Stammesführer gewesen, der ja die Geschichte aus Brags Erzählung schon kannte. Er war ebenfalls sehr froh, dass sie sich wiedergefunden hatten und vor allem darüber, nicht planten die Siedlung wieder zu verlassen. Als sie nach einem langen Gespräch den Stammesführer wieder verließen, rief der Brag noch einmal kurz zurück. Sylka und Brag Junior warteten so lange vor der Tür. „Mein lieber Brag" so sagte er; „die Sache mit den Witwen wusste ich von Anfang an, aber ich war froh, dass Du hier geblieben bist und mach Dir keine Sorgen, von mir wird es niemand erfahren". Brag lächelte etwas verlegen und ging dann mit einem Lächeln aus dem Haus und dachte bei sich, er ist noch weiser als ich dachte.

Brag Junior wuchs heran und war ein wunderbarer Junge. Er beherrschte sein Handwerk jetzt schon so gut, dass auch er Brag problemlos vertreten konnte. Darauf war Brag sehr stolz. Aber er wusste, dass dies auch bald den Abschied bedeuten würde. Schon oft hatte er Sylka und Brag darauf angesprochen. Er würde lieber an einem Fluss leben als hier in der Moorgegend. Vielleicht würde er die Reise umgekehrt machen wie Brag damals und flussaufwärts in Brags alte Heimat ziehen oder noch weiter. Vielleicht lag es daran, dass Brag ihm so oft von seinem weisen Vater und der gutherzigen Mutter erzählt hatte. Aber vielleicht waren es auch einfach die wunderschönen Berichte über die Flüsse und deren Mündungen und Gabelungen, von deren Magie er ihm vorgeschwärmt hatte.

2 Jahre noch konnte Sylka ihn davon abhalten, sie hatte einfach zu viel Angst um ihren Sohn. Aber dann setzte sich Brag zusammen mit dem Sohn durch und erinnerten sie daran, wie gern sie selbst früher unterwegs gewesen war, wie oft sie gemeinsam die Schönheit der Natur genossen hatten. Der Frühling nahte und damit auch der Tag des Aufbruchs. Brag gab ihm einige Münzen mit und gab ihm sein Schwert, das er damals bei seiner ersten Reise vom Vater bekommen hatte. Er sagte dazu noch: „Ich habe es nie wirklich gebraucht, es nur einmal gezogen und das war noch voreilig. Versuche auch, durch das Leben zu gehen, ohne es

benutzen zu müssen. Aber wenn Du es brauchst, dann sollst Du wissen, es ist ein außergewöhnlich gutes und scharfes Schwert. Brag Junior kannte die Geschichte von dem Schwert und war sehr stolz darauf es tragen zu dürfen. Mit Freude, aber auch mit Tränen in den Augen verabschiedeten sie sich voneinander und irgendwie wussten sie, es war für immer. Nun war die Zeit gekommen, wo der Junge sein Leben in die eigene Hand nehmen musste.

Brag und Sylka im Alter:

Brag und Sylka führten das Haus für die Kranken noch ein paar Jahre. Es war mittlerweile immer größer geworden und mehrere Heiler und Kräuterweiber kümmerten sich um die Menschen. Beide spürten auch ihr Alter, aber was sie viel mehr spürten war immer noch ihre große Liebe für den anderen. Es gab keinen Streit zwischen ihnen, immer noch lachten sie viel gemeinsam und so oft es ging hielt Brag Sylkas Hand. Für ihn war sie immer das wunderschöne Mädchen von damals geblieben. Ihre Vertrautheit miteinander und ihr Vertrauen zueinander war von so großer Kraft. Aber in letzter Zeit wurde Sylka immer kränklicher. Brag war jetzt auch schon 43 Jahre alt und somit hatte er schon ein hohes Alter erreicht. Sylka musste sogar noch etwas älter sein, aber dass wussten sie nicht genau und das hatte sie auch nie interessiert. Füreinander waren sie immer das junge, verliebte Paar geblieben.
Auch sprach Sylka nun schon häufiger vom Tod. Das wollte Brag gar nicht hören, aber er wusste, irgendwann kommt der Tag und dann wird einer von ihnen beiden wieder alleine sein. Aber nur in der körperlichen Form, im Herzen waren sie immer zusammen.

Heute war wieder so ein Tag, Sylka bat Brag wenn sie sterben würde, dann möge er sie in dem Moor bei der kleinen Hütte bestatten. In dem Moor wo sonst nur die verkrüppelten und kranken früher bestattet wurden. Vielleicht könnte ihre Seele dort noch Gutes tun. Brag war sehr verwundert über diesen Wunsch, doch er versprach Sylka es so zu machen und hatte große Hochachtung vor ihrer Güte selbst nach dem Tode noch etwas für andere zu tun. Ja, so war sie, immer für andere da, ein durch und durch guter Mensch. Brag nahm sie in den Arm und wollte sie trösten und ihr sagen, dass sie noch viele Tage hätte. Aber als er sie ganz dicht an sich spürte, merkte er, dass es nicht so sein würde. Bald schon würde Sylka ihn für immer verlassen. Wie sollte er das dann ertragen, er konnte es sich gar nicht vorstellen, noch ohne Sylka zu leben.

Leider kam der Tag von Sylkas Tod schon sehr bald, sie wachte eines Morgens nicht mehr auf und war einfach friedlich eingeschlafen. Brag hielt noch eine ganze Zeit lang ihre Hand und nahm so Abschied von ihr. Das gemeinsame Leben lief noch einmal vor seinen Augen ab. Wie in Trance holte er seinen Stein aus der Tasche und dieser war außen ganz feucht und schneeweiß. Er schien zu weinen. Nur der kleine Stein innen, der pulsierte kräftig. Da wusste Brag, dass es zumindest ihrem gemeinsamen Sohn gut ging. Brag verständigte das Personal, nahm ihre Trauer entgegen und regelte alles was zu regeln war. Er wusste, dass Haus würde auch ohne sie funktionieren und so weiter bestehen.

Brag brachte Sylkas Leichnam ganz alleine zum Moor. Er hatte sich einen Ochsenkarren genommen und machte nun mit ihr zusammen, noch einmal diese Reise. Auf dem Weg wich seine Trauer einem tiefen Frieden. Er hielt mit dem Karren am kleinen Bach, machte die Ochsen los, dann trug er Sylka über einen

Bohlenweg ein Stück ins Moor hinein. Er hielt sie ganz fest in seinen Armen. Nun schaute er in den Himmel und ging mit Sylka zusammen ins Moor. Langsam versanken sie gemeinsam und so blieben sie bis zum Ende vereint.

Brag wurde nie mehr gesehen und nur der Stammesführer ahnte was passiert war. Er selbst ein uralter, weiser Mann hatte verstanden welchen Weg Brag gegangen war.

Ende Brag

Teil 2: Alra

Alras Kindheit:

Frühling 372. n. Chr. im Gebiet der heutigen Lüneburger Heide (Südheide).
Alra war ein Mädchen im Alter von 12 Jahren. Sie hatte noch 2 kleinere Schwestern und lebte mit ihren Eltern auf einem einsamen, kleinen Bauernhof, in der Südheide.
Als älteste musste Alra oft der Mutter im Haus helfen, aber manchmal auch dem Vater auf dem Felde. Zu ihren weiteren Aufgaben gehörte das Tragen und Trocknen von Torf, den der Vater im nahen Moor stach und den sie zum Heizen und Kochen brauchten. Ihre beiden Schwestern waren noch zu klein um zu helfen, eher war es so, dass Alra auch auf sie aufpassen und mit ihnen spielen musste. Aber Alra mochte ihre Schwestern sehr und so war dies keine Last, sondern eher das einzige Vergnügen des Tages.
Das Leben hier war karg und recht ärmlich. Vater hatte neben den Feldern, auf denen sie Roggen anbauten, noch 6 Schafe und einen Schafbock. Ja und dann war da noch der Hund namens Rondo. Rondos Aufgabe war es auf die Herde aufzupassen und diese vor Wölfen zu schützen. Ansonsten war Rondo zwar riesig groß, aber ein freundlicher Gesell. Sein schwarzes, zotteliges Fell ließ ihn sogar noch größer Aussehen als er war. Oft spielte und tobte Alra auch mit Rondo und dann ging es wild zu. Ihre Mutter war dann immer erschrocken und sagte zu Alra, dass an ihr ein Junge verloren gegangen sei. Auch durch ihre Arbeit auf dem Felde und mit dem Torf war Alra eher wie ein Junge, anstatt eines zarten

Mädchens. Alra war eben ein richtiger Wildfang. Auch half sie lieber dem Vater, als der Mutter im Haushalt. Sie mochte das Gefühl von Erde und auch Torf, zu schön fand sie auch den Geruch von diesem. Nur manchmal war sie etwas erschrocken, wenn sie den Torf trocknete, ihn sich genau ansah und dann Knochen von einem toten Tier darin entdeckte. Vater hatte ihr erklärt, dass die Tiere schon vor vielen vielen Jahren in das Moor geraten waren und sich nicht mehr hatten selbst befreien können. Oft sagte er ihr das, auch um sie vor der Gefahr zu warnen.
Aber Alra kannte die Gefahr und war sich ihr bewusst. Sie hielt sich immer auf den schmalen, festen Pfaden oder den Bohlenwegen die sie im Laufe der Jahre schon im Dunkeln hätte entlang laufen können.
Heute aber war Alra erschrocken, sie blutete zwischen den Beinen. Etwas was sie überhaupt nicht kannte. Schnell lief sie zur Mutter um ihr zu sagen, dass sie verletzt sei und gar nicht wisse wovon. Die Mutter aber beruhigte Alra und sagte ihr, dass sie nun zur Frau würde und sich das bald jeden Monat wiederholen würde. Nach ein paar Tagen wäre es wieder vorbei. Sie gab ihr einige Tücher und zeigte ihr wie sie diese handhaben sollte. Alra war zwar nicht froh darüber, aber immerhin beruhigt, zumindest was die Blutung betraf, was sie aber noch nicht begreifen konnte war, dass sie nun eine Frau sein sollte.
Die Blutung ging vorüber und Alra hatte wieder ihren normalen Tagesablauf. Sie dachte auch schon gar nicht mehr daran. Heute war sie mit den Schafen unterwegs, dass war auch immer eine schöne Aufgabe, da konnte Alra durch die Gegend wandern und mit offenen Augen träumen. Rondo passte ohnehin auf, manchmal aber wenn Alra nur saß und träumte, dann kam er zu ihr und stupste sie an. Er mochte es nicht wenn sie die Augen

schloss. Aber vielleicht war ihm auch nur langweilig und er wollte mal wieder sein zotteliges Fell gestreichelt bekommen. Dann legte er seinen schweren Kopf auf Alras Schoß und genoss diese Liebkosung. Seine Augen allerdings waren dabei wach und immer auf die Herde gerichtet. Rondo betrachtete die Herde als seine Herde und da hieß es nun einmal aufpassen. So wie mal ein Schaf etwas zurück blieb oder gar versuchte auszubüchsen, war er zur Stelle und brachte es mit lautem Gebell seiner tiefen Stimme schnell wieder zur Herde zurück. Alra hatte aber das Gefühl, dass die Schafe einfach nur ein Stück weg liefen um Rondo zu ärgern. Solche Tage vergingen immer wie im Flug. Überhaupt hatte Alra so gut wie nie Langeweile, nur im Haushalt die Arbeiten wie putzen oder Wäsche waschen lagen ihr nicht so. Wobei Wäsche waschen zumindest im Sommer noch zu ertragen war, da konnte sie immer mit ihrer Mutter zu dem kleinen Bach gehen, der in der Nähe vorbeilief und dort Baden.

Mit anderen Menschen hatte Alra nicht viel zu tun. Nur selten kam mal ein Hirte durch diese Gegend und da hatte Mutter sie auch gebeten, sich diesen nicht zu nähern. Einmal schon war sie mit Vater in der nächsten Siedlung beim Markt gewesen. Dort waren dann für Alra so viele Menschen, dass es sie ziemlich verwirrt hatte und sie froh war, wieder in ihrer ruhigen Umgebung zu sein. Aber wenn sie dürfte, würde sie wieder mitgehen und wenn es nur darum ginge, sich hinterher wieder über die Einöde zu freuen.

Als Alra am späten Nachmittag die Herde zum Haus brachte, hörte sie plötzlich einen lauten, entsetzten Ruf des Vaters aus dem nahen Moor. Alra brachte die Herde schnell in den Stall und eilte dann zum Moor, um zu schauen was geschehen war. Vater stand an der Seite des Moores, von dem aus er den Torfabstich machte und sah sehr verschreckt aus. Er bat Alra nicht näher zu kommen. Er kam direkt zu ihr. Dann erzählte er, dass er 2 Menschenskelette frei gelegt hatte, die ineinander verschlungen waren, so als würden sie sich festhalten. Er wusste von Erzählungen, dass immer mal wieder einzelne Knochen oder auch ganze Leichen gefunden wurden, meistens waren diese dann verstümmelt. Oft auch Kinder.

Die Alten hatten immer Gruselgeschichten davon erzählt, dass man diese extra verstümmelt hätte, damit sie nicht in den Nächten, wenn sie den Menschen wieder erschienen, noch hätten Schaden anrichten können. Er mochte solche Geschichten nicht und hatte als Kind oft böse Träume gehabt, wenn die Alten ihre Geschichten zum Besten gaben. So etwas würde er seinen Kindern niemals erzählen. Aber dieser Fund war ungewöhnlich, da es sich augenscheinlich um ein Paar gehandelt haben musste. Vielleicht hatte einer versucht den anderen zu retten und sie waren dann gemeinsam vom Moor verschlungen worden oder es war eine unglückliche Liebe, bei der das Paar nicht zusammen bleiben durfte und sich deshalb lieber selbst im Moor ertränkt hatte. Für heute jedenfalls wollte er seine Arbeit beenden. Am nächsten Tag die Knochen bergen, diese neben dem Moor zusammen begraben; denn den Torf würde er ja doch benötigen und konnte nicht einfach woanders weitermachen.

Aufgeregt erzählten sie es der Mutter, die davon scheinbar sehr gerührt war. Wenn es um Liebesdinge ging, war Mutter immer gerührt. Alra bot dem Vater an, ihm am nächsten Tag dabei zu helfen, zumindest beim ausheben der Grube. Da dieser scheinbar froh darüber war, nicht alleine mit den Skeletten sein zu müssen, nahm er Alras Wunsch dankend an.

Nach dem Frühstück machten sich Alra und ihr Vater auf den Weg zum Moor. Zuerst suchten sie einen schönen Platz zwischen einigen hohen Holunderbüschen, dann begann der Vater zu graben. Als der Boden lockerer wurde, machte Alra weiter und der Vater wollte die Knochen in Decken packen und anschließend sie hier in das Grab legen. So machten sie es dann und schaufelten das Grab wieder zu. Einmal hier, wollte Vater noch weiter Torf stechen und bat Alra ihm zu helfen. Sie sollte ihn zum Trocknen auslegen.

Alra tat wie ihr geheißen. Aber die ganze Zeit noch dachte sie an das Paar, was hatte sie wohl dazu bewogen, so zu sterben. Vater hatte ja gestern schon seine Gedanken dazu geäußert und denen schloss sich nun Alra auch an. Sie müssen sehr mutig gewesen sein, dachte sie. Es war schon früher Nachmittag und Alra taten vom tragen des Torfs schon die Arme weh. Als sie nun wieder mit einem Stück Abstich zum Trockenplatz kam, fiel ihr dieser aus den Händen und zerbrach. Hoffentlich wird Vater nicht schimpfen, dachte Alra. Schnell schob sie das zerbröselte Stück beiseite, nicht um es zu vertuschen, aber um Platz für den restlichen Torf zu haben. Da fiel ihr plötzlich etwas auf. Im Torf war noch ein Stein eingeschlossen. Ein ganz ungewöhnlicher, seltsamer Stein. Er schien vom Wasser abgeschliffen und hatte die Form eines Herzens. In der Mitte war ein zweiter, kleiner Stein mit eingeschlossen. Stein in Stein. Wie komisch dachte Alra, so etwas hatte sie noch nie gesehen. Sie steckte den Stein in ihre Tasche und würde ihn nachher den Eltern zeigen.

Immer wieder wanderte ihre Hand an den Stein, als wollte sie prüfen ob er noch da war. Er fühlte sich so komisch an, gar nicht richtig hart wie ein Stein, eher weichlich. So als wollte er gerne in der Tasche bleiben und nicht unangenehm erscheinen und heraus genommen werden. Am Abend zeigte sie den Eltern den Stein und auch diese waren sehr verwundert darüber. Obwohl weder Mutter noch Vater fanden das er weich war. Auch hörte er sich hart an, wenn sie ihn wieder auf den Tisch legten. Da hast Du ganz was Besonderes gefunden sagte die Mutter zu ihr. Vielleicht gehörte er ja dem Paar, dass ihr bestattet habt und es ist ein Stein der Liebe. Ach ja, Mutter hatte es mal wieder mit der Liebe. Gleich würden ihr wahrscheinlich auch noch die Tränen laufen, dacht Alra und musste fast lachen. Für sie jedenfalls war es ein ganz toller Stein und sie wollte ihn immer bei sich tragen, vielleicht würde er ihr ja Glück bringen. Aber hatte er denn dem Paar Glück gebracht, Alra überlegte und kam zu dem Entschluss, ja das hatte er; denn schließlich waren sie ja im Augenblick ihres Todes zusammen gewesen und das war ja wohl ihr Wunsch gewesen.

Die nächsten Tage bestanden für Alra wieder darin zusammen mit Rondo die Herde zu hüten. Diesmal saß sie dabei viel herum und betrachtete ihren Stein. Sie drehte ihn in der Hand, rieb den kleinen Stein in der Mitte und schaute ihn immerzu an. Rondo schien das zu langweilig und er forderte sie zum toben auf. Aber Alra war zu tief in ihre Gedanken versunken und wehrte Rondo einfach nur ab. Gelangweilt trottete dieser von dannen und ärgerte die Schafe in dem er sie hin und her scheuchte. Auch damit konnte er Alra nicht aus ihren Träumen reißen. Je länger sie den Stein in der Hand hielt und je mehr sie ihn anschaute, desto öfter hatte sie das Gefühl, der Stein würde seine Farbe manchmal leicht verändern und sich bewegen. Sie steckte ihn erschrocken wieder in ihre Tasche.

Abends dann Zuhause war sie merklich stiller, sonst plapperte sie die ganze Zeit und erzählte immer was Rondo alles angestellt hatte oder wie die Schafe gefressen hatten. Heute aber war sie einfach nur still und ihre Mutter war schon besorgt. Als sie Alra danach fragte, sagte diese nur, dass sie immerzu an den Stein und das Paar im Moor denken musste. Das war für Mutter verständlich, wo sie doch auch in ihren Gedanken so oft bei der Liebe war und natürlich würde auch Alra, die ja nun langsam zur Frau würde, dies so sensibel empfinden. Vater konnte das nicht verstehen, er war und blieb eben ein rauer Klotz, zwar trotzdem in seiner Art liebevoll, aber nicht immer so wie eine Frau sich das wünschte.

Die Zeit der Lämmer begann und das war immer ein Höhepunkt im Jahr. Alra freute sich schon sehr darauf die kleinen, weichen Lämmchen zu verhätscheln und auch Rondo schien förmlich unruhig; denn nach seiner Meinung war es ja seine Herde. Vater war ebenfalls sehr gespannt und schon vorher rieten sie immer wie viele es werden würden. Meist hatte Alra Recht, zum Ärger von Vater. Es war als könnte sie in die Schafe reinschauen, sagte er dann immer und lachte. Was Alra dann immer nicht so gut fand, war das wenn sie sich an die Lämmer gewöhnt hatte, Vater mit denen zum Markt ging und sie tauschte oder verkaufte. Aber er hatte ihr ja erklärt, dass dies sein müsste; denn sie brauchten ja immer noch ein paar Sachen, die sie nicht selbst erzeugen könnten und die musste man nun mal kaufen oder tauschen. Außerdem würde er sie bestimmt wieder mitnehmen und dann wäre sie zumindest bis zum Schluss bei ihnen und wüsste bei wem sie ihre Zukunft verbringen würden. Aber so weit war es ja noch nicht, erstmal müssten sie zur Welt kommen.

Es wurden 8 Stück, da 2 der Schafe Zwillinge hatten. Ein sehr gutes Ergebnis und Vater freute sich schon jetzt auf den Weg zum Markt im Herbst. Alra umsorgte sie liebevoll, streichelt sie und sprach mit ihnen. Ob sie das wohl verstehen würden, fragte sie sich manchmal, egal sie werden es schon mögen was ich ihnen so alles erzähle. Alra erzählte ihnen wirklich alles, von ihrem Stein, was sie gerne machte und und und.

Die kleinen wuchsen gut unter Alras Fürsorge heran und auch Rondo hatte sie mit in seiner Herde aufgenommen. Alra fand es so niedlich, wie dieses große, schwarze, zottelige Vieh sich um die kleinen Lämmer kümmerte. Aber für Rondo war es immer eine schöne Zeit; denn die Lämmer waren viel williger mit ihm zu toben als die alten Schafe. Er fühlte er sich mit der größeren Herde natürlich auch viel wichtiger. Abends aber dann lag er nur noch faul herum und schlief meistens. Wenn ihn Alra dann störte guckte er so, als wollte er sagen: „ich hatte einen langen, harten Arbeitstag und nun lass mich in Ruhe".

Durch ihre viele Arbeit hatte Alra gar nicht bemerkt, dass der Sommer schon zu Ende war. Sie wusste, jetzt im Herbst müssten sie die Lämmer wieder abgeben, aber so war nun mal der Lauf der Dinge und die Lämmer waren ja auch nicht mehr klein und knuffig. Bald würde also die Reise zum Markt mit Vater und Rondo erfolgen. Alra war schon sehr gespannt und diesmal würde sie auch nicht mehr so beunruhigt über die vielen Menschen sein.

2 Tagesreisen standen ihnen bevor bis sie zum Marktplatz kamen. Die Reise fand Alra besonders spannend; denn am Abend machte Vater dann ein Lagerfeuer und Rondo war die ganze Zeit damit beschäftigt auf Alle aufzupassen und fühlte sich wichtig dabei. Da das Feuer aber ohnehin die Wölfe abhielt, war sein übermäßiges Aufpassen zwar nicht nötig, aber er gefiel sich in dieser Rolle einfach zu gut.

Der Markt war laut und bunt. Viele Menschen, viele Stände, an denen man die komischsten Dinge kaufen konnte. Es gab Geschichtenerzähler und Gaukler. Aber Vater hatte ihr auch gesagt, dass sie aufpassen sollte, es gäbe auch Diebe, Betrüger und Gauner auf solchen Märkten. Alra hatte versprochen besonders vorsichtig zu sein. Trotzdem wollte sie aber alles sehen und bat Vater ob sie nicht zusammen mit Rondo sich den Markt anschauen könne, während er die Lämmer verkaufte. Der Vater wusste, dass Alra bei Rondo in guten Händen war; denn durch seine Größe war dieser schon recht furchteinflößend. So stimmte er zu und war in seinen Gedanken schon beim Verkauf der Lämmer und den vielen Münzen, die er dafür erhalten würde. Auf dem Rückweg wollte er dann seiner Frau und den beiden Kleinen noch etwas mitbringen, so dass die sich auch über den Verkauf freuen würden.

Alra schlenderte mit Rondo über den Markt, sie schaute sich alles ganz genau an. Es gab hier so viele Dinge, die sie gar nicht kannte oder wusste was man damit macht. Manchmal fragte sie dann freundlich, aber meist verjagten die Standbetreiber sie mit den Worten: „Scher dich weg du neugieriges Kind". Das betrübte Alra sehr, da sie doch so nett gefragt hatte.

Auf dem Rückweg zum Vater, der Markt war fast zu Ende und viele packten ihre Waren schon wieder ein, kam Alra bei einem Löffelschnitzer vorbei. Dieser bot die verschiedensten Löffel und andere Gegenstände für die Küche an. Hier schaute Alra besonders aufmerksam und sie würde Vater diesen gleich zeigen, damit er der Mutter etwas Praktisches mitbringen könnte. Der Händler bemerkte Alras Interesse und sagte: „Leider habe ich das meiste schon in den Karren gepackt, aber wenn Du möchtest, dann kannst Du da gerne noch rein schauen". Von ihrer Neugier getrieben kletterte Alra in den Wagen. Sofort schaute sie all die Waren an. Rondo war draußen geblieben, es wäre sonst zu eng geworden. Plötzlich schloß sich die Wagentür und Alra war in dem Karren gefangen. Sie schlug sofort gegen die Tür und rief laut, doch bei dem Krach auf dem Marktplatz hörte sie niemand. Sie war verzweifelt und spürte nur irgendwann wie der Karren losrollte. Alra heulte und die Tränen rannen ihre Wangen herunter. Der Karren fuhr und fuhr und wollte scheinbar nie mehr anhalten. Es dauerte eine gefühlte Ewigkeit bis der Karren endlich anhielt und die Tür sich öffnete. Alra versuchte sofort zu flüchten, doch der kräftige Mann hatte schon damit gerechnet und hielt sie einfach fest. Niemand war da der ihr helfen konnte. Sie sah durch die Tür eine Gegend, die sie auch gar nicht kannte. In Anbetracht dieser ausweglosen Situation schwanden Alras Kräfte und sie sackte zusammen. Der Mann war nun gar nicht mehr freundlich und schrie sie an: „Du bist jetzt meine Sklavin und ich mache mit Dir was ich will, also reiß Dich zusammen, dann wird es Dir gut ergehen". Sie solle für ihn kochen, putzen, seine Sachen flicken und ihm bei den Arbeiten zu Diensten sein, mehr wolle er nicht von ihr, für alles andere wäre sie viel zu mager. Als er das gesagt hatte, lachte er widerlich. Dann fügte er noch hinzu, sollte sie versuchen zu fliehen und er würde sie bestimmt wieder einfangen, würde er sie erst windelweich schlagen und sie dann an Banditen verkaufen.

Alra wusste nicht was sie machen sollte. Sollte sie bei nächst bester Gelegenheit einfach abhauen? Aber wohin? Sie wusste ja noch nicht einmal wo sie waren und bestimmt kannte der Mann sich aus und würde sie finden. Was ihr dann blühte, hatte er ja deutlich gesagt. So beschloss Alra erstmal sich zu fügen und dann lieber eine passende Gelegenheit abzuwarten.

Die kommende Zeit war so schrecklich für Alra. Ihre Familie, Rondo, die Tiere alles fehlte ihr so sehr. Warum hatte sie nur nicht auf den Vater gehört und war vorsichtig gewesen. Aber der Mann schien so freundlich zu sein. Alra versuchte so gut sie es konnte den geforderten Aufgaben nachzukommen. Sie reisten durch die Gegend von Markt zu Markt und sie wusste schon lange nicht mehr wo sie waren. Immer wenn sie auf einem Marktplatz ankamen, schloss er sie im Wagen ein und befahl ihr still zu sein, sonst würde er sie verprügeln. Alra tat wie ihr geheißen. Wenn sie dann wieder unterwegs waren, durfte sie auch nach draußen um ihren Aufgaben nachzugehen. Für die Nacht aber, sperrte sie der Mann wieder in den Wagen. Aber somit hatte sie zumindest immer einen trockenen Schlafplatz. Alles was ihr lieb war hatte der Mann ihr genommen, na ja, fast alles, der Stein war ihr geblieben. Oft nahm sie ihn traurig aus der Tasche und sagte zu dem Stein: „Glück hast Du mir ja nun wirklich nicht gebracht.

Die Nächte wurden immer kälter und es ging auf den Winter zu. Auch wurden die Besuche von Märkten weniger und das Gebiet durch das sie zogen war bergig und dünn besiedelt.

Es fiel der erste Schnee und oft musste Alra jetzt aus dem Wagen aussteigen und zusammen mit dem Mann diesen schieben, wenn die Ochsen die steilen Berge nicht mehr alleine schafften. Der Winter wurde immer strenger und endlich kamen sie bei einem abgelegenen Haus an. Dies schien aber nicht verlassen, da Rauch zu sehen war.

Kaum waren sie vor dem Haus, da trat ein Weib heraus. Sie war wohl jünger als sie aussah; denn sie machte einen recht verkommenen Eindruck.

Der Mann sprang vom Wagen und begrüßte sie. Dann zeigte er ihr Alra und sagte, nun hätte auch sie über den Winter eine Haushaltshilfe und könnte sich ganz ihm widmen. Die Frau lachte widerlich und bat sie aber trotz ihrer seltsamen Art freundlich herein. Drinnen war es recht schmutzig und es roch auch nicht gut. Es schien viel Arbeit für Alra hier zu geben. Die Frau wies Alra in einer Ecke einen Platz zu, dort könne sie ihr Lager aufschlagen. Der Winter sei hier hart und lang und sie könne froh sein, sich im Warmen aufhalten zu können. Wenn sie ihr helfen würde den Haushalt in Ordnung zu halten, dann könne sie bleiben, sonst würde sie Alra rauswerfen. Rauswerfen wäre ja nicht schlecht dachte Alra, aber sie waren so viele Tage unterwegs gewesen, dass sie niemals alleine zurück finden würde und bei dem Schnee wäre sie in wenigen Tagen erfroren. Also blieb Alra nichts anderes übrig, als einzuwilligen und ihre Arbeit aufzunehmen.

Schon am ersten Tag begann Alra damit das Haus zu reinigen, auch schon um sich selbst dort wohler zu fühlen. Die Frau und der Verkäufer hingegen vergnügten sich auf ihrem Lager. Sie hatten stark eingeheizt und waren fast nackt. Der Verkäufer befummelte das Weib überall und dieses tat es ihm gleich. Für Alra war das widerlich und sie versuchte möglichst nicht hinzuschauen. Aber manchmal ließ es sich nicht vermeiden und im Laufe des Abends war immer wieder Stöhnen, Grunzlaute, sowie Gekicher zu hören. Alra versuchte sich auf ihre Arbeit zu konzentrieren, doch als es dunkel wurde, war sie gezwungen dies Alles mit anzuhören.

Am nächsten Morgen schliefen die beiden lange und schnarchten laut. Alra war schon wieder bei der Arbeit. Das Haus sah nun immer sauberer aus, die Alte war zufrieden und auch recht nett zu Alra. Wahrscheinlich war sie froh, dass sie selbst nicht sauber machen musste. Endlich stand auch der Verkäufer auf und es wurde gefrühstückt. Der Mann und auch die Alte konnten Unmengen essen, kein Wunder dass beide so dick waren.

Scheinbar waren die zwei aber kein Paar; denn die Alte fragte ihn wie lange er diesmal bleiben würde. „So lange Du mir genügend Spaß bereitest sagte der Verkäufer". Die Alte kicherte und dann nahm sie Alra mit nach Draußen, um ihr zu zeigen wo sie das Feuerholz gelagert hatte. Dies macht mir jedes Jahr ein Holzfäller, sagte sie, der bleibt dann auch immer eine Weile bei mir, kicherte sie wieder vor sich hin. Jeder von ihnen nahm sogleich etwas Holz mit in das Haus. Der Schnee hielt immer noch an und er war schon so tief, dass er Alra bis zum Knie reichte. Das sah nicht so aus, als ob sie so schnell hier wieder weg käme. Aber solange der Verkäufer sie in Ruhe ließ und die Alte einigermaßen nett zu ihr war, wollte sie sich nicht weiter beschweren.

Tagsüber kümmerte sich Alra nun um den Haushalt und das Essen. Während der Verkäufer und die Alte sich fast nur auf dem Lager wälzten und sich immer wieder befummelten.

So ging es viele Tage, bis sie sich irgendwann immer häufiger stritten. Die Alte unterhielt sich nun öfter mit Alra und wenn die Umstände nicht so gewesen wären, hätte Alra sie wohl sogar ganz nett gefunden. Des Nachts gab es zwar immer noch das Stöhnen, aber dass musste Alra zumindest nicht mit ansehen. Eines Morgens dann, als Alra gerade erwacht war, lag die Alte alleine auf dem Lager. Der Verkäufer war weg. „Ja, so ist er immer" sagte sie, „nach einer Weile ist er meiner überdrüssig und dann haut er einfach ab". Für Alra war das ein Zeichen, dass sie frei war. Aber wohin und wie hätte sie gehen sollen bei diesem tiefen Schnee und ohne Kenntnisse wo sie war. Die Alte bot ihr an über den Winter zu bleiben und dann könnte sie sich ja versuchen in ihre Heimat durchzuschlagen. Darüber war Alra sehr froh und nun fand sie die Alte trotz ihrer Art doch noch ganz nett.

Eine Frage brannte Alra schon die ganze Zeit auf den Lippen, wie schaffte es die Alte sich zu versorgen? Sie hatte keine Tiere, ging keiner Beschäftigung nach, sie tat nichts, soweit Alra erkennen konnte um etwas tauschen zu können. Lange schon hatte Alra die Frage unterdrückt, aber heute konnte sie ihre Neugier nicht mehr zurückhalten. „Oh, das ist recht einfach", erzählte ihr die Alte. „Hier kommen immer verschiedene Männer vorbei, Händler, Holzfäller, Hirten und auch andere". Sie alle dürfen für eine kurze Zeit mein Lager teilen und dafür bringen sie mir alles mit was ich benötige. Über so eine Art der Arbeit hatte Alra noch nichts gehört, aber sie gefiel ihr nicht. „Du musst Dich also auch nicht wundern, wenn irgendwann wieder jemand kommt, aber Du solltest im Frühling auch zeitig hier verschwinden; denn manchmal kommt der Händler auf seinem Rückweg noch einmal vorbei und dann solltest Du besser weg sein".

Diese Warnung verstand Alra nur zu gut. Sie würde sofort wenn der Schnee getaut war verschwinden. Doch dauerte das hier in den Bergen scheinbar recht lange. Alra verstand sich mit der Alten, sie hieß übrigens Nora, immer besser. Zusammen hatten sie das Haus wieder auf Vordermann gebracht und Nora sagte lachend: „Bei so einem sauberen Haus kann ich jetzt wohl mehr von den Männern verlangen". Da musste auch Alra lachen. Auch dauerte es gar nicht lange, da kam wieder ein Mann in das Haus. Ein Holzfäller sei dies hatte ihr Nora erzählt. Das Gefummel und Gestöhne in der Nacht ging wieder los. Es widerte Alra immer noch an, aber sie wusste nun, warum Nora das tat. Am vierten Tag wurde der Mann komisch, er lief immer hinter Alra her und wollte auch sie anfassen. Als Nora das sah, warf sie den Mann sofort aus dem Haus und verbot ihm sogleich jemals wieder zu ihr zu kommen. „Ich möchte nicht, dass Du einmal so endest wie ich", sagte sie zu Nora. Das war der Moment, wo sie wirklich Freundinnen wurden.

Immer wieder einmal erzählte Nora Alra etwas aus ihrem Leben. So waren ihre Eltern, mit denen sie früher hier zusammen gelebt hatte, recht früh gestorben und hatten ihr außer dem Haus nichts hinterlassen. Nora war damals erst 14 Jahre alt. Sie wusste nicht wie sie sich über Wasser halten sollte und irgendwann kam der erste Händler und bot ihr Essen und ein paar Münzen für einen Aufenthalt an. Nora hatte es zwar nicht gefallen, aber sie wusste sich damals nicht anders zu helfen. Irgendwie hatte sich das dann unter den Händlern und anderen Männern herum gesprochen. Mit der Zeit kamen dann immer mehr und früher als sie noch jünger war, gab es kaum einen Tag, an dem keiner im Hause war. Dies war mit zunehmendem Alter immer weniger geworden und jetzt war es manchmal schon so wenig, dass sie kaum über den Winter kam. Wie es in den kommenden Jahren würde, wusste sie noch nicht, aber was anderes hatte sie auch nie gelernt.

Langsam ging der Winter zu Ende, die Tage wurden länger und wärmer. Somit war der Tag des Abschieds für Alra bald gekommen. Nora erzählte ihr noch, dass sie früher ein paar Mal in einer Siedlung war, die in nördlicher Richtung lag. Es seien zwar ein paar Tagesmärsche, aber vielleicht würde Alra dort mehr erfahren wie sie weiter marschieren müsste. Sie riet Alra auch sich besser von den Märkten fern zu halten; denn dort war immer die Gefahr, dass der Händler wieder auftauchte, der sie verschleppt hatte. Auf einem Stück Stoff hatte Nora ihr mit Kohle aufgemalt wie sie in etwa laufen müsste um die nächste Siedlung zu erreichen. Auch schnitt sie Alra noch die Haare ganz kurz und sagte ihr, sie solle so tun als ob sie ein Junge wäre, dann würde ihr nicht so schnell etwas passieren. Vielleicht sollte sie sich auch anders nennen; denn mit Alra würde sie immer als Mädchen auffallen. Alra sagte sie würde sich Rondo nennen, wie ihr treuer Hund.

Obwohl Nora selbst nicht mehr viel hatte, gab sie Alra noch einige Vorräte und sogar ein paar Münzen. Als letztes sagte sie ihr noch: „Es war für mich schön, dass Du hier warst, aber sorg für Dich und am liebsten wäre es mir, wenn ich Dich nie wieder sehen würde; denn dann weiß ich, dass es Dir gut geht".

Mit diesen Worten verließ Alra das Haus, drehte sich noch einmal kurz um, winkte Nora und ging dann in die Richtung, die diese ihr aufgemalt hatte.

Tagsüber war es schon recht erträglich, doch die Abende und noch mehr die Nächte waren immer noch sehr kalt. Nach jedem Tagesmarsch machte Alra ein Feuer um sich zu wärmen und um sich vor den Wölfen zu schützen. 4 Tage war Alra nun schon unterwegs, sie hatte bisher keinen Menschen getroffen und auch keine Häuser oder eine Siedlung gesehen. Sie hoffte nur, dass sie sich nicht verlaufen hatte, aber Nora hatte es ja gut beschrieben und aufgemalt. Sie lief die ganze Zeit fast immer nur bergab und je weiter sie ging, umso wärmer wurde es und der Frühling kam immer näher. Die ersten grünen Gräser und ja sogar ein paar vorwitzige Blumen waren zu sehen. Alra hatte gar nicht mehr in Erinnerung wie schön diese Farben waren. Sie blieb kurz stehen, schaute auf die Blumen und sog die warme Luft tief ein und fühlte sich wohl.

Am sechsten Tag war es endlich soweit, in der Ferne konnte Alra eine Siedlung erkennen. Sie näherte sich vorsichtig und redete sich immer wieder ein, dass sie sich Rondo nennen müsste. Außerdem würde sie nur versuchen andere Kinder oder Frauen anzusprechen; denn die schlechte Erfahrung mit dem Händler hatte sie vorsichtig werden lassen. Aber wo außer auf dem Markt würde sie Menschen treffen, die ihr helfen konnten, in die Heimat zurück zu kehren. Es waren ja nur die Händler und die Hirten die durch die Gegend reisten und sich etwas auskannten. Sie müsste also sehr aufpassen und wachsam sein.

Alra näherte sich vorsichtig dem Markt, hielt Ausschau nach dem bösen Händler, konnte ihn aber nirgendwo entdecken. Bestimmt hatte er noch einmal bei Nora angehalten und so hatte sie sicher einige Tage Vorsprung vor ihm. Vielleicht würde Nora sogar dafür sorgen, dass er möglichst lange blieb. Sie hatte nun schon einige Frauen angesprochen und ihnen von der Gegend erzählt, aus der sie kam. Aber keine von ihnen hatte je davon gehört. Dabei war sie doch recht einzigartig, dass wusste Alra ja durch ihren Weg mit dem Händler. Sie schien sehr weit von der Heimat entfernt zu sein. Alra ärgerte sich nun, dass sie nicht die Tage gezählt hatte, die sie mit dem Händler unterwegs gewesen war; denn dann hätte sie besser gewusst, wie weit sie noch entfernt war. Da sich alle aber nur in der Nähe auskannten, würde sie einfach weiter nach Norden ziehen, bis sie jemanden ausfindig machen konnte, der sich auskannte. So fragte Alra jetzt nur noch nach der nächsten Siedlung um sich auf diese Weise weiter durchzuschlagen.

Noch am späten Nachmittag verließ sie die Siedlung und ging ihren Weg um ein Stück entfernt lagern zu können. Sie entzündete ihr Lagerfeuer und dachte an ihre Eltern und ihre Geschwister und natürlich auch an Rondo. Sie alle fehlten ihr so sehr. Auch würden sie wahrscheinlich sehr traurig sein über Alras Verschwinden. Bestimmt war auch der Vater böse auf sie, weil sie nicht genügend auf sich Acht gegeben hatte.

Seit langen mal wieder holte Alra ihren Stein aus der Tasche. Die einzige Verbindung zur Heimat, dachte sie. Der Stein war weich, warm und hatte einen komischen lila Fleck oben links in der Ecke. Alra dachte er wäre schmutzig und versuchte es weg zu wischen, aber das ging nicht, es musste im Stein drin sein. Sie wunderte sich zwar, weil ihr dieser noch nicht aufgefallen war, aber sie steckte ihn voll mit Erinnerungen an ihr Zuhause, wieder in die Tasche.

Alra und Ude:

2 Tage später traf sie auf ihrer Reise einen Hirten, es war ein Junge, vielleicht etwas älter als sie selbst. Ihm stellte sie sich aber mit ihrem richtigen Namen vor und erzählte von ihrer Suche. Auch sprach sie mit ihm über die Herde und darüber, dass sie sonst selbst immer auf eine aufgepasst hätte. Nur die Herde des Jungen war viel größer, es war eine beachtliche Zahl von Schafen. Der Junge hieß Ude und er wunderte sich, wieviel und wie schnell ein Mensch sprechen konnte. Er selbst war eher ein in sich zurück gezogener Junge und redete nur das Nötigste. Aber dennoch schien er sich zu freuen, jemanden auf seinem Weg zu treffen.
Ude kannte ihre Heimat ebenfalls nicht, sagte ihr aber, er käme ebenfalls aus der Siedlung in der Alra gewesen war und würde bis zum Herbst mit der Herde unterwegs sein. Er machte diese Reise schon zum dritten Mal und würde ebenfalls Richtung Norden wandern. Obwohl Alra wusste, dass sie zusammen mit dem Jungen und der Herde langsamer vorankam, bot sie ihm an, mit ihm zusammen auf die Herde aufzupassen und diesen Weg zu gehen. Zumindest so lange, bis sie jemanden fand, der den Weg in ihre Heimat kannte. Ude willigte gerne ein; denn obwohl er nicht viel sprach, so war er doch froh darüber, nicht mit den Schafen

alleine zu sein. Er hatte dann zumindest am Abend etwas Unterhaltung; denn er wusste aus den vergangenen Reisen, dass es dann oft sehr langweilig war.

Ude kannte sich gut in der Natur aus, er zeigte Alra vieles, was sie einfach übersehen hätte. Immer wieder wies er auf besondere Pflanzen und Kräuter hin, die auch für die Herde wichtig waren. Aber auch über die Schönheiten der Natur wusste er zu berichten und öffnete Alras Augen für diese. Da Ude meist einen Bogen um die Siedlungen machte, wollte Alra, wenn sie auf eine trafen diese alleine besuchen um sich weiter umzuhören und dann später wieder auf ihn und die Herde treffen. Das dachten sie wäre ein guter Plan. Abends dann, am Lagerfeuer erzählten sie sich gegenseitig von ihrem bisherigen Leben und Abenteuern. Ude fand es unheimlich spannend wenn Alra vom Moor erzählte und als der Part mit den beiden Leichen kam, verkroch er sich sogar tief in seiner Decke. Er sagte nur: „Das hört sich ja schrecklich an, da möchte ich nie hin". Alra lachte ihn aus und sie scherzten noch den ganzen Abend.

Immer vertrauter wurden die beiden und waren froh sich gefunden zu haben und den Weg nun gemeinsam fortsetzen zu können. Nach ein paar Tagen kamen sie wieder zu einer Siedlung. Sie gingen wie geplant vor und Alra begab sich vorsichtig zum Markt. Ude zog allein weiter und sie verabredeten sich am Abend wieder hinter der Siedlung zu treffen. Irgendwie hoffte Ude, dass sie niemanden fand, der den Weg kennen würde. Zu sehr gefiel ihm die Gesellschaft Alras. Aber Ude konnte unbesorgt sein, auch auf diesem Markt kannte niemand die Gegend die Alra beschrieb. Sie musste noch so weit weg davon sein. Wie versprochen traf sie am Abend wieder auf Ude, der sichtlich erfreut war und für seine Art richtig viel sprach. Auch an diesem Abend sprachen sie wieder über ihre Vergangenheit und gerade als Alra Ude ihren besonderen Stein zeigen wollte, hatte dieser eine rosa Farbe angenommen, nur der kleine lila Fleck war immer noch in der linken oberen Ecke. Bisher war es immer so, wenn jemand anders als Alra den Stein in die Hand genommen hatte, dass dieser hart und kalt wurde. Ude nahm ihn vorsichtig von Alra und komischerweise war er auch bei ihm warm und weich. Auch veränderte sich nicht seine Farbe. Überrascht sagte Alra: „Du musst etwas Besonderes sein, sonst wäre der Stein hart und kalt geblieben". Mit diesem schönen Gedanken schliefen beide ein.

Bei der Wanderung am nächsten Tag passierte etwas Ungewöhnliches. Sie gingen dicht nebeneinander her; denn der Pfad war sehr schmal. Plötzlich bei der Bewegung stießen ihre Hände aneinander. Beide hatten plötzlich das Bedürfnis sich an der Hand zu halten, zu magisch war diese Berührung gewesen. So gingen sie eine ganze Weile nebeneinander ohne ein Wort zu sprechen. Sie schwiegen gemeinsam und jeder für sich dachte sich seinen Teil. Schlagartig veränderte sich vieles. Sie sahen sich plötzlich mit anderen Augen, einer war für den anderen noch mehr da und nahm mehr Rücksicht. Sie gingen nun oft so nebeneinander und wenn sie dann ihre Hand hielten, spürten sie ein Kribbeln in ihrem Bauch und in der Brust. Sie waren wieder mal ein Stück so zusammen gegangen und jeder hatte dieses schöne Gefühl in sich, als sie plötzlich wie verabredet beide stehenblieben, sich erst eine ganze Zeit lang anschauten und dann küssten. Es war für Alra und Ude der erste Kuss. Sie schauten sich etwas erschrocken an und gingen dann wortlos Hand in Hand weiter.

Bald würden sie an einen großen Fluss kommen, so brachte Ude das Gespräch wieder in Gang. Dort gäbe es saftige Auen und die

Tiere könnten viel fressen und würden gut an Gewicht zulegen. Die wäre auch der Ort, wo die Lämmer auf die Welt kämen und die Mutterschafe dann viel kräftiges Futter brauchten. Alra war sehr gespannt auf diesen großen Fluss. Ude hatte ihr so viel Schönes davon erzählt. Sie konnte es kaum noch erwarten diesen zu sehen. Dort würden sie dann auch auf mehr Siedlungen stoßen erzählte Ude, vielleicht würde Alra da ja jemanden finden, der den Rückweg kannte. Aber noch mehr hoffte er jetzt insgeheim darauf, dass es nicht so wäre.

Wie würde er sich verhalten, wenn sich ihre Wege trennen würden? Ude hatte darauf keine Antwort und hoffte einfach es würde nicht geschehen. Auch Alra hatte jetzt schon hin und wieder darüber nachgedacht was sie tun würde, wenn sie ihr Weg in eine andere Richtung führen würde. Außerdem käme ohnehin irgendwann der Tag der Umkehr für Ude; denn er musste ja die Herde wieder zurück bringen. Aber noch war das lange hin und bis dahin wollten sie erstmal ihre Zeit miteinander genießen.

Am Abend nahm Alra ihren Stein aus der Tasche und er war in seiner Farbe noch kräftiger geworden und dabei wunderbar weich und richtig schön warm. Sie steckte ihn schnell wieder weg. War das ein Zeichen der Liebe fragte sie sich. Sie fühlte sich sehr zu Ude hingezogen. Das besonders Schöne war, das dieser sie aber nur so und dort berührte was ihr auch gefiel. Er drängte sie zu nichts und das war gut so. Zu sehr hatte sie das Gesehene und Gehörte bei Nora abgeschreckt.

Ein paar Tage später konnten sie schon aus der Ferne den Fluss sehen, von dem Ude ihr immer wieder erzählt hatte. Es wurde auch Zeit; denn schon bald würden die Lämmer geboren und es würde den Schafen gut tun, wenn sie sich bis dahin noch etwas stärken könnten. An diesem Tag marschierten sie so lange, bis sie den Fluss erreichten. Die Sonne verschwand schon am Himmel als sie endlich ihr Lager einrichteten. Der Morgen würde sie dann mit seinem Anblick für diese lange Tagesreise entlohnen.

Der Morgen war für Alra ganz etwas Besonderes. Der Fluss war riesig und wie gebannt schaute sie auf die Wassermassen. Er war so imposant, so gewaltig. Wo er wohl hin fließen würde fragte sich Alra. Darauf hatte auch Ude keine Antwort, er sagte nur, dass er ihm schon einmal ein großes Stück gefolgt sei, dabei immer mehr kleine Bäche und Flüsse in ihn münden würden, aber er nie bis zum Ende gegangen wäre. Die Auen hier waren saftig, so dass sie beschlossen, erstmal ein paar Tage hier zu lagern und die Geburt der Lämmer abzuwarten, ohne die Schafe dabei noch weiter durchs Land zu treiben und diese den Strapazen der Reise auszusetzen.

Alra entdeckte sich selbst immer wieder, wie ihre Augen gebannt auf den Fluss schauten. Sie konnte sich diesem Spektakel einfach nicht entziehen. Der Fluss hatte eine magische Anziehungskraft auf sie. Unterbrochen wurde das jetzt nur, als es mit der Geburt der Lämmer begann. Ude war sehr froh, wie hilfreich jetzt Alra für ihn war. Sie kannte sich aus und war sehr geschickt im Umgang mit den Tieren. Sie hatten vorher ebenfalls geraten, wie viele Lämmer geboren würden. Alra hatte bis auf 3 richtig getippt. Ude lag weit davon entfernt und faselte immer etwas von Glück. Alra lächelte dann nur und erzählte ihm wie sie auch mit ihrem Vater immer dieses Spiel gespielt hatte. Ach ja, Vater, wie würde es ihm und dem Rest der Familie wohl gehen.

Auch nach der Geburt der Lämmer warteten sie noch einige Tage bis sie weiterzogen. Die kleinen sollten erstmal zu Kräften kommen. Genauso liebevoll wie sie miteinander umgingen, so kümmerten sich Alra und Ude um die Tiere und ganz besonders um die Lämmer. Alra hätte sie am liebsten alle immer wieder gestreichelt. Aber bei dieser großen Herde war auch die Anzahl der Lämmer enorm. Nach dem Sammeln der Kräfte ging es dann wieder auf die Reise flussabwärts. Alra war schon gespannt auf die vielen Einmündungen, von denen Ude ihr erzählt hatte. Er sagte, die Bäche und Flüsse kämen alle von den umliegenden Bergen und würden dann vom großen Fluss auf- und mitgenommen. Dieser würde dann auf seiner weiteren Reise immer größer und breiter werden. Ude wusste soviel dachte Alra. Kaum waren sie wieder unterwegs, kamen sie auch schon zu einer der vielen Siedlungen, von denen Ude berichtet hatte. Wie gewohnt ging Alra alleine los und Ude blieb bei der Herde. Am Abend würden sie sich dann wieder treffen. Schon als sie sich trennten hatten Ude ein komisches Gefühl, aber er behielt es für sich; denn er wollte Alra nicht beunruhigen.

Wie immer wenn sie zu einem Markt kam, war Alra sehr umsichtig und schaute immer zuerst ob sie den Händler, der sie verschleppt hatte, sah. Aber auch diesmal war er nicht zu sehen. Erleichtert schaute sich Alra auf dem Markt um und fragte so viele Leute wie sie nur konnte, ob sie die Gegend mit den Mooren und den lila Pflanzen kannten. Aber wieder und wieder bekam sie nur Antworten die sie nicht zufrieden stellen konnten. Fast war sie schon durch mit ihrer Befragung und auch etwas niedergeschlagen, als sie zu einem alten Kräuterweib kam. In ihrer Hoffnungslosigkeit erzählte Alra ihr kurz ihre Geschichte und von der Gegend die sie suchen würde. Das Kräuterweib hörte lange und aufmerksam zu, dann verschwand sie kurz in ihrem Karren und kam mit einem Stück Stoff und etwas Kohle zurück. Sie malte mit der Kohle ein großes Herz auf den Stoff. Dann erklärte sie Alra, sie würde jedes Jahr dieses Land in der Form eines Herzens durchqueren. Ein Jahr die rechte Seite, ein Jahr die Linke. In der Mitte würde der große Fluss fließen. Die Gegend die Alra suchen würde, würde in der linken oberen Ecke des Herzens liegen. Sie müsste für sehr viele Tage noch dem Fluss folgen, solange bis dieser nach Nordwesten abbiegen würde. Dann sollte sie sich genau in die Richtung wenden in der die Sonne untergehen würde und nach weiteren vielen Märschen würde sie diese Gegend finden. Komisch dachte Alra, ihre Zeichnung sieht genauso aus wie mein Stein und dort wo sie den Ort hin gemalt hatte, da hatte auch der Stein den Fleck. Alra nahm ihn aus der Tasche, legte ihn neben die Zeichnung und das Kräuterweib erschrak. Das ist das Chattenherz sagte sie ganz leise. Wo hast Du das her? Alra war überrascht, dass die Alte diesen Stein kannte und fragte sie, was ist das Chattenherz. Die Alte erzählte ihr, nach einer alten Sage sei es von einem jungen Chatten nach Norden gekommen. Dieser sei ebenfalls ein Heiler gewesen und hätte das Herz von einem Kräuterweib bekommen. Auch er wäre durch das Land gezogen und hätte die von Alra beschriebene Gegend gesucht und wohl auch gefunden. Später so wurde erzählt hätte er eine Schule gegründet wo Heiler und Kräuterweiber ausgebildet wurden. Irgendwann sei er dann einfach mit seiner Frau, mit der er viele glückliche Jahre verbracht hatte, verschwunden. Keiner wusste wohin und es war auch schon viele hundert Jahre her. Es war eine Geschichte, die sich die Kräuterweiber untereinander erzählten wenn sie sich trafen. Viele dieser Geschichten waren sicher erfunden, aber an dieser schien was Wahres enthalten zu sein. Alra nahm den Stein in die Hand und als wollte der Stein dem Erzählten zustimmen pulsierte er leicht. Erschrocken verbarg sie ihn wieder in ihrer Tasche. Mit der Auskunft über den Weg, den sie nun gehen musste machte sie sich auf den Weg zu Ude. Was

sollten sie nun machen? Zwar könnten sie sicher noch einige Zeit zusammen reisen, aber irgendwann würden sich dann ihre Wege trennen. Sie wusste noch nicht, ob sie ihm überhaupt schon davon erzählen sollte. Aber andererseits waren sie bisher immer so ehrlich miteinander umgegangen, dass sie ihn auch nicht belügen konnte und Schweigen wäre in diesem Fall ebenfalls eine Lüge gewesen. So kehrte sie mit gemischten Gefühlen zurück zu Ude.
Dieser war hell erfreut, als er Alra sah. Sein komisches Gefühl hatte ihn wohl doch getäuscht; denn sie kam ja wieder zurück zu ihm.
Am Lagerfeuer am Abend erzählte Alra dann Ude von dem Gespräch mit dem Kräuterweib. Sie hatte gedacht, er wäre nun sehr traurig, aber dem war nicht so. Er freute sich für sie. Wie selbstlos er doch ist, dachte Alra. Tröstend hatte sie schon angefangen ihm zu sagen, dass sie ja noch eine ganze Zeit lang zusammen weiterreisen könnten und der Tag der Trennung ohnehin gekommen wäre. Ude nickte und sprach: „Ich weiß, ich habe da auch schon oft drüber nachgedacht. Ich werde Dich bis zum Abzweig des Flusses begleiten. Ich kenne diese Stelle. Dann werden wir uns verabschieden und im nächsten Jahr werde ich wieder dorthin kommen und einige Tage dort lagern. Vielleicht erlaubt Dein Vater ja, dass Du dann auch dahin kommen kannst und wir können uns wiedersehen. Dies war ein wundervoller Gedanke, Alra umarmte Ude lange, hielt ihn ganz fest im Arm und war sehr glücklich über seine Entscheidung und seine Weitsicht. Wie zur Bestätigung nahm Alra ihren Stein aus der Tasche. Er war tiefrot gefärbt und sowohl der große, als auch der kleine Stein pulsierten in unterschiedlicher Frequenz. Als sicheres Zeichen einer tiefen Liebe verstaute sie den Stein wieder und war von ganzem Herzen glücklich.

Die nächsten Tage wanderten sie sehr heiter den Fluss folgend. Sie waren beide so froh darüber, eine Lösung für ihre Trennung gefunden zu haben, bei der Alra zu ihren Eltern zurück konnte und sie sich trotzdem wiedersehen würden. Sie genossen die Schönheit des immer größer werdenden Flusses. Immer wenn sie an einer besonders schönen Einmündung waren, schlugen sie dort ihr Lager auf und erfreuten sich der Verbrüderung der Flüsse. So wie der große Fluss, so hatte Alra Ude in ihrem Herzen aufgenommen. Als wäre er ein Teil von ihr und ihr Weg würde gemeinsam weiter gehen auch wenn sie sich trennen würden. Es war ein so tiefes Gefühl der Liebe, einfach etwas ganz Außergewöhnliches.

Wie immer im Leben wenn etwas besonders schön ist, vergeht die Zeit sehr schnell. Es kam ihnen vor, als hätten sie die Abmachung erst vor wenigen Tagen getroffen, doch Ude wusste, dass sie nun bald an der Stelle waren, wo sie sich trennen mussten. Er würde dann schon bald wieder umkehren und seine Herde zurück bringen. Aber im nächsten Jahr würde er wieder diesen langen Weg auf sich nehmen und auf Alra warten.

Alras Heimkehr:

Der Tag der Trennung war da. Am Abend hatten Alra und Ude noch lange am Feuer gesessen. Sie hatten das Lager genau an der Stelle aufgebaut, an der der Fluss seine Richtung änderte. Am kommenden Morgen dann kam der Moment des Abschieds. Beide spürten den tiefen Schmerz in ihrem Herzen. Beide weinten. Da nahm Ude eine von Alras Tränen, und legte den Finger mit der Träne auf sein Auge. Sie soll sich mit meinen vermischen sagte er und an dieser Stelle, wo sie beide auf den Boden tropfen, da wollen wir uns wiedersehen. Alra war sehr gerührt und stammelte nur noch ein ja. Sie sahen sich noch einmal ganz tief in die Augen, jeder legte kurz seine Hand auf das Herz des anderen, dann trennten sich ihre Wege.

Alra verließ den Ort des gemeinsamen Lagers mit Traurigkeit, aber auch mit dem tiefen Gefühl der Gewissheit, dass sie Ude wiedersehen würde. Aber dann war da auch das Gefühl der Freude, ihre Familie wieder in ihre Arme nehmen zu können. Sie wusste, sie würde noch einige Tagesmärsche benötigen, bis sie wieder in der Heimat wäre. Wenn es irgendwie möglich war, dann würde sie die Siedlungen und Märkte meiden; denn nun wollte sie erst recht nicht mehr in die Fänge des Händlers geraten. Einen Fluss konnte sie nun nicht mehr folgen, aber sie hatte von Ude gelernt, wie man sich die Richtung merken konnte. Morgens musste sie die Sonne im Rücken haben, des Mittags auf ihrer linken Seite und abends einfach in die Richtung marschieren in der die Sonne unterging. Sie war so dankbar dafür, dass es Ude gab und auch über die vielen praktischen Dinge, die sie von ihm gelernt hatte.

Siedlungen gab es kaum noch, sie wurden immer weniger, je weiter sie sich vom Fluss entfernt hatte. Wenn dann mal eine auftauchte, dann war es nur eine kleine Ansammlung von Häusern. Sie war nun schon sieben Tage unterwegs und hatte sich immer an die Tipps von Ude gehalten um die Richtung zu halten. Als sie wieder mal auf einer kleinen Anhöhe stand und die Richtung der Sonne prüfte, sah sie in der Ferne einen schwarzen Punkt, der sich langsam auf sie zu bewegte. Ohne groß darüber nachzudenken, nahm sie ihr Bündel und ging ihres Weges. Der schwarze Punkt näherte sich immer weiter, es musste ein Tier sein. Dann erkannte sie das Tier, es war Rondo. Er hetzte auf sie zu, erkannte sie und war gar nicht mehr zu beruhigen vor Freude. Später stellte sich heraus, er war schon Tage vorher sehr unruhig gewesen und dann irgendwann einfach ausgebüchst. 2 Tage noch musste Alra wandern, dann erkannte sie die Gegend, sie war Zuhause.

Sie brauchte nicht an die Tür zu klopfen, Rondo hatte so einen Krach gemacht, dass alle von der Familie vor der Tür standen. Sie fielen sich ungläubig, aber überglücklich in die Arme. Viele Tränen wurden vergossen. Nur Rondo war ganz stolz, schließlich war er es, der Alra wieder nach Hause geholt hatte, so dachte er zumindest. Wenn sie ihn nicht hätten, dann wäre diese Familie gar nicht lebensfähig, so waren seine weiteren Gedanken.

Lange und bis ins kleinste Detail erzählte Alra ihre Geschichte. Vom Raub durch den Händler, über die Anzeige des Steines, über Ude und das alte Kräuterweib, welches ihr den Weg gewiesen hatte. Nur das wilde Treiben von Nora verschwieg sie etwas, sie stellte sie einfach als Bäuerin vor. Nora hatte es nicht verdient, dass andere schlecht über sie dachten; denn in ihrem Herzen war sie ja immer ein guter Mensch geblieben und wer weiß ob sie je ohne Nora wieder zurück gekommen wäre.

Die Familie war sehr stolz auf Alra, auch der Vater war nicht böse über ihren Fehler damals, sondern hatte sich selbst die Vorwürfe gemacht, sie alleine über den Markt gehen zu lassen. Er hatte damals nur seinen Gewinn im Kopf gehabt. Mittlerweile hatte er gelernt, wie unwichtig das war, besonders im Vergleich zu den Menschen, die man liebte. Am nächsten Morgen wollte Alra mit der Familie zu der Stelle gehen, wo sie damals die beiden Skelette vergraben hatten. Dort angekommen erzählte sie die Geschichte der beiden so wie sie die vom alten Kräuterweib gehört hatte. Sie dankte ihnen noch mal für den Stein und in tiefem Herzen wusste sie, dass die beiden damals in tiefster Liebe ihren letzten gemeinsamen Weg gegangen waren.

Auch Vaters Herde war in dem vergangenen Jahr gewachsen und bald war wieder die Zeit die Lämmer zu verkaufen. Alra bestand förmlich darauf wieder mitzukommen, sie wollte dann dem Vater den Mann zeigen, falls er denn da wäre, dann könnte dieser den Stammesfürsten übergeben und seiner gerechten Strafe zugeführt werden. Zuerst hatte der Vater etwas Angst vor dieser Situation, aber er spürte, dass Alra Recht hatte und sich ohnehin nicht erweichen ließ.

So kam es dann auch, sie zog mit ihrem Vater los. Am Abend lagerten sie so wie damals und erfreuten sich so an ihrem Miteinander. Als sie am nächsten Tag auf dem Markt ankamen, verkauften sie zuerst gemeinsam die Lämmer, dann machten sie sich auf die Suche nach dem Händler. Alra kannte genau den Platz wo dieser im letzten Jahr gestanden hatte. Doch der Platz war leer. So als ob sie etwas bei genau diesem Händler kaufen wollte, fragte sie die Händler, die wie auch damals daneben standen, wo denn der Verkäufer der Holzlöffel wäre. War er schon abgereist? Einer der Händler, der ihn kannte sprach: „Das ist eine ganz traurige Geschichte, ich bin die letzten Tage mit ihm zusammen den Weg hier her gefahren, aber beim letzten Moor sind seine Ochsen durch gegangen und haben ihn mitsamt dem Karren tief ins Moor gerissen. Er hatte noch geschrien und geflucht aber da war nichts mehr zu machen gewesen, der ganze Karren mitsamt dem Händler sei im Moor ertrunken". Alra stimmte diese Geschichte gar nicht traurig, ganz im Gegenteil, zufrieden verließ sie mit ihrem Vater den Markt und dachte nur, dass es ihm recht geschehen sei. Von nun an brauchte sie also auf keinem Markt mehr Angst vor ihm haben. Das Moor hatte Recht gesprochen.

Der Herbst nahm seinen Lauf und Alra hütete wieder die Schafe und dachte dabei immer wieder an Ude. Wie würde es ihm wohl gehen, hoffentlich war er gesund und würde im nächsten Jahr wie verabredet auf sie warten. Alras Eltern erkannten, dass aus ihrem Mädchen immer mehr eine Frau wurde. Nicht nur äußerlich hatte sie sich verändert, auch in ihrer Wesensart war sie bei weitem nicht mehr so burschikos wie im letzten Jahr. Als dann der Winter kam, musste Alra auch an Nora denken. Würde sie auch in diesem Jahr es noch schaffen über den Winter zu kommen? Würde sie noch genug Besucher haben damit sie auch genügend Essen und Holz hatte? Sie hatte ja selbst gesagt, mit jedem Jahr würde es schwerer. Alra jedenfalls wünschte es ihr.

Als der erste Schnee kam, spielte Alra viel mit ihren Geschwistern draußen. Sie übernahm die verantwortungsvolle Rolle, auf sie Acht zu geben. Natürlich mal von Rondo abgesehen, der ja seiner Meinung nach es schließlich war, der dafür sorgte das alles richtig lief. Auch ließ er Alra nicht mehr aus den Augen; denn sie war ihm einmal abhanden gekommen, das sollte nicht wieder geschehen. Der Fehler von damals hatte seinem Ego nicht gut getan und tagelang hatte er traurig und schuldbewusst nur träge herum gelegen.

An den langen Winterabenden, wenn die Kleinen schon schliefen, sprach Alra oft lange noch mit ihren Eltern über Ude und seine fürsorgliche Art. Die Eltern erkannten, wenn sie im nächsten Sommer ihn aufsuchen würde, dann wäre ihre Zeit hier vorbei. Aber sie hatten dennoch das gute Gefühl, dass sie dann in guten Händen wäre. Zwar teilten sie ihre Entscheidung Alra noch nicht mit, doch untereinander hatten sie schon besprochen, sie dann ziehen zu lassen. Diesmal wäre es dann ja auch ein Anderes von ihnen gehen. Sie wussten, Alra würde ihren Weg machen und sie konnten ihr vertrauen. So genossen sie diese Winterabende in dem Wissen, es war der letzte gemeinsame Winter.

Im Frühling dann spielten Vater und Alra wieder ihr Spiel, sie rieten die Anzahl der Lämmer die geboren würden. Neugierig erwarteten sie schon den Tag. Als er dann kam, geschah etwas ungewöhnliches, diesmal hatte der Vater Recht gehabt und sie anschließend damit aufgezogen, ihre Gedanken wären wohl zuviel bei Ude gewesen und nicht mehr bei der Herde. Alra wurde etwas rot und es war ihr unangenehm. Vater hingegen feierte sich als großer Sieger und verkündete allen die es hören wollten oder auch nicht, dass er diesmal Recht gehabt hatte. Rondo, der sich das ebenfalls anhören musste, brummte nur kurz und dachte, wenn ihr mich fragen würdet, hättet ihr beide keine Chance. Es war schließlich seine Herde.

Alra dachte jetzt immer öfter daran, dass Ude wohl auch schon unterwegs und bereits am Fluss war. Bestimmt hatte auch er die Geburt der Lämmer wieder an der Stelle abgewartet, wo sie im letzten Jahr noch gemeinsam gelagert hatten. Sie fühlte sich so in die Situation hinein, als wenn sie bei ihm wäre. Manchmal, wenn sie etwas träumerisch durch die Gegend wandelte, spreizte sie den Arm etwas ab, so als ob Ude jeden Moment käme und ihre Hand halten würde. Sie fragte sich schon hin und wieder ob das normal wäre oder ob mit ihr etwas nicht stimmen würde. Aber er fehlte ihr so sehr und nun war es ja auch nicht mehr so lange, dass sie ihn besuchen durfte. Ihre Eltern hatten nichts dagegen gehabt, als sie danach fragte, sondern hatten einfach nur irgendwie komisch gelächelt. Kannten sie etwa ihre Gefühle? Alra wusste ja, dass auch ihre Eltern sehr liebevoll miteinander umgingen, aber es waren ja alte Leute, kannten die die Liebe überhaupt? Irgendwie konnte Alra sich das gar nicht vorstellen.

Nur Rondo war etwas komisch, spürte er etwa, dass Alra bald wieder die Familie verlassen würde? Gerade jetzt schon wieder, wo er sie doch extra zurück geholt hatte. Manchmal wenn Alra ihn anschaute, drehte er fast beleidigt den Kopf zur Seite und tat so, als würde er sich gar nicht für Alra interessieren.

In den letzten Tagen, bevor nun ihre Reise begann, hatten die Eltern offen mit Alra gesprochen. Zuerst hatte sie zwar gesagt, sie wollte wiederkommen, doch sie selbst hatte auch gespürt, dass dies nicht die Wahrheit war, bzw. nicht das was ihr Herz ihr sagte. Insgeheim hatte sie sich das Verständnis der Eltern gewünscht, aber hatte sie auch Angst gehabt dies einzufordern; denn sie hatten sie ja gerade mal knapp ein Jahr wieder zurück. Sie wusste den Großmut der Eltern sehr zu schätzen und war dankbar für deren Weitsicht.

Der Tag des Abschieds kam, Alra konnte es schon gar nicht mehr erwarten, ihrem geliebten Ude entgegen zu gehen. Würde er auch da sein? Hatte er sie vielleicht sogar schon vergessen? Aber diese Sorgen waren schnell vergessen, ihr Herz sagte ihr das er warten würde und außerdem war da ja noch ihr Stein, der tiefrot gefärbt war und dessen beide Steine pulsierten und zwar im Gleichklang. Das konnte nur ein gutes Zeichen sein und mit diesem guten Gefühl und den Abschiedstränen in den Augen machte sie sich auf den Weg. Ihre Eltern und Geschwister winkten ihr nach, nur Rondo er zuerst geknurrt hatte, lief noch neben ihr her. Vater hatte ihr noch einige Münzen mit auf den Weg gegeben und die Mutter hatte sie mit reichlich Proviant versorgt.

Rondo lief neben ihr bis zu der Stelle an der er sie im letzten Jahr abgeholt hatte. Dort blieb er stehen und hatte einen Blick der sagte, so nun habe ich Dich wieder hier her gebracht, nun musst Du alleine weiterziehen, ich muss mich um meine Herde kümmern. Sie beugte sich herab, streichelte das treue Urvieh und nahm ihren letzten Teil der Reise in Angriff.

Alra und Ude wieder vereint:

Nach einigen Tagen kam Alra am verabredeten Platz an. Aber von Ude war nichts zu sehen. Hatte er sie doch vergessen, war ihm etwas passiert? Aber Alra war in ihrem Verlangen auch sehr schnell gegangen, ja fast gelaufen. Ude hingegen musste ja Rücksicht auf die Herde nehmen. Sie würde einfach ein paar Tage hier warten. Sie war ja gut versorgt. Aber was würde sie machen, wenn Ude nicht käme? Wieder zurück gehen, zu ihren Eltern? Der Gedanke gefiel ihr irgendwie gar nicht. Sie richtete sich ihr Lager ein, machte ein Feuer und dachte an Ude.

Ude hing etwas hinter seinem Zeitplan zurück. Es hatte dieses Jahr sehr viele Lämmer gegeben und alleine schaffte er das alles nicht so schnell wie im vorigen Jahr, als Alra ihm geholfen hatte. Zwar hatte er die Herde immer wieder angetrieben, doch durfte er sie auch nicht überfordern, sonst würden die Tiere leiden und unter Umständen nicht richtig fressen. Immer wieder fragte sich Ude, wie lange Alra wohl Zeit hätte, um bei ihm zu bleiben. Er würde am liebsten sie gar nicht mehr wieder weg lassen, aber das würden ihre Eltern bestimmt nicht erlauben.

Alra wartete nun schon den zweiten Tag und auch dieser verging ohne das Ude in Sicht kam. Was war nur passiert. Zwar genoss sie den wunderschönen Anblick des Flusses, aber so allein war es bei weitem nicht so schön wie damals mit Ude. Etwas traurig und mit immer weniger Hoffnung machte sie das Lagerfeuer und brauchte noch lange bis sie einschlief. Als sie am nächsten Morgen aufwachte, hörte sie schon das laute Blöken der Schafe und dann ja dann sah sie auch Ude. Sie rannten aufeinander los, nahmen sich in den Arm und wollten sich nie wieder loslassen. Ohne es zu wissen hatten sie ganz nahe zueinander die Nacht verbracht. Wäre Ude nur eine kurze Zeit länger gelaufen am gestrigen Tag, dann hätten sie sich schon am Abend zuvor getroffen.

Aber das war nun alles egal. Sie richteten ihr gemeinsames Lager ein und erzählten sich alles, was im vergangenen Jahr passiert war. Als Alra erzählte, dass sie nun ganz bei ihm bleiben könnte, konnte Ude sein Glück gar nicht fassen und stieß einen lauten Freudenschrei aus, so dass Alra förmlich erschrak. Jetzt erschraken aber beide noch mal über etwas anderes. Natürlich freuten sie sich riesig darauf zusammen zu sein, aber was wollten sie gemeinsam machen? Wovon würden sie beide leben, wo würden sie wohnen? Das waren so viele Fragen, über die sie in ihrer überschäumenden Freude noch gar nicht nachgedacht hatten. Erst waren sie erschrocken, doch dann lachten sie gemeinsam; denn sie spürten genau, dass sie es schon irgendwie schaffen würden. Den ganzen Tag klebten sie förmlich aneinander und freuten sich schon auf den Abend, wenn sie gemeinsam am Feuer den Sonnenuntergang am Fluss genießen könnten.

Die nächsten Tage wollten sie erstmal hier bleiben, bevor sie sich dann gemeinsam auf den Rückweg machen würden. Ude erzählte Alra ganz stolz, dass die Zahl der Lämmer diesmal sehr hoch war und somit auch für ihn als Hirten ein paar Tiere abfallen würden. Das wäre schon mal eine kleine Grundlage für die Zukunft. So hatte doch seine Verspätung und seine Umsicht im Nachhinein etwas Gutes für sich gehabt. Wenn sie zurück in Udes Heimat kämen, würde er dort mit dem Eigentümer der Herde sprechen, ob er nicht die kleine Hütte am grossen Stall bekommen könnte. Dann hätte dieser gleich eine Aufsicht bei den Tieren und Alra und er ein erstes Zuhause. Aber bis dahin war noch viel Zeit und nun wollten sie erstmal sich und den gemeinsamen Weg genießen. Ein gemeinsamer Weg, nicht nur zurück mit der Herde, sondern für ein ganzes Leben.

Der Abend am Feuer, mit Blick auf den Fluss, war wunderschön. Jetzt zusammen, so empfand Alra, hatte Alles eine ganz andere Farbe und die Impressionen des Lichtes wirkten wie eine Droge auf sie.

Später dann kuschelten sie sich dicht aneinander, hielten sich an den Händen und schliefen friedlich und glücklich ein. Der nächste Morgen war so schön. Gemeinsam aufzuwachen, sich gegenseitig anzuschauen und zu lächeln. Der Tag begann so ganz anders als wenn man allein aufwachte. So sollte es von nun an jeden Morgen sein, dass wünschten sich beide so sehr. Sie blieben wie geplant ein paar Tage an der Flussbiegung, dann machten sie sich auf den langen Rückweg. Mit der großen Herde ging es nur langsam voran. Auch mussten sie immer wieder aufpassen, dass alle Schafe mitkamen. Jetzt konnte Alra auch gut verstehen, dass Ude es nicht ganz pünktlich geschafft hatte. Sie wollte auf einen der kommenden Märkte mal schauen, ob sie nicht einen Hund wie Rondo für die Arbeit bekommen könnte. So ein Hund wäre bestimmt sehr hilfreich gewesen.

Kaum war die nächste Siedlung im Blick, ging Alra zum Marktplatz und hielt Ausschau nach einem Händler, der Hunde abzugeben hatte. Sie fand einen Händler, aber das waren andere Hunde, nicht welche die sich zum Begleiten einer Herde eigneten. In der nächsten Siedlung würde sie es wieder versuchen. Aber wie so oft im Leben kam es ganz anders. Auf ihrem Zug flussaufwärts kamen sie an einem einzelnen Bauernhaus vorbei und dort sah Alra sofort was sie suchte. Eine Hündin mit 5 Welpen. Sie ging zu dem Haus, sprach mit den Leuten und die waren sogar froh, dass sie einen abgeben konnten. Es war ein kleiner Rüde, schwarz und zottelig mit riesig großen Pfoten. Die Füße schienen viel zu groß für diesen kleinen Hund. Die Hündin, die bei den Welpen war, schien Rondo sehr ähnlich. Zwar war der Vater unbekannt, aber der Bauer meinte, die Hunde würden bestimmt sehr groß werden und deshalb sei er froh wenn er einen abgeben könne, sonst wäre ihre Ernährung später nicht gesichert.

Sie nannten ihn einfach Rondo2. Rondo2 war noch ein ziemlicher Tollpatsch und noch so gar keine Hilfe, aber Ude spürte, wie sehr ein Hund Alra gefehlt hatte und so machte er gute Miene zu der ganzen Sache. Aber auch er hatte sich sogleich in das schwarze Fellbündel verliebt und spielte genauso gerne mit ihm wie Alra. Irgendwie waren sie nun eine richtige kleine Familie. Am Abend am Feuer saß Rondo2 immer zwischen ihnen und ließ sich am liebsten von beiden gleichzeitig streicheln. Da hatte er zwei neue Freunde gefunden. Mit den Schafen hingegen konnte er sich noch nicht so anfreunden. Die ignorierten ihn einfach, schubsten ihn beiseite und machten was sie wollten. Alra aber wusste, das würde sich ändern, wenn er größer wurde, dann würde er sich schon den nötigen Respekt verschaffen und es könnte ja nicht schaden, wenn er von klein auf mit bei den Tieren wäre.

Es war eine traumhaft schöne Zeit, jeder Augenblick miteinander war etwas Besonderes. Beide waren so glücklich und wünschten sich so sehr, es möge immer so bleiben. Bei so einer Gelegenheit musste Alra dann wieder an das Paar denken, das gemeinsam in das Moor gegangen war. Sie konnte es verstehen, auch sie mochte nicht mehr ohne Ude sein. Jetzt kam die Zeit, wo sie den Flusslauf verlassen mussten. Die Landschaft veränderte sich wieder. Alra kannte das ja schon von ihrem Weg in die andere Richtung. Es wurde hügeliger und die Weiden karger. Es gab viel weniger Siedlungen als am Fluss und nur noch selten einzelne Häuser oder eine kleine Siedlung wo auch nur eine Handvoll Häuser standen. Aber auch die Menschen veränderten sich, sie wurden stiller, eher so in der Art wie Ude es war. Sie redeten nur das notwendige.

Ihr Lager richteten sie meistens in einem Tal ein, so dass des Nachts keine Schafe verloren gingen. Rondo2 saß dann immer noch zwischen ihnen und genoss die Aufmerksamkeit. Er wuchs heran und schon bald ließ er sich nicht mehr von den Schafen schubsen, sondern bellte dann laut mit seiner dunklen Stimme und scheuchte sie zurück zu den anderen. Aus ihm wird bestimmt mal ein guter Hirtenhund sagte dann Alra.

Noch einige Tage würde ihre Wanderung dauern, aber sie dachten schon oft an ihr neues Zuhause. Würde der Eigentümer der Herde ihnen die kleine Hütte überlassen? Was wenn nicht? So wie Ude erzählt hatte, war das Haus seiner Eltern auch recht klein und vielleicht als Notquartier geeignet, mehr aber auch nicht. Es wäre ihm auch viel lieber, mit Alra alleine zu sein. Aber Ude war guter Dinge; denn er verstand sich mit dem Eigentümer recht gut und diesmal waren es ja auch besonders viele Lämmer die er auf dem Rückweg mitbrachte.

Die Berge wurden steiler, dass Wetter schlechter und vor allem wurde es immer kälter. Schon früh am Nachmittag mussten sie das Lagerfeuer anzünden, damit sie es ertragen konnten. Sie kuschelten sich dann in Decken, dicht beieinander. Diesen Moment mochte Alra immer ganz besonders gern. Die Nähe von Ude war so angenehm für sie und sie fühlte sich dann so sicher und geborgen. Nur manchmal noch kamen die schlimmen Gedanken an die Zeit, als sie mit dem Händler diesen Weg entlang gezogen war. Wenn sie an den Händler dachte, war der nächste

Gedanke gleich der an Nora. Vielleicht könnte sie Nora ja mal besuchen um zu schauen, wie es ihr geht. Die würde sich bestimmt freuen von ihr zu hören und vielleicht auch darüber, dass der Händler seine Strafe im Moor gefunden hatte.

Heute war der Tag der Ankunft. Alra, Ude und Rondo2 zogen mit der Herde in die kleine Siedlung, wo der Eigentümer und Udes Eltern wohnten. Alle die sie sahen winkten ihnen zu und freuten sich über die gesunde Ankunft des Hirten und seiner Begleiter. Zuerst führte sie der Weg zum Eigentümer der Herde. Dieser war sichtlich stolz auf Ude; denn die Herde war beträchtlich gewachsen und somit sein Vermögen auch. Er zählte die Herde durch, dann ging er zu Ude und sagte: „Mein lieber Ude, es sind so viele geworden, dass ich Dir statt der versprochenen 8 Lämmer sogar 10 für deine Arbeit lasse". Ude bedankte sich sehr und fragte sogleich nach der kleinen Hütte, auch mit dem Zusatz, dass er dann ja immer die Herde auch im Auge hätte. Das gefiel dem Eigentümer sehr gut; denn so musste er im Winter sich nicht immer selbst den Weg machen; denn auf Ude konnte er sich ja verlassen, das wusste er. Also stimmte er zu, sagte Ude, dass dieser noch ein paar Arbeiten dort sicher verrichten müsste, er aber für das Baumaterial aufkam. Ude strahlte heller als die Sonne. Er lief sofort zu Alra, die ein Stück entfernt gewartet hatte und verkündete ihr die frohe Botschaft.

Danach gingen sie aber erst einmal zu Udes Eltern. Die hatten zwar schon gemerkt, dass er wieder im Lande war, aber dennoch wollten sie ihn ja begrüßen. Udes Eltern baten Alra und Ude herein. Drinnen sprach die Mutter: „Du bist also Alra, Ude hat das ganze letzte Jahr nur von Dir erzählt, es war schon manchmal nicht mehr auszuhalten". Dabei lachte sie aber freundlich und der Vater stimmte nickend mit ein. Sie saßen schon lange zusammen, als Ude endlich von der kleinen Hütte beim Stall sprach und die Eltern in Kenntnis setzte, dass er dort mit Alra wohnen wollte.

Die Eltern wussten, dass ihr Haus zu klein für alle war und stimmten somit gerne zu. Aber heute sollten sie noch hier bleiben und morgen dann mit der Arbeit dort beginnen, bevor bald der erste Schnee käme. Am Abend sprachen sie noch lange über all die Abenteuer, die sie gemeinsam erlebt hatten und über die schöne Zeit an den besonderen Orten. Sie richteten sich ein kleines Lager ein und auch Rondo2 durfte neben ihnen schlafen.

Alras und Udes gemeinsame Hütte:

Als der Eigentümer davon gesprochen hatte, es wären noch Arbeiten an der Hütte zu verrichten, hatte Ude schon Schlimmes befürchtet, aber die Hütte machte noch einen guten Eindruck und es gab nicht viel zu erneuern. Aber Ude und sein Vater machten sich sogleich an die Arbeit. Außerdem wollten sie noch einen kleinen Stall für Udes eigene Herde anbauen. Der Eigentümer kam auch kurz vorbei, erkundigte sich, was sie an Baumaterial benötigen würden und verschwand dann wieder um dieses so schnell wie möglich bringen zu lassen.

Sie kamen gut voran und schon am nächsten Tag kamen die ersten Männer, die ihnen noch das fehlende Material brachten. Solange lagerten Alra und Ude bei Udes Eltern. Alra half der Mutter im Haushalt und diese merkte sogleich, dass sie sich um das Wohlergehen ihres Sohnes, keine Sorgen machen müsste.

Alra und Ude richteten sich ein, es war sehr ungewohnt für die beiden. Zwar hatten sie ja schon oft zusammen gelagert, doch eine eigene Hütte war nun doch ganz etwas Anderes. Aber sie taten es mit Freude und bei allen Gelegenheiten, bei denen sie sich ansahen, lächelten sie. Rondo2 stand wie immer nur im Weg und verstand rein gar nichts was hier passierte. Wozu dieser ganze Aufwand dachte er, man sucht sich eine Ecke, legt sich hin und gut ist. Das machte er dann auch, als ihm das Beobachten bei der Arbeit zu anstrengend geworden war.

Noch ließ der Schnee auf sich warten und der Herbst zog sich lang in das Jahr hinein. Alra drängte Ude immer mehr, mit ihr zusammen doch noch einmal den Weg zu Nora auf sich zu nehmen. Da Udes Arbeit getan war, fand er auch keinen Grund dem zu widersprechen. Irgendwie hatte Alra ihn ja auch neugierig auf diese ungewöhnliche Frau gemacht, außerdem hatte sie Alra zur Flucht verholfen und dafür war er ihr so dankbar.

Sie schnappten sich Rondo2, ein paar Vorräte und machten sich auf den Weg zu Nora. Es ging steil bergauf, aber das war Alra ja bekannt.

Am dritten Tag ihrer Reise kamen sie bei Noras Haus an, es schien verfallen. War Nora zwischenzeitlich etwa gestorben? Obwohl die Tür nur noch in den Angeln hing, klopften sie an. Von drinnen hörten sie nur ein schwaches herein. Sie gingen durch die Tür und Alra war entsetzt. Nora lag auf dem Lager, war völlig abgemagert und schwach. Die einst so kräftige, ja fast dickliche Frau war nur noch ein Schatten ihrer selbst. Alra fragte was passiert wäre. Nora konnte nur noch schwach antworten und sagte: „Das Alter hat mir sehr zu schaffen gemacht, die Männer wollten mich nicht mehr besuchen und so habe ich keine Vorräte und auch kein Holz mehr zum heizen". Selbst der gemeine Händler wäre nicht mehr bei ihr erschienen. Alra erzählte ihr vom Schicksal des Händlers. Nora nickte nur und sprach: „Das hat er auch verdient, er war einfach ein schlechter Mensch". Sie wollten Nora von ihren Vorräten etwas abgeben, doch die winkte nur ab und sagte: „Dafür ist es zu spät, mein Leben ist vorbei und ich bin bereit, den langen Weg zu gehen". Sie bat Alra und Ude noch, falls sie versterben würde, sie ordentlich hier in der Nähe des Hauses zu begraben; denn das war immer der Ort gewesen wo sie gelebt hatte. Sie dankte den beiden schon im Vorfeld und sagte dann: „Liebe Alra, ich habe niemanden mehr auf dieser Welt außer Dich. Wenn ich sterbe, bitte nimm Du mein Haus, dann weiß ich es in guten Händen".

Schon am nächsten Morgen hatte Nora ihre letzte Reise angetreten. Sie war wohl in der Nacht friedlich eingeschlafen. Alra und Ude taten wie Nora sie gebeten hatte. Sie begruben sie dicht neben dem Haus und Alra weinte, als sie sich das letzte Mal von Nora verabschiedete. Was wäre nur ohne sie gewesen, vielleicht wäre sie noch heute bei dem schlimmen Händler.

Traurig machten sie sich auf den Rückweg, sie sprachen kaum; denn jeder hatte so seine eigenen Gedanken. Nur in einem waren sie sich einig, sie hatten Nora viel zu verdanken und vielleicht hatte sie nur noch gewartet, bis sie wusste, dass es Alra gut ging.

Sie waren kaum wieder Zuhause angekommen, da kam auch schon der Winter mit reichlich Schnee. Es war gerade so, als ob jemand extra dafür gesorgt hatte, dass sie noch die Möglichkeit bekommen hatten, Nora in ihren letzten Stunden und zur großen Reise zu begleiten. Es schneite mehrere Tage am Stück und der Schnee war knietief. Nur gut, dass sie noch den kleinen Stall für die Herde mit an der Hütte angebaut hatten. Für Rondo2 war es der erste Schnee und er genoss ihn ohne Ende, am liebsten hätte er den ganzen Tag drin herum gewühlt. Immer wenn er rein kam, war er ganz nass und hatte die schlechte Angewohnheit sein langes, zotteliges Fell auszuschütteln. Alra schimpfte dann mit ihm, aber es schien ihm förmlich Spaß zu machen. Er war schon ein recht kräftiger und großer Hund geworden, zwar noch nicht ausgewachsen aber schon so, dass er die Menschen durch seine Größe erschreckte.

Ude und Alra schauten jetzt auch oft nach der großen Herde, schließlich waren das ja ihre Aufgabe und der Preis für die Hütte. Alra sprach mit den Tieren, worüber Ude immer nur lachte. „Man kann mit Tieren nicht sprechen", sagte er dann. Aber das ließ Alra kalt; denn so konnte sie spüren. was die Tiere ihr sagen wollten. Sie spürte auch zuerst, wenn eines krank wurde. Es schien manchmal so, als würden die Tiere ihr einfach sagen, was ihnen fehlte. Ude kam das schon manchmal sehr ungewöhnlich vor. Aber er ärgerte Alra nicht mehr damit, sondern war sehr froh darüber; denn je besser es der Herde ging, umso besser war es ja auch für sie.

Alras Fähigkeiten hatten sich schon herum gesprochen, manchmal kamen schon andere Leute zu ihr und fragten ob sie sich nicht mal anhören könnte, was ihren Tieren fehlen würde. Was diese Fähigkeiten betraf, da schärfte es je öfter sie es tat, scheinbar noch ihre Sinne dafür. Nur einem gefiel das nicht so richtig, Rondo2. Er mochte nicht, wenn Alra wusste was er so dachte. Manchmal fühlte er sich geradezu bei irgendwas ertappt. Wie sollte man denn da so richtig ein junger Hund sein, wenn die Streiche schon vorher bekannt waren. Welch ein Hundeleben.

Der Winter hielt lange an, aber für Alra und Ude war es die schönste Zeit. Sie genossen jeden Augenblick miteinander. Wenn einer von ihnen mal alleine war, vermisste er den Partner schon nach kurzer Zeit. Auch hatten sie immer das Bedürfnis sich zu berühren, wenn es nur das Halten der Hand war, Hauptsache sie konnten einander spüren.

Im Frühling würden sie wieder gemeinsam mit der Herde auf Wanderschaft gehen, das hatten sie sich schon versprochen; denn so lange alleine zu sein, das hätte keiner von ihnen ausgehalten. Sie freuten sich auch auf diese Zeit der Wanderschaft und vor allem auf die Flüsse. Wenn dann am Morgen sich der Nebel auflöste und alles in diesem magischen Licht erschien, das waren die Momente, die sie miteinander verbringen wollten.

Alra war nun immer häufiger bei den Leuten der Siedlung als Tierheiler, so nannten sie die Leute, zu Gast. Es gefiel ihr gut, dass die Leute nach ihr schickten und sie für ihre Fähigkeiten lobten, ja manchmal sogar entlohnten. Was sie dabei nicht so gut fand war, dass sie Ude dann für einige Zeit allein lassen musste. Ude ging dann meistens zur Herde und schaute was die so machte und kümmerte sich um sie.

Schon zweimal war Alra jetzt auf dem Rückweg am Stall der großen Herde vorbei gekommen um Ude abzuholen. Beide Male fand sie neben Ude dort noch ein Mädchen aus der Nachbarschaft vor. Die war wohl etwas älter als Alra und ziemlich drall. Die scherzte dann mit Ude und dem schien das auch noch zu gefallen. Alra hatte beim ersten Mal noch mitgelacht, doch beim zweiten Mal war sie einfach traurig nach Hause gegangen. Es hatte dann noch lange gedauert bis Ude nach kam und er war danach auch irgendwie anders. Er erzählte, er hätte noch sehr viel zu tun gehabt und Morgen müsste er noch mal hin und es gäbe noch mehr an Arbeit für ihn dort. Alra hatte ein komisches Gefühl dabei und nahm sich vor, ihn zwar gehen zu lassen, aber nach einiger Zeit mal zu schauen, was für eine Arbeit der meinte. Am Abend war Ude auch weniger zärtlich zu ihr und schlief schnell ein.

Kurz nach Mittag machte Ude sich auf den Weg zur Herde, er schien gar nicht traurig zu sein, sie alleine zu lassen, auch hatte er keine Anstalten gemacht, sie zu fragen ob sie mitkommen wollte. Alra tat beschäftigt und ließ ihn gehen. Sie wartete eine ganze Zeit, dann ging sie langsam und mit einem ganz schlechten Gefühl zum Stall der großen Herde.

Die Tür war nicht wie sonst immer angelehnt, sondern schien von innen geschlossen. Alra ging um den Stall herum und an der Seite schaute sie durch die Lücken, die die Bretter hatten. Es verschlug ihr die Sprache, da lag Ude nackt im Stroh auf dem Rücken, das dralle, schwarzhaarige Mädchen aus der Nachbarschaft saß auf ihm und ritt ihn wie wild. Ihre schweren Brüste hingen bis zu seinem Mund und er saugte laut schmatzend an ihnen. Sie bewegte sich immer schneller, immer wilder. Das Mädchen stöhnte laut und schien förmlich in Ekstase zu sein, genauso wie Ude. Sie hörte sich an wie ein wildes Tier. Alra war völlig entsetzt, aber irgendwie konnte sie ihren Blick nicht abwenden. Im Gegenteil, sie schaute sogar genau hin. Es war als ob es sie einerseits erregte und andererseits völlig abstoßen würde. Dabei spürte sie, wie sie sich das Weib anschaute. Ja sie hatte ganz andere Formen als Alra, so rundlich. Weinend und schreiend vor Schmerz lief Alra nach Hause.

Als ihre erste Wut gewichen war, fragte sie sich warum Ude das tat. Sie hatten zwar ihr Lager noch nicht richtig geteilt, dafür fühlte sich Alra noch zu jung und die komischen Erinnerungen an die Zeit bei Nora hatten das ihrige dazu getan, aber was war mit all den Zärtlichkeiten die sie ausgetauscht hatten, ihre tiefe Liebe im Herzen die sie spürte. Hatte Ude das Alles vergessen nur für diese paar Minuten mit diesem Weib? Alra war förmlich schlecht und sie ekelte sich vor Ude.

Dieser kam nach Hause, als wäre nichts gewesen. Alra sagte ihm sofort was sie gesehen hatte und das sie unverzüglich die Hütte verlassen würde, dann könnte er sich hier mit dem Weib in Ruhe vergnügen und müsste sich nicht im Stroh wälzen. Ude versuchte sie halbherzig davon zu überzeugen, doch zu bleiben. Es sei nur ein Ausrutscher gewesen und seine Liebe würde nur ihr gelten. Aber Alra ließ sich nicht überzeugen. Sie würde am nächsten Morgen gleich die Hütte verlassen.

Aber wo sollte sie hin? Wieder zu ihren Eltern, um denen zu sagen, es wäre alles nur eine komische Idee gewesen. Nein, der Gedanke gefiel ihr überhaupt nicht. Sie würde zum Haus von Nora gehen, diese hatte es ihr ja vermacht. Fürs Erste hätte sie dann ein Dach über dem Kopf und könnte sie in Ruhe überlegen, was sie tun sollte.

Gleich früh am Morgen machte Alra sich auf den Weg. Ude versuchte auch gar nicht sie weiter zurück zu halten, er hatte sich entweder mit dem Gedanken abgefunden oder vielleicht hatte er ja auch Vergnügen bei dieser Lösung. Ohnehin war es nicht mehr lange, dann würde er losziehen mit der Herde. Alra war einfach nur enttäuscht von ihm und zog energisch davon. Sie verabschiedete sich noch nicht einmal von Udes Eltern, das konnte er ihnen selbst erklären.

Noch war es kalt, aber auch alleine erreichte Alra nach 3 Tagen das Haus von Nora. Niemand war hier und es gab auch keine Spuren, die darauf hinweisen, dass irgendwer in letzter Zeit diesen Ort betreten hatte. Alra ging zu Noras Grab und erzählte ihr das Leid, welches ihr widerfahren war. Sie wusste, Nora würde sie verstehen, auch wenn sie eine Frau war, die mit den Männern gegen Waren oder Münzen das Lager geteilt hatte, doch sie war immer verständnisvoll und anständig Alra gegenüber gewesen.

Zum zweiten Mal war es Alras Aufgabe das Haus von Nora in Ordnung zu bringen. Aber diesmal tat sie es für sich alleine. Die Arbeit lenkte sie von ihrem Schmerz ab. Was ihr besonders weh tat im Moment, dass auch Rondo2 nicht mitgekommen war. Er hatte sich verdrückt und wollte wohl lieber bei Ude und der Herde bleiben. Als Alra fertig war und etwas zur Ruhe kam, fragte sie sich, wovon sie denn Leben sollte. Keinesfalls wollte sie es so machen wie Nora, das lag ihr nun völlig fern.

Diese Nacht schlief sie sehr schlecht ein, die Gedanken in ihrem Kopf machten sie völlig verrückt. Immer wieder wurde sie dann in der Nacht auch wach, sie hatte dauernd diese Bilder vor Augen, wie dieses dralle Weib ihren Körper auf Ude auf und ab bewegt hatte. Sie konnte förmlich das Schreien und Stöhnen erneut hören. Es war fast so als hätte Nora ihren Männerbesuch.

Völlig müde stand sie am nächsten Morgen vom Lager auf. Ihr Kopf war so durcheinander, sie wusste nur sie hätte Ude nie wieder berühren können. Vielleicht könnte sie überhaupt keinen Mann je wieder berühren.

In den nächsten Tagen müsste sie sich etwas einfallen lassen, ihre Vorräte würden schnell zur Neige gehen und im Haus war nichts weiter mehr zu finden. Sollte sie in die Siedlung zurück oder lieber einfach in die andere Richtung weiter gehen? Auch dort musste es ja Siedlungen geben; denn der Händler war damals auch in die andere Richtung weiter gereist. Sie würde es einfach versuchen, noch hatte sie Vorräte für 4 Tage, sie könnte es also riskieren ein paar davon auf dem Weg zu verbrauchen. Aber lange zögern durfte sie nicht.

Alra machte sich auf den Weg in das Unbekannte. Der Weg war steil, die Berge wurden immer höher. Schon nach kurzer Zeit fragte sie sich ob es nicht ein Fehler gewesen wäre in diese

Richtung zu gehen. Aber so schnell wollte sie nicht aufgeben, dafür war sie zu stolz und zu zäh. Die erste Nacht ihrer Reise verbrachte sie unter großen Felsen, so dass sie geschützt vor der Witterung war. Ein Feuer sollte vor den Wölfen schützen. Durchgefroren, aber immer noch guten Mutes, nahm sie ihre Reise wieder auf. Immer noch ging es bergauf und sie musste sehr auf den Weg achten, da er zum einen steinig war, zum anderen an den Seiten sehr steil abfiel. Durch ihre Achtsamkeit, wäre ihr fast die Siedlung im Tal entgangen. Eine recht große Siedlung. Damit hatte sie hier gar nicht gerechnet. Freudig über ihre Entdeckung kletterte sie den Pfad, der in Schleifen bergab führte, herunter. Es dauerte lange, bis sie an der Siedlung ankam. Vom Berg aus hatte es so dicht ausgesehen, aber durch die vielen Schleifen war der Weg unheimlich lang.

Alras Zeit in der großen Siedlung:

Erst am Nachmittag kam sie dann in der Siedlung an und machte sich erstmal mit Allem vertraut. Sie schlenderte über den Marktplatz, wo aber keine Stände mehr waren, dann durch die angrenzenden Gassen. Überall waren noch Leute auf der Straße. Manche waren mit ihren Arbeiten beschäftigt, andere wieder saßen nur vor den Häusern und unterhielten sich. Unbedingt würde sie ein Lager für die Nacht brauchen.
Alra fragte mehrere Frauen nach einer Herberge und irgendwann stimmte eine für ein paar Münzen auch zu. Alra ging mit der Frau zu ihrem Haus. Sie wohnte dort alleine, ohne Mann und ohne Kinder. Das war zwar recht ungewöhnlich, da sie noch ziemlich jung war, aber Alra wusste ja nicht was passiert war. Vielleicht konnte sie keine Kinder bekommen und hatte deshalb auch

keinen Mann. Das Haus der Frau, sie stellte sich als Rusi vor, war ausgesprochen sauber. Gut dachte Alra für sich, da muss ich zumindest keine Hausarbeit machen.

Am Abend dann erzählte Alra von ihrer Geschichte, von der Verschleppung, die Rettung durch Nora, die sie aber wieder als Bäuerin darstellte und von der Zeit mit Ude. Sowohl der schönen, als auch dem bitteren Ende. Wenn Alra Rusi so richtig betrachtete, hatte diese sogar eine gewisse Ähnlichkeit mit dem Weib, das ihr Ude weg genommen hatte. Nur das Rusi ein paar Jahre älter war. Als Alra den letzten, den traurigen Teil von Ude erzählte und ihr ein paar Tränen kamen, nahm Rusi Alras Hand und tröstete sie, indem sie ihr die diese streichelte. Alra fand das sehr nett und es fühlte sich angenehm und warm an. Bevor Rusi sich auf ihr Lager legte, zog sie sich aus und wusch sich noch. Sie hatte dabei überhaupt keine Scheu. Sicher war sie es nicht gewohnt, dass ihr jemand dabei zuschaute und machte das immer so. Alra sah nun im Schein des Feuers auch Rusis üppigen Formen. Ihre großen, schweren Brüste und ihre fraulichen Rundungen. Alra wusste nicht warum, aber sie konnte ihren Blick auch von Rusi nicht abwenden, sie musste einfach hinschauen. Rusi die das spürte oder auch sah, lächelte nur und schien dabei überhaupt nicht verlegen. Es schien fast so, als würde sie es extra aufreizend und langsam machen. Ihre langen, schwarzen Haare zeigten Mal mehr Mal weniger von ihr. Sie wirkten fast wie ein langer Schleier und machten Alra dadurch besonders neugierig. Alra war über ihr eigenes Empfinden irritiert.

Dann legten sie sich auf ihr Lager und schliefen ein. Am Morgen dann war Rusi schon wach und angekleidet. Sie müsste zum Markt, sagte sie und wenn Alra sich beeilen würde, dann könnte sie sie begleiten.

Rusi handelte mit Lederwaren. Sie bauten zusammen den Stand auf und Rusi begann mit dem Verkauf. Es waren Taschen, Beutel, Schürzen und allerlei Kleinigkeiten die Rusi verkaufte. Die meisten Käufer waren Frauen, nur selten kauften Männer bei Rusi. Zu denen war sie dann auch nicht besonders höflich. Vielleicht lag es daran, dachte Alra, dass fast nur Frauen bei ihr kaufen. Vielleicht hatte ja auch Rusi mal schlechte Erfahrungen mit Männern gemacht und verhielt sich deshalb so. Bis zum Nachmittag blieben sie auf dem Markt, dann gingen sie zurück zu Rusis Haus. Dort fragte Rusi dann Alra, was sie so in der Zukunft vorhätte und wovon sie leben wollte. Alra hatte darauf gar keine Antwort und sagte, sie müsste noch überlegen. Ausser Schafe hüten und den Haushalt führen, hatte sie ja nichts gelernt.

Rusi bot ihr an, ihr im Haushalt und auf dem Markt zu helfen, dafür könnte sie dann so lange bleiben wie sie möchte. Alra war sehr dankbar dafür; denn sie hätte nicht gewusst wohin und Rusis Nähe war ihr recht angenehm. Zwar auf eine ungewohnte Art, aber angenehm.

Am Abend nach dem Essen sprachen sie noch einige Zeit darüber, dass Rusi mehrmals im Jahr einige Tage auf Reisen gehen musste um Lederwaren im Westen zu erwerben. Alra könnte sie dann ja begleiten oder auf das Haus aufpassen. Alra stimmte sofort dem Reisen zu und als dann Rusi noch von Flüssen erzählte war sie kaum noch zu bremsen. Danach zog sich Rusi wieder aus und begann mit ihrer Waschzeremonie. Sie bat Alra zu sich und sagte ihr, sie solle sich auch besser pflegen, es wäre angenehmer, wenn sie sauberer wäre. Alra zog sich ebenfalls aus und gemeinsam standen sie am Zuber. Erst bespritzten sie sich aus Spaß mit Wasser, dann warfen sie mit dem Lappen und waren ziemlich albern. Irgendwann lag Alra in Rusis Armen und es fühlte sich gut an. Es war so aufregend ihren warmen, weichen Körper zu spüren. Aber Rusi war doch eine Frau. Alra wunderte sich über sich selbst, genoss dann aber sehr Rusis zartes Streicheln. Rusi berührte zart ihre Brust, ihre Schenkel und irgendwann die Stelle, wo sie noch niemand gestreichelt hatte, noch nicht einmal Ude. Alra ließ Rusi nicht nur gewähren sondern auch sie streichelte nun Rusi. Ihr Körper fühlte sich so ganz anders an. Ihre Haut war sehr weich, ihre Rundungen viel fester und praller als Alra gedacht hatte. Sie streichelten sich noch eine ganze Weile, bis dann jede zu ihrem Lager ging. Vor dem schlafen musste Alra dauernd daran denken, sie wusste zwar, dass es irgendwie komisch war, aber es fühlte sich gut und richtig an.

Das abendliche Waschen und streicheln behielten sie eine ganze Weile bei, eines abends aber dann landeten sie auf Rusis Lager und von da teilten sie dieses miteinander und Alra lernte Gefühle kennen, die sich ihr bisher verborgen hatten. Wenn sie aber das Haus verließen, dann verhielten sie sich ganz normal wie 2 Frauen, die zusammen arbeiten. Sie wussten beide, dass so etwas nicht erlaubt war und mit dem Tod enden konnte.

Noch ein paar Tage, sagte Rusi, dann brechen wir in Richtung Westen auf. Wir werden uns einen Ochsenkarren leihen; denn die vielen Sachen können wir nicht tragen. In den vergangenen Tagen, hatte Alra oft an die Situation mit Ude und dem Mädchen denken müssen. Schon damals hatte sie ja das Gefühl gehabt, die Augen nicht von dem Mädchen nehmen zu können. Heute wusste sie es, sie war nicht eifersüchtig auf dieses Mädchen gewesen, sondern auf Ude, der sie berühren durfte. Klar war sie schon als Kind sehr jungenhaft gewesen, aber war es ihre Bestimmung Frauen zu lieben. Alra nahm ihren Stein aus der Tasche und dieser war rot, weich und fühlte sich gut an. Dies war für sie die Bestätigung, dass es so sein sollte.

Der Tag der Abreise war da. Sie nahmen viele Vorräte mit; denn Rusi sagte, sie müssten sehr weit nach Westen fahren um diese besonderen Lederwaren zu bekommen, die sie verkaufte. Unterwegs würden sie auf dem Karren schlafen. So ging es los, sie fuhren noch ein paar Tage durch die hügelige Gegend, bis dann endlich das Land flacher wurde und die ersten Bäche es durchzogen. Diesen Abend hielten sie direkt an einem Bach. Hier konnten sie sich endlich wieder mal richtig waschen und dabei blieb es nicht, sie streichelten sich gegenseitig und waren so in sich versunken, dass sie gar nicht bemerkten, wie einige bewaffnete Männer sich ihnen genähert hatten. Diese schauten ihnen erst eine Weile zu, dann packten sie sie. Sie legten sie in Ketten und schleppten sie in die nächste Siedlung. So nackt wie sie waren. Dauernd begafften die Männer sie und manche fassten sie auch überall an. In der Siedlung wurden sie in ein festes Haus geschleppt und nach einer Weile erhielten sie auch ihre Sachen um sich anzuziehen.

Dann erschien ein scheinbar hochgestellter Herr. Einer der bewaffneten Männer erzählte ihm, was sie gesehen hatten, dass diese Weiber sich miteinander vergnügt hätten. Der Mann schaute sie angewidert an und gab dann den Befehl sie in den Kerker im Keller zu sperren, aber einzeln nicht das sie sich dort auch noch vergnügen würden. Die Bewaffneten packten sie rüde an und warfen sie in den Kerker.

Hier war es feucht, kalt und dunkel. Ihre Füße waren angekettet. 3 Mal am Tag erhielten sie etwas zu Essen und Wasser. Das Wasser war schal und das Essen ungenießbar. Aber es ging nicht ohne und so zwang sich Arla dazu es zu essen. Sie hörte dann auch wie die Männer in die nächste Zelle gingen und dort scheinbar Rusi das Essen brachten. Manchmal dauerte es dort aber sehr lange und die Männer grölten und Rusi schrie. Wahrscheinlich taten sie ihr Gewalt an. Alra blieb bisher davon verschont. Nach einigen Tagen kamen eine ganze Menge Männer in die Zelle, fesselten Alra die Hände und legten sie in Ketten. Dann wurde sie zusammen mit Rusi auf einen Ochsenkarren gebracht und dieser fuhr zum Marktplatz. Um sie herum stand eine große Menschenmenge. Die Männer schnappten Rusi, legten ihr ein Seil um den Hals und hängten sie am nächsten Baum auf. Alra musste mit ansehen, wie Rusi elendig röchelnd ihr Leben aushauchte. Sie zappelte eine ganze Weile, bevor der Körper schlaff am Seil hing. Nun packten sie Alra. Alra schloss die Augen und wusste, ihr würde das gleich geschehen. Aber es kam etwas anders. Ihr wurden die Haare kahl geschoren und dann wurde sie durch die Menge der Menschen, die auf sie einschlugen, aus der Siedlung gejagt. Nur ihre Jugend hätte sie verschont schrien die Bewaffneten, aber sie solle sich hier nie wieder sehen lassen, sonst würde sie genauso enden wie Rusi.

Alra lief so schnell und so weit sie nur konnte aus der Siedlung in Richtung Westen davon. Immer wieder schaute sie sich um ob ihr nicht noch irgendwer folgte. Sie hatte panische Angst, nachdem sie gesehen hatte, wie elendig Rusi sterben musste. Rusi, die ihr soviel gegeben, ihr die Zärtlichkeit gelehrt und mit ihr das Lager geteilt hatte. Sie vermisste Rusi so sehr, aber sie wusste, sie würde nur Frauen lieben können, auch wenn die Menschen dies falsch fanden. Warum überhaupt? Niemand hatten sie geschadet. Alra konnte es einfach nicht begreifen.

Der Weg führte Alra immer weiter nach Westen. Sie musste versuchen in der nächsten Siedlung etwas zu Essen zu bekommen, der Hunger quälte sie so sehr. Aber was würden die Menschen denken, wenn sie sahen, dass man ihr die Haare geschoren hatte? Jeder wusste, das war etwas, was man mit Verbrechern macht. Sie ging tapfer weiter, obwohl ihr Bauch schon seltsame Geräusche machte und sie sich ziemlich schwach fühlte. Erst als sie gar nicht mehr konnte, setzte sie sich auf den Boden und schlief ein.

Lautes Geblöke weckte Alra plötzlich auf. Sie saß mitten in einer Schafherde. Die Schafe glotzten sie nur an und manche stupsten sie etwas. Alra fragte die Schafe wo sie denn her kamen. Nun erschien auch der Hirte und war verwundert, dass dieses seltsame kahlköpfige Wesen mit den Schafen sprach und diese den Anschein erweckten, als würden sie ihr zuhören. Der Hirte sprach Alra an: „Wer bist Du? Was machst Du hier"? Alra war so überrascht; denn sie hatte ihn gar nicht kommen sehen, dass sie prompt die Wahrheit sagte. Der Mann hatte Mitleid mit ihr und gab ihr erstmal zu essen und erklärte ihr dann den Weg in die nächste Siedlung.

So gestärkt, aber immer noch mit dem schuldigen Gefühl, nahm Alra ihren Weg wieder auf und gelangte in die nächste Siedlung. Durch die Siedlung führte ein Fluss, nicht so groß wie der, den sie mit Ude damals gesehen hatte, aber schon recht beachtlich. Überall auf dem Markt fragte Alra nach Arbeit, aber die Leute wiesen sie aufgrund ihres Aussehens ab und die meisten sagten noch, dass sie mit einer Verbrecherin nichts zu tun haben wollten. Alra wusste zwar, das dass was sie gemacht hatte in den Augen der Menschen verwerflich war, aber sie war ja nur ihrem Herzen gefolgt. Dann kam Alra an einige Stände, die Lederwaren verkauften. Einer relativ jungen Frau erzählte sie dann von Rusi und ihrer Geschichte. Diese kannte Rusi und sagte Alra, dass sie immer bei ihr gekauft hatte. Mit einem Lächeln sprach sie dann: „Du warst also Rusis Freundin". Wobei sie das Wort Freundin recht seltsam betonte und dabei grinste. Sie schien Rusi wirklich zu kennen. „Nicht das Du jetzt denkst, ich bin auch so wie Rusi", sprach die Frau weiter, aber ich habe sie trotzdem sehr geschätzt. „Wenn Du magst, kannst Du mir helfen, aber lass die Finger von mir". Alra in ihrer Not nahm das Angebot gerne an und machte sich sogleich an die Arbeit. Dabei erkannte sie schnell, dass dies genau die Sachen waren, die auch Rusi verkauft hatte. Es war ein trauriges Gefühl ohne Rusi. Nicht nur, dass Alra die Zärtlichkeiten vermisste, auch Rusis freundliche Art und ihr Lachen fehlten ihr sehr. Alra kam mit der Frau überein, eine Zeit lang bei ihr zu arbeiten, dafür nur etwas zu essen zu bekommen und den Rest sich dann in Lederwaren auszahlen zu lassen. Diese würde sie dann mit in Richtung Osten nehmen und dort wieder verkaufen. So wie Rusi es gemacht hatte. Bis dahin wären auch ihre Haare nachgewachsen und sie könnte sich wieder sehen lassen. Auch hatte sie ja dort noch Noras Haus.

2 Monate zog sie mit der Frau von Markt zu Markt, wobei ihre Beziehung immer nur kühl und geschäftlich blieb. Irgendwas zog Alra aber zurück in Noras Haus und auch in die Siedlung, in der sie mit Ude gewohnt hatte. Oft dachte sie dann auch an das dralle Mädchen. Ob sie nun mit Ude zusammen war? Ein leichtes Gefühl von Eifersucht machte sich in ihr breit. Mit ihren erarbeiteten Lederwaren machte sich Alra auf den Weg zu ihrem Haus. Es war eine recht lange Reise, aber das hatte ihr damals ja Rusi schon erzählt.

Das Haus war noch unversehrt und mit ein wenig Arbeit bekam Alra es schnell wieder in ein ansehnliches Zuhause. Alras Haare waren zwar noch kurz, aber sie fand es passend zu ihr. Sie fasste ihren Mut zusammen und machte sich auf den Weg zur Siedlung, in der sie mit Ude gelebt hatte, um ihre Lederwaren auf dem Markt zu verkaufen. Die Menschen erkannten Alra trotz ihrer Frisur, waren aber verwundert sie jetzt wieder hier anzutreffen. Manche schienen sogar Mitleid zu haben. Einige kauften etwas bei ihr; denn solche Lederwaren bekam man sonst in dieser Gegend nicht. Plötzlich stand auch das dralle Mädchen vor ihr. Sie hatte Alra nicht gleich erkannt, erst als sie direkt vor ihr stand und nun konnte sie ja nicht einfach weggehen. Mit zittriger Stimme begrüßte sie Alra und schaute sich bei den Sachen um. Alra konnte gar nicht anders, als sie zu fragen, ob sie und Ude ein Paar wären. Das Mädchen verneinte und sagte nur: „Das war nichts für mich". Wie verabredet lachten plötzlich beide und Alra sprach lachend: „Für mich auch nicht". Es war, als ob die Luft knistern würde zwischen ihnen. Sie schauten sich eine ganze Zeit lang an und dann wussten sie es. Udes Aufgabe war nur die, sie zusammen zu bringen. Sara, so stellte sie sich noch mal lachend vor, verabredete sich mit Arla, sie in den nächsten Tagen in ihrem Haus zu besuchen, dann könnten sie über das Vergangene in Ruhe sprechen.

Alra konnte den Besuch von Sara kaum erwarten. Dieses Mädchen hatte so eine besondere Wirkung auf sie. 4 Tage musste sie warten, dann klopfte es an die Tür und Sara stand vor ihr. Alra bat sie herein und sie setzten sich hin und sprachen viele Stunden miteinander. Dabei hatten sie noch nicht einmal gemerkt, wie sie sich in der Zwischenzeit bei den Händen hielten und sich immer wieder in die Augen schauten. Das Gefühl bei Ude, noch mehr bei Rusi war schon verwirrend gewesen für Alra, aber bei Sara empfand sie noch viel mehr. Irgendwann standen sie auf, nahmen sich in den Arm und hielten sich nur noch fest. Sie schwiegen, schlossen die Augen und spürten das Herz der anderen. Obwohl Alra nun schmerzlich erfahren hatte, was passieren konnte, war es ihr nicht möglich dieses zu vermeiden. Nein, sie wollte es. Sie fragte Sara nicht, ob diese irgendwelche Erfahrungen mit Frauen hatte, sie wusste, sie würden das Gleiche wollen. Sara blieb 3 Tage und Nächte bei Alra, dann wollte sie zurück in ihr Elternhaus und ihre Sachen holen, um zusammen mit Alra ihr Leben zu leben. Alra begleitete sie und nutzte den Tag um auf dem Markt wieder Lederwaren zu verkaufen. Es hatte sich schon herumgesprochen, dass sie etwas Besonderes zu bieten hatte und die Leute kauften soviel, dass Alra schon daran denken musste, bald wieder auf Reisen zu gehen. Noch am Nachmittag machte sich Alra mit Sara auf die Rückreise. Alra war froh, so viel verkauft zu haben; denn sonst hätten sie zusammen gar nicht alles tragen können. Sie machten sich also vollgepackt und lachend auf den Weg.

Alra und Sara:

Über Ude sprachen sie gar nicht mehr, sie genossen nur ihr Zusammensein und gaben sich einander völlig hin. Sie hatten besprochen, wegen der Gefahr, nur innerhalb des Hauses sich ihre Liebe zu zeigen. Draußen wären sie nur wie gute Freundinnen. Mit dem Gewinn von Alra und dem Ersparten von Sara kauften sie sich einen Ochsenkarren und machten sich zusammen auf den Weg um neue Lederwaren zu kaufen. Es war fast so wie mit Rusi damals, nur noch viel schöner.
Die Reise war für beide eine wunderbare Erfahrung. Für Sara, da sie bisher noch nie von Zuhause weg gekommen war und für Alra, dass sich nun doch noch irgendwie alles zum Guten

wendete. Sie mieden auf ihrem Weg die Siedlung, in der Alra im Kerker gelandet war. Auch verlief die Reise völlig problemlos.

In dem Ort, wo Alra damals auf die Lederwarenverkäuferin getroffen war, hielten sie an und hofften auch diesmal ihren Einkauf tätigen zu können. Diese selbst war nicht vor Ort, aber schon damals hatte Alra ja mehrere Händler mit ähnlichen Waren entdeckt. So kauften sie soviel ihr Budget erlaubte und ihr Karren tragen konnte. Mit diesen Waren wollten sie nicht nur die Siedlung bereisen in der Sara geboren war, sondern noch ein paar weitere, noch östlicher gelegen, die Sara vom Erzählen kannte. Aber nun freuten sie sich erstmal auf ihr nun gemeinsames Heim; denn dort würden sie ungestört und in aller Ruhe ihre Liebe zueinander ausleben können.

Sie brachten ihre Waren in das Haus, sortierten sie und stärkten sich erst einmal von der Reise. Am Abend dann, als sie sich gemeinsam am Zuber wuschen, hatten sie die Zeit und Gelegenheit endlich sich ihre körperliche Zuneigung zu zeigen. Alra mochte die rundlichen Formen von Sara sehr. Ihr draller aber fester Körper machte sie verrückt. So konnte sie nicht lange abwarten sie zu berühren, sie überall zärtlich zu streicheln und mit die Weiblichkeit von Sara so lange zu reizen bis diese laut stöhnte und irgendwann schrie. Danach machte Sara das gleiche bei ihr. Sie konnten einfach nicht genug voneinander bekommen. Immer wenn Alra Sara anschaute, wie sie so neben ihr auf dem Lager lag, ihre langen schwarzen Haare sanft über ihren schweren Brüsten lagen, konnte sie nicht anders und musste diese liebkosen. Sara mochte es sehr, wenn Alras Lippen sie dort berührten und noch mehr wenn Alras Zunge langsam über ihren Bauch zwischen ihre Schenkel glitt. In dieser Nacht bekamen sie keinen Schlaf, zu lange mussten sie sich auf der Reise zurückhalten. Die Angst wieder im

Kerker zu landen oder gar gehängt zu werden, war bei beiden zu groß gewesen.

Nach einigen Tagen, in denen sie sich ganz ihrer Begierde hingaben, wurde es Zeit, die Märkte zu bereisen und ihre Waren zu verkaufen. Zuerst fuhren sie zu der Siedlung, die sie schon kannten, dann machten sie sich auf den Weg nach Osten, um noch andere zu finden.

Die Wege dahin blieben steil und die Gegend bergig. Die Menschen verschlossen und die Siedlungen meist klein. Manche hatten gar keinen Marktplatz. Dann hielten sie einfach irgendwo in der Siedlung an und boten ihre Waren feil. Die Verkäufe waren gut; denn hier kannte man diese Art Lederwaren noch gar nicht. Die Menschen waren froh über den Besuch von Alra und Sara und fragten sogleich, ob sie denn irgendwann wiederkämen. Das wollten sie gerne tun, sagten sie gleichzeitig und lachten freundlich.

Ihr Leben bestand nun aus dem Handel mit Lederwaren und den schönen Tagen die sie Zuhause, zwischen Ein- und Verkauf miteinander, verbrachten. Ihr Verdienst war so gut, dass sie sich diese Tage der Erholung und der Liebe, leisten konnten. Nach außen machten sie immer noch den Eindruck von guten Freundinnen. Sie wussten nicht, ob jemand Verdacht schöpfte, aber sie waren sehr beliebt in der ganzen Region. Ihre freundliche Art, ihre besonderen Waren, dass war es was die Menschen interessierte. Die Jahre vergingen, ihre Liebe blieb unverändert schön und der Handel blühte. Nach Alra und Sara hätte es immer so weiter gehen können. Doch in letzter Zeit kamen immer mehr Menschen aus dem Osten. Sie hatten eine andere Sprache und auch andere, raue Gewohnheiten. Ganze Gruppen von ihnen zogen durch das Land und suchten Raum zum siedeln. Oft gab das Reibereien und kleine Scharmützel mit den Menschen, die schon immer hier lebten. Alra und Sara mussten immer mehr aufpassen auf ihren Reisen, die sich allerdings auch immer weiter nach Westen wanden um noch schönere Waren einzukaufen. Diesmal hatten sie sich besonders weit gewagt. Sie hatten die Flüsse hinter sich gelassen und waren noch weiter nach Westen gereist. In einer verlassenen Gegend schlugen sie ihr Lager auf und wollten gerade das Feuer entzünden, als ein Rudel Wölfe sich näherte. Alra wusste, dass Wölfe für gewöhnlich den Menschen nicht angriffen, da es aber in dieser Gegend wenig Herden gab, war die Situation recht bedrohlich. Arla nahm ihre Münzen an sich und zog sich ganz langsam mit Sara in den angrenzenden Wald zurück. Die Wölfe folgten ihnen im immer gleich bleibenden Abstand. Nur ein schmaler Pfad war hier, der sie immer tiefer in den Wald führte. Plötzlich wie verabredet griffen die Wölfe an. Alra und Sara rannten vom Pfad weg, durch die Tannen und dann geschah etwas Unglaubliches. Sie kamen auf eine wunderschöne Lichtung, mit einem Wasserfall; die Wölfe waren direkt hinter ihnen und nun ebenfalls auf der Lichtung. Schon im Anblick des nahen Todes hielten sich Alra und Sara fest an der Hand und schlossen die Augen. Es passierte nichts. Vorsichtig öffneten sie die Augen und sahen die Wölfe ganz dicht vor sich und diese machten einen absolut friedlichen Eindruck. Sie drückten sich sogar an sie heran als wollten sie sich streicheln lassen. Erst da fiel Alra und Sara auf, dass außer dem Rauschen des Wassers es hier absolut still war und das obwohl jede Menge Tiere der verschiedensten Art hier waren. Manche fraßen, andere tranken Wasser und wieder andere schliefen einfach nur. Was war das für ein sonderbarer Ort, wo alle in Ruhe und Frieden miteinander harmonierten? Alra und Sara waren sprachlos. Sie setzten sich auf den Boden, inmitten der Wölfe, ohne auch nur ansatzweise ein Gefühl der Angst zu haben.

So schauten sie sich um und konnten einfach nicht glauben, was sie hier sahen. Wenn so nur die ganze Welt sein könnte, flüsterte Alra in Saras Ohr. Die nickte nur und war von tiefstem Herzen glücklich. Am liebsten wären sie hier für immer geblieben. Was würden die Wölfe tun, wenn sie jetzt wieder zurück gingen? Sie wussten es nicht, aber sie versuchten es. Ganz langsam schlichen sie durch die Tannen zurück zu dem kleinen Pfad. Die Wölfe folgten ihnen nicht, sondern schienen ebenfalls die Ruhe zu genießen. Zuerst wollten sie gleich wieder zurück, doch dann zögerten Alra und Sara und wie von Geisterhand gelenkt, folgten sie dem Pfad in die andere Richtung.

Sie waren ein Stück gegangen, da pochte es in Alras Tasche, es war der Stein, der sich bemerkbar machte. Alra nahm ihn aus der Tasche und sah ihn verwundert an. Der kleine Stein in der Mitte war blau verfärbt, der große drum herum war grün. Er sah aus, wie der Ort an dem sie eben waren, dachte Alra. Hatte er sie dahin geführt? Kannte er diesen Ort? Sie steckte ihn in die Tasche und ging noch ein Stück weiter. Sie kamen an einen Platz, der scheinbar früher mal bewohnt war. Es muss schon sehr lange her gewesen sein, aber dieser Ort machte den Eindruck, als ob hier schon Menschen gewesen wären. Sicherlich stammte daher auch noch der kleine Pfad. Verwundert und noch immer fassungslos über diesen schönen Ort, an dem Alle so friedlich und still miteinander waren, gingen sie zu ihrem Karren zurück. Alles war unversehrt und sie konnten ihre Reise fortsetzen.

Noch eine ganze Weile schwiegen beide und verarbeiteten das Gesehene. Dann irgendwann schauten sie sich an und lächelten. Sie sprachen dann lange über diesen seltsamen Ort und beschlossen mit niemand anderem darüber zu sprechen, um diese Ruhe und den Frieden der dort herrschte nicht zu stören. In der nächsten Siedlung fanden sie einen großen Markt mit vielen Lederhändlern. Es gab noch andere Artikel, als sie bisher hatten. So deckten sie sich reichlich ein und machten sich auf den langen Rückweg. Unterwegs begegneten ihnen immer wieder Gruppen von fremd anmutenden Menschen. Wo wollten die alle nur hin, warum kamen sie in ihr Land? Vielleicht herrschte dort Krieg wo sie herkamen und sie waren geflüchtet und suchten nun eine neue Heimat. Solange sie friedlich waren, störte es Alra nicht.

Endlich war der Moment gekommen, dass sie ihr Haus wieder sahen. Doch was war das? Draußen lungerten Fremde herum, die Tür war aufgebrochen und die Leute machten einen feindseligen Eindruck. Alra und Sara verharrten einen Moment, dann beschlossen sie es einfach gut sein zu lassen und weiter zu ziehen. Sie würden einfach ihre Waren hier in den angrenzenden Siedlungen verkaufen und dann würden sie dahin zurück kehren, wo Ruhe und Frieden herrschte. Sie würden auf der kleinen Lichtung, die so aussah als ob dort schon einmal Menschen gelebt hatten ein neues Haus bauen und dann könnten sie jederzeit diesen wundersamen, unvergleichlichen Ort aufsuchen. Sie würden einfach den Transportweg umdrehen.

Nachdem sie nun alle ihre Waren verkauft hatten, nahmen Alra und Sara soviel Baumaterial wie sie konnten auf ihrem Karren mit und machten sich wieder auf den Weg. Den Rest würden sie dort in den Siedlungen schon bekommen. Immer noch sahen sie die Fremden auf ihrem Weg nach neuem Siedlungsraum. Hoffentlich finden sie nicht auch diesen Platz sagte Alra. Aber schon auf dem Rückweg hatten sie festgestellt, dass die meisten nur bis zu den Flüssen gingen und diesen dann in beide Richtungen folgten. So war die Wahrscheinlichkeit gering, dass auch an ihrem neuen Platz die Fremden wären. Zum Lagern suchten sie nun immer Plätze auf, die etwas abseits des Weges lagen, aus Angst vor Überfällen; denn eine Karre mit Baumaterial hätte jeder Neusiedler gut gebrauchen können. Ihre Vorsicht sollte sich bezahlt machen und so kamen sie unversehrt an ihrem neuen Zuhause an. Zuerst aber besuchten sie den magischen Ort und es war wieder genauso ergreifend. Sie blieben nur kurz; denn sie wussten ja, sie könnten diesen Frieden nun jeden Tag haben.

Der Hausbau dauerte lange; denn sie wollten sich keine Hilfe dazu holen, um nicht andere auf diesen Platz aufmerksam zu machen. Aber sie waren glücklich dabei und noch vor dem Winter fertig mit ihrem Haus.

Jetzt konnten sie wie gewohnt ihre Liebe wieder ausleben. Niemand konnte sie sehen und sie konnten sich in ihrer Begierde völlig fallen lassen. Fast jeden Tag gingen sie zu dem magischen Ort. Außer bei Schnee; denn sie wollten diesen Platz niemandem verraten.

Der Winter war kurz, der Frühling kam früh und mit großer Wärme. Alra und Sara machten sich schon bald auf ihre erste Ein- und Verkaufstour. Als sie wieder mit Waren bestückt gen Osten fuhren, begegneten ihnen immer noch viele Fremde. Wo wollten die bloß alle hin, fragte sich Alra. Wie schon im letzten Jahr, lagerten sie immer etwas abseits des Weges um nicht von den Fremden überfallen und beraubt zu werden. Was Sara aber viel mehr Sorgen machte, war das Alra schon den ganzen Winter hindurch viel gehustet hatte. Die Hoffnung, dass es im Frühling mit der Wärme besser würde, hatte sich nicht bewahrheitet. Immer häufiger kamen die Anfälle, ganz besonders in der Nacht.

Als Sara an diesem Morgen ihr Lager räumte, um die Sachen auf den Karren zu packen, entdeckte sie Blut auf Alras Decken.

Alra wurde immer schwächer, immer dünner, obwohl sie genau das gleiche aß wie Sara. Wenn Sara dann Alra darauf ansprach, wiegte diese ab, lächelte und sprach: „Mach Dir keine Sorgen, es wird schon wieder besser werden". Aber es wurde nicht besser, sondern immer schlechter. Alra war schon so schwach, dass sie oft ihr Lager schon am Mittag aufschlagen mussten. Sara sagte nun energisch, dass sie die Reise nicht fortsetzen, sondern umkehren sollten. Alra musste erstmal wieder gesund werden. Sie kehrten um und mit letzter Kraft schaffte es Alra noch bis zu ihrem Haus. Während Sara allein den Karren entlud, legte sich Alra sofort auf ihr Lager und schlief.

Nach ihrer Arbeit setzte sich Sara besorgt neben sie, legte ihre Hand auf Alras Stirn und spürte die Hitze. Alra hatte eindeutig Fieber. Als sie endlich wieder erwachte, spürte auch Alra das es nicht gut um sie stand. Sie hatte unbedingt noch einmal die Reise machen wollen, aber sie hatte es nicht mehr geschafft. Sie spürte, wie das Leben langsam aus ihr wich. Mit diesem Wissen, fasste sie Saras Hand und sagte: „Geliebte Sara, jeder Tag mit Dir war wunderschön, nun aber scheint meine Zeit gekommen zu sein. Leider viel zu früh. Ich bitte Dich um 2 letzte Gefallen, wenn ich sterbe, begrabe mich bitte an dem Ort des Friedens und der Ruhe, danach nimm bitte meinen Stein, gehe zum Ort meiner Geburt und wirf ihn einfach in das Moor, dort wo das Grab von den beiden Verliebten ist, wie ich es Dir so oft erzählt habe".

Sara war sehr traurig bei dieser Nachricht; denn irgendwie hatte sie immer noch gehofft, dass Alra wieder gesund würde, aber sie hatte es selbst auch gespürt, das Ende nahte. Ihre Liebe zu Alra war so groß, dass sie ohne darüber nachzudenken, ihr versprach

Alles genau so zu machen wie die es wünschte. Fast 7 Tage quälte der Husten noch Alra, dann eines Morgens war es vorbei, Alra lag tot auf dem Lager. Sara nahm sie in den Arm, weinte lange und tat dann wie ihr geheißen. Sie brachte Alra zum Ort des Friedens und der Ruhe, begrub ihren Leichnam und stand noch lange an dem Grab. Jetzt bist Du erlöst und am schönsten Ort den ich kenne, waren ihre letzten Worte bevor sie sich mit dem Stein auf den langen Weg zu Alras Heimat machte. Sie fuhr mit dem Ochsenkarren erst Richtung Osten, dann folgte sie dem Fluss in den Norden. Alra hatte ihr den Weg so oft beschrieben. Immer wenn sie zu einer größeren Siedlung kam, verkaufte sie noch einige der Lederwaren.

Auf dem Weg am Fluss waren auch die Fremden unterwegs, aber als würde ein besonderer Schutz Sara begleiten, wurde sie weder überfallen noch beraubt. Hin und wieder kam sich nicht drum herum auf den Stein zu schauen. Dieser war ganz hell, hart und kalt. Sie hatte zusammen mit Alra ihn oft in verschiedenen Farben und Zuständen gesehen, so dass sie wusste, der Stein hatte sich auch von Alra gelöst und seine Magie verloren.

Nach vielen Tagesreisen kam sie am Haus von Alras Geburt an. Ihre Eltern waren schon vor vielen Jahren verstorben, nur ihre Geschwister lebten noch. Sara stellte sich als einfache Freundin von Alra vor, sie wollte die Geschwister nicht mit der Wahrheit ihrer Beziehung verunsichern.

Dann ging Sara zu dem von Alra beschriebenen Grab der Verliebten, drehte sich in Richtung Moor und warf den Stein, dem sie vorher noch einmal küsste, in hohem Bogen hinein. Sie schloss die Augen, dachte noch einmal an die schöne Zeit mit Alra und machte sich wieder auf den Rückweg. Sie würde das Geschäft und das Haus weiterführen. So konnte sie immer in Alras Nähe sein und so oft sie wollte den Ort des Friedens und der Ruhe besuchen.

Ende Alra

Teil 3: Benedikt

Bendikts Überfahrt:

773. nach Christi, nördlich von Melrose, in den schottischen Midlands, nahm Benedikt seine Reise auf. Er gehörte zum iroschottischen Orden und die Aufgabe, die ihm vom Bischof gestellt wurde, war den Norden der sächsischen Gebiete (heute Norddeutschland) zu christianisieren. Benedikt war 23 Jahre alt und in seinem festen Glauben geprägt. Gern nahm er die Aufgabe des Bischofs entgegen und freute sich auf seine lange und nicht ganz ungefährliche Reise. Auf dem Landwege würde seine Wanderschaft ihn zu den verschiedenen Klöstern führen, wo er nächtigen und sich verpflegen konnte. Mit besten Vorsätzen begann er die Reise und wusste, sie würde viele Jahre seiner Zeit in Anspruch nehmen. Aber sein größter Wunsch war es, die Ungläubigen zu belehren und vom Christentum zu überzeugen. Dieser Aufgabe hatte er von ganzem Herzen sein Leben gewidmet.
Die ersten Klöster die er aufsuchen würde waren Melrose, Durham, Darlington und York. Der Frühling hatte gerade eingesetzt, als sich Benedikt auf den Weg machte. Die Midlands erwachten in ihrem unvergleichlichen Grün. Die hügelige Landschaft war angenehm im Vergleich zu den wilden, bergigen Highlands im Norden. Hier war seine Reise gut zu bewältigen und er kam gut voran. Noch am Abend kam er im Kloster von Melrose an und wurde eingelassen. Sein Brief vom Bischof

erleichterte den Zugang zu allen Klöstern, zumindest so lange er sich noch auf der Insel befand.

Die Mönche waren noch bei der Arbeit. Benedikt war sehr froh darüber, noch vor dem Abendgebet und vor allem vor dem Abendessen, das Kloster erreicht zu haben. Er begrüßte die Mönche, dann wurde er dem Abt vorgestellt. Der Abt freute sich Benedikt zu sehen; denn etwas Abwechslung war auch für ihn im Kloster immer willkommen. Zusammen mit dem Abt nahm Benedikt dann am Abendgebet teil. Geistlich gestärkt wurde es nun Zeit für die körperliche Stärkung. Das Abendessen bestand aus einem einfachen Haferbrei und trockenem Brot. Benedikt, der den weltlichen Genüssen trotz seines Glaubens recht aufgeschlossen gegenüberstand, war etwas enttäuscht, jedoch zeigte er dies nicht, sondern lobte den Abt für das asketische Verhalten seines Klosters. Dabei wusste er, dass es nicht in allen Klöstern so asketisch und vor allem nicht so sittlich streng zuging. Er würde noch viele andere auf seiner Reise kennenlernen. Hier aber war ein Tag der Erholung genügend; denn er war ja auch gerade erst aufgebrochen.

Gleich nach der Morgenmesse und dem anschließenden Frühstück, es gab wieder Haferbrei und Brot, machte Benedikt sich auf den Weg nach Durham. Schon am Mittag verließ er Schottland und die unsichtbare Grenze nach Northumberland zu überschreiten war ein leichtes. Für die Reise bis Durham hatte er 14 Tage eingeplant. Der Einfachheit halber wollte er die Reise an der nahen Küste machen, das würde die Navigation erleichtern. Auch war die Küste stärker besiedelt, so dass er nicht so oft im Freien übernachten musste, sondern die Ortschaften dazu nutzen könnte. Benedikt war nicht gern allein, die Gesellschaft in den Siedlungen wäre ihm da willkommen.

Am ersten Tag schaffte er es noch bis zur Küste, allerdings war noch keine Siedlung in Sicht. Er stand vor dem gewaltigen Meer. Tief atmete er die Luft ein, dieser besondere Duft des Meerwassers tat ihm gut.

Es war ein lauer Frühlingsabend, die Wellen schlugen sanft in einem angenehmen Rhythmus gegen das Ufer. Benedikt entzündete ein Feuer, nahm sich seiner Vorräte an und war froh darüber, dass es heute Abend keinen Haferbrei gab. Gut gestärkt legte er sich unter seine Decken, die Wellen taten das ihrige für ein schnelles Einschlafen. Am Morgen nahm Benedikt noch schnell etwas zu sich, dann machte er sich weiter, der Küste folgend, auf nach Durham. Bereits am frühen Nachmittag erreichte er eine größere Siedlung direkt am Meer. Diese ganze Region war vom Fischfang geprägt. Die Männer hier waren mutig und verwegen. Das mussten sie auch sein, bei ihrem harten Tagwerk auf den Booten. Wie oft kam es vor, dass eines nicht wiederkam und den Wellen oder dem Sturm hatte nicht trotzen können. Die Frauen waren gläubig, beteten viel. Meist darum, dass ihre Männer wiederkamen. Aber trotz allen Betens gab es in den Fischerorten leider viele Witwen. Das Gute daran aber war, dass er so schnell eine Unterkunft finden konnte und nicht nur die Decken ihn wärmen würden, so war Benedikts Gedanke.

Ganz besonders die Witwen, die schon längere Zeit alleine waren, würden sehr ausgezehrt sein und denen wollte er seine Aufmerksamkeit schenken. Schließlich war er ja auf dem Wege um Gutes zu tun.

Im Ort erkundigte sich nach den hiesigen Witwen, um ihnen seine christliche Kraft zur Stärkung zu geben. So war die offizielle Begründung. Die Leute wiesen ihm in gutem Gewissen den Weg. Benedikt würde einige aufsuchen, dabei seinem Gefühl vertrauen, um sich die passende für die Nacht auszusuchen. Schon bei der dritten hatte er ein gutes Gefühl. Wie sich später am Abend und in der Nacht zeigte, lag er nicht nur mit seinem Gefühl richtig. Die Nacht war kurz und wild, aber das hatte sich Benedikt ja auch so vorgestellt. Ein kräftiges Frühstück am Morgen dann ließ ihn frohen Mutes wieder aufbrechen. Auch der Witwe hatte die besondere Art der Christianisierung gefallen. So konnte er gleichzeitig hilfreich sein, aber auch gut unterkommen.

Bei der Wanderung weiter am Strand entlang hielt er immer die Augen gut geöffnet. Ein Faible von ihm waren Steine. Nicht die ganz normalen, sondern die Besonderen. Vom Meer geschliffen, in den sonderbarsten Formen, waren sie hier zu finden. Immer wieder bückte Benedikt sich danach, wenn er einen fand, der seine Aufmerksamkeit erregte. Dann prüfte er ihn, selten aber nahm er einen mit. Benedikt hielt sich weiter an die Orte der Küste und setzte in bekannter Weise seine Reise fort. Nach gut der Hälfte des Weges nach Durham wollte er eine 2-tägige Rast einlegen. Auch heute wieder war er in seiner Art und Weise vorgegangen, um sich nach den Witwen des Ortes zu erkundigen. Als erstes gleich hatte man ihn zu einem Haus geschickt, in dem 2 Frauen lebten, deren Männer schon vor einigen Jahren gemeinsam mit ihrem Boot im Meer versunken waren. Er hatte vor, jeder einen Tag zu widmen. Aber diesmal hatte Benedikt sich doch geirrt. Die Damen nahmen ihn freundlich auf und beköstigten ihn am Abend. Dann wollten sie sich über seine Reise unterhalten und reichten Getränke. Sie waren zu Benedikts Entsetzen doch schon deutlich reiferen Alters. Je mehr er aber im Laufe des Abends trank, desto weniger interessierte ihn der Altersunterschied. Das Gleiche galt auch für die beiden Witwen.

Im Laufe des Abends setzten sie sich neben ihn und rutschten mit der Zeit immer näher. Irgendwann legte erst die eine, dann die andere ihre Hand auf seine Oberschenkel. Benedikt ließ es nur zu gerne geschehen und auch als sie die Hände langsam in Richtung seiner Männlichkeit schoben war er nicht abgeneigt. Die geschickten Hände, die sonst mit flinken Fingern die Netze flickten, bereiteten ihm schnell viel Freude. In dieser Nacht wurde das Christentum auf eine harte Probe gestellt. Das sie beiden schon lange Zeit alleine waren, bekam Benedikt nun in doppelter Weise zu spüren. Als sie ihm am nächsten Morgen anboten, doch auch seinen zweiten Abend bei ihnen zu verbringen, lehnte er freundlich ab, war es doch etwas zu anstrengend gewesen. Eine Erholung vor der Weiterreise war jetzt nötig. Den zweiten Abend verbrachte er so bei einer Familie, damit er Gewissheit hatte, sich auch etwas ausschlafen zu können.

Die nächsten Tage führten ihn zwar an einer wunderschönen Küste entlang, jedoch war 5 Tage kein Ort zu finden. Die Nächte verbrachte Benedikt somit allein am Strand. Ausgeruht begab er sich jetzt zum Kloster in Durham. Dort gab es die gleiche Prozedur wie in Melrose. Er wurde freundlich aufgenommen und dem Abt vorgestellt. Wieder folgte das Abendgebet, dann aber ein üppiges Mahl. Die Mönche in Durham wussten was gut tat. Man konnte es ihnen auch ansehen, alle wohlgenährt und mit einem leichten Doppelkinn. Ihr macht das richtig, dachte Benedikt für sich. Wenn sie schon am Tage hart arbeiten mussten, dann sollte zumindest das leibliche Wohl nicht noch darunter leiden. Aber dieses Laster schien auch das einzige zu sein, dem die Mönche frönten. Er hatte schon von gemischten Klöstern gehört, in denen das anders sein sollte. Dies aber gehörte wohl nicht dazu. Somit verabschiedete sich Benedikt am nächsten Morgen nach der Andacht und dem reichhaltigen Frühstück.

Um nach Darlington nun zu kommen musste er die Küste leider verlassen und Richtung Süden im Landesinneren weiter marschieren. Der Weg war nicht weit, nur einen Tagesmarsch. Das Kloster in Darlington hatte die gleiche Eigenheit wie in Durham. Reichliches Essen, dickliche Mönche und Enthaltsamkeit waren dort an der Tagesordnung. Der Abt beschrieb ihm den Weg nach York. Er musste weiter Richtung Süden marschieren und dann einfach den Flüssen folgen.

Nach 2 Tagen kam Benedikt zum Fluss. Er war sehr froh darüber auch dort gleich eine Ortschaft vorzufinden; denn der Weg bis York würde doch noch ein paar Tage dauern. Wie immer hatte er es auch hier auf die Witwen abgesehen. Da aber Fischfang hier nicht von Bedeutung war, sollte sich die Suche als deutlich schwerer erweisen. Eine einzige fand sich, mehr als doppelt so alt wie Benedikt und auch von mindestens doppelter Leibesfülle. Er stellte sich schon einmal auf einen ruhigen Abend, dafür aber mit gutem Essen ein; denn dem schien diese ja nun gerne zuzusprechen. Insofern hatte er sich auch nicht getäuscht, das Abendessen war mehr als reichhaltig und in der Erwartung einer ruhigen Nacht begab sich Benedikt auf sein Lager. Dank des Essens schlief er auch zeitig ein. Das Aufwachen dann aber war ein anderes, als er sich erdacht oder vielleicht auch gewünscht hätte. Plötzlich, es muss mitten in der Nacht gewesen sein, spürte er einen festen Griff an seiner Männlichkeit. Trotz seines Schreckens und seiner Müdigkeit war diese hingegen sogleich erwacht und mehr als erquickt. Das dicke Weib hatte einen geschickten und fordernden Griff. Sie spürte, was sie spüren wollte und merkte, dass er sich nicht dagegen wehren konnte.

Kaum hatte sie die Erregung mit ihren Händen vernommen, schob sie die Decke beiseite, schaute genau hin was sie dort aufgerichtet hatte und verrichtete ihre Wünsche weiter. Benedikt wusste gar nicht wie ihm geschah. Die Alte kannte sich aus, das bekam er jetzt zu spüren. Sie brachte ihn bis kurz vor den Höhepunkt, dann ließ sie plötzlich von ihm ab. In dieser Situation war es Benedikt dann auch egal, dass sie ihn jetzt bestieg und sich das nahm, was sie wollte. Sie lastete schwer auf ihm, ihre großen Brüste hingen ihm in das Gesicht. Das schwere Weib begann ihn förmlich zu reiten bis er seinen Höhepunkt bekam. Nun dachte er würde sie sicher wieder von ihm gehen, aber weit gefehlt, sie wollte noch mehr. Sie machte einfach so lange weiter bis er wieder bereit war. Dieses Weib war nicht nur beim Essen unersättlich. Als sie irgendwann dann endlich genug hatte, ging sie wortlos zu ihrem Lager und schlief laut schnarchend ein, so dass der Rest der Nacht für ihn nicht mehr an Schlaf zu denken war. Erst gegen Morgen schlief er wieder ein. Kaum das er erwacht war, war auch sie schon wieder da und holte sich ihr zweites Frühstück bei ihm ab.
Völlig geschwächt verließ er das Haus. Die Männer, die ihm draußen aus dem Haus kommen sahen grinsten nur, scheinbar wussten sie was er hatte leisten müssen. Einer rief: „Na Mönch hast Du auch ordentlich gebetet mit der Alten". Daraufhin lachten sie alle noch lauter. Bis zum Kloster in York wollte er nun lieber außerhalb der Ortschaften lagern. Nach weiteren 3 Tagen kam er in York gut erholt an. Lincoln, Nottingham, Leicester und Cambridge waren die nächsten Orte. Von dort würde er wieder zur Küste zurück kehren und dann dieser bis Canterbury folgen. Der Marsch an der Küste entlang wäre noch mal eine lange

Strecke, aber so konnte er den Ort der Überfahrt in das Land der Sachsen nicht verfehlen.

Benedikt freute sich darüber wieder an der Küste zu sein. Er konnte Ausschau nach Steinen halten, am abendlichen Lager den Wellenschlag genießen und je nach Bedarf sich in einem der Küstenorte den Witwen seine Aufwartung machen. Diese Art der Missionierung gefiel ihm mittlerweile immer besser. Fast schon zu schnell kam er am Ort der Überfahrt an. Leider verhinderte das schlechte Wetter sein schnelles Übersetzen nach Flandern.

So konnte Benedikt erneut seiner Missionierung der Witwen nachgehen und tat das als gäbe es kein Morgen mehr. Er wusste ja auch nicht, ob er die Überfahrt überleben würde und dann wollte er ja nicht sterben ohne möglichst viel vorher erlebt zu haben. Er war froh darüber, dass sein Glaube ihm dies durchaus erlaubte und nur wenige in der Führung der Kirche darüber anders dachten.

Der Tag des Abschieds von der Insel kam aber. Die Stürme hatten sich beruhigt, genauso wie das Meer. So verlief die Überfahrt ohne Probleme und dann war es soweit, Benedikt war auf dem europäischen Festland angekommen. Nicht nur die Sprache war ab nun eine andere, sein ganzes Leben sollte sich von nun an verändern. Die Aufgabe des Bischofs, die Sachsen im Norden zu missionieren würde ihn bestimmt viel Kraft und Zeit kosten. Schon einige andere Missionare vor ihm hatten dies auf dem Festland hinter sich gebracht, nur in anderen Regionen. Manche von ihnen waren erfolgreich zurück gekehrt, andere gescheitert und wieder dritte einfach in dem Bereich geblieben den sie missionieren sollten. Benedikts Wunsch war es auf jeden Fall nach getaner Arbeit zurück nach Schottland zu gehen, aber

diesen guten Vorsatz hatten bestimmt alle anderen auch gehabt.
Die Zeit würde und sollte zeigen, was auf ihn zukommt.

Auf dem Festland:

Seine Wanderung auf dem Kontinent begann an Flanderns Küste.
Der Norden war rauh, die Menschen still, aber dafür Bestimmt in
dem was sie wollten.
Die Küste Flanderns war nur dünn besiedelt. Selten kam Benedikt
in Ortschaften. Die fremde Sprache stellte ihn vor einige Hürden.
Es lohnte auch nicht sie zu lernen, da in die Region, in die er
vordringen sollte, ja wieder eine andere herrschte. Er versuchte
möglichst große Strecken am Tage zu schaffen, damit er dieses
karge und unwirtliche Land schnell hinter sich bringen konnte. Bis
einschließlich dem Königreich Lotharingia blieb er an der Küste,
dann bog er nach Westen ab um in das Herzogtum Sachsen zu
gelangen. Hier angekommen, nahm sich Benedikt vor, in der
ersten großen Siedlung eine Zeit lang zu verweilen, die Sprache zu
lernen und sich von den letzten Wochen, die ja doch sehr
anstrengend gewesen waren, zu erholen. Die Siedlung war schon
recht groß und die Menschen hier bei weitem nicht mehr so ruhig
und zurückhaltend, wie er das an der Küste kennengelernt hatte.
Er suchte sich eine Unterkunft und legte seine ganze Kraft in das
Erlernen der neuen Sprache. Die ersten Versuche waren nicht
einfach und es dauerte seine Zeit, bis Benedikt die Menschen
verstand und die Menschen Benedikt. Die Sachsen hatten noch
viele Götter, jeder war für irgendetwas zuständig und sie alle
verband die Beziehung zur Natur. Je besser seine
Sprachkenntnisse waren, desto besser konnte er auch die
Menschen von seiner Religion überzeugen. Was ihnen besonders

gefiel, war das Vergeben und der hilfreiche Gedanken den Schwachen gegenüber. Jetzt fand Benedikt nicht nur die ersten Zuhörer, sondern auch wieder die ersten alleinstehenden Frauen, die in der besonderen Art von ihm missioniert werden wollten. Hier war die Sprachbarriere nicht hinderlich, es war kaum anders als auf der Insel. Die Frauen, ganz besonders die, die in ihrem äußeren Anschein sehr züchtig schienen, waren die wildesten. Dies zeigte sich ganz besonders bei den etwas höher gestellten Schichten der Gesellschaft. Die unnahbar erscheinenden Damen, die gute Manieren hatten oder vorgaben, vergasen in den Gemächern ihr feines Dasein nur allzu schnell. Auch schienen sie untereinander Benedikt als Geheimtipp weiter zu geben. Er wurde förmlich durchgereicht. Während deren Männer auswärts ihren Geschäften nachgingen, kümmerte sich Benedikt um das Wohl der Daheimgebliebenen. Für seine Sprachkenntnisse war dies von enormem Vorteil, da die Damen der Gesellschaft doch etwas mehr Konversation betrieben als die einfachen Bauernweiber.

Benedikts Lehrzeit war vorüber, nun machte er sich auf, seinen endgültigen Bestimmungsort weiter im Osten zu erreichen. Von den Erzählungen her wusste Benedikt, eine Weile noch würden ihn Siedlungen und Ortschaften auf seinem Weg begleiten, doch bald würden es immer weniger werden; denn in seinem Einsatzbereich war die Bevölkerung dünn gesät. Die Menschen dort lebten auf einzelnen Höfen oder in kleinen Siedlungen. Sie waren sehr von der Natur abhängig. Dementsprechend waren sie auch in ihrem Glauben stark mit den Göttern der Natur verbunden. Aber eine einfache Aufgabe wäre auch keine wirkliche Herausforderung gewesen. Der Bischof wusste schon, warum er ihn für diese Aufgabe auserwählt hatte.

Die leicht hügelige Gegend, in der er sich befand, verließ er nun. Vor ihm lag ein flaches, ja fast langweiliges Land. Noch waren die Siedlungen dicht beieinander und Benedikt bester Dinge. Er konnte immer eine feste Unterkunft finden und auch seinen besonderen Wünschen nachgehen. Der Tag an dem sich das änderte kam bald. Obwohl Benedikt heute recht weit gewandert war, kam keine Siedlung in Sicht. Die Temperaturen waren noch recht angenehm, so dass es ihm nicht viel ausmachte, diese Nacht im Freien zu verbringen. Er machte sich ein kleines Lagerfeuer; denn er hatte von den Wölfen gehört, die hier ihr Unwesen trieben. Diese aber ließen ihn in Ruhe und er konnte die Nacht ohne weitere Unwirtlichkeiten verbringen. War er schon in der Nähe seines Einsatzortes? Er würde es leicht erkennen, wenn er da war. Die Gegend sollte eine ausgeprägte Heidelandschaft sein. Durchzogen von vielen Holunderbüschen und Birken. Es sollte Moore geben und eine besondere Art von Schafen. Diese hatten Hörner wie der Teufel. Aber noch war nichts von all dem zu sehen.

Er kam an einen großen Fluss welcher das Land von Süden nach Norden durchzog. Hier endlich konnte sich Benedikt mal wieder über eine größere Siedlung freuen. Er nahm sich vor, am Abend noch außerhalb am Fluss zu lagern und dann am nächsten Tag die Ortschaft zu erkunden. Wasser hatte er vermisst in der letzten Zeit, dies zog ihn schon immer magisch an. Vielleicht lag es auch an den schönen Steinen die man dort fand. Am Feuer dann gab es zwar nicht den beruhigenden Wellenschlag des Meeres, dafür aber ein gemächliches, gleichbleibendes Rauschen. Dichter Nebel zog auf und es mutete gar mystisch an. Kein Wunder dachte er, dass die Menschen hier an die Gottheiten der Natur glauben, wenn sie solch imposante Wetterphänomene sahen. Schon in Gedanken an den nächsten Tag schlief er frühzeitig ein.

Am Morgen waberten immer noch dichte Nebelfelder über dem Tal. Nur das Rauschen des Flusses ließ diesen erahnen, zu sehen war er nicht. Einzelne Baumspitzen ragten aus dem Schleier hervor und wurden schon von den Sonnenstrahlen beleuchtet. Es war, als würden der Himmel und die Hölle voneinander getrennt. Ein Schauspiel in dieser Intensität hatte er noch nicht beobachtet. Er genoss jeden Augenblick davon. Fast war er traurig, als die Sonne dann endlich den Nebel aufgelöst und er in die Siedlung Einzug halten konnte.

Zuerst schaute sich Benedikt in der Ortschaft um. Inspizierte die einzelnen Gassen bis zu ihrem Ende. Die meisten gingen von einem zentralen Platz aus und verzweigten sich dann. Die Häuser in der Mitte des Ortes waren größer und schöner, die am Ende der Gassen konnte man eher als Hütten bezeichnen. In der Mitte des großen Platzes stand eine riesige Eiche. Hier war auch der Markt. Viele Händler, Gaukler, Wahrsagerinnen und Scharlatane versuchten an das Geld der reichlich vorhandenen Käufer zu kommen.

Zwischen den Wahrsagerinnen entdeckte Benedikt eine besonders hübsche Frau. Da man ihm ja nicht ansah, dass er ein Vertreter des Christentums war, konnte er ruhig zu ihr gehen und sich seine Zukunft vorhersagen lassen. Nicht das er daran geglaubt hätte, aber die junge Frau sah einfach zu verführerisch aus. Benedikt stellte sich in die Reihe der Wartenden bis er an dran war. Die Frau nahm seine Hand, hielt sie mit der Innenfläche nach oben, strich sanft mit ihren Fingern darüber und sprach: „Du kommst von weit her, Du bist über das Meer gekommen, Dein Weg aber ist nicht mehr weit. Bald wirst Du den Ort Deiner Bestimmung erreicht haben. Dort beginnst Du Deine Dir vorbestimmte Aufgabe, aber schon nach kurzer Zeit wirst Du sie verdrängen, ja sogar ganz anders darüber denken. Du wirst sie verwerfen. Eine Frau wird Deinen Weg verändern und Dich zum Umdenken bringen. Du wirst nicht mehr in Deine Heimat zurück kehren sondern an Deinem Bestimmungsort bleiben".

Benedikt war verwirrt, woher wusste diese Frau woher er kam. Sah sie es ihm an? Aber ihn von seinem Glauben abzubringen, dass würde niemand schaffen und schon gar nicht eine Frau. Außerdem war er festen Willens in seine Heimat zurück zu gehen. Er hielt das Ganze also für völligen Humbug und lachte ihr nur ins Gesicht. „Oh Weib, was Du da erzählst, das glaube ich niemals. Niemand wird mich von meinem Weg abbringen". Die Frau lächelte nur, es sah wunderschön aus, dieses Lächeln, aber es machte auch den Eindruck, als ob sie wüsste, dass sie Recht hatte. Dann sprach sie nur noch: „Wir sehen uns wieder, Fremder, glaube mir". Nun lächelte Benedikt; denn gegen diese Vorstellung hatte er so gar nichts. Allerdings waren seine Gedanken dabei nicht beim Wahrsagen.

Er schlenderte noch langsam weiter über den Markt, schaute mal hier mal dort, aber in seinem Kopf arbeitete es. Diese Frau hatte was ganz Besonderes an sich. Es war nicht ihre Vorhersage die er meinte, sondern ihr Aussehen. Die Augen hatten ihn eingefangen, sie waren so klar gewesen. Er fühlte in sich das dringende Bedürfnis, diese wiedersehen zu müssen. Aber dann hätte sie ja Recht gehabt, bestimmt ein Trick um zu zeigen, dass ihre Vorhersagen eintreffen würden. Aber den letzten Gedanken verwarf er schnell, die Augen schienen zu ehrlich. Es war, als käme der Blick aus dem Herzen, nicht aus den Augen. Benedikt war verwirrt.

Für den Abend suchte er sich ein Quartier bei einer Familie, an einen Abend bei einer lustigen Witwe konnte er nicht denken; denn die Wahrsagerin ging ihm nicht aus dem Kopf. Immer wieder sah er die Augen vor sich, ihr Lächeln, ihre langen schwarzen Haare und dann konnte er noch förmlich ihre Berührung an seiner Hand spüren. Diese zarte Haut, die seine so sanft gestreichelt hatte. Es war, als wäre eine Feder über seine Hand gestrichen. Was hatte diese Frau bloß mit ihm gemacht? Hatte sie doch irgendwelche magischen Kräfte? Bisher waren Frauen immer nur Spaß für ihn gewesen. Nie hatte er da lange dran gedacht und jetzt hatte er noch nicht einmal Lust auf eine.

Gleich am nächsten Morgen zog es ihn wieder zum Markt, er musste sie noch einmal sehen bevor er weiter zog. Aber er würde sich ihr nicht zeigen, um ihr nicht das Gefühl zu geben, dass sie Recht hatte. Langsam, sich immer wieder umschauend, zog Benedikt durch die Gassen. Bald schon kam er zu den Ständen mit den Wahrsagerinnen, aber sie war nicht da. War sie einfach weiter gezogen? Wohin? Ein ganz seltsames Gefühl machte sich in Benedikts Bauch breit. Er spürte sogar, wie sein Herz raste.

So gab es keinen Grund mehr hier noch länger zu bleiben. Mit einem Gefühl der Traurigkeit nahm Benedikt seinen Marsch wieder auf. Aber er hatte nicht ihre Worte vergessen, die da sagten, wir sehen uns wieder. Wie schön es doch wäre, wenn sie mit dieser Vorhersage Recht hätte, dachte er. Womit sie auf jeden Fall Recht hatte war, er war dicht an seinem Ziel. Ganz plötzlich war sie dagewesen, die Heide. Eine wunderschöne Farbe durchzog das Land. Benedikt war sofort verliebt in diese Farbe und die Landschaft. Genau wie es beschrieben wurde, riesige Holunderbüsche, Birken und eben diese seltsame Pflanze, die den ganzen Boden bedeckte und in ein wunderschönes, prächtiges Land verwandelte.

Kaum war Benedikt in der Heide angekommen, da sah er schon das erste Monument der Ungläubigen. Ein Gebilde aus großen Steinen, die in einem Oval standen und von einer großen Steinplatte bedeckt waren. Um festzustellen, ob dieses Gebilde irgendeine Wirkung auf ihn hätte, wählte Benedikt diesen Platz zum lagern aus. Als es dämmerte entzündete er ein Feuer. So hatte er Wärme und Schutz vor den Wölfen in der Nacht. Lange lag er noch wach, die Gedanken immer wieder bei der Wahrsagerin. Sie hatte sich förmlich in seinem Kopf festgesetzt. Ohne es sich selbst sagen zu müssen wusste er, die nächsten Märkte würde er alle nach ihr absuchen. Diese wunderschönen Augen, sie zogen ihn einfach an. Aber gab es denn überhaupt Märkte in dieser einsamen Gegend? Seit er in der Heide war, hatte er noch gar keinen Menschen gesehen, kein Haus, keine Hütte, kein Dorf.

Benedikt hatte sich vorgenommen, die Heide einmal komplett zu durchqueren, dann sich den schönsten Ort heraus zu suchen, um sich an diesem einzurichten. Mit dieser Idee ging er weiter gen Osten. Mittlerweile stieß er doch auf den einen oder anderen Hirten und schaute sich neugierig die besonderen Schafe an. Sie waren bei weitem nicht so fett wie in seiner Heimat, aber das Komischste waren eben ihre Hörner. Die Schafe fraßen von der Heidepflanze und sorgten wohl so für die stete Erneuerung der Vegetation. Die Hirten beschrieben ihm den Weg und hin und wieder auch zu einer Siedlung. Siedlung war eher übertrieben, meist handelte es sich nur um die Ansammlung weniger, einfacher Häuser. Die Menschen hier schienen recht arm zu sein. Sicher lag es an der kargen Gegend, die nicht viele Möglichkeiten zum Anbau von Pflanzen erlaubte. Deshalb wohl auch die dünne

Besiedlung. Es mussten schon Idealisten sein, die hier ihr Leben fristeten oder aber sie waren gefangen von der Schönheit der Natur. Letzteres konnte Benedikt gut verstehen, auch ihn hatte sie schon gefangen. Besonders gefiel es ihm, wenn er in der Nähe der Moore war. Diese abendliche Stimmung, wenn der Nebel sich senkte und alles ganz langsam in einen Schleier hüllte. Am Morgen kam die Sonne, löste den Nebel langsam auf und die gespenstische Stimmung wich unendlicher Schönheit.

Benedikts Platz in der Heide:

Nachdem er die Heide einmal durchwandert hatte, wusste Benedikt wo sein Platz sein würde. Er hatte auf dem Weg ein kleines Moor entdeckt und so wie es dort aussah, mussten hier früher schon Menschen gelebt haben. Dieser Ort lag in der Nähe einer kleinen Siedlung, so dass er sich mit dem Nötigsten versorgen konnte. Er würde sich ein Haus bauen und von diesem Standort aus den christlichen Glauben in dieser verlassenen Gegend verbreiten. Ja, so wollte er es machen. Trotz dieser ganzen Pläne und der vielen Arbeit die vor ihm lagen, waren die Gedanken doch immer wieder bei der Wahrsagerin. Würde er sie doch bloß bald wiedersehen.

Froh, diesen schönen Ort gefunden zu haben, machte er sich an die Arbeit. Aus der nahen Ortschaft holte er sich Hilfe und Baumaterial. Dort hatte sich Benedikt dank seiner freundlichen, offenen Art sehr schnell beliebt gemacht. Die Menschen halfen ihm gern und hörten ihm auch zu. Er spürte, dass er als Erstes das Vertrauen der Bewohner gewinnen musste, bevor er sie zu seinem Glauben bekehren konnte. Dank der Hilfe ging der Bau zügig voran, so das dass Haus noch im Herbst fertig wurde. Schon während der Bauphase waren immer wieder Männer aus dem Ort damit beschäftigt im nahen Moor Torf abzubauen. Benedikt hatte ihnen dabei neugierig zugeschaut und gelernt, dass die Bewohner diesen zum heizen benutzten. Auch ihn würde das spätestens im Winter treffen. Die Männer stachen das abgestorbene Moor in Blöcken ab, lagerten es zum Trocknen und nahmen es dann mit in ihre Häuser. Der Unterschied zum heizen mit Holz war der eindeutige Geruch. Es war ein herber, sehr kräftiger Rauch, der von dem Torf abgegeben wurde.

Auch heute schaute Benedikt den Torfstechern wieder zu. Manchmal nahm er von einem den Spaten, um es selbst auszuprobieren. Anfangs hatte er sich noch recht ungeschickt dabei angestellt, aber die Männer hatten es ihm immer wieder gezeigt. So stellte sich im Laufe der Zeit auch ein freundschaftliches Verhältnis zu den Ortsbewohnern ein, ja sie scherzten sogar oft miteinander. Die Männer waren zwar wortkarg, aber wenn sie dann erst einmal in das Reden kamen, dann spürte er auch ihre Herzlichkeit und ihren derben Humor. Dann erzählte Benedikt von seinen Reisen, von den Weibern und sie hörten ihm aufmerksam zu. Besonders die Geschichten von den Weibern schienen ihnen zu gefallen. Er stand am Trockenplatz und unterhielt sich gerade mit einem der Torfstecher, als ein anderer ihm einen Block zuwarf damit er ihn auffinge und auf den Trockenplatz legen konnte. Benedikt war zu abgelenkt und reagierte zu spät. Der Klotz fiel auf den Boden und zerbrach. Die Männer lachten laut über sein Ungeschick.

Aber das interessierte Benedikt jetzt überhaupt nicht; denn aus dem Block war ein Stein gefallen, ein Stein wie er ihn bis dato noch nie gesehen hatte. In der Form eines Herzens, mit einem zweiten Stein mittendrin. Dieser schien im großen Stein eingewachsen zu sein. Das war etwas für ihn, er hob ihn sofort auf, reinigte ihn kurz und steckte ihn schnell in die Tasche, noch bevor ihn jemand darauf ansprechen konnte. Unter dem Lachen der Männer verabschiedete sich Benedikt, kehrte in sein Haus zurück und nahm sich in aller Ruhe den Stein vor, um diesen ausgiebig zu betrachten.

Während er ihn in den Händen hielt, schien der Stein sich zu verändern. Er fühlte sich immer weicher an und auch warm. Als wäre er im Eis eingeschlossen gewesen und würde langsam auftauen. Immer wieder strich er mit der Hand über die glatte Oberfläche, die nur durch den Übergang zum inneren Stein unterbrochen wurde. Als Mann der Kirche, der nicht an andere Mächte glaubte, sprach der dem Stein keine besonderen Kräfte zu, wollte ihn aber als eine Art Glücksbringer immer bei sich tragen.

Noch vor dem Winter sollte die Christianisierung beginnen. Benedikt schnappte sein Bündel und ging zur nahen Siedlung. Die Bewohner sollten ihm den Weg zu den nächsten Siedlungen zeigen. Einer malte mit Kohle das Gebiet auf ein Stück Stoff und markierte einige Punkte, die andere Siedlungen darstellten. Um zu zeigen wo er sich jetzt befand malte der Mann einen Kringel in die Zeichnung. Mit dieser Art Karte machte Benedikt sich auf den Weg. Die nächste Ortschaft war 2 Tagesreisen entfernt. Noch waren die Temperaturen erträglich und des Nachts würde er sich am Lagerfeuer warm halten. Benedikt freute sich darauf, seine Aufgabe nun endlich zu beginnen.

Benedikts Predigten:

Als er in die für ihn unbekannte Ortschaft kam, suchte er den Marktplatz auf. Dort stellte er sich auf und begann aus der Bibel zu erzählen. Nur wenige Leute kamen ihm zuzuhören. Manche blieben kurz stehen, andere schüttelten nur mit dem Kopf und gingen weiter. Er spürte, dass es nicht einfach würde. So einfach durfte er es sich nicht machen, er musste sich etwas anderes einfallen lassen um die Menschen zu begeistern. Plötzlich gab es einige Stände entfernt lauten Krach. Ein Viehhändler und ein Käufer begannen erst sich zu streiten, dann prügelten sie aufeinander ein. Der Käufer, der scheinbar mehrere Bekannte hier im Ort hatte, erhielt schnell Unterstützung und der Händler bezog eine ordentliche Tracht Prügel. Er war am Kopf und am Körper verletzt. Niemand aber kümmerte sich um ihn. In seiner barmherzigen Art nahm sich Benedikt dem Mann an. Er half ihm sich hinzusetzen, wusch ihm das Blut ab und verband ihn so gut er konnte mit einigen Tüchern. Der Mann erholte sich langsam, dankte Benedikt für seine Hilfe und stellte sich vor. Dann begann er seinen Stand abzubauen, wobei Benedikt ihm noch behilflich war. Er würde diesen schlechten Ort schnell verlassen sagte er und lieber in die anderen Siedlungen weiterziehen. Benedikt bot ihm an, ihn zu begleiten, da er den Weg noch nicht kannte und seine Karte nicht so genau die Wege zeigte.

Auf dem Weg zur nächsten Ortschaft unterhielten sich die beiden über ihre Reisen. Benedikt erzählte ihm von seinen Vorhaben die Menschen in der Region von seinem Glauben zu überzeugen. Der Händler, der nun ständig auf den Märkten unterwegs war, riet ihm einfach von der von ihm praktizierten Nächstenliebe zu erzählen, nicht von Geschichten die in der Wüste spielten. Dies können sich die Menschen hier nur schlecht vorstellen. Aber Nächstenliebe wäre sicher etwas, woran alle interessiert wären, auch wenn es im letzten Ort nicht danach ausgesehen hätte. Aber gerade in einer Region, die nur dünn besiedelt war, wäre es doch wichtig wenn einer dem anderen hilft. Irgendwann kamen sie bei ihrer Unterhaltung auf das Thema Frauen und Benedikt erzählte ausnahmsweise nicht von seinen vielen flüchtigen Bekanntschaften, sondern von der Wahrsagerin, die ihn so verwirrt hatte. Er beschrieb sie mit so vielen Worten, so genau, dass der Händler ihn irgendwann unterbrach und sprach: „Ich weiß von wem Du sprichst und wenn wir Glück haben, werden wir sie auch auf unserer Reise treffen. Sie ist auch immer auf den Märkten unterwegs". Benedikt war nun hellwach. Am liebsten hätte er alle Märkte sofort und am gleichen Tag besucht. Der Händler lächelte nur und sprach: „Ja ich kann Dich verstehen, sie ist schon eine außergewöhnliche Frau".

Am nächsten Markt angekommen, suchte Benedikt sofort den Marktplatz nach der Wahrsagerin ab, aber leider erfolglos. Somit begann er ganz in der Nähe des Viehhändlers seinen Stand aufzubauen und erzählte den Menschen von der christlichen Nächstenliebe. Dabei nahm er wahre Geschichten, die er selbst erlebt hatte, aber auch ein paar erfundene zur Hilfe. Er passte Geschichten aus der Bibel in die hiesige Landschaft ein und plötzlich hatte er auch Zuhörer. Das war es was die Menschen hören wollten, Geschichten aus der eigenen Region. Mit der guten Anzahl an Zuhörern und der wichtigen Erkenntnis, Geschichten aus der Region zu erzählen machen sich Benedikt und der Händler weiter auf ihren Weg. Benedikt konnte es kaum abwarten, aber es war nicht die Christianisierung die ihn drängte, es war die Wahrsagerin.

Trotz Benedikts Drängen mussten sie auch diesmal einen Tag auf dem Wege lagern. Am Feuer dann abends holte Benedikt seinen Stein aus der Tasche. Dieser war warm, weich und hatte etwas eine rosa Farbe angenommen. Er nahm es zur Kenntnis, steckte ihn wieder ein und seine Gedanken waren schon am nächsten Ort und bei der Gesuchten. Aber was würde er zu ihr sagen? Was, wenn er sie sehen würde, sollte er tun? Bisher hatte er sich diese Fragen noch gar nicht gestellt, immer war nur der Wunsch im Vordergrund sie zu sehen. Aber wenn es dann soweit war, musste er sich ja irgendetwas ausdenken. Klar er war Redegewandt, auch kannte er sich aus mit den Frauen, aber dies war alles so viel anders. Vor allem eine Wahrsagerin, dies passte nun gar nicht zu seinem Glauben. Wollte er den etwa selbst in Frage stellen oder könnte er sie davon überzeugen? Es gab fast nur Fragen. Die einzige Antwort die er sich selbst geben konnte war, dass er sie wiedersehen musste.

Der Tag, an dem sich das Alles auflösen konnte, kam dann schneller als Benedikt dachte. Auf dem nächsten Markt war es soweit. Da stand sie. Eine kleine Schlange an Menschen hatte sich vor ihrem Stand aufgebaut. Benedikt reite sich ein, so blieb ihm noch etwas Zeit bis er sie ansprechen musste. Stück für Stück rückte er der Entscheidung näher. Je dichter er kam, umso mehr hoffte er, dass die Vorgänger recht lange brauchten. Er war schon drauf und dran ein paar Leute vorzulassen. Nur noch 2 waren vor ihm, dann wäre es soweit. In aller Verzweiflung holte er seinen Stein aus der Tasche. Dieser fühlte sich an wie immer, doch dann sah er den Unterschied. Er war nicht mehr leicht rosa, sondern tief rot. Was sollte das? Auf welche Probe wollte Gott ihn hier stellen? Nur noch einer, dann kam der Moment, den er so lange herbeigesehnt hatte und der ihn nun so verunsicherte.

Die Wahrsagerin:

Es war so weit, er stand vor ihr. Er sah in ihre Augen und bekam kein einziges Wort heraus. Da lockerte sie die Spannung auf und sagte: „Hallo Fremder, ich sagte doch, wir sehen uns wieder. Was ist passiert mit Dir? Hast Du die Stimme verloren"? Dann lächelte sie und es war ein Lächeln, das bis in Benedikts Herz vordrang. „Da bin ich wieder" stammelte Benedikt hervor. Er hielt seine Hand hin, als sollte sie daraus lesen. Sie nahm seine Hand, begann aber nicht ihre Tätigkeit sondern hielt sie einfach fest. Sie schaute ihm nun auch tief in die Augen und beide wussten da passierte ganz etwas Besonderes. So standen sie eine ganze Weile, die Menschen hinter Benedikt fingen schon an zu drängeln. Dann sagte sie: „Jetzt nicht, lass mich erst meine Arbeit machen, wir treffen uns später hier wieder". Benedikt nickte nur und ging wie von fremden Mächten gelenkt seinen Weg. Langsam schlenderte er zu dem Viehhändler zurück und war wie von Sinnen. Nichts um ihn herum nahm er wahr. Als er beim Händler ankam sagte dieser: „Ich sehe Dir an, Du hast sie gefunden" Sicher macht es heute keinen Sinn Deinen Stand aufzubauen, Du würdest nur Unsinn reden". Dann lachte er laut und Benedikt stimmte mit ein und ihm zu.

Die Zeit wollte einfach nicht vergehen, immer wieder schaute er zu ihr herüber, aber die Schlange vor ihrem Stand wurde nicht kürzer. Sie schien äußerst beliebt und erfolgreich zu sein. Na ja, bei ihm hatte sie ja auch Recht gehabt, wenn auch auf eine andere Art und Weise, zumindest was das Wiedersehen betraf.

Erst gegen Abend, als die Sonne sich schon tief am Horizont neigte, waren es nur noch wenige die sich ihre Zukunft vorhersagen lassen wollten. Der Viehhändler war auch schon dabei seinen Stand abzubauen. Eigentlich hatte Benedikt ihm versprochen zu helfen, doch er konnte seinen Blick einfach nicht von ihr lassen und war somit keine Hilfe sondern stand nur im Wege.

Jetzt endlich war es soweit, der letzte Kunde, ein altes Weib, war an der Reihe. Langsam schlenderte Benedikt schon zu ihr hin. Keinesfalls wollte er riskieren, dass sie die Verabredung vergaß. Noch einmal sollte sie ihm nicht durch die Lappen gehen. Auch das alte Weib war endlich fertig, da stand er auch schon vor ihr. „Nun sag mir schon Deinen heiligen Namen oder soll ich ihn Dir sagen" sprach sie Lächelnd. „Be be Benedikt" kam es stotternd heraus. Was war nur los, er der Redner konnte einfach nicht frei sprechen, er spürte auch, wie ihm das Blut in das Gesicht schoss und ihm schrecklich warm wurde. „Mein Name ist Carla" hörte er wie einen Chorgesang in seinen Ohren. Welch wundervoller Name nur, dachte Benedikt. Dann herrschte erstmal Stille, sie sahen sich einfach nur in die Augen. Wie von Geisterhand geführt berührten sich plötzlich ihre Hände. Erst ganz zart, dann hielten sie sich fest. Beide konnten den Blick nicht voneinander nehmen, so fesselnd waren die Augen des Anderen. Sie mussten schon eine ganze Weile so gestanden haben; denn im Laufe der Zeit hatten sich schon eine Menge Leute drum herum versammelt und plötzlich klatschten diese in die Hände und einer rief küssen. Dann rief es ein ganzer Chor. Benedikt wurde tiefrot, Carla grinste verschmitzt und dann war sie es, die ihn packte, küsste und einfach nicht mehr loslassen wollte. Die Menschen jubelten, lachten und dann erst löste sich die Menge auf.

Einer blieb stehen, der Viehhändler. Er sprach: „Na Heiliger, so viele Leute hast Du ja noch nie in Deinen Bann gezogen". Dann lachte auch er laut und ging kopfschüttelnd zu seinem Wagen.

Carla gab ihm etwas frei, so dass er zumindest seinem Mitreisenden antworten konnte. Jetzt geschah etwas Ungewöhnliches, Carla setzte sich einfach auf den Boden, mitten auf dem Marktplatz. Sie gebot Benedikt es ihr nach zu machen. Sie nahm ihre Hand, fasste damit ein Häufchen Erde und sprach: „Mach das auch Benedikt und dann sag mir was Du spürst". Benedikt tat wie ihm geheißen, er fasste in die trockene Erde, ließ sie langsam durch die Hände rieseln und sprach: „Sandige Erde spüre ich". „Nein Du Banause, dass ist der Boden auf dem wir uns geküsst und uns verliebt haben. Der Boden, aus dem ich stamme und auf dem ich von dieser Welt gehen werde". Benedikt war überrascht über diese Aussage und stotterte nur ein „Ja".

„Ich nehme Dich jetzt mit zu meinem Wagen, wir reisen ab sofort zusammen, aber denk nicht einmal daran, dass Du Dir gleich was Falsches davon versprichst". Wieder war Benedikt überrascht über ihre klaren Worte.

Wie ein Äffchen an der Hand geführt, folgte er ihr. Ihr Wagen war bunt und sah irgendwie wild und fremd aus. Als sie aber die Tür öffnete, war er wie jeder andere. Ganz normal. „Das ist nur für die Kundschaft, um ihnen etwas Ungewöhnliches, Fremdes zu bieten". Sie erzählte, dass auch sie hier aus der Gegend war und die Menschen eben etwas Mystisches wünschten. Ganz im Gegenteil zu Benedikts Erfahrung, der ja festgestellt hatte, dass die Leute lieber Geschichten aus der Region hören wollten.

Benedikt wollte ihr gerade sagen, dass er sich ja noch bei dem Viehhändler melden musste um ihm zu sagen, dass er nicht mitkommen würde. Da sprach Carla: „Mach Dir keine Sorgen um den Händler, der ist schon weg, der hat gemerkt, dass Du keine Zeit mehr hast. Und nun erzähl mir von Dir, oder soll ich mir die Mühe machen, es Alles aus Deinen Händen zu lesen"? Benedikt begann seine Geschichte zu erzählen, wobei er die Geschichten mit den Witwen doch etwas christlicher schilderte. So wurden aus Bettgeschichten – Gebete. Carla unterbrach ihn schon nach kurzer Zeit und sagte: „Benedikt, es ist besser, wir beginnen mit der Wahrheit, sonst sind wir irgendwann voneinander enttäuscht". Benedikt war wie vor den Kopf getroffen, konnte sie wirklich sehen was passiert war auf seinen Reisen? Konnte er ihr nicht ein paar kleine Lügen erzählen? Wie sollte das gehen. Dann kam er zu dem Entschluss, ja nur so würde es funktionieren. Also erzählte er den Rest seiner Reise und Geschichte, so wie sie wirklich war. Nun war Carla an der Reihe. Sie erzählte, dass sie in der Heide geboren wurde, in einer Familie, in der es schon soweit man sich erinnern konnte immer Wahrsagerinnen, Kräuterweiber und Heiler gegeben hatte. Ihre Eltern waren im letzten Jahr verstorben und ihr einziges Vermächtnis war dieser Karren und ihre Fähigkeiten. Aber diese beiden Dinge hielten sie gut am Leben. Nun würde es aber bald Zeit, sich einen festen Ort zu suchen; denn der Winter stand nun mal vor der Tür.

Benedikt hatte da sofort eine Idee, er würde sie mit zu sich nehmen. Aber sein Problem war eben sein Glaube und ihre Tätigkeit. Als er das sagte lachte sie nur. Das macht doch nichts, Du erzählst von der Vergangenheit und davon dass die Menschen hilfreich und christlich miteinander umgehen sollen. Ich erzähle ihnen von Ihrer Zukunft und dem Guten, das sie erwartet. Eigentlich ist es nur eine Ergänzung, nichts was sich widerspricht. Allerdings wird die Zahl der Zuhörer bei der Zukunft viel größer sein als bei der Vergangenheit. Sich lachte wieder. Dieses Lachen hielt ihn einfach gefangen, genauso wie ihre Augen. Sie war einfach so ein herzlicher Mensch und er wusste, sie hatte Recht.

Plötzlich nahm Benedikt seinen Stein aus der Tasche, hielt ihn in der Hand und stellte fest, der Stein war weich, warm und ganz rot. Beide Steine pulsierten im gleichen Takt. Carla erschrak etwas und sprach: „Es gibt es wirklich, das Chattenherz. Woher hast Du es? Viele in unseren Kreisen sprechen darüber, aber seit Jahrhunderten galt es als verloren". Benedikt erzählte ihr wie er an den Stein gekommen war. Neugierig fragte er nach der Geschichte des Steines. Carla berichtete was sie wusste, das dass Chattenherz nur jemand finden konnte, der etwas ganz Besonderes war. Nur in seinen Händen würde sich der Stein verändern. Ihm zeigen, wo und in welcher Lage er sich befand. Die Alten hatten immer davon gesprochen, aber so richtig geglaubt hatte sie daran nicht. Die Alten erzählten überhaupt so viele Geschichten, von Menschen die des Nachts aus dem Moor kamen, wo sie vor vielen vielen Jahren nach einer bösen Tat ertränkt oder aber schon hingerichtet waren und dort bestattet wurden. Manche hatten keine Arme mehr, andere keinen Kopf oder keine Beine. So dass sie keinen Unfug mehr auf dieser Welt treiben konnten. Benedikt war erst etwas erschrocken, doch dann tat er das als Aberglauben ab.

Sie sprachen bis der Morgen graute. Dann fielen sie müde auf ihr Lager und erwachten erst spät am nächsten Morgen. Heute würden sie nicht mehr auf dem Markt ihre Stände aufbauen, heute würden sie einfach weiterziehen. Es war ihnen gar nicht möglich, jetzt fremde Menschen zu ertragen. Zu neu war noch Alles, so viel mussten sie noch reden. Die Stunden vergingen so schnell, jetzt wo sie zusammen waren. Am Abend dann lagerten sie an einem wunderschönen Ort, inmitten von hohen Holunderbüschen. Die Nächte wurden kalt, aber das Lagerfeuer und die gegenseitig Nähe tat das ihre um sie zu wärmen.

Carla ließ zwar zu, dass Benedikt sie umarmte, sie küsste, aber wenn er sie an Stellen streicheln wollte, von denen er wusste, es hatte den Frauen immer gefallen, nahm sie seine Hand beiseite und sagte nur: „Alles zu seine Zeit, habe Geduld und Du wirst belohnt werden". Ganz im Gegensatz zu seiner Vergangenheit gab sich Benedikt damit zufrieden. Nein, nicht nur zufrieden, er war glücklich, dass es so war und er bei Carla sein durfte. Es war so wunderschön, sie am Abend noch an der Hand oder am Arm zu streicheln, sie zärtlich zu küssen und dann irgendwann friedlich einzuschlafen. Mit ihr einzuschlafen und am nächsten Morgen wieder gemeinsam aufzuwachen, ja das war es was er wollte.

Die Sonne ging auf und schien in flachem Bogen in den Karren, wo sich ihr Lager befand. Benedikt war schon wach und sah einem Schauspiel zu. Langsam erhellten die Strahlen Carlas langes schwarzes Haar. Nun wo sie höher stieg, erreichten die Strahlen ihre üppigen Brüste und tauchten sie in ein unvergleichliches Licht. In einem immer steileren Winkel fielen die Strahlen ein, jetzt stand genau einer auf ihren Brustwarzen, die so schön lang waren und geradezu dazu einluden von seinen Lippen berührt zu werden. Benedikt spürte die Leidenschaft in seinen Lenden, hielt sich aber zurück. Da schlug Carla die Augen auf, sie strahlten ihn an und sie sprach: „Da hattest Du aber eine schwere Prüfung". Sie sah die Erregung in und an ihm und lächelte.

Sie hatten beschlossen zu Benedikts Haus zu reisen. Es waren noch ungefähr 4 Tage bis dort und der Winter rückte immer näher. Diese 4 Tage waren die schönsten, die Benedikt bisher erlebt hatte. Es war eine Zeit der Fröhlichkeit, des harmonischen Miteinanders, der Liebe aus ganzem Herzen und vor allem von vielen Gesprächen. Die beiden hatten sich soviel zu erzählen. Immer wenn sie von ihrer Kindheit und ihren Streichen sprachen, entdeckten sie Gemeinsamkeiten und lachten wie die Kinder. Es war einfach herrlich. Wäre es nach Benedikt gegangen, so hätte die Reise ewig dauern können. Aber natürlich war er auch stolz darauf, bald Carla sein neues Haus zeigen zu dürfen. Mit ihr zusammen dort seine Zeit zu verbringen, war sein größter Wunsch. Er dankte Gott dafür in vielen Gebeten.

Aus Richtung Norden kamen sie in die Gegend von Benedikts Haus. Würde es ihr gefallen? Bestimmt, dachte er. Der Platz, den er ausgewählt hatte, war schließlich ein besonders schöner. Außerdem ganz in der Nähe des Fundortes vom Chattenherz. Das musste ihr einfach gefallen. Sie kamen über den kleinen Hügel und die Sicht auf sein Anwesen wurde frei. Carla gefiel es nicht nur, nein sie war begeistert. Ihr Strahlen zeigte Benedikt deutlich, dass er ihren Geschmack getroffen hatte. „Diesen Platz hätte ich auch gewählt", sagte Carla.

Sie spannten die Ochsen aus, trugen ihr Gepäck in das Haus und waren mehr als nur Angekommen. Noch am Abend sprachen sie lange über ihre gemeinsamen Zukunftspläne und ihr Zuhause. Im nächsten Frühling dann würden sie gemeinsam die Ortschaften besuchen und jeder seiner Berufung nachgehen. Als sie sich an diesem Abend auf ihr Lager begaben, war es so anders als sonst. Nicht nur durch einen Karren vom Rest der Welt getrennt, sondern im eigenen Haus. Niemand konnte sie sehen oder hören. In dieser Nacht gab Carla sich Benedikt in all ihrer Schönheit hin. Benedikt war sehr vorsichtig und zart zu ihr. Eine für beide wunderschöne und unvergessliche Nacht.

Am nächsten Morgen war Carlas Lächeln das Erste was Benedikt sah und so wünschte er es sich für jeden kommenden Morgen. Nach dem Frühstück bat Carla ihn ihr den Platz zu zeigen, wo er das Chattenherz gefunden hatte. Benedikt ging mit ihr zum nahen

Moor und zeigte ihr die Stelle. Carla schloss die Augen und hob die Hände mit den Handflächen nach oben. So blieb sie eine ganze Weile stehen und atmete tief ein und aus. „Es ist wirklich ein magischer Ort", sagte sie dann. „Hier kann man die tiefe Liebe des Herzens spüren". Danach schauten sie sich noch die umliegende Gegend an und Carla bestätigte Benedikt noch einmal die besonders gute Wahl dieses Platzes.

Die Nächte waren unvergleichlich, aber sie wurden kälter. Nach wenigen Tagen schon fiel der erste Schnee. Sanft hüllten die weißen Flocken alles ein. Das Land sah so unschuldig aus und eine wunderschöne Ruhe legte sich darüber. Auf den großen Holunderbüschen saßen kleine Schneemützen. „Diese Ruhe, dieser Frieden, das wäre wunderschön, wenn der auch immer über dem Land liegen würde", sprach Carla. Alles sieht so unberührt aus. Nicht von den Menschen bearbeitet. Nur einzelne Spuren von Tieren waren im Schnee zu erkennen. Diese zogen jetzt durch die Landschaft und waren auf Futtersuche. Carla und Benedikt waren jetzt froh über den reichlichen Torf Vorrat, der es ihnen warm und behaglich machte. Zwar war der Geruch manchmal etwas streng und störend, aber sie gewöhnten sich daran und die Wärme tat ihnen gut.

Die dunklen Wintertage nutzten sie für viele Gespräche. Diese drehten sich um die Vergangenheit, um Freunde und Verwandte, aber auch um die gemeinsame Zukunft. Ein Punkt, der immer wieder etwas für Unstimmigkeiten sorgte, war Carlas Fähigkeit der Vorhersage. Benedikt stand immer noch im Zweifel, ob es nur ein Trick oder aber wirklich eine Begabung war. Aber diesen Zweifel zeigte er Carla nicht offen. Nachmittags gingen sie oft spazieren, mal zum nahen Moor, mal einfach nur den Tierspuren folgend.

Dabei rätselten sie dann über die Fähigkeiten der Tiere, immer wieder ihr Futter zu finden.

Aber es gab auch schlimme Bilder, eines Tages, als sie wieder einer Spur folgten, kamen plötzlich immer mehr Spuren hinzu. Erst schienen die Tiere im normalen Tempo gelaufen zu sein, dann gerannt. Nach kurzer Zeit fanden sie dann nur noch eine große Blutmenge, die in den Schnee eingesickert war. Hier hatten sich die Wölfe bedient. Aber dies war nun einmal der Gang der Natur und auch die Wölfe mussten fressen. Trotzdem nahm es Carla sehr mit, sie bat Benedikt darum nun doch wieder nach Hause zu gehen. Carla war eben von ihrem Wesen her eine sehr zarte Frau und hatte große Hochachtung vor dem Leben. Das Wissen darum, dass hier ein Tier gestorben war, nahm sie sichtlich mit.

Gegen Abend dann erwärmte Carla jede Menge Wasser um den Badezuber zu füllen. Sie füllte ihn und begann sich langsam zu entkleiden. Ihr junger, fester Körper war eine Pracht, dachte Benedikt. Erst beugte sie sich langsam über den Zuber um die Temperatur des Wassers zu testen. Ihr ganzer Körper spannte sich, ihr wohlgeformter Po streckte sich weit heraus und ihre schweren Brüste hingen fast bis in das Wasser. Benedikt konnte nicht anders, als ihr dabei zuzuschauen. Dann stieg sie genüsslich hinein und es machte auf Benedikt den Eindruck, als ob sie es für ihn extra langsam und aufreizend machte. Kaum im Zuber bat sie ihn ihr den Rücken zu waschen. Benedikt kam dem nur zu gerne nach. Dabei war sein Blick auf ihre Brüste gerichtet, die noch zum Teil an der Wasseroberfläche waren. Das warme Wasser schien sie zu erregen. Ihre rosafarbenen Brustwarzen wurden hart und lang und die kleinen Wellen spielten an ihnen. Carla schloss die Augen und schien diesen Augenblick sehr zu genießen. Dann begann sie sich langsam selbst zu waschen, ihren Hals, ihren Bauch und dann zwischen ihren Schenkeln, die sie leicht gespreizt hatte. Benedikt konnte erkennen, wie sie dort mit den Fingern geschickt begann ihre Weiblichkeit zu streicheln. Plötzlich nahm sie Benedikts Hand und führe diese genau hier hin. Sie zeigte ihm was sie mochte. Benedikt spürte die zarte Haut, die leichten Wölbungen an der Seite ihrer Weiblichkeit. Dann wie von selbst glitten seine Finger in sie. Carla fasste wieder seine Hand und zeigte ihm die Bewegung, die sie so der Welt entgleiten ließ. Seine andere Hand streichelte dabei ihre Brust und ihre harten Brustwarzen. Diese waren ganz fest und so lang geworden, wie er es noch nicht gesehen hatte. Plötzlich spürte Benedikt wie Carlas Hand nach seiner Männlichkeit griff und diese erst zärtlich, dann fordernder streichelte. Benedikt streichelte auch Carla immer schneller und intensiver. Irgendwann konnten beide es nicht mehr aushalten und ließen den Dingen ihren Lauf und sich von der Ekstase so fesseln, dass es in einem lauten Stöhnen und einem gemeinsamen Orgasmus endete.

Diese Art des Badens genossen die beiden nun recht oft. Carla schien die Wärme des Wassers förmlich zu entfesseln. Besonders jetzt im kalten Winter, war dies immer ein schöner, warmer Moment am Ende des Tages. Der Winter zog sich noch lang hin und ihre Vorräte neigten sich langsam dem Ende. Benedikt beschloss am nächsten Tag zur nahen Siedlung zu gehen um dort nach Möglichkeit Vorräte zu beschaffen.

Früh am neuen Tage zog sich Benedikt besonders warm an, küsste Carla zum Abschied zärtlich und machte sich auf den Weg. Es war ein kalter, klarer Wintermorgen. Er genoss die kalte Luft und die verschneite Landschaft. Immer wieder blieb er stehen und ließ seinen Blick schweifen. Diese besondere Schönheit, auch im

Winter, faszinierte ihn. Er wusste, hier wollte er nie wieder weg. Kurz vor dem Mittag erreichte er die Siedlung. Die Menschen dort freuten sich ihn zu sehen. Alle waren neugierig, wie es ihm ergangen sei. Stolz erzählte Benedikt von Carla und ihrer wunderschönen gemeinsamen Zeit. Man beglückwünschte Benedikt von ganzem Herzen zu seinem Glück und die freundlichen Bewohner brachten alle etwas an Vorräten zu ihm, so dass er einen Schlitten leihen musste um die ganzen Dinge zu transportieren.

Der Rückweg war nun doch etwas mühsamer und erst kurz vor der Dunkelheit kam er bei Carla an. Diese empfing ihn überglücklich; denn sie hatte sich schon Sorgen gemacht, dass die Wölfe Benedikt überfallen hätten. Doch der lachte nur über ihre Sorgen und erzählte von den vielen freundlichen Menschen aus der Siedlung. Da Neuigkeiten immer eine Seltenheit waren, wollte Carla aber nun auch wirklich alles erfahren. Immer wieder fragte sie nach, ob er ihr nun auch Alles erzählt hätte. Benedikt lachte schon und wusste nicht mehr was er ihr noch sagen sollte. Er schlug ihr aber vor, das nächste Mal doch mitzukommen.

Obwohl die Sonne schon immer höher stand und die ersten Blumen aus dem kalten Boden sprossen, dauerte der Winter noch an. Beide konnten es kaum mehr erwarten, endlich wieder ihrer Tätigkeit nachzugehen und die verschiedenen Märkte zu besuchen. Sie hatten sich schon eine Route ausgedacht und wollten zwischenzeitlich dann aber immer wieder zum Haus zurück kehren.

Kaum zeigte sich der Frühling, da beluden sie den Karren schon am Abend bevor es losgehen sollte. Die letzte Nacht im gemeinsamen Heim und wirklich alleine, genossen sie noch einmal ausgiebig. Früh am Morgen dann zogen sie los. Es war dieses besondere Gefühl der Freiheit, dass sie so vermisst hatten. Die Schönheit der Natur zu genießen, fremde Menschen zu treffen, Neues zu erfahren und eben ihrer Berufung nachgehen. Sie hatten vor, erstmal einige Tage in Richtung Westen zu fahren. Erst auf der Rücktour, die sie dann wieder zu ihrem Haus führen würde, kämen die Marktbesuche dran.

Der erste Abend in freier Natur am Lagerfeuer war etwas ganz Besonderes. Sie schwiegen gemeinsam, schauten in den Himmel, hielten sich an der Hand und waren ganz beieinander. Jeder im Herzen des Anderen. Erst ein leises Heulen ließ sie aus dieser Trance erwachen und dafür Sorge tragen, das Feuer wieder etwas kräftiger anzufachen. Angst vor den Wölfen mussten sie nicht haben, aber Wachsamkeit konnte trotzdem nicht schaden. So saßen sie noch lange am Feuer unter den Sternen und waren glücklich sich gefunden zu haben. Noch 4 Tage reisten sie weiter gen Westen, bevor sie auf den ersten Markt kamen. Beide richteten in respektablen Abstand ihren Stand ein und versuchten das nötige Publikum zu inspirieren. Aus einiger Entfernung konnte Benedikt mit einem neidvollem Lächeln erkennen, dass Carlas Besuchermenge mal wieder die größere war. Aber er gönnte es ihr gern. Auch verstand er natürlich, dass die Zukunft viel interessanter war, als die Vergangenheit. Obwohl er an seinen Geschichten gefeilt hatte, diese nun regional spielten und von Barmherzigkeit und Güte erzählten. Mit dieser Taktik schaffte Benedikt es dann auch, immer mehr Menschen von seinem Glauben zu erzählen und sie zu überzeugen. Er wusste, wenn er es schaffte, auch aus nur einem einen guten Menschen zu machen, so war sein Tun nicht vergebens.

Kriegswirren:

In der Mittagszeit machten die meisten Händler eine Pause und auch Benedikt und Carla trafen sich zum gemeinsamen Essen. Sie berichteten sich gegenseitig vom Erlebten und Gehörten. Ab und zu stieß noch ein anderer Händler hinzu, den sie schon kannten und es wurde viel geredet. Wahres und Unwahres, Schönes und Schlechtes. Benedikt fiel auf, dass es einige Nachrichten von Unruhen der Franken gegenüber den Sachsen östlich des großen Flusses gab. Er konnte dies noch nicht richtig einschätzen, da er nicht wusste was Wahrheit und was Gerede war. Die Pause nahm ihr Ende und sie machten sich wieder an ihre Arbeit. Allerdings blieb Benedikt die ganze Zeit nachdenklich und etwas besorgt über das Gehörte. Er würde sich von nun an bei jeder Gelegenheit versuchen weiter zu informieren; denn es hatte ihn besonders verwirrt, dass ein Händler erzählt hatte, die Soldaten von Karl dem Großen würden den christlichen Glauben mit roher Gewalt einführen.

Den Abend lagerten sie schon außerhalb der Ortschaft, um gleich am nächsten Tag die kommende Siedlung zu erreichen. Auch am Feuer sprachen sie noch über die Kriegswirren und den Widerspruch, das Christentum mit Gewalt einzuführen. Carla sagte: „Das wird die Menschen eher vom Gegenteil überzeugen, Du kannst nicht Frieden, Barmherzigkeit und Menschengüte predigen und die Schergen des Königs verbreiten genau das Gegenteil, dann wirst Du und Dein Glaube völlig unglaubwürdig".

Diese Worte trafen Benedikt sehr stark und er erwiderte, dass es bestimmt nur Gerüchte wären, die so gar nicht stimmten. Aber in seinem Inneren fühlte er, dass es irgendwie nicht so war, wie er es gerade gesagt hatte. Auch wurde ihm irgendwie klar, wenn es so sein sollte und er diesen Glauben weiter predigen würde, dann wäre eine Spaltung zwischen Carla und ihm. Dies würde er niemals zulassen.

Auch auf dem nächsten Markt hörten sie ähnliche Gerüchte. Jeder hatte was gehört oder kannte einen der etwas gehört hatte. Alles nichts Greifbares, aber irgendetwas musste ja dran sein an diesen Gerüchten. Die innere Unruhe in Benedikt nahm immer mehr zu. Was aber zu beobachten war, die Reihe vor Carlas Stand wurde immer länger und die Menschen fragten sie schon nach dem fremden Heer und dem Krieg. Am Nachmittag hatten beide dann noch etwas Zeit und so schlenderten sie gemeinsam über den Markt. Sie begrüßten noch den einen oder anderen Bekannten und fragten auch diese nach dem Gehörten. Aber auch hier war es nicht anders, keiner wusste wirklich etwas, alle Händler und auch Kräuterfrauen hatten nur davon gehört.

Abends dann am Lagerfeuer holte Benedikt seinen Stein aus der Tasche. Dieser war warm und weich wie immer in letzter Zeit. Auch rötlich und beide Steine pulsierten im Takt. Aber beim näheren Hinsehen entdeckte Benedikt einen schwarzen Fleck am linken Rand des Steins. Er versuchte ihn abzureiben, aber das ging nicht, der Fleck blieb. Das würde er in den nächsten Tagen beobachten, Carla erzählte er nicht davon.

Der nächste Ort den sie besuchten, war deutlich größer als die anderen. Hier würden sie sogar 2 Tage bleiben, so hatten sie beschlossen. Der Markt war sehr groß und gut besucht. Ein wunderschöner Frühlingstag tat das seinige dazu, dass die Besucher nur so strömten. Selbst bei Benedikt war heute gut Betrieb und es schien ihm sichtlich gut zu tun, dass es doch noch genügend Menschen gab, die ihm zuhören wollten. All diese

Dinge ließen die Gedanken von Benedikt sich doch wieder mehr den schönen Dingen des Lebens zuwenden und verdrängten das Böse und die Gewalt. Am Abend dann saßen sie noch lange mit anderen Händlern am Marktplatz. Einige hatten ein großes Feuer angezündet und ein paar Gaukler führten kostenlos Kunststücke vor. Andere wieder machten Musik und es gab Getränke, die die Zunge lockerten und das Lachen der Menschen laut klingen ließ. Ja, so sollte es sein dachte Carla. Friede und Freude unter den Menschen. Ein jeder wie er ist und wie er sein mag. Sie war sehr glücklich an diesem Abend. In der anschließenden Nacht vergaßen sie, dass sie nicht allein in der Gegend waren. Sie liebten sich innig und laut. Aber es war ihnen egal; denn Liebe war das Schönste und Reinste das es gab.

Der nächste Tag war noch mal ein erfolgreicher für beide und so machten sie sich am Abend wieder weiter auf den Rückweg, immer ostwärts. Je weiter sie nun wieder nach Osten kamen, desto weniger hörten sie von den Gerüchten und waren schon der Meinung, das Alles wären nur Erfindungen gewesen. Sie waren sorglos und klapperten die Märkte auf dem Weg zu ihrem Haus ab. Die Geschäfte waren gut gelaufen und Benedikt und Carla kehrten mit wohlgefüllten Börsen nach Hause zurück. Hier wollten sie sich erstmal eine zeitlang ausruhen und dann zu Beginn des Sommers die nächste Reise machen. Sie mussten auch jetzt schon wieder die Zeit nutzen um Torf zu stechen, zu trocknen und sich somit auf den nächsten Winter vorbereiten. Gemeinsam erledigten sie diese Arbeiten. Sie genossen ihr Miteinander, die Natürlichkeit und die Harmonie die sie miteinander spüren konnten. Carla als Frau vom Lande war Arbeit gewohnt und trotz ihrer Tätigkeit konnte sie gut mit anpacken. So schafften sie einen ordentlichen Vorrat an Torf und sahen dem nächsten Winter entspannt entgegen.

In den letzten Tagen jedoch litt Carla immer öfter an Übelkeit. Auch war ihre monatliche Blutung ausgeblieben und mit Freude erzählte sie Benedikt davon, dass er nun wohl Vater würde. Entgegen Carlas Befürchtungen, sie hatte es schon eine Weile geheim gehalten, freute sich Benedikt riesig. Carla war die einzige Frau, mit der er sich ein gemeinsames Kind vorstellen könnte. Bestimmt wäre es wunderschön, davon war er schon jetzt überzeugt. Sofort kam sein Beschützertrieb hervor und er verbot Carla die Arbeit im Moor. Diese aber lachte ihn nur aus und sagte ihm es würde noch bis zum nächsten Winter dauern, bis es soweit wäre. Sie war sich sicher, dass Kind in der fröhlichen Nacht auf dem großen Markt empfangen zu haben. Ein Kind der Freude und des Friedens sollte es werden.

Der Frühling neigte sich dem Ende, die Tage wurden immer länger und wärmer. Die Nächte kurz und oftmals ebenfalls sehr warm. Die Zeit der nächsten Reise rückte näher. Benedikt hätte Carla am liebsten Zuhause gelassen, aber das hätte sie nicht erlaubt und dann wäre es auch eine langweilige, einsame Reise geworden. Schon mit einem kleinen Bauchansatz packten Carla und Benedikt den Karren. Die Sommerreise würde am nächsten Tag beginnen. Dies sollte die längste werden. Sie würden bis zum großen Fluss nach Westen reisen und dann in gewohnter Manier wieder die Märkte in Richtung Heimat abgrasen.

Fast 20 Tage reisten sie in östlicher Richtung. Nur hin und wieder besuchten sie einen Markt, um Proviant aufzunehmen und ihr Budget aufzubessern. Jeden Tag beobachtete Benedikt Carlas Bauch. Er sagte dann immer: „Er ist schon wieder gewachsen". Carla wusste, dass sich Benedikt das nur einbildete, ließ ihn aber gern in seinem Vaterstolz. Endlich hatten sie den großen Fluss erreicht und dieser Abend am Lagerfeuer war ein ganz Außergewöhnlicher. Dieses besondere Licht, das leichte Rauschen des Flusses, alles hatte so etwas Friedliches. An diesem Abend zog Benedikt mal wieder seinen Stein aus der Tasche. Der schwarze Fleck war gewachsen und zog sich schon langsam zur Mitte. Der Stein war blutrot und der kleinere im Inneren pulsierte heftig. Ohne es deuten zu können steckte er ihn wieder in die Tasche und wandte sich lieber der werdenden Mutter zu. Carla und ihr bald gemeinsames Kind waren sein ganzer Stolz, sie machten ihn zu einem sehr glücklichen Mann. Das Feuer brannte langsam aus, es war eine klare, aber sehr dunkle Nacht. Weit hinter dem Fluss sah es aus, als würden dort riesige Lichter sein.

Die nächste Siedlung war nun dicht, so dass sie schon früh am kommenden Morgen ankamen. Ein großer Markt, den sie noch nicht kannten. Trotz der frühen Zeit, mussten sie lange suchen, bis sie jeder einen Platz für ihren Stand gefunden hatten. Auch kannten sie hier keine anderen Händler, aber es wunderte sie nicht; denn so weit waren sie auch noch nicht gereist. Schnell kamen sie mit ihren Standnachbarn ins Gespräch. Es gab nur noch ein Thema hier und das hieß Krieg. Nun waren es keine Gerüchte mehr, einige Händler wussten, das dass Heer von Karl dem Großen westlich des großen Flusses lagerte und dort schon verheerende Schandtaten angerichtet hatte. Alle die nicht den christlichen Glauben hatten wurden gezwungen diesen anzunehmen. Orte oder Siedlungen die es ablehnten wurden niedergebrannt, die Männer getötet und Kinder und Frauen oft verschleppt oder gar geschändet. Es gab zwar einige Truppen der Sachsen, die sich dem feindlichen Heer entgegen stellten, aber diese waren nur klein und immer wieder schnell aufgerieben.

Als Mann der Kirche musste sich Benedikt zwar keine Sorgen machen, aber was war mit Carlas Hellseherei? Dies würden bestimmt die Soldaten anders sehen und als Ketzerei abtun. Wie die Menschen hier eingestellt waren erkannte Benedikt ganz schnell, als er seinen Stand aufgebaut hatte. Die Menschen beschimpften ihn als Vorboten der Hölle, als Scherge Karl des Großen. Sie wollten nichts von ihm hören, ja waren sogar sehr feindselig. Benedikt stellte sofort seine Tätigkeit ein und ging zu Carla. Bei ihr hingegen war der übliche Betrieb und gerade in so schweren, bedrohlichen Zeiten, wollten die Menschen mehr über ihre Zukunft erfahren. Aber auch schon nach kurzer Zeit und trotz einer langen Schlange vor ihrem Stand, schloss Carla die Vorstellung. Sie ging zu Benedikt, der am Karren auf sie wartete, nahm ihn in den Arm und sprach: „Ich sehe nur noch Leid und Elend in den Augen und den Händen der Menschen. Es war nicht einer dabei, dem ich etwas Gutes hätte sagen können. So kann ich nicht arbeiten". Benedikt war entsetzt und gemeinsam machten sie sich auf den Weg noch mehr zu erfahren. Sie sprachen mit verschiedenen Händlern, anderen Kräuterfrauen und Wahrsagerinnen. Überall war es zu hören. Krieg und Verderben. Christianisierung mit Gewalt. Benedikt schämte sich fast für seine Berufung. Wie konnte dies harmonieren fragte er sich. Einerseits diese Gewalt, um Barmherzigkeit zu predigen.

Den Abend wollten sie noch einmal am Fluss verbringen und danach würden sie schnell wieder in die Heimat zurück fahren. Sie würden nur die nötigsten Märkte aufsuchen und auch nur die, die weit von hier entfernt lagen. Die Sicherheit von Carla, dem ungeborenen Kind und ihm selbst waren wichtiger als das Geschäft.

Am Fluss angekommen entzündeten sie ihr Feuer. Die hellen Lichter am anderen Ufer waren nicht mehr zu sehen. Es war schon spät und sie gedachten gleich ihr Lager im Wagen aufzuschlagen. Plötzlich waren sie von bewaffneten Soldaten umringt. Diese packten sofort Benedikt und fesselten ihn an den Karren. Benedikt schrie so laut er konnte: „Ich bin ein Mann Gottes, was wollt ihr von mir". Die Soldaten lachten nur laut, sie schienen betrunken. Einer schlug ihn verächtlich ins Gesicht und spuckte ihn an. Dann sprach er: „Ein Mann Gottes, der sich mit einer Hure des Satans vergnügt, aber wir werden ihr den Satan schon austreiben". Benedikt schrie wie am Spieß als die Soldaten Carla packten, ihr die Kleidung vom Leib rissen und sie einer nach dem anderen vergewaltigten. Alles musste er mit ansehen. Es war das schlimmste Grauen, das sich ein Mensch vorstellen konnte. Zuerst schrie Carla noch laut, dann wimmerte sie nur noch erbärmlich, bis sie irgendwann verstummte. Die anderen Soldaten standen im Kreis um sie herum und grölten laut, während einer nach dem anderen sich an ihr vergnügte. Sie war schon lange nicht mehr bei Bewusstsein. Als die Soldaten mit ihr fertig waren, stachen sie ihr mit einem Schwert in den Bauch und dann enthaupteten sie Carla. Benedikt wurde bewusstlos und brach zusammen.

Es war das schlimmste Erwachen seines Lebens. Clara lag tot vor ihm, den Kopf hatten die Soldaten auf einen Stab gesteckt. Überall Blut. Es dauerte lange bis er sich von den Fesseln lösen konnte. Er rannte zum leblosen Körper von Carla, schmiss sich über ihn und stammelte: „Warum konnte ich Dich nicht beschützen. Gott, Du hast mir Alles genommen, was ich geliebt habe, ich hasse Dich und schwöre von Dir ab. Wenn das mein Glaube war und er so verbreitet wird, dann will ich nur noch gegen ihn kämpfen bis ich meinen letzten Atem ausgehaucht habe".

Das die Soldaten den Karren geplündert hatten, war Benedikt völlig egal. Das Leben war sinnlos geworden und würde nur noch aus Rache, furchtbarer Rache bestehen. Gern hätte er Carlas Leiche bei ihrem Haus bestattet, aber die Hitze erlaubte es nicht, der Weg war zu lang. So grub er hier vor Ort ein Grab, legte sie hinein und nahm dann seinen Stein aus der Tasche, der steinhart war, tauchte ihn in Claras Blut und sprach: „Ihn werde ich an Deiner Stelle begraben, mit Deinem Blut getränkt, soll er immer ein Zeichen unserer großen Liebe sein". Fast hätte er gebetet, aber dann war ihm bewusst, dass Gott ihn allein gelassen hatte. Er sprach nur noch: „Ich werde immer an Dich denken Carla, unsere Herzen waren eins".

Traurig, wie ein geschlagener Mann kehrte Benedikt nach Hause. Er nahm nichts mehr um sich herum wahr. Wenn Menschen ihn ansprachen, schaute er durch sie hindurch und ging weiter seines Weges. Endlich angekommen, begrub er als Erstes den Stein. Er hatte als Platz die Stelle am Moor ausgesucht, wo er ihn gefunden hatte. Seine Worte dazu lauteten: „Du hast mir die große Liebe gezeigt, aber Gott hat sie mir genommen. Du wolltest mich warnen, aber ich habe es nicht verstanden. Du bist für das Gute, ich jetzt nur noch für die Rache. Deswegen sollst Du hier liegen, bis Dich jemand findet, der Dich versteht und Dir gewachsen ist". Benedikt ging zum Haus und zog sich traurig zurück.

Benedikts Rache:

Eine Woche trauerte Benedikt noch, dann packte er all seine Sachen, zündete das Haus mit den Worten an: „Dich brauche ich in diesem Leben nicht mehr". Als es völlig niedergebrannt war, machte er sich auf den Weg. Er würde versuchen Gruppen der Sachsen zu finden, die sich gegen die Soldaten Karls wehrten, sich ihnen anschließen und er würde der schrecklichste von ihnen werden. Er würde so viele Franken töten wie er nur könnte. Er würde ihre Frauen schänden, wie sie Carla geschändet hatten, er würde ihre Kinder töten, wie sie es mit seinem ungeborenen getan hatten. Carla hatte auch hier Recht gehabt, er würde wegen einer Frau seinen Glauben verlassen.

Benedikt ging von Markt zu Markt, aber nicht um zu predigen, sondern nach Männern zu suchen, die kämpften. Bald schon hatte er Erfolg und die wilde Gruppe nahm ihn freundlich auf. Benedikt erzählte seine traurige Geschichte und die Männer wussten, sie hatten einen schrecklichen Krieger von nun an in ihren Reihen. Jeden Tag übte er den Kampf mit Schwert und Stock. Er musste sich dafür extra ein Schwert leihen. Zwar hatte er bei einem Schmied schon eines in Auftrag gegeben, aber es würde noch ein paar Tage dauern bis es fertig war. Die Männer blieben ohnehin noch etwas in der Gegend, da sich noch andere Gruppen ihnen anschließen wollten. Das Schwert, das Benedikt bestellt hatte, war besonders lang. Er hatte festgestellt, wie sich Soldaten mit ihren Schildern schützten und dabei war ihm aufgefallen, dass immer die Beine, ganz besonders die Unterschenkel ungeschützt waren. Er würde mit aller Wucht ihnen diese mit einem Schlag abhacken und sie dann erbärmlich ausbluten lassen. So würde er es machen. Auch würde er versuchen die Anführer davon zu überzeugen, nachts anzugreifen, am besten wenn die Soldaten betrunken wären. Genauso wie sie ihn feige in der Dunkelheit angegriffen hatten.

In den nächsten Tagen sammelten sich immer mehr Männer, die sich ihnen anschlossen. Es kamen einzelne, aber auch ganze Gruppen. So wuchs ihr Heer beständig und hatte mittlerweile schon eine beträchtliche Anzahl von Kämpfern. Viele waren keine gelernten Soldaten, so wie er, aber auch viele hatten einen ähnlichen Grund zur Rache. Einigen war das Haus abgebrannt worden, anderen die Familie geraubt oder getötet. All dies verband sie und machte sie zu ganz unerschrockenen Kriegern, die es kaum noch erwarten konnten, gen Westen zu ziehen und ihre Rache an den Franken zu nehmen. Es war eine Horde wilder, verwegener Gesellen, die sich auf den Weg machte. Immer ein erfahrener Soldat mit einer Gruppe von 15 bis 20 Männern zogen sie im Verbund los. Die Anführer hatten besprochen bis zum Erreichen der feindlichen Truppen zusammen zu marschieren, dann sich in die kleinen Gruppen aufzuteilen und überall kleine Trupps anzugreifen. Immer nur kurze Scharmützel und dann wieder zurück ziehen. Benedikts Vorschlag, nachts anzugreifen, war bei seinem Gruppenführer auf großes Verständnis gestoßen. Sie würden sich wenn sie das Feindgebiet erreicht hatten noch einige Tage vorbereiten. Sie würden im Dunkeln trainieren und auch das Marschieren in der Nacht üben. Der ganze Tross kam nur langsam voran und zog sich wie ein Lindwurm. Es waren Karren mit Küchen und Vorräten dabei, Helfer für den Auf- und Abbau des Lagers, ja sogar Huren gingen mit auf die Reise. Besonders die Verköstigung, aber auch der Auf- und Abbau nahm immer viel Zeit in Anspruch. Es dauerte fast einen Monat, bis sie auf die Franken stießen. Ein Späher hatte sie in 2 Tagesmärschen ausgemacht.

Jetzt trennten sich die Gruppen und man verabredete einige Geländepunkte, an denen man sich zu bestimmten Zeiten wieder treffen würde. Auch gab es Männer, die immer wieder zwischen den einzelnen Gruppen die Verbindung herstellen sollten. Am jetzigen Standort wurde eine Art Basislanger aufgebaut, wo sich die einzelnen Gruppen auch zwischenzeitlich immer wieder versorgen konnten. Benedikts Gruppe ging nun ihrem Training in der Dunkelheit nach. Die Männer lernten, jedes Geräusch zu vermeiden, sich mit Ruß die Gesichter und Hände zu schwärzen und sich zu bewegen wie eine Katze. Neben seinem langen Schwert, hatte Benedikt sich noch ein kurzes beschafft, da es in der Dunkelheit einfacher von der Handhabe war. Der Gruppenführer war sehr zufrieden mit den Fortschritten und eines Abends, nachdem er Nachricht von einem der Melder bekommen hatte, machten sie sich auf den Weg zu ihrem ersten Gefecht.

Langsam, leise schlichen sie an einen Trupp Franken heran. Die Zahl der Männer war ihnen überlegen, aber die Truppe war nicht vorbereitet und viele der Soldaten stark betrunken. Manche lagen schon laut schnarchend neben dem Feuer. Einige sangen und grölten laut. Dieses Grölen erinnerte Benedikt an die Nacht, als Carla und er überfallen wurden. Seine Rache würde schrecklich werden. Ganz dicht schlichen sie heran, die Franken bemerkten sie überhaupt nicht und hatten auch keine Wachen aufgestellt. Nur wenige Meter trennten sie noch von den Feinden, da rief der Gruppenführer zum Angriff.

Völlig überrascht und überfordert waren die Franken, sie schafften es nicht einmal mehr ihre Waffen zu ziehen, da waren sie schon geschlagen. Wie die Berserker kämpfte Benedikts Truppe. Gnadenlos erschlugen und erstachen sie die Männer. Als alle niedergestreckt waren, ging Benedikt zu jedem einzelnen von ihnen und schaute ihn an. Die Gesichter der Soldaten von damals hatte er sich eingebrannt. Aber von denen war keiner dabei gewesen. Sie nahmen sich noch die Waffen und alles was ihnen von Nutzen war und schlichen in die Dunkelheit zurück. Obwohl es ihr erster Angriff war, war dieser gut gelungen. Aber die Feinde hatten es ihnen auch leicht gemacht und sie alle wussten, in Zukunft würde es schwieriger werden. Es würde sich herum sprechen, dass einzelne Gruppen von Rächern unterwegs waren. Dann würden auch die Franken Wachen aufstellen und besser aufpassen. Aber das war die Zukunft, für heute hatten sie ihren ersten Rachedurst gestillt.

In den kommenden Tagen sahen sie keine weiteren Franken. Wahrscheinlich war dies ein versprengter Trupp gewesen der sich abgesetzt hatte oder eine Vorhut. Sie machten sich also erst einmal wieder auf den Weg zum Basislager um sich zu verpflegen und auszutauschen.

Nur wenige Gruppen waren auf Feinde gestoßen. Unter den eigenen Männern gab es kaum Tote oder Verletzte. Zu überraschend waren die Angriffe gewesen. Sie alle wussten zwar, sie würden die Franken niemals ganz besiegen können, aber wehtun, das würden sie ihnen. Als nahezu alle Gruppen wieder im Basislager waren, beschlossen die Anführer doch noch weiter nach Westen zu ziehen, da die Franken wohl weiter dort lagerten. Gleich am nächsten Morgen machte sich der große Tross wieder auf den Marsch. In der gewohnt langsamen Weise ging es gen Westen. Die Männer waren nach den ersten Kämpfen etwas entspannter, der erste Druck hatte sich gelegt. Sie tauschten ihre Erfahrungen aus und manch einer erhielt noch einen Tipp, der ihm vielleicht noch das Leben retten würde.

3 Tage waren sie wieder gemeinsam marschiert, als sich die Gruppen wieder trennten und das Basislager an dem neuen Ort

bestehen blieb. Sie hatten dies immer so ausgewählt, dass es nie in der Nähe einer Ortschaft oder Siedlung war, um die dort lebende Bevölkerung nicht irgendwelcher Rache auszusetzen.

Benedikts Truppe zog wieder los. Diesmal in der Nacht machten sie sich auf den Weg um gleich wieder etwas Übung in der Dunkelheit zu bekommen. Sie waren erst wenige Stunden marschiert, da konnten sie eine große Anzahl von Feuern erkennen. Dies war keine Gruppe, die sie angreifen konnten, es war eine riesige Menge von Soldaten. Leise zogen sie sich ohne Angriff zurück, marschierten direkt wieder zum Basislager und informierten die Anführer über das Gesehene.

Die Anführer berieten sich und entschieden die Soldaten nicht anzugreifen. Das fränkische Heer war einfach zu groß. Stattdessen wurden Freiwillige gesucht, die als Beobachter und Melder die Anführer ständig über Veränderungen informieren sollten. Benedikts Gruppe stellte sich zur Verfügung. Sie würden sich tagsüber verstecken, des Nachts dann aber ihre Beobachtungen durchführen. Noch am gleichen Abend marschierten sie zu der Stelle zurück, an der sie das Lager des Heeres entdeckt hatten. Die Franken lagerten immer noch dort. Vielleicht legten sie eine Pause ein oder sie berieten ebenfalls das weitere Vorgehen. Die Männer rund um Benedikt mussten sehr vorsichtig sein, die Franken hatten überall Wachposten aufgestellt. 2 Tage noch blieb der Zustand so, dann setzte sich das Heer in Bewegung. Einer aus Benedikts Gruppe wurde sofort zum Basislager geschickt um die restlichen Männer zu informieren. In sicherer Entfernung folgte der Rest der Gruppe diesem elendig langen Lindwurm von Soldaten und dem Tross.

Vorne marschierten dort die einzelnen Gruppen, dann folgten die Versorgungswagen und zum Schluss kam der Anhang, den jedes

Heer mitschleppen musste. Händler, Gaukler, Helfer und Huren. Ein Angriff in jeglicher Form wäre unmöglich gewesen. Nur das Verfolgen und Beobachten blieb ihnen. Benedikt, der immer noch so auf Rache aus war, fiel es schwer sich zurückzuhalten. Die Vernunft aber sprach für das jetzige Verhalten. Das fremde Heer erreichte die ersten Siedlungen. Einige Männer traten hervor und sprachen kurz mit den dortigen Anführern. Die meisten Siedlungen unterwarfen sich, erkannten die Macht der Franken und ihren Glauben an. Andere wieder waren schon komplett verlassen. Solche Siedlungen wurden dann einfach von den Franken niedergebrannt und geschliffen.

Zwar waren die Menschen dort gerettet, aber ihre Häuser waren nicht mehr vorhanden und sie hatten alles verloren. Immer wenn die Franken feststellten, dass eine Siedlung verlassen schien, scherte nur ein kleiner Trupp der Soldaten aus um das Niederbrennen durchzuführen. Das brachte Benedikts Gruppe auf eine Idee. Sie würden dem langsamen Tross vorauseilen, sich selbst ein verlassenes Dorf suchen und wenn die Franken dann kamen, diese überraschen und töten. Die ganze Nacht marschierten sie voraus, dann kamen sie an eine kleine Siedlung die schon geräumt war. Alle Häuser waren leer, davon überzeugten sie sich als Erstes. Sie verteilten sich auf die Häuser und warteten nun einfach ab. Der nächste Tag verging, aber noch keine Franken waren zu sehen. Erst am nächsten Morgen dann, konnten sie schon aus großer Entfernung das Heer sehen und hören. In der Hoffnung, dass die Franken in ihrer gewohnten Weise vorgingen versteckten sie sich in den leeren Häusern und Hütten. Sie wollten so lange wie nur möglich warten. Dann wäre das Heer schon weitergezogen und nur die Abteilung, die das Dorf niederbrennen sollte war noch vor Ort.

So kam es dann auch, das große Heer zog weiter und eine kleine Gruppe von Soldaten wartete in der Nähe des Dorfes. Benedikt hatte dieses Vorgehen genau beobachtet, sie ließen immer erst den ganzen Tross hindurch, wahrscheinlich damit die ihnen folgenden nicht sahen wie sie wüteten. Jetzt endlich ging es los. Die Franken teilten sich auf die verschiedenen Häuser auf. In der Mitte des Ortes hatten sie ein Feuer entzündet, dort entfachten sie ihre Fackeln und gingen auf die einzelnen Häuser los. Benedikt und seine Gruppe warteten mit gezücktem Schwert auf die Soldaten. Erst im letzten Moment, kurz bevor sie die Fackeln auf die Dächer warfen, eilten sie mit lautem Geschrei heraus und erschlugen die Franken. Wieder kontrollierte Benedikt nach der kurzen aber heftigen Schlacht die Gesichter der Männer. Aber auch diesmal war keiner derer dabei, die ihm soviel Leid zugefügt hatten.

Danach schlossen sie wieder schnell zu dem Heer auf und folgten ihm in sicherem Abstand. Der Weg, den die Franken einschlugen, schien genau in Richtung des Basislagers zu führen. Als sie das feststellten, überholten sie in weitem Abstand das Heer um die eigenen Truppen zu warnen. Das Gelände zwang sie dabei zu einem recht großen Umweg und sie befürchteten schon zu spät dort anzukommen. Sie marschierten so schnell sie konnten, aber als sie in die Nähe des Basislagers kamen, war es schon zu spät. Es gab ein furchtbares Gemetzel, bei dem die so hoch überlegenen Franken siegten. Zwar hatten die eigenen Truppen tapfer gekämpft und ebenfalls viele getötet, doch der Sieg war den Franken nicht zu nehmen. Wütend hielten die Männer um Benedikt inne. Hätten sie doch nur das Lager gleich gewarnt und nicht die leeren Häuser verteidigt und die paar Franken erschlagen, dann würden viele ihrer Mitstreiter noch leben. Sie hatten einfach die falsche Entscheidung getroffen und sie machten sich große Selbstvorwürfe.

Ihre eigene Lage war nun fatal. Kämpfen konnten sie alleine nicht mehr gegen diese Übermacht. Sie beschlossen daraufhin sich zu trennen und ein jeder sollte in sein Dorf zurück kehren und die dortigen Bewohner warnen. Zumindest könnten sie so noch einigen ihr Leben retten. Sogleich machten sich die Männer auf den Weg. Sie verabschiedeten sich voneinander und jeder ging in die Richtung, aus der er ursprünglich kam.

Benedikt marschierte und lief so schnell er konnte. Er wusste, er würde einen recht großen Vorsprung haben; denn das tägliche Lagern eines Heeres kostete sehr viel Zeit. Nach ein paar Tagen kam er dann im Dorf an, das in der Nähe seines früheren Wohnortes lag. Er suchte sofort den Anführer des Ortes auf und berichtete ihm vom Gesehenen und Geschehenen. Dieser erschrak heftig. Zwar waren auch hier schon Gerüchte aufgekommen über die Missetaten der Franken, aber so schrecklich hatte er sich das nicht vorgestellt. Zusammen mit Benedikt wog er ab, ob sie das Dorf räumen und auf Sicherheit gehen oder ob sie sich einfach ergeben und auf die Gnade der Franken hoffen sollten. Sie entschieden sich für die zweite Lösung. Benedikt sollte bei ihnen bleiben und zusammen mit dem Anführer den Soldaten entgegen gehen, wenn sich diese dem Ort näherten. Benedikt als ehemaliger Mann der Kirche hatte dann die Aufgabe, die Franken davon zu überzeugen, dass dieses Dorf schon Christianisiert wäre und er selbst der hiesige Geistliche war. Benedikt konnte dies zwar nicht von Herzen durchführen, aber um die Menschen zu retten, war ihm die Lüge recht.

Es vergingen noch einige Tage, bis sie sahen, dass die Franken kamen. Benedikt und der Anführer traten vor den Ort und nur mit einer heiligen Schrift bewaffnet, warteten sie auf die Abordnung der Franken. Schon nach wenigen Worten erkannten die Franken, dass Benedikt ein Mann der Kirche war. Sie stellten ihm einige Fragen, die er problemlos zu ihrer Zufriedenheit beantworten konnte. Benedikt erzählte ihnen, wie er vor mehr als einem Jahr hier angekommen war und diesen Ort und viele andere in der Nähe schon vom christlichen Glauben überzeugt hatte.

Daraufhin nahmen die Soldaten Benedikt mit zu ihrem Anführer um ihn den Prediger aus dem fernen Land vorzustellen. Der Anführer des Heeres war ein stattlicher Mann dem man sofort seine Führungsaufgabe ansah. Er war keiner dieser blutrünstigen Gesellen sondern recht kultiviert. Benedikt musste ihm Alles erzählen und lehnte sich dabei weit aus dem Fenster. Er sagte dem Anführer, dass es viel überzeugender wäre, die Menschen hier friedlich zum Christentum zu führen, als mit roher Gewalt.

Ebenso könnten weder Getötete noch völlig verarmte Bauern ohne Häuser anschließend irgendwelche Abgaben zahlen. Gerade letzteres leuchtete dem Anführer ein. Er ließ einige Männer rufen, ihres Standes nach wohl ebenfalls Geistliche, die das Heer mitgeführt hatte. Er wies sie an, auszuschwärmen und die nächsten Ortschaften aufzusuchen um sie so wie Benedikt zu bekehren. Das würde dem Heer viel Mühe sparen und die Männer könnten endlich wieder zurück zu ihren eigenen Höfen und Weibern. Benedikt ließ es sich nehmen, dem Anführer auch zu erzählen, wie es ihm und Carla bei der ersten Begegnung mit den Franken ergangen war. Der Mann hörte ihm aufmerksam zu und sprach: „Das war eine abtrünnige Truppe, die nicht in unserem Sinne handelte, sondern nur blutrünstig durch die Lande zog. Aber wir haben sie schon gestellt und sie ihrer gerechten Strafe zugeführt. Sie wurden alle enthauptet.

Irgendwie wendete sich nun Einiges doch noch zum Guten, dachte Benedikt. Er hätte schon viel früher auf diese Idee kommen sollen, aber der Hass und die Rache hatten ihn verblendet. Viele Männer waren so gestorben, ohne dass sie etwas erreicht hatten. Der Anführer der Franken ließ Benedikt zum Dorf zurück geleiten und dieser erzählte freudig von seiner Begegnung mit dem Anführer des fränkischen Heeres. Aber trotz der ganzen Wendungen, war Benedikt immer noch im Zweifel mit seinem Glauben. Nicht vergessen war das Vorgehen der Franken gegen die Dörfer, die sich nicht gleich einsichtig gezeigt hatten. Zwar waren Carlas Mörder hingerichtet, aber den Schaden, den diese ihr und auch ihm zugefügt hatten, der konnte nie wieder getilgt werden. Sie war seine große Liebe gewesen und auch das zwar noch ungeborene, aber gemeinsame Kind hatten sie getötet. Benedikt wusste nicht, was er denken oder tun sollte. Mal überwogen die Gedanken, wieder den Glauben anzunehmen, dann aber sah er Carla und all die anderen vielen Toten vor sich und war sich sicher, dass er nie wieder diesen Glauben anderen vermitteln könnte, da er ihn selbst verloren hatte. Er blieb noch ein paar Tage in dem Dorf, dann eines Morgens war er einfach verschwunden. Benedikt hatte sich auf den Weg gemacht, den Ort aufzusuchen, an dem er so glücklich mit Carla gewesen war. Er ging zu der Stelle, wo er den Stein begraben hatte und versuchte seine Gedanken zu ordnen. Nicht nur die Franken hatten ja viele unschuldige Menschen getötet, er selbst war ja in seinem Hass und seiner Rache nicht besser gewesen. Auch er hatte Männer erschlagen, die vielleicht Familie hatten und nichts dafür konnten, was ihm geschehen war. Er wusste einfach nicht was er machen sollte. Die Gedanken an Carla waren so stark. Er setzte sich auf den Boden und weinte.

Benedikt sucht seinen Weg:

So saß er eine ganze Zeit lang, dann kam ihm eine sonderbare Idee. Er begann mit den Händen den vergrabenen Stein auszubuddeln. Er grub und grub bis er ihn fand und in den Händen hielt. Sofort putzte er ihn sauber um zu erkennen was der Stein ihm zu sagen hatte. Wider Erwarten war der Stein nicht hart, sondern fühlte sich weich an. Nur seine Farbe hatte er verloren. War er zu Carlas Zeit immer rot gewesen, so war er nun ganz blass. Auch pulsierten die Steine nicht mehr. Wie auch, dachte sich Benedikt. Aber er befand für sich, dass die Weichheit des Steines ihm zeigen sollte, dass auch er seine harte und rachsüchtige Art aufgeben musste. Diesmal wollte er auf den Stein hören, auch wenn das seinem früheren Glauben und Wissen widersprach, so wusste er dennoch um die Kraft des Steines. Benedikt entschloss sich, Gott um Verzeihung zu bitten für seine Ungläubigkeit und wieder die Barmherzigkeit und die christlichen Werte zu predigen. Er würde auch sein Haus wieder hier aufbauen und dann noch einmal von vorn anfangen.

Als Erstes begab sich Benedikt zum nahen Ort, wo er freudig von den Bewohnern empfangen wurde. Sie dankten ihm noch mal für seine umsichtige Art und das Gespräch mit dem Anführer der Franken. Benedikt bat um Hilfe beim Aufbau seines Hauses und viele Männer sagten ganz spontan ihre Unterstützung zu. Schon in den nächsten Tagen wollten sie damit beginnen, so dass er noch vor dem kommenden Winter wieder im Warmen sitzen konnte. Im Gegenzug versprach Benedikt in Zukunft auch hier zu predigen und die Menschen freuten sich darüber. Zwar hatte er Carla nicht vergessen und das würde er auch niemals tun, aber auch sie hätte sich sicher gewünscht, dass er für das Gute steht und nicht von Rache und Hass getrieben wäre. Zufrieden mit seiner Entscheidung kehrte er zum Moor zurück und wartete auf die Männer des Dorfes, damit sie mit dem Aufbau beginnen könnten.

Am übernächsten Tag schon kamen die Männer in großer Zahl. Alle waren ihm dankbar für die Rettung des Dorfes, so wollten sie ihm gerne helfen; denn er hatte schließlich am meisten verloren. Nur wenige Tage benötigten die vielen Männer, sein Haus wieder zu errichten. Unglaublich, was so viele Hände innerhalb kurzer Zeit schaffen konnten, dachte Benedikt. Selbst Brennmaterial für den Winter hatten sie mitgebracht, da ja das von Benedikt beim anzünden des Hauses alles mit verbrannt war. Der Winter kann kommen dachte er. Dabei fiel ihm dann aber auch gleich wieder der gemeinsame Winter mit Carla ein und das stimmte ihn etwas traurig. Nur die Erinnerungen waren geblieben aus dieser wunderschönen Zeit. Er wusste, noch einmal würde er sich so nicht verlieben können und auch kein Kind wollte er mit einer anderen Frau. Er würde seine ganze Kraft seiner Aufgabe widmen und darin die Erfüllung suchen, die ihm anderweitig verwährt geblieben war.

Der Winter kam schneller als Benedikt es erwartet hatte. Nur gut, dass er diese Entscheidung so getroffen hatte und das die Männer des Ortes so reichlich erschienen waren. Ab und zu ging er in das nahe Dorf und predigte dort. Er erzählte seine Geschichten der Barmherzigkeit aus der Region und die Menschen hörten ihm gefesselt zu. Oftmals wurde er dann im Anschluss noch zum Essen eingeladen. Zufrieden mit sich kehrte er dann gegen Abend in sein Heim zurück. Die Zeit allein im Haus machte ihn aber doch oft trübsinnig. Er vermisste Carla einfach so sehr. Wenn er dann alleine spazieren ging, den Spuren der Futter suchenden Tieren folgend, musste er immer wieder an die gemeinsame Zeit denken.

Im kommenden Jahr, würde er wieder die Märkte in der Nähe besuchen um zu predigen, aber auch um zu schauen, was die Männer die der Anführer der Franken abgestellt hatte, so in ihren Gemeinden machten. Vielleicht könnten sie ja auch zusammen mal etwas veranstalten. Aber das war alles noch Zukunftsmusik, der Winter hatte ja gerade mal begonnen. Der einzige Höhepunkt innerhalb der Woche blieb somit die Predigt im nahegelegenen Ort. Auch diesmal waren wieder viele Bewohner gekommen. Im Anschluss war er wieder zum Essen eingeladen. Zwei Schwestern, die gemeinsam einen kleinen Stoffhandel betrieben, hatten ihn zu sich gebeten. Bis zum Essen unterhielten sie sich noch eine ganze Zeit. Als die Schwestern es dann aufgetischt hatten, begann es gar furchtbar zu schneien. Es stürmte und schneite und wollte scheinbar gar nicht mehr aufhören. Bei diesem Wetter konnte Benedikt nicht losgehen. Er war gezwungen, hier zu übernachten. Den beiden Schwestern schien das aber kein Problem zu bereiten, ganz im Gegenteil, sie schienen sich sogar darüber zu freuen. Die beiden waren deutlich älter als Benedikt, ihr Haus war klein aber warm. Da niemand auf Benedikt wartete, stellte es auch für ihn kein Problem dar, den Abend und die Nacht hier zu bleiben. Am Abend dann reichten die Schwestern noch alkoholische Getränke, die die Zungen lösten und die Gemüter leicht machten. Irgendwann hatten sie ihn in ihrer Mitte und begannen ihn zu berühren. Benedikt, ebenfalls durch die Getränke enthemmt, ließ es geschehen. Schon lange hatte er ja keine Frau mehr gehabt und so ließ er es geschehen. Sie hatten auch nur ein Lager, das sie ansonsten teilten und dahin nahmen sie ihn einfach mit. Zwar konnten sie nicht seine Liebe wecken, aber seine Männlichkeit hatten sie schnell im Griff. Auch die Schwestern, schon lange alleine, waren ausgezehrt. Nur seiner Erfahrung und seiner guten körperlichen Verfassung war es zu verdanken, dass die beiden zufrieden gestellt irgendwann schlafen konnten. Auch am nächsten Tag tobte der Schneesturm immer noch. Es war kaum möglich die Tür zu öffnen und der Schnee war über knietief gefallen. Benedikt beschloss noch einen weiteren Tag zu bleiben und die Schwestern waren hoch erfreut. Sie schoben es allerdings auf ihre Fähigkeiten, nicht auf das Wetter. Immer wenn die beiden dicht beieinander standen, kicherten sie leise. Auch dieser Tag nahm einen ähnlichen Verlauf wie der davor und das Lager wurde wieder geteilt. Nach 2 Tagen, die besonders in der Nacht anstrengend waren, freute sich Benedikt dann doch wieder auf sein Zuhause.

Der Sturm hatte nachgelassen, der Schnee lag aber immer noch so hoch. Es war ein anstrengender Weg für Benedikt, aber eine andere Anstrengung als die bei den beiden Schwestern. Er stapfte munter drauf los und war erst am späten Nachmittag wieder in seinem Haus. Sofort heizte er ein und freute sich über die Ruhe die ihn umgab. Erst am nächsten Morgen konnte er die Schönheit erkennen, die der tiefe Schnee in die Landschaft gezaubert hatte. Es war eine solche Ruhe, das ganze Land lag so unschuldig da. Noch nicht einmal Spuren von Tieren durchkreuzten die Schneedecke, die alles in ein strahlendes Weis gehüllt hatte. Jetzt bei Sonnenschein war alles so hell, so klar. Benedikt begann förmlich den Winter zu lieben. Sonst hatte er ihn immer nur als störend empfunden, aber so langsam gefiel es ihm und er dankte Gott für die Entscheidung, die Jahreszeiten so verteilt zu haben.

Die wöchentlichen Predigten behielt Benedikt jetzt bei und im Anschluss verbrachte er immer den Nachmittag und die Nacht bei den Schwestern und machte sich dann erst am nächsten Morgen wieder auf den Weg. Die Leute im Dorf hatten das wohl mitbekommen, aber da sie feststellten, dass seit dem auch die beiden Schwestern viel umgänglicher und netter waren, sahen sie mit Wohlwollen darüber hinweg. Hinter vorgehaltener Hand sagten sie nur: „Er ist zwar ein Mann Gottes, aber eben auch nur ein Mann". So vergingen die Wochen bis zum Frühling. Es würde nun Zeit für Benedikt sich auf seine Reise zu den anderen Orten und Märkten aufzumachen. Einen Karren wollte er nicht mehr nehmen, sondern zu den Orten wandern und dabei die Schönheit der Landschaft genießen. Er wollte von der Natur lernen, die wilden Tiere beobachten und sich mit den Pflanzen der Region beschäftigen. Dabei würde ihn ein Karren nur stören.

Endlich war der Tag gekommen und Benedikt machte sich auf die Reise. Die einzigen, die sich nicht freuten, waren die beiden Schwestern, die nun einige Zeit wieder alleine ihr Leben fristen mussten. Aber Benedikt war hoch motiviert und besonders trieb ihn auch die Neugier vorwärts, was in den anderen Orten geschehen war. Durch den Winter waren ja keinerlei Nachrichten zum ihm gedrungen. Er hoffte nur, der Anführer der Franken hatte Wort gehalten und keine Dörfer mehr niedergebrannt. Bald würde er es erfahren. Jetzt aber auf dem Weg ging er mit offenen Augen und einem wachen Geist. Er bestaunte die ersten Blumen die sich zeigten. Er lachte über die Hasen, die in wilder Jagd durch die Heide rannten und nur noch die Paarung im Kopf hatten. Fast ein bisschen wie die Menschen dachte er und lachte.

Im ersten Ort angekommen fragte Benedikt sofort die Leute auf dem Markt wie es ihnen ergangen war. Hier jedenfalls hatten die

Franken Wort gehalten. Sie zeigten ihm den Weg zu dem Geistlichen der für ihr Dorf verantwortlich war. Sogleich begab sich Benedikt zu ihm. Dieser öffnete ihm freundlich die Tür und auch er dankte Benedikt noch einmal dafür, dass er dem Anführer diesen Weg geebnet hatte. Sie sprachen lange miteinander und Benedikt erkannte, dass trotz anderer Herkunft, die Gedanken und die Aufgaben die gleichen waren die sie hatten. Beide verabredeten sich einander zukünftig zu besuchen und sich auszutauschen. Der Mann nannte Benedikt noch die anderen Orte in denen die anderen Kirchenmänner tätig waren und bat ihn diese doch auch aufzusuchen damit sie in Zukunft eine große Gemeinschaft würden.

Benedikt wollte dem gerne nachkommen. So beschloss er erstmal nicht zu predigen, sondern die anderen Kirchenmänner aufzusuchen. Überall traf er auf verständnisvolle und gleichdenkende Kollegen. Der Friede hatte überall Einzug gehalten und die Gemeinden funktionierten gut. Zwar würde Benedikt den Krieg nie als ein gerechtfertigtes Mittel ansehen, aber hier hatte sich die Gute Seite gezeigt und für Alle eine friedliche und gute Zeit gebracht. Auch mit den anderen Geistlichen verabredete sich Benedikt. Er stellte jetzt eine Art Mittelsmann zwischen allen da. So schlug er vor, dass sie sich alle am gleichen Tag bei ihm treffen sollten um das weitere Vorgehen zu besprechen. Die Anderen interessierte die Erfahrung die Benedikt während seiner Touren über die Märkte gesammelt hatte. Auch gab er gerne den Tipp mit den regionalen Geschichten weiter. Zur Sommersonnenwende wollten sie sich dann bei Benedikt treffen.

Nun besuchte Benedikt noch die Gemeinden, die so klein waren, dass niemand extra für sie abgestellt worden war. Auch hier war alles friedlich geblieben und die Menschen und Häuser von den Franken verschont worden. In diesen Orten predigte Benedikt dann noch und erzählte den Bewohnern was alles geschehen war. Auch wusste und spürte er, dass immer noch einige dem alten, heidnischen Glauben etwas nachhingen, dies aber nicht nach außen zeigten und somit keine Gefahr für sie bestand. Die Zeit würde es bringen, auch diese Menschen noch vom christlichen Glauben zu überzeugen.

Bis zur Sommersonnenwende war es nicht mehr lange und Benedikt bereitete mit Hilfe der Dorfbewohner das große Treffen der Kirchenmänner vor. Die beiden Schwestern boten sich an, ein paar Tage bei ihm zu bleiben und Essen vorzubereiten. Natürlich war Benedikt und allen anderen klar, dass die beiden dieses nicht ganz nur aus Gutmütigkeit taten. Aber jetzt mit etwas mehr Abstand zu Carla genoss er die Gunst der Stunde und sagte ihnen zu. Die beiden taten sehr bemüht und merkten gar nicht, dass Benedikt sie schon durchschaut hatte. Aber es kam ihm ja auch gelegen und er war nicht abgeneigt. Sie gaben sich jedenfalls nicht nur bei den Vorbereitungen Mühe.

Endlich war der Tag gekommen. Einer nach dem anderen traf bei Benedikt ein. Als erstes feierten sie im Freien einen gemeinsamen Gottesdienst. Dann begannen sie mit ihrer Tagung. Sie stellten sich noch einmal kurz jeder vor und erzählten von ihren Gemeinden. Vom Erreichten und von den Vorhaben dort. Die Erfolge waren recht ähnlich, aber sie merkten, dass dieser Austausch für sie sehr wertvoll war. So konnten viele Informationen, Tipps und Meinungen ausgetauscht werden, die andere dann wieder übernahmen. Sie saßen noch lange, später dann auch beim Essen und Trinken und kamen überein, dieses jedes Jahr an diesem Tag hier zu einer festen Einrichtung werden zu lassen. Am nächsten Tag verließen sie Benedikt dann wieder und ein jeder zog mit einem guten Gefühl in seine Gemeinde zurück.

Benedikt verarbeitete das Ganze erstmal für sich. Irgendwie fühlte er ein gewisses Maß an Stolz. Trotz der schlechten ursprünglichen Ausgangssituation, hatten sie eine Menge erreicht. Sein Bischof wäre bestimmt ebenfalls stolz auf ihn. Aber gerade jetzt, wo er soviel hier geschaffen hatte, sah er keine Veranlassung wieder in seine alte Heimat zurück zu kehren. Er würde hier bleiben, seine Gemeinde und die kleinen anderen begleiten auf ihrem Wege in die Christlichkeit.

Seit langer Zeit mal wieder und der Gedanke machte ihm ein schlechtes Gewissen, stand Benedikt an der Stelle, wo er den Stein gefunden, ihn begraben und wieder hervorgeholt hatte. Es war für ihn der Ort, an dem er zu Carla sprechen konnte. Er erzählte ihr Alles, mit Ausnahme der Geschichte mit den beiden Schwestern. Ob sie ihn wohl hören konnte, fragte er sich. Bestimmt; denn ihre Herzen waren während der gemeinsamen Zeit sich so nahe gewesen. Ja jeder in dem des Anderen. Der Stein selbst war weich, leicht rosa gefärbt und pulsierte ganz leicht. Dies war für Benedikt ein Zeichen, dass er alles richtig machte und er diesen Weg so weiter beschreiten sollte.

Benedikt und die anderen Geistlichen waren in ihren Gemeinden gern gesehen und führten ihre Aufgaben mit Erfolg weiter. Immer wenn jetzt ein Kind geboren wurde, nahmen sie die Taufe vor. Das war einer der Punkte, die sie beim letzten Treffen besprochen hatten. Die jetzt kriegsfreie Zeit, gute Ernten und ein wirtschaftliches Vorankommen, ließ die Gemeinden wachsen. Die Jahre vergingen und seit seinem ersten Erscheinen hier, hatte sich die Bevölkerungszahl nahezu verdoppelt. Die Männer der Kirche trafen sich immer noch regelmäßig bei Benedikt zur Sommersonnenwende. Auch waren immer mal wieder neue Mitglieder dabei, die wachsende Gemeinden betreuten oder aber wenn einer der jetzigen Geistlichen zu alt geworden war. Auch Benedikt spürte den Zahn der Zeit. Die Märsche, die ihm früher so viel Freude bereitet hatten, waren mittlerweile mehr schmerzhaft und anstrengend für ihn. Auch seine Besuche bei den beiden Schwestern gab es nicht mehr. Sie waren kurz hintereinander verstorben. Für eine erneute Beziehung fühlte sich Benedikt nun auch schon zu alt, so dass er des Öfteren lieber die Ruhe und das Alleinsein genoss. Nur den wöchentlichen Gottesdienst in seiner Gemeinde führte er noch durch.

Wieder war es Winter, wieder hatte der Schnee das Land friedlich unter sich begraben. Benedikt schaute stolz auf die letzten Jahre zurück und spürte, dass auch seine Zeit bald gekommen war. Oft dachte er an die Jugend, die Zeit der Wanderungen und immer noch an Carla zurück. Die Erinnerung an sie war immer noch so frisch, als wäre sie erst kürzlich von ihm gegangen. Trotz des Schnees ging Benedikt auch in dieser Woche zu seiner Gemeinde. Es stand neben dem normalen Gottesdienst auch eine Taufe an und das konnte und wollte er sich nicht nehmen lassen. Dieser Moment, wenn ein neuer Erdenbürger dem Christentum zugeführt wurde, war immer wieder ein bewegender für ihn. Es war ein kleines Mädchen, das getauft wurde. Die Eltern hatten gewünscht, dass sie auf den Namen Carla getauft werden sollte. Dies war ein sehr freudiger und gleichzeitig trauriger Augenblick für Benedikt. Mit feuchten Augen führte er die Taufe durch.

Mit diesem guten Gefühl machte Benedikt sich dann wieder auf den Weg nach Hause. Unterwegs kam ein Schneesturm auf, so wie damals als er im Dorf hatte übernachten müssen. Benedikt ging einfach weiter seinen Weg. Erst beim nächsten Gottesdienst wurde er vermisst. Die Menschen suchten nach ihm, fanden aber ihn aber nicht. Sein Haus war unberührt, seine ganzen persönlichen Dinge waren noch dort. Nur Benedikt fehlte. Eine große Trauer überkam die Gemeinde. Hatte er es gespürt, als er das Mädchen getauft hatte? Die Frage konnte niemand beantworten, die Eltern des Mädchens aber würden nun erst recht stolz darauf sein ihrem Mädchen den Namen Carla gegeben zu haben.

Ende Benedikt

Teil 4: Walburga

Walburgas Jugend:

Wir schreiben das Jahr 1159 n. Christi. Walburga war jetzt 14 Jahre alt und machte ihrem Namen, die Herrschende, alle Ehre. Sie war die Älteste von 3 Geschwistern und dies ließ sie die Anderen auch spüren. Ihre Eltern waren schon manchmal verzweifelt darüber, dass sie so dominant war. Ihr Vater war Baumeister und leitete den Bau des nahe gelegenen Klosters in Ebstorf. Ihre Mutter kümmerte sich um Walburga und die beiden kleinen Geschwister. Sie wohnten in der Handwerkersiedlung, die sich durch den Bau hier deutlich vergrößert hatte. Schon einige Jahre wurde gebaut und sicher würde es noch 1 bis 2 Jahre dauern, bis es fertig war.

Auch unter den Kindern und Jugendlichen in der Siedlung war Walburga diejenige, die den Ton angab. Zum einen, weil ihr Vater der Baumeister war, aber auch weil sie wusste sich durchzusetzen. Die anderen Kinder gaben lieber nach, als dass sie sich Ärger mit ihr einfingen. Schon ihr Äußeres sorgte für Respekt. Walburga war rothaarig, recht groß und mehr als kräftig, ja man konnte es schon dick nennen, wenn man sich das traute. Da sie auch schon mit Männern Kontakt hatte, gab ihr dies ein gewisses Ansehen unter den anderen Kindern. Nur der Johann, genau so alt wie Walburga, hatte sie einmal „fette Kuh" genannt. Walburga hatte ihn daraufhin zu Boden geworfen, sich auf ihn gesetzt, ihm die Hosen ausgezogen und so fest mit ihrer Hand sein bestes Stück gedrückt, dass er geschrien hatte, als würde ihn jemand abstechen. Seit dem

Tage ging er ihr in großem Bogen aus dem Weg und den anderen Kindern war es ein Lehre gewesen.

Walburgas Tag war ein recht einfacher. Der Mutter brauchte sie nur selten helfen und der Vater war die ganze Woche bei der Arbeit am Kloster. So trieb sie sich einfach die meiste Zeit in der Siedlung herum und tyrannisierte die anderen Kinder. Insgeheim lag es aber nur daran, dass ihr eigentlich langweilig war. Niemand hatte sie ja je gefragt was sie wollte. Sie fühlte sich förmlich in diese Rolle hinein gedrängt. Wenn die Welt sie so haben wollte, dann sollte die Welt sie auch so bekommen. Walburga fand sich selbst auch recht hässlich und hatte so diese Art als Schutz für sich angenommen. Aber das wusste sie nur selbst, so eine Schwäche hätte sie niemals gegenüber anderen zugegeben.

Auch die Männer hatten nur Interesse an ihr wenn sie betrunken waren. Walburga nahm aber diese Art der Aufmerksamkeit ihr gegenüber mit; denn es war die einzige, die sie bekam. Wenn sie die Männer dann wieder traf, wenn diese nüchtern waren, taten die so, als würden sie Walburga gar nicht kennen. Aber immerhin hatten sie ja auch ihr ein bisschen Spaß bereitet. Also ließ sie sich hin und wieder von ihnen begrabschen und mehr. Dies war dann auch so ein Moment der Macht, den sie genoss. Sie konnte bestimmen was passierte, wann und wie. Sie hatte schnell herausgefunden, wie sie die Kerle rasend machen konnte und wenn die dann nicht so wollten wie Walburga, dann brach sie alles kurz bevor die Männer kamen einfach ab. Die standen dann da vor Lust ganz gierig, aber Walburga blieb eisern bei ihrem Nein. Es war für sie mehr die Lust der Macht, als die Lust an den Männern, dass sie sich darauf einließ.

Wenn Walburga aber mal wieder Alles zu langweilig war, dann ging sie zur Baustelle des Vaters und schaute ihm bei der Arbeit zu. Das interessierte sie sehr. Sie wäre in solchen Momenten viel lieber ein Junge gewesen, der ebenfalls den Beruf des Steinmetzes hätte lernen dürfen. Vater freute sich immer wenn er sie sah. Er erzählte dann, was gerade gemacht wurde, wie und warum. Alles erklärte er ihr. Das waren die glücklichen Momente in Walburgas Leben. Darin ging sie förmlich auf. Vater zeichnete dann oft mit einem Stock etwas auf den Boden, so dass Walburga es besser verstehen konnte. Auch bei den anderen Handwerkern schaute sie vorbei und es waren vor allem die Älteren, die freundlich zu ihr waren. Sie hatten ihr aufrichtiges Interesse bemerkt und so jemanden waren sie auch gern bereit etwas zu erzählen. Viele hatten zwar Lehrlinge, diese aber waren meist recht dümmlich und taten nur so lange etwas, wie der Meister sie sehen konnte. Waren sie außerhalb seiner Sichtweite, dann drückten sie sich faul herum. Wenn sie dann Walburga sahen, schreckten sie auf und machten schnell ihre Arbeit. Sie wusste nicht, ob es daran lag, dass sie die Tochter des Baumeisters war, oder es sich herum gesprochen hatte, wie sie mit Jungs die ihr komisch kamen, umzugehen pflegte.

Neue Lehrjungs, die sie noch nicht kannten, wurden manchmal von den anderen angestiftet ihr nachzupfeifen. Das Pfeifen verwandelte Walburga förmlich. Dies war etwas, was sie überhaupt nicht vertragen konnte. Sie war doch kein Hund, den man so zu sich rief. Neben ihrem Haar wurde dann auch ihr Kopf rot, aber nicht aus Scham, sondern aus Wut. Sie ging dann geradewegs auf den Lehrjungen zu, packte ihn, warf ihn zu Boden und setzte sich in bekannter Manier auf ihn. Dann riss sie ihm die Hosen runter, fasste kurz aber fest zu uns rief ganz laut: „Was ist das denn für ein kleines Ding, trau Dich erst wieder nach mir zu pfeifen wenn er mal gewachsen ist". Das war für die Jungs die

Höchststrafe und ihnen dermaßen peinlich, dass sie bei allen anderen Lehrlingen lange Zeit nur Hohn und Spott bekamen. Nach wenigen Minuten dann, tat es Walburga immer leid, aber sie konnte sich dagegen einfach nicht wehren. Entschuldigen tat sie sich trotzdem nicht, dass war nicht Walburgas Art.

Von sich selbst enttäuscht, ging sie dann meist nach Hause. Auf dem Rückweg haderte sie lange mit sich und schwor, dass beim nächsten Mal alles besser würde. Aber innerlich wusste sie, es würde sich nicht ändern. Walburga versuchte sich dann abzulenken, sie schaute sich die Schönheit der Natur an, pflückte die eine oder andere Blume und brachte schließlich der Mutter einen Strauß mit. Die Mutter freute sich darüber sehr, sie kannte ja nicht den wahren Grund, warum Walburga das manchmal tat. Walburga zog sich dann zurück und wollte an dem Tage auch niemanden mehr sehen. Morgen würde der Vater nach Hause kommen, hoffentlich hatte sich das nicht bis zu ihm herumgesprochen, dachte sie.

Aber sie hatte sich umsonst gesorgt, der Vater hatte von ihrem Tun nichts erfahren und war fröhlich und lustig wie immer. Walburga liebte ihren Vater sehr, warum war er nur so oft von Zuhause weg. Aber seine Arbeit ermöglichte ihnen ein recht sorgloses Leben und darüber war sie dann wieder froh. Wenn er dann bei der Familie war, nahm er sich auch die Zeit für Alle. Nicht wie andere Väter, die dann in die Schenke gingen und sich betranken. Manchmal konnte Walburga das Alles nicht verstehen, es ging ihr gut, ihre Eltern waren nett zu ihr und trotzdem war sie so hart, ja sogar ausfällig. Was fehlte ihr nur? Sie versuchte es dann immer hartnäckig zu verstehen, aber es fiel ihr einfach nicht ein.

Diese Zeit war auch eine schwere, manchmal war sie noch Kind, manchmal war sie schon Frau. Wenn das nur schon vorbei wäre. Besonders durch ihre Größe und ihre Üppigkeit wirkte sie einfach älter als sie wirklich war. Bevor der Vater diesmal wieder zum Kloster musste, sprach er Walburga an und erzählte ihr, schon Morgen käme eine der Nonnen, die später das Kloster beziehen würden. Mit dieser sollte er die Plätze und Anordnungen für die Gärten anlegen. Er fragte Walburga ob sie nicht Lust hätte dabei zu sein und ihm hilfreich zur Hand gehen könnte. Diese Frage schlug bei Walburga wie ein Hammer ein. Natürlich hatte sie Lust dazu. Sie mochte Pflanzen und was noch viel schöner war, sie würde gebraucht. Walburga war wie ausgewechselt und konnte es nicht erwarten, bis sie endlich mit dem Vater aufbrechen würde.

Sie machte sich mit Vater auf den Weg und plapperte die ganze Zeit wie ein Wasserfall. Er drohte ihr schon scherzhaft damit sie wieder zurück zu schicken. Walburga war so gespannt auf die Nonne. Mit Nonnen kannte sie sich noch gar nicht aus. Vater erzählte ihr was er über Nonnen wusste. Das hörte sich für Walburga teilweise sehr spannend, aber teilweise auch sehr langweilig an. Sie konnte sich noch gar nicht entscheiden, ob sie es gut finden sollte wenn jemand Nonne wäre oder besser nicht. Aber sie würde es bald erfahren. Sie wollte sich in ihrer Freude nicht davon stören lassen. Barbara hieß die Nonne, sagte der Vater und sie war eine ältere, sehr nette Frau. Sie stand dem Nonnenkloster vor und richtig nannte sie sich Oberin.

Kaum waren sie am Kloster angekommen und Vater hatte die inzwischen getane Arbeit der Handwerker begutachtet, da kam auch schon die Oberin. Sie war genauso wie Vater sie beschrieben hatte. Eine sehr weise Frau, die aber genau wusste, was sie wollte. Immer höflich, aber doch bestimmt. Sie zeigte Vater wo die

Gärten angelegt werden sollten und welche Arbeiten schon verrichtet werden konnten. Schon im nächsten Frühling würden die ersten Nonnen tagsüber herkommen und mit den ersten Pflanzungen beginnen, damit wenn das Kloster bezogen würde, sie schon die ersten Ernten einfahren konnten. Walburga war begeistert von der Weitsicht der Nonne. Sicher konnte man viel von ihr lernen. Auf einmal wandte sich die Nonne zu Walburga und sprach: „Was ist mit Dir junge Frau, hast Du keine Lust Nonne zu werden? Wir suchen jedes Jahr einige Novizinnen". Walburga schluckte und ohne nachzudenken, sagte sie nur: „Ja, das wäre schön". Dabei sah sie den Vater an. Dieser war sehr stolz auf Walburga.

Walburgas Veränderung:

Du würdest viel über Pflanzen und Kräuter lernen, das Lesen, das Heilen von Kranken und die Pflege von Alten. Die Herstellung von Bier und Käse, und und und. Walburga konnte es gar nicht fassen. Soviel konnten die Nonnen, es war kaum zu glauben. Barbara bemerkte den ungläubigen Blick von Walburga und sagte noch einmal ganz bestimmt: „Doch Walburga, so wird das sein".
Walburga hätte nie geglaubt, dass die Nonne sie anlügen würde, es klang einfach nur so unwahrscheinlich schön. „Komm einfach im Frühling des nächsten Jahres wieder her und dann entscheiden wir was wir machen" schlug die Oberin ihr vor. Das würde sie bestimmt machen, bejahte Walburga diese Einladung.
Schon jetzt würde sie besonders darauf achten, wie der Vater die Gärten anlegen ließ, denn es würde nicht schaden, wenn sie sich

auch da auskennen würde. Jedes Mal, wenn ab jetzt Arbeiten an den Gärten vorgenommen würden, wollte sie mit dabei sein.

Als die Oberin wieder gegangen war, fragte der Vater ob Walburga sich das gut überlegt hatte. Wieso fragte er das? Wie konnte er nur daran zweifeln? Vater sagte: „Die Nonnen sind mit Gott verheiratet, das bedeutet, sie können keinen anderen Mann heiraten. Sie leben mit all den anderen Nonnen oder mit Mönchen im Kloster. Sie haben keinen Reichtum". Aber da widersprach Walburga dem Vater und erklärte ihm, dass was die Nonnen alles lernen würden, wäre doch ein großer Reichtum. Der Vater war von dieser Antwort sehr beeindruckt und nickte nur und sprach: „Ich glaube, wir haben das Richtige für Dich gefunden, Walburga. Es freut mich sehr".

Dieser Tag veränderte Walburgas Leben. Erst am späten Nachmittag ging Walburga wieder nach Hause. Vater bekam von ihr die Auflage, gleich Bescheid zu geben, wenn an den Gärten gearbeitet wurde. So frohen Herzens war sie noch nie gewesen. Diesmal gab es keinen Blumenstrauß für die Mutter, aber eine völlig neue Walburga. Die Mutter war verblüfft über ihre Veränderung und nahm es mit Freude war. Plötzlich interessierten Walburga ganz andere Dinge. Sie half viel im Haushalt und hinterfragte die Sachen, die sie noch nicht wusste. Auch die Kinder in der Siedlung waren dankbar, so hatten sie doch oft unter Walburga gelitten. Sie hatte sich sogar vor sie gestellt und nachträglich um Entschuldigung gebeten. Keiner von ihnen konnte deuten was geschehen war, aber alle waren froh, jetzt mit einer friedlichen Walburga ihre Zeit verbringen zu können.

Immer wenn der Vater Walburga erzählte, dass an den Gärten weitergearbeitet wurde, kam sie mit zum nahen Kloster. Ihr Vater hatte dort leider nicht immer die Zeit sich um sie zu kümmern, so dass sie im Laufe der Zeit mit den Handwerkern vertraut wurde, die sich um die Erdarbeiten kümmerten. Sie konnte sich schon genau vorstellen, wie es einmal aussehen würde. Durch ihr Interesse und ihr Wissen schätzten die Handwerker mittlerweile ihre Meinung. Sie fragten sie bei Unklarheiten und waren auch gewillt auf ihre Vorschläge einzugehen. Durch Walburgas Vorkenntnisse, bedingt durch Vaters Beruf und ihr ständiges Interesse nannten sie die Arbeiter, schon die Herrin der Gärten. Aber nicht aus Boshaftigkeit, sondern aus dem gegebenen Respekt.

Am heutigen Tag hatte wieder mal einer der neuen Lehrjungen hinter ihr her gepfiffen. Walburga hatte nur gelacht und ihn ignoriert. Sie war stolz auf sich, ihr neues Selbstbewusstsein und Verhalten. Einerseits war Walburga traurig, dass der Herbst schon soweit fortgeschritten war. Das bedeutete, die Arbeiten an den Gärten würden bald eingestellt. Andererseits freute sie sich natürlich unheimlich auf den Frühling, wenn die anderen Nonnen kämen und sie in den Dienst einer Novizin aufgenommen werden konnte. Die Erdarbeiten waren aber nun auch abgeschlossen, schon viele Steine für die Begrenzungen gesetzt und man konnte schon ganz deutlich erkennen, wie Alles aussehen würde. Walburga freute sich so auf den Frühling.

Aber vorher kam natürlich noch der Winter. Sie hatte diese Zeit immer sehr geliebt; denn dann war der Vater oft Zuhause und sie verbrachte viel Zeit mit ihm. In diesem Winter ließ Walburga sich vom Vater viel über Geometrie erklären. Er war immer wieder überrascht über ihr unstillbares Interesse, aber es machte ihn natürlich auch stolz, ihr etwas beizubringen. Er zeigte ihr die Proportionen, die etwas im menschlichen Auge wohlwollend erscheinen ließen und erklärte auch die nötigen Zusammenhänge.

Mit diesen Dingen beschäftigte sich Walburga den ganzen Winter. Nur noch selten war sie draußen um mit den anderen Kindern eine Schneeballschlacht zu machen oder im Schnee herum zu rutschen. Aber so wirklich vermissten die anderen Kinder sie auch nicht; denn so ganz sicher waren sie sich nicht über Walburgas Entschuldigung.

Endlich kam der Frühling und jeden Tag ging Walburga zum Kloster. Sie schaute nach den letzten Arbeiten und fragte den Vater immer wieder, wann die Nonnen denn nun endlich kämen. Walburga war einfach nicht mehr zu bremsen in ihrem Elan. Aus der ewigen Aussage bald, wurde nun die Klarheit, nächste Woche. Jetzt endlich war es soweit, Walburga konnte ihre Freude nicht mehr verbergen. Der Vater wünschte ihr so sehr, dass sie nicht enttäuscht würde.

Walburgas Zeit als Novizin:

Dann war es endlich soweit. Die Oberin Barbara kam mit 4 Nonnen und noch 2 jungen Novizinnen zum Kloster. Walburga begrüßte sie mit Freudentränen. Barbara aber erkundete erstmal die gemachten Arbeiten und war mehr als zufrieden mit den Ergebnissen. Als sie dann hörte, dass Walburga sehr viel ihrer Zeit und ihres Wissens zum Gelingen beigetragen hatte, wusste sie, sie hatte die richtige Entscheidung getroffen, als sie damals das Mädchen angesprochen hatte. Als erfahrene Führerin einer Frauengemeinschaft hatte sie einfach einen Blick für solche Dinge. Die Nonnen bezogen einen schon fertigen Teil des Klosters und richteten sich dort ein. Eine jede hatte eine einfache Zelle. Es gab einen Raum für Gebete und eine Küche mit angrenzendem Saal in dem die gemeinschaftlichen Mahlzeiten eingenommen werden konnten.

Noch am gleichen Tage informierte Barbara Walburga über ihre Rechte und Pflichten als Novizin. Dann gab sie ihr eine Nacht Bedenkzeit, bevor sie zusagen sollte. Diese Nacht aber sollte sie auch schon in einer der Zellen verbringen, damit sie nicht von anderen Einflüssen abgelenkt würde. Es war sehr ungewohnt in diesem schmalen, sehr kargen Raum. Es gab nur ein Bett, ein Tisch und einen Schemel zum sitzen. Dazu noch ein kleines Regal, auf dem eine Bibel lag, sowie ein Regal für die Kleidung. Aber Walburga war nicht enttäuscht, sondern es gab ihr viel Ruhe und die nötige Kraft über die Entscheidung nachzudenken. Obwohl sie das nicht wirklich musste, ihre Entscheidung stand fest und sie war sich so sicher, dass es ihre Berufung war Nonne zu werden.

Schon früh am nächsten Morgen, Walburga hatte dem Gebet und dem gemeinsamen Frühstück beigewohnt, teilte sie Barbara ihre Entscheidung mit. Barbara freute sich, wollte aber zu ihrer eigenen Sicherheit, noch einmal kurz mit ihrem Vater darüber sprechen. Auch der Vater stimmte mit Freude zu und wusste, er hatte den besten Weg für Walburga gefunden. Er dankte Gott dafür, dass er sie damals mitgenommen hatte, als Barbara das erste Mal beim Kloster war.

Walburga bekam ihre Novizinnentracht und wurde einer erfahrenen Nonne zugeteilt, die sie anleiten und führen sollte. Der Name dieser Nonne war Maria. Maria war Anfang 20, also auch noch recht jung, aber schon viele Jahre im Dienste des Nonnenstiftes. Sie war sehr offen und klar in ihren Anweisungen, dabei aber immer höflich, mit dem nötigen menschlichen Respekt. Bei allem was sie tat, war Maria sehr genau, ja schon pedantisch.

Es musste nicht gut sein was sie machte, sondern perfekt. Walburga konnte ja nicht wissen, dass Barbara ihr extra diese Nonne vorgesetzt hatte.

Die erste Zeit war für Walburga eine ziemliche Umstellung. Sehr früh am Morgen, lange vor Sonnenaufgang wurde sie geweckt. Kurz danach musste sie gleich zum Morgengebet. Dort wurde darauf geachtet, dass Alle anwesend sind und auch die Novizinnentracht richtig saß. Erst im Anschluss kam ein einfaches Frühstück, das meist aus Haferbrei bestand. Im Anschluss erfolgte die Arbeit, je nach dem zu was Walburga eingeteilt war. Immer in ihrer Nähe war dann Maria. Diese duldete weder Pausen noch Müßiggang. Mittags wurde eine kleine Glocke geläutet, dann ging es zum Mittagsgebet. Hierauf im Anschluss das Mittagessen. Dann endlich gab es eine kurze Pause für Walburga, wäre da nicht Maria gewesen, die ihr in dieser Zeit über das Klosterleben, Geschichten aus der Bibel und vieles weitere erzählte. Nach der Pause wurde die Arbeit wieder aufgenommen, bis die Sonne unterging und die Dunkelheit nahte. Erst dann kamen das Abendgebet und das Abendessen.

Nach dem Essen, war es dann Barbara, die die Arbeiten für den nächsten Tag verteilte und auch andere organisatorische Dinge anwies. Jetzt erst hatte Walburga wirklich eine Pause, die ihr auch Maria gönnte. Aber schon nach kurzer Zeit, vor dem Schlafen folgte noch das Nachtgebet. Im Anschluss kontrollierte Maria, ob Walburga auch in ihrem Bett lag. Aus der so Vieles bestimmenden Walburga war eine Bestimmte geworden.

Noch vor gar nicht allzu langer Zeit hätte Walburga mehr als nur rebelliert. Aber es gefiel ihr, trotz der vielen Arbeit und Gebete. Sie fühlte sich geborgen. Hier sprach sie niemand auf ihr Äußeres an, keiner lästerte über ihre Haarfarbe. Auch von der Kleidung waren alle gleich, bis auf den Unterschied der Funktion. Selbst die Männer auf der Baustelle wagten es nicht, die Nonnen anzusprechen oder ihnen gar hinterher zu pfeifen. Dies hatte Barbara, in einer gemeinsamen Ansprache mit Walburgas Vater, gleich im Vorfeld abgestellt.

Die Tage vergingen, die Nonnen pflanzten Büsche, Kräuter, Obststräucher, aber auch Blumen. Alles hatte seine Ordnung und seinen Platz. Maria erklärte ihr, warum welche Pflanzen zusammen gepflanzt werden mussten um sich gegenseitig vor Ungeziefer zu schützen. Auch erzählte sie jetzt schon über die Kräuter, die bei den verschiedensten Erkrankungen eingesetzt wurden oder aber für welche Speisen sie als Bereicherung dienten. Walburga, die ihr immer aufmerksam zuhörte, lernte sehr viel in dieser Zeit und sie glaubte auch, Maria wäre stolz auf sie.

Auch im anderen Gebäudeflügel waren schon die ersten Räume und Zellen fertig. Hier zog eine Vorhut der Mönche ein. Auch sie hatten schon Arbeiten zu verrichten. Die Gebete wurden jetzt gemeinsam vorgenommen, ebenso die Mahlzeiten. Während der Arbeit aber waren sie voneinander getrennt und natürlich schliefen diese auch in ihrem Flügel. Obwohl es ein gemischtes Kloster war, achtete Barbara ganz besonders darauf, dass sich Mönche und Nonnen nicht zu nahe kamen. Sie hatte zwar nichts darüber gesagt, aber Walburga spürte es, dass eine Annäherung nicht erwünscht war. Immer mehr Gestalt nahmen die Gärten an und Walburga fragte sich schon, was sie tun würden, wenn die Arbeit geleistet war. Ihre Neugier ließ sie nicht zur Ruhe kommen. Also fragte sie Maria danach. Maria erklärte ihr, es müssten noch viel mehr Vorbereitungen getroffen werden, z. B. Brennmaterial für den kommenden Winter musste besorgt werden, alle

Vorbereitungen für die Verwertung des Obstes und der Kräuter usw.

Eines Abends, nach dem gemeinsamen Essen mit den Mönchen, teilte die Oberin dann folgende Arbeiten ein. 2 Mönche mit je einem Fuhrwerk, sowie 2 Nonnen und 2 Novizinnen, sollten sich zu den nahen Mooren begeben und dort Torf stechen. Dieser würde dann zum Trocknen gelagert und im Winter als Brennmaterial verwendet. Auch Walburga und Maria waren unter den Betroffenen. Walburga freute sich darauf einerseits etwas zu lernen, andererseits arbeitete sie gern im Freien. Das war eine spannende Aufgabe, zumal sie dann von Morgens bis Abends vom Kloster entfernt und somit von den Verpflichtungen dort ausgenommen waren.

Der Weg zu den Mooren war einige Fahrstunden entfernt, so dass sie sehr früh aufbrechen mussten und auch immer erst spät am Abend wieder zurück wären. Die Mönche waren für die Fuhrwerke verantwortlich und sollten auch die körperlich schweren Arbeiten übernehmen, die Nonnen die gestochenen Torfstücke auf die Karren laden. Sie würden einige Tage dafür benötigen. Außerhalb des Klosters und fern von Barbara war Maria viel lockerer im Umgang mit Walburga. Fast wie eine ältere Freundin. Das gefiel Walburga sehr und es war wieder ein Zeichen für sie, den richtigen Entschluss gefasst zu haben.

Als sie am zweiten Tag von den Mooren zurück fuhren, bat Walburga den Mönch auf ihrem Fuhrwerk doch einmal kurz anzuhalten, da sie mal musste. Der Mönch hielt an, lies sie absteigen und fuhr aus Gründen der Höflichkeit ein paar Schritte weiter, so das Walburga sich unbeobachtet fühlen konnte. Dennoch ging sie ein Stück in die Heide und verbarg sich hinter einigen hohen Holunderbüschen. Plötzlich hörten die anderen einen lauten Schrei. Walburga schrie wie am Spieß. Sofort eilte Maria zu ihr. Als sie an den Holunderbüschen ankam, stand Walburga nur stumm da, hielt etwas in der Hand und zeigte auf einige Knochen, darunter auch ein Menschenschädel. Zwar schon recht verfallen, aber noch als solches zu erkennen. Maria beruhigte sie und sagte: „So wie die aussehen, liegen die schon viele hundert Jahre hier. Die tun Dir nichts mehr, lass uns die Mönche rufen, sie sollen sie hier begraben".

So verfuhren sie dann auch. Walburga war zwar beruhigt, aber der Fund hatte sie schon sehr verschreckt. Vielleicht ein Hirte, der hier verstorben ist oder ein verirrter Wanderer, dachte sie. Wieder auf dem Wagen entspannte sie sich langsam und dann konnte auch Maria erkennen, was Walburga so krampfhaft festgehalten hatte. Es war ein Stein!

Ein ungewöhnlicher Stein, er hatte die Form eines Herzens und in der Mitte war ein zweiter, kleiner Stein eingelagert. „Den habe ich dort gefunden" sagte Walburga und zeigte ihn Maria. „Der sieht wirklich sehr außergewöhnlich aus und ich an Deiner Stelle würde ihn behalten und als Glücksbringer bei mir tragen" antwortete Maria. Das wollte Walburga tun, so einen ungewöhnlichen Stein hatte sie noch nie vorher gesehen.

Noch viele Tage mussten sie den Weg zu den Mooren nehmen, bis sie für den kommenden Winter genügend Brennmaterial gesammelt hatten. An diesem Sonntag durfte Walburga das erste Mal seit sie Novizin geworden war, tagsüber ihre Eltern besuchen. Sie freute sich sehr darauf, gab es doch soviel Neues zu erzählen. Gleich früh am Morgen machte sie sich auf den Weg zum Elternhaus. Die Eltern und auch ihre Geschwister freuten sich sehr Walburga zu sehen. Sie wollten alles wissen und fragten ihr Löcher in den Bauch. Walburga erzählte und erzählte. Die Eltern sahen glücklich aus dabei und spürten, das war es was unsere Walburga gebraucht hatte. Sie hat ihren Weg gefunden. Im Laufe des Tages zeigte sie dann Vater auch ihren besonderen Stein, den sie gefunden hatte. Der Vater, gelernter Steinmetz, schaute ihn sich genau an, dann ging er zu seinen alten Büchern und blätterte darin. „Du hast das Chattenherz gefunden" rief er plötzlich. Er erzählte ihr weiter, es gäbe da eine Geschichte, die diesen Stein erwähnt. Er war aber schon seit hunderten von Jahren verschwunden und ein Mann der Kirche, der die Christianisierung in die Region gebracht hatte, war der letzte Besitzer gewesen. Eines Tages aber in einem strengen Winter sei dieser Mann verschwunden und ward nicht mehr gesehen und mit ihm der Stein. Nun wusste auch Walburga, wessen Knochen sie dort gefunden hatten. Sie fragte Vater, ob er ihr noch mehr darüber erzählen könnte. Vater sagte nur noch, Benedikt soll er geheißen haben und aus einem fernen Land, jenseits des Meeres hier her gekommen sein. Es heißt weiter, nur wer ihn verdient, der findet den Stein und er habe magische Kräfte. Über letzteres erschrak Walburga etwas, mit Magie wollte sie eigentlich nichts zu tun haben und es würde bestimmt im Kloster nicht gerne gesehen. Aber das es ein Kirchenmann war, der ihn mit sich geführt hatte, stellte es dann wieder in ein anderes Licht. Sie würde ihn auf jeden Fall behalten, nahm sich Walburga vor.

Die Sonne ging schon fast unter, als Walburga wieder zum Kloster zurück kam. Sie nahm sogleich am Abendgebet und dem gemeinsamen Abendessen teil. Im Anschluss bat die Oberin Walburga zu sich in ihren Raum. Walburga war erschrocken, hatte sie etwa irgendwas getan, was verkehrt war? Sie war sich aber keiner Schuld bewusst. Hatte sie doch immer nur das gemacht, was Maria ihr auch angewiesen hatte. Sie wartete bis alle aufgestanden waren, dann machte sie sich auf den Weg zur Oberin. Langsam ging sie den langen Flur entlang, bis zu der Tür an der es ansonsten für niemand Zugang gab. Zaghaft klopfte sie an die schwere Tür. „Komm rein" hörte sie Barbara rufen.

Langsam trat Walburga in Barbaras Zimmer. Barbara saß hinter einem schweren Schreibtisch und in ihrem Rücken war eine riesige Wand mit vielen Büchern. Ein imposanter Eindruck, dachte Walburga. „Walburga, ich habe Dich gerufen, um Dir zu sagen, dass ich bisher sehr zufrieden mit Deiner Arbeit und Deinem Verhalten bin, deshalb hatte ich auch erlaubt, dass Du Deine Eltern besuchen durftest. Wie gefällt es Dir denn bisher und möchtest Du weiterhin bei uns bleiben"? sprach die Oberin.

Walburga fiel ein Stein vom Herzen, hatte sie doch gedacht, irgendwas wäre nicht in Ordnung mit ihrer Arbeit gewesen. Nun kam es ganz anders. „Und wie es mir gefällt, liebe Oberin, ich könnte mir nichts Schöneres vorstellen" sprudelte es aus Walburga hervor. Die Oberin erzählte ihr dann noch, dass im nächsten Jahr die anderen Nonnen nachkämen und auch noch einige Mönche. Sie wären dann eine große Gemeinschaft. Auch würde dann im nächsten Jahr ihre Novizinnen Zeit enden und sie müsste dann die Entscheidung treffen, ob sie für immer Nonne bleiben wolle. Bis dahin sollte sie die Zeit nutzen, viel lernen und sich immer wieder die Frage stellen, ob es das Richtige für sie wäre. „Das will ich gerne tun" sprach Walburga. „Dann gehe jetzt wieder Deinen Aufgaben nach und mach so weiter wie bisher" verabschiedete Barbara Walburga.

Mit einem guten Gefühl ging sie den langen Flur zurück. Ja das gefiel ihr so gut, sie wollte eine Frau Gottes werden. Mittlerweile hatte sie ja von Maria gelernt, dass Stolz keine gute Eigenschaft war, aber heute nahm sie sich einmal dieses Recht. Nun war ja noch Pause bis zum Nachtgebet und die verbrachte Walburga damit, noch einmal über die vergangene Zeit nachzudenken. Es war die schönste Zeit in ihrem Leben. Alles hatte sich verändert. Sie hatte sich verändert. Kaum noch etwas brachte sie aus der Ruhe. Selbst der strenge, manchmal anstrengende Alltag tat ihr gut. Sie begann gerade etwas einzudösen, da klopfte es an ihre Tür. Maria rief sie zum Nachtgebet. Irgendwie schien auch Maria heute Abend verändert. Hatte die Oberin auch mit Ihr gesprochen und sie gelobt? Es machte den Eindruck.

Nach dem Nachtgebet wollte Walburga gerade einschlafen, da fiel ihr noch mal der Stein ein. Sie nahm ihn hervor und schaute ihn sich genau an. Er fühlte sich warm und weich an. Beide Steine schienen zu pulsieren. Erschrocken darüber packte sie ihn schnell wieder weg. Dann schlief sie ein und hatte einen komischen Traum.

„Sie lief auf einer Heidefläche in ihrer Novizinnenkleidung. Hinter ihr war eine ganze Horde Jungs und Männer her. Sie rannte und rannte, aber die Horde kam immer näher. Irgendwann hatten sie sie eingeholt. Die Männer packten sie und warfen sie zu Boden. Dann rissen sie ihr die Tracht vom Leibe und alle begannen sie zu begrabschen. Überall hatten die Männer ihre Hände, an ihren Brüsten, zwischen ihren Schenkeln, einfach überall. Jetzt hielten 4 Männer sie fest, je zwei an Armen und Beinen. Sie spreizten ihre Beine und einer nach dem anderen vergewaltigte sie. Das komischste aber war, es gefiel ihr sogar und sie feuerte die Männer noch an dabei. Es konnten ihr gar nicht genug sein. Die brauchten sie jetzt auch nicht mehr festhalten, ganz im Gegenteil, sie hielt sich an ihnen fest, aber nicht an den Händen, sondern an ihren Geschlechtsteilen. Sie bekam mehrere Orgasmen" dann wachte sie schweißgebadet auf. Walburga war völlig erschrocken, es war so echt gewesen und sie spürte auch sofort, dass ihr der Gedanke wohl auch gefallen hatte; denn selbst ihr Laken war nass. Walburga schämte sich sehr für ihren Traum, aber was konnte man dagegen machen? Waren das etwa all die Männer gewesen, die sie verhöhnt und benutzt hatte. War das etwa ihr schlechtes Gewissen, was ihr diesen Traum beschert hatte. Hier jedenfalls konnte sie mit Niemandem darüber sprechen.

Am nächsten Morgen hatte sie ihren Traum erstmal verdrängt und der Klösterliche Alltag sorgte für reichlich Ablenkung. Walburga war jetzt mit Maria in der Küche eingeteilt. So musste sie morgens noch früher aufstehen um noch vor dem Morgengebet schon das Frühstück vorzubereiten. Die Küche war riesig groß, aber das musste sicher auch so sein, wenn später dann alle Nonnen und Mönche im Kloster waren. Auch diese Arbeit machte ihr Freude, obwohl Zuhause sie der Mutter in der Küche nicht gern geholfen hatte. Komisch, hier war Alles anders.

Nach dem gemeinsamen Frühstück, hieß es dann Geschirr abwaschen und gleich wieder die nächste Mahlzeit vorbereiten. Für 2 Personen war auch schon mit dieser kleinen Besetzung mehr als genug zu tun. Trotz der Arbeit gab es aber eine Menge zu lernen. Maria kannte sich so gut mit Kräutern aus. Sie konnte aus dem einfachsten Mahl damit etwas ganz Besonderes machen. Den anderen Nonnen gefiel es sehr, wenn Maria die Küche unter sich hatte, dann wussten sie genau, dass es ein außergewöhnlicher Gaumenschmaus wurde.

Morgens die Erste, abends die Letzte, so lief es wenn man Küchendienst hatte. Aber dafür war sie mit Maria alleine und das hatte ja auch was für sich; denn immer wenn Maria ohne weitere Aufsicht war, dann war sie ja viel netter zu ihr. Vielleicht konnte sie das einfach nicht so zeigen, wenn andere dabei waren oder sie wollte dann besonders streng wirken.

Nach 4 Wochen war die Zeit in der Küche vorüber und die nächste Station in Walburgas Ausbildung stand an. Sie sollte zusammen mit Maria die Alten und Kranken des Ortes besuchen und ihnen helfen. Sowohl pflegen, aber auch im Haushalt behilflich sein. Diese besondere Aufgabe hatte sich der Orden gestellt. Für Walburga waren bisher alte Menschen immer etwas ziemlich Ekliges gewesen. Wenn sie sich vorstellte, diese zu waschen oder ihnen zu helfen beim Gang zur Toilette, das war schon ein komisches Gefühl. Die ersten Tage, so hatte ihr Maria gesagt, sollte sie erstmal nur zuschauen und lernen. Aber auch der Gedanke, an das Zuschauen beim Waschen, machte ihr eine Gänsehaut.

Der erste Tag der neuen Aufgabe begann. Maria zeigte ihr, was sie alles mitnehmen wollten für die Krankenbesuche. Walburga würde versuchen es sich zu merken und am nächsten Tag diese Dinge alle alleine raussuchen. Zuerst kamen sie zu einer alten Frau, diese lebte ganz allein. Sie freute sich sehr, dass jemand vom Kloster zu ihr kam. Sie konnte sich ansonsten noch ganz gut selbst helfen, hatte sich aber vor kurzem das Bein verletzt. Dieses musste jetzt jeden Tag neu verbunden werden. Maria entfernte den alten Verband, reinigte die Wunde, legte dann eine Paste aus Kräutern auf und verband das Bein erneut. Die alte Frau lächelte dankbar und drückte Maria die Hand. Sie verabschiedeten sich bis zum nächsten Tag. Danach waren sie bei einer Familie mit 2 kleinen Kindern im Haushalt beschäftigt. Der Mann war ebenfalls am Kloster als Arbeiter beschäftigt und die Frau lag mit schwerem Husten im Bett. Sie kümmerten sich um den Abwasch, kochten aus dem vorhandenen etwas für die Familie und räumten noch etwas auf. Auch hier war ein Lächeln der Dank. Weiter ging es zu einem älteren Herrn. Dieser schien Walburga etwas verwirrt. Auch hier kümmerten sie sich etwas um den Haushalt und fragten ob sie noch etwas für ihn besorgen sollten. Er nannte Maria ein paar Sachen. Maria versprach diese am nächsten Tag mitzubringen. Auch er versuchte zu Lächeln, doch sah es mit dem wirren Blick eher komisch aus.

Später mussten sie dann noch einer alten Frau beim Waschen helfen, einige Verbände bei ein paar Leuten machen und dann waren sie mit ihrer Runde durch. Für Walburga war es sehr ungewohnt, aber ihr war die Dankbarkeit der Menschen aufgefallen und wie sehr sie sich über den Besuch gefreut hatten. Maria erklärte ihr, dass dieses der größte Lohn wäre, den man bekommen könnte. Dankbarkeit und Freude würden soviel bedeuten; denn die kämen vom Herzen und nicht aus dem Geldbeutel. Walburga dachte über Marias Worte nach und verstand was sie ihr sagen wollte. Ja Gutes tun, das war eine wunderbare Aufgabe. Wie gut, dass es die Klöster gibt, dachte sie noch für sich.

Schon am nächsten Tag hatte Walburga ganz flink alle benötigten Dinge zusammengepackt. Maria kontrollierte es noch einmal, nickte zufrieden und los ging ihre Runde. Auch heute musste Walburga wieder zuschauen. Diesmal ging sie aber auch schon dichter heran, sprach mit den Leuten und spürte, dass auch das Reden ihnen schon gut tat. Immer wenn sie dann ein Haus verließen, dankten die Leute auch ihr und lächelten. Jetzt spürte Walburga genau, was Maria gemeint hatte. Walburga war wieder einmal glücklich über ihre Wahl, dem Kloster beigetreten zu sein.

Erst am dritten Tag erlaubte Maria es, ihr zu helfen. So durfte sie bei der alten Dame am Anfang, den Verband entfernen, zusammen mit Maria die Wunde reinigen, die neue Kräuterpaste auftragen und sie anschließend wieder verbinden. Maria war sehr zufrieden mit Walburgas Arbeit. Nach und nach führte sie Walburga an alle Tätigkeiten heran. Eines Tages dann sagte sie: „So und heute gehst Du allein, ich habe noch andere Aufgaben zu erledigen". Walburga tat wie ihr geheißen und machte die Runde. Was sie nicht wusste, Maria folgte ihr in einigem Abstand und kontrollierte alle Orte die sie besucht hatte. Die Kranken hatten Verständnis für ihr Tun und freuten sich einfach über den doppelten Besuch. Als Walburga wieder zum Kloster kam, war Maria noch nicht da. Dabei hätte sie ihr so gerne erzählt, wie gut es geklappt hatte. Nach dem Abendessen kam dann Maria zu ihr in die Zelle und endlich konnte Walburga ihre Information los werden. Maria lächelte nur wissend und sprach: „ich weiß".

Schon nach dem Abendessen hatte die Oberin ihr eine neue Aufgabe zugewiesen. Ab nun würde sie im Kräutergarten eingesetzt. Die ersten Kräuter waren schon zur Ernte reif und mussten verarbeitet werden. Hier waren mehrere Nonnen aktiv, so dass sie nicht nur von Maria angeleitet wurde. Alle Kräuter wurden ihr erklärt. Das Aussehen, die Pflanzzeit, die Erntezeit, die Verarbeitung, wozu sie nutzten und welche Kombinationen es gab. Dieses war das bisher aufwendigste Gebiet. Walburga fragte sich wie sie sich das nur alles merken sollte. Die anderen Nonnen aber trösteten sie und eine gab ihr Pergament, Feder und Tinte. Zeichne die Kräuter ab, das wird Dir eine große Hilfe sein. Diese Idee gefiel Walburga sehr. Immer wieder saß sie neben den Kräuterbeeten und war am Zeichnen. Dies gelang ihr sehr gut, sie hatte viel Geschick darin. Ihre Pergamentzeichnungen sahen genauso aus wie das Original.

Walburga kümmerte sich rührend um die Kräuter. Es gefiel ihr sehr, jetzt das zu ernten, das sie auch selbst gesät hatte. Um jede einzelne Pflanze kümmerte sie sich, jedes Unkraut wurde gezupft, so dass die Kräuter wachsen und gedeihen konnten. Auch deren Duft und der Geschmack den sie entfalteten waren für sie etwas Wunderschönes. Die Verarbeitung in der Küche hatte sie ja schon in der Zeit mit Maria dort kennen gelernt, aber die Verarbeitung zu Salben, Pasten und Tränken war ein ganz anderes Gebiet. Hierfür war extra eine Nonne zuständig, die diese Aufgabe immer übernahm. Es war schon eine sehr alte Nonne, aber sie kannte alle Kräuter und deren Wirkungsweise. Sie brauchte keine Zeichnungen mehr, ihr Wissen war unerschöpflich. Walburga war fasziniert von dieser Frau. Was sie alles wusste, einfach unglaublich.

Die alte Frau wies sie erstmal nur in die gängigsten Kräuterverwendungen ein. Es reicht, wenn Du diese kennst hatte sie ihr gesagt. Später wenn Du dann immer noch Interesse daran hast, kann ich Dir auch mehr zeigen. Walburga fühlte sich bei der Alten sehr wohl. Sie hatte so eine geheimnisvolle Art und schien über ein enormes Wissen auch außerhalb der Kräuterkunde zu verfügen. Egal was Walburga sie fragte, die Alte wusste die Antwort. Eines Tages dann wagte Walburga es. Sie zeigte der Alten ihren Stein. Das weckte deren Interesse sofort. Sie sagte: „Das ist das Chattenherz, wo hast Du das denn her"? Walburga erzählte ihr die Geschichte wie sie den Stein gefunden und auch wie dieser sich später verändert hatte. „Ich habe mal etwas darüber gelesen, dieser Stein muss aber sehr lange verschwunden gewesen sein und nur wer ihn verdient, der findet ihn auch" sprach die Alte. Das klang so wie das, was der Vater ihr erzählt hatte. „Du musst gut auf ihn aufpassen und ihn immer bei Dir tragen, dann wird er Dir ein weiser Helfer sein, Dich führen und Dir zeigen wie Du Dich entscheiden sollst. Es wird nicht immer leicht sein es zu deuten, aber mit der Zeit wirst Du die Eigenheiten des Steines kennenlernen" sprach sie weiter. Warum habe ausgerechnet ich ihn gefunden fragte sich Walburga, was wird er mir alles zeigen und welchen Weg mir weisen?

Die ganze kommende Zeit blieb Walburga im Garten. Nach der Kräuterernte folgte das Gemüse, die Beeren und zum Schluss das Obst. Jeder Tag war jetzt mit Ernten, ausgraben, sortieren, lagern und verarbeiten gefüllt. Walburga war begeistert von all diesen wunderbaren Pflanzen und dem was sie hervorbrachten um dem Menschen das Leben angenehm zu machen. Sicher kannte sie das eine oder andere, aber die Nonnen wussten so viel mehr wie man die Früchte und Beeren, die Kräuter und Gemüse zubereiten und verarbeiten konnte. Manche Früchte ließen sie sogar gären und wenn man den Saft trank, dann wurde einem ganz leicht zumute. Die Gedanken wurden etwas wirr und wenn man zuviel davon zu sich nahm, dann schwankte alles. Aber nur selten gönnten sie sich dieses Getränk. Auch wäre es auf Dauer schädlich hatte die Oberin gesagt. Die Mönche, so sprach sie, würden dies manchmal etwas übertreiben und dann sollte man sich vor ihnen hüten, sie wären dann nicht Herr ihrer Sinne. Die Nonnen lachten als die Oberin dies erzählte, aber den älteren unter ihnen war bewusst was sie meinte.

Als alle Gartenarbeiten verrichtet waren, Alles gelagert oder verwertet, begann der Winter. Dies war die Zeit, in der die Nonnen sich mit Hand- und Flickarbeiten aber auch mit Zeichnen, Schreiben und Lesen beschäftigten. Walburga bemerkte, wie sehr die Jahreszeiten auf das Tun der Nonnen Einfluss hatten. Jetzt nahm Maria sie wieder an die Hand. Maria brachte ihr das Lesen und Schreiben bei. Dies war ein Privileg und nicht allen Nonnen bekannt. Aber schon beim zeichnen der Kräuter hatte Walburga ja soviel Geschick gezeigt, so dass die Buchstaben ihr nicht schwer fielen. Es war der Zugang zur Macht; denn nur wer Lesen konnte, der kam auch hinter die Geheimnisse der vielen Bücher und konnte sein Wissen enorm mehren. Hier kam auch wieder Marias Perfektionismus zu Tage. Immer und immer wieder korrigierte sie die Schrift Walburgas. Erst wenn alles absolut richtig war, war auch Maria zufrieden.

Wenn Walburga hin und wieder an das vergangene Jahr zurück dachte, wusste sie gar nicht, was ihr am besten gefallen hatte. Alle Stationen die sie durchlaufen hatte, hatten ihren eigenen Reiz. Der Garten, die Küche, die Kranken, die Kräuter, das Lesen und Schreiben. Nonne war bestimmt der vielseitigste Beruf so dachte sie. Auch verging die Zeit enorm schnell, immer gab es was zu tun, jede Jahreszeit hatte ihren Reiz. Auch die karge Zelle war absolut ausreichend, mehr brauchte sie wirklich nicht. Immer wenn man jemanden brauchte, war irgendwer für sie da. Das Verhältnis und Verständnis der Nonnen untereinander war Beispielhaft und jede war wie eine Mutter, Schwester und gute Freundin zugleich.

Das Schreiben machte gute Fortschritte, nur noch selten musste Maria sie korrigieren. Auch mit dem Lesen war Walburga schnell klar gekommen. Sie konnte ganze Seiten fehlerfrei und zügig lesen. Die hatte zwar den ganzen Winter gedauert, aber so war dieser auch schnell vorbei. Im Frühling sollten ja dann die anderen Nonnen nachkommen und das Kloster sich zu seiner wahren Größe erweitern.

Wieder einmal durfte Walburga ihre Eltern besuchen. Auch diesmal war die Freude groß und wieder hatte sie so viel zu erzählen. Die Eltern spürten förmlich ihre Freude sprühen. Es machte sie so glücklich. Die einzige Sorge, die die Eltern hatten, war die Fertigstellung des Klosters. Der Vater überlegte noch, ob er mit der Familie weiterziehen und neue Gebäude bauen oder lieber vor Ort und als Steinmetz arbeiten sollte. Eine Entscheidung war noch nicht gefallen und wenn sie eines Tages käme, dann würden sie Walburga schon informieren. Walburga zog gegen Abend zufrieden mit sich und der Welt zurück zum Kloster.

Wenige Tage später, nach dem Abendessen, wurde sie zur Oberin gerufen. Walburga klopfte und wurde herein gebeten. Die Oberin sprach zu ihr: „Walburga, Du bist nun schon ein Jahr bei uns und wir sind mit Deiner Arbeit und Deinem Verhalten sehr zufrieden. Für Dich kommt nun der Tag, an dem Du entscheiden musst, ob Du für immer eine Frau Gottes sein oder lieber wieder zurück in die normale Welt möchtest". Diese Frage stellte sich für Walburga gar nicht. „Mutter Oberin" antwortete Walburga, „ich will für immer eine Frau Gottes sein und dem Herrn dienen". Die Oberin nickte ihr zu und erklärte ihr dann, dass am nächsten Tag schon während des Abendgebetes ihr die Nonnentracht und Würde übergeben würden.

Walburga wird Ursula und Nonne:

Beim Abendgebet dann wurde die feierliche Handlung vorgenommen. Die Mutter Oberin selbst überreichte ihr die Nonnenkleidung und nannte sie ab nun Schwester Ursula. Dein weltlicher Name ist nun nicht mehr von Bedeutung, den hast Du mit der Novizinnenkleidung abgelegt. Ab jetzt bist Du eine Frau Gottes und hörst auf den Namen Ursula. Ursula nahm die

Kleidung und die Ehre freudig entgegen und dankte Gott und der Mutter Oberin.

An den neuen Namen musste sie sich erst noch gewöhnen, manchmal rutschte ihr Walburga noch mal heraus. Aber das kannten die anderen Nonnen von sich selbst nur zu gut. Sie war jetzt eine von Ihnen, gleichberechtigt und niemand musste sie mehr führen. Sie war für die Dinge die sie tat, selbst verantwortlich. Aber immer wenn sie noch eine Frage hatte, standen ihr die anderen Nonnen natürlich gern zur Verfügung. Es waren nur wenige Tage vergangen, da kamen all die anderen Nonnen, Novizinnen und bald danach auch die Mönche. Das Kloster hatte jetzt so viele Leute, dass es eine ganze Zeit lang dauerte, bis Ursula sie alle kannte. Bei den Gebeten und beim Abendessen herrschte jetzt viel mehr Unruhe. Einige waren noch nicht an die Disziplin der Oberin gewöhnt. Aber das änderte sich schnell. Barbara wusste sich durchzusetzen. Auch vor den Mönchen gab es kein Pardon.

Das Einteilen der Arbeiten nach dem Abendessen nahm jetzt immer eine ziemliche Zeit in Anspruch. Aber irgendwann waren alle verteilt, na ja, fast alle. Nur Ursula hatte ihren Namen noch nicht gehört. Sie wollte gerade fragen, da rief die Oberin: „Schwester Ursula, Du kommst gleich im Anschluss zu mir, für Dich habe ich eine ganz besondere Aufgabe".

Ursula folgte der Aufforderung gerne und war sehr gespannt was sie erwartete. Im Zimmer der Mutter Oberin erfuhr sie es dann. Sie sollte alle 5 anderen Lüneklöster bereisen und dort jeweils ein Schreiben abgeben und von der Fertigstellung des Klosters St. Mauritius in Ebstorf berichten. Schon am nächsten Tag sollte ihre Reise beginnen. Nach dem Frühstück würde ihr die Oberin die Briefe für die anderen Klöster mitgeben. Die Nonnen in der

Küche waren schon angewiesen ihr den notwendigen Proviant vorzubereiten. Auch erhielt sie noch ein paar Münzen für den Notfall. In den anderen Klöstern sollte sie immer 7 Tage verweilen um sich dort umzuschauen und zu orientieren. Dies alles würde aber aus den Briefen hervorgehen, die sie mitnehmen sollte.

Es war eine unruhige Nacht für Ursula, sehr viele Gedanken gingen ihr durch den Kopf. Warum ausgerechnet hatte Barbara sie ausgesucht. Sie, die jüngste aller Nonnen. War es eine Art Prüfung? Ursula konnte es sich nicht erklären, war sich aber sicher, dass die Oberin schon wusste was sie tat.

Am nächsten Morgen tat sie was die Oberin ihr angewiesen hatte. Sie versorgte sich in der Küche, bekam die Briefe ausgehändigt, packte ihr Bündel und machte sich auf den Weg. Es war ein wunderschöner Frühlingstag, die Sonne lachte schon früh am Morgen und der Gesang der Vögel begleitete ihren Weg. Die Entfernung zwischen den Klöstern war meist 1 bis 3 Wandertage. Als erstes sollte sie zum Michaelisstift in Lüneburg wandern und dort ihre Zeit verbringen. Hierfür hatte Ursula 2 Tage eingeplant. Die eine Übernachtung würde sie in einer kleinen Ortschaft durchführen, die ihr die Oberin genannt hatte. Dort wohnte eine Pfarrersfamilie, die sie aufnehmen würde.

Auf dem Wege beobachtete sie die Schönheit der Natur. Die Pflanzen, die Tiere, das Wetter und die wechselnden Gegenden. Mal waren es große Heideflächen, die dann im Spätsommer wunderschön blühen würden, mal waren es Moorgebiete oder einfach nur grüne Wiesen und Felder. Alles hatte für sie seinen Reiz und keines war schöner als das andere, sondern jedes für sich eine eigene Schönheit. Dieser Tag war so anders, so frei. Keine festen Zeiten, keine anderen Menschen, nur sie und die Natur.

Nicht das es ihr im Kloster nicht mehr gefallen hätte, aber diese Reise war einfach mal eine Abwechslung. Gegen späten Nachmittag kam sie zu der kleinen, von der Oberin beschriebenen Ortschaft und schnell fand sie auch das Haus der Pfarrersfamilie. Diese nahm sie freundlich auf und es stellte sich heraus, dass der Pfarrer ein Bruder von der Mutter Oberin war. Damit fühlte sich Ursula besonders wohl in dem Haus. Sie bekam ein eigenes Zimmer und ein weiches Bett. Wie ungewohnt dachte sie, alles so riesig und das Bett so weich. Aber trotzdem schlief sie schnell ein und gut durch. Die Reise hatte sie doch ermüdet.

Früh am Morgen wurde sie geweckt. Sie betete allein und ging dann zum Frühstück. Danach bedankte sie sich freundlich bei der Familie und nahm ihre Reise wieder auf. Am heutigen Tag wollte sie noch den Weg bis Lüneburg schaffen. Sie war schon gespannt auf das Hauptkloster, von dem die anderen Nonnen ihr schon erzählt hatten. Dies war schon fast 300 Jahre alt und der Stammsitz vieler Nonnen die sich dann später auf die anderen Klöster aufteilten. Kurz nach der Mittagszeit sah sie schon den großen Ort und nur wenige Minuten später erkannte sie die ersten Nonnen, die auf Feldern beschäftigt waren. Sie stellte sich kurz vor und fragte noch einmal nach dem genauen Weg. Das Kloster musste sehr reich und mächtig sein, so viele Ländereien wie es besaß.

Sie erreichte das große Tor des Klosters und bat um Einlass. Einer Nonne gab sie das dementsprechende Schreiben und wartete. Die Nonne ging damit in das Kloster und es dauerte eine ganze Weile, dann erschien die hiesige Oberin zusammen mit der Nonne, der sie das Schreiben gegeben hatte. Die Oberin bat sie herein und fragte sie sogleich nach den Fortschritten im Kloster Ebstorf. Ursula erzählte ihr, dass es fertig gestellt wäre und der

Bezug durch die Nonnen und Mönche bereits abgeschlossen sei. Die Oberin war erfreut über diese gute Nachricht und wies die andere Nonne an Ursula ihre Zelle und die Gemeinschaftsräume zu zeigen. „Ich möchte dann gerne Morgen noch mit ihnen sprechen, Schwester Ursula", sagte die Oberin und verabschiedete sich.

Die Nonne führte sie durch das große Gebäude. Sie zeigte ihr den Gebetsraum, den Esssaal und zum Abschluss ihre Zelle. Sie könne sich jetzt noch etwas von der Reise erholen sagte ihr die Nonne und dann später mit zum gemeinsamen Abendgebet kommen. Sie würde bei ihr vorbei kommen und sie dann abholen. Das machte es leichter für Ursula; denn das Gebäude war doch riesig und zu spät zum Abendgebet zu kommen, das wäre sicher kein guter Einstieg gewesen.

Ursula richtete sich die karge Zelle ein und nahm das Angebot, sich zu erholen, gerne war. Zum Abend hin klopfte es dann an ihre Tür und wie versprochen holte sie die Nonne zum Abendgebet ab. Ein gemeinsames Gebet mit so vielen anderen hatte Ursula noch nicht erlebt. Diese Zeremonie hinterließ einen starken Eindruck in ihr. Das anschließende Abendessen hingegen gefiel ihr nicht so gut. So viele Menschen ergaben doch eine gewisse Lautstärke, da sehnte sich Ursula doch lieber in ihr kleines Kloster zurück. Überhaupt hatte sie den Eindruck, dass in so einem großen Kloster etwas das persönliche verloren ging. Auch zum Nachtgebet wurde sie wieder abgeholt. Dies konnte Ursula dann wieder genießen und anschließend gut schlafen.

Am nächsten Morgen wurde sie schon früh geweckt. Nach dem Frühstück ging sie dann wie verabredet zur hiesigen Oberin. Die bat Ursula herein und bot ihr sogar einen Platz an. Sie fragte nach den Fortschritten, der Harmonie zwischen Mönchen und

Nonnen, den Gärten und alles was das Kloster betraf. Ursula berichtete ihr wie gewünscht. Sie redete sich förmlich in Eifer. Irgendwann stoppte die Oberin sie und sagte: „Für Dich muss das Nonnendasein ja ein wahres Geschenk sein, ich habe noch nie jemanden so enthusiastisch über seine Aufgaben erzählen hören". Ursula errötete etwas. Die Oberin aber beruhigte sie diesbezüglich und tat ihre Freude an Ursulas Erzählung kund. „Ich glaube, da hat sich Oberin Barbara ja eine sehr vielversprechende Nonne gesucht". Ursula bedankte sich für die lieben Worte der Oberin, bat noch darum in den Gärten helfen zu dürfen, was ihr gewährt wurde und verabschiedete sich dann.

Ursula suchte die Gärten auf und schaute nach einer Nonne, die augenscheinlich das Sagen hier hatte. Diese war schnell gefunden, da sie gerade dabei war, einige Novizinnen einzuweisen. Ursula wartete bis sie das erledigt hatte, dann fragte sie freundlich, wo sie behilflich sein könnte.

Die Nonne fragte sie nach ihren Fähigkeiten und teilte sie anschließend als Aufsicht bei den Novizinnen ein. Hier leitete Ursula die Mädchen beim pflegen der Beete an. Sie passte aber nicht nur auf, dass sie die Aufgabe richtig machten, sondern erklärte auch das wieso und warum. Dies schien für die Novizinnen recht ungewöhnlich, bisher hatten sie scheinbar immer nur Anweisungen erhalten aber keine Erklärungen. So aber waren sie hoch motiviert und hatten Freude bei der Arbeit. Nach einiger Zeit kam die Nonne, die Ursula eingeteilt hatte und sprach: „So eine wie Dich könnten wir hier auch gut gebrauchen". Dabei lächelte sie und ging wieder ihres Weges.

Auch am Nachmittag war Ursula wieder in den Gärten und führte ihre Aufgabe zu Ende. Die nächsten Tage verbrachte sie dann jeweils in der Küche, bei der Verarbeitung der Kräuter, in der

Bibliothek und einen Tag in der Verwaltung. Das war etwas, was es im kleinen Kloster überhaupt nicht gab. Da regelte Oberin Barbara alles alleine. Hier aber in diesem großen Kloster, hatte die Oberin einige Nonnen, die ihr bei der komplexen Aufgabe halfen. Als sie alle Stationen durchlaufen hatte, kam auch schon der Tag des Abschieds. Nicht nur Ursula hatte diese Abwechslung gefallen, auch die anderen Nonnen hier hatten Gefallen an ihr gefunden. Nach dem Frühstück machte sie sich dann wieder auf ihre Weiterreise zum nächsten Kloster.

Alle anderen Klöster waren ebenfalls nicht groß, sondern in etwa so wie das Kloster Ebstorf. Das nächste würde sie noch am gleichen Tag erreichen. Aber nun erfreute sie sich erst einmal wieder an der Freiheit und der Natur. Frohen Herzens marschierte sie also durch die Landschaft und war mit sich und der Welt zufrieden. Sie dachte an die Zeit zurück, noch vor knapp 2 Jahren, da war noch Alles anders gewesen. Wie sehr hatte sie sich doch zum Positiven verändert. Zum Mittag machte sie auf einer großen freien Wiese halt. Sie nahm die Verpflegung aus ihrem Beutel und ließ es sich schmecken. So mitten in Gottes Natur war der Hunger doch am größten.

Erst am späten Nachmittag kam sie am nächsten Kloster an. Hier gab es keine Pforte, nur eine große schwere Tür. Sie betätigte den Klopfer und es dauerte eine Weile bis sich die Tür unter lautem Quietschen öffnete. Eine sehr lustig dreinschauende Nonne öffnete die Tür. Aus ihr schien die pure Freude heraus zu springen. Nicht nur ihr Mund, auch ihre Augen strahlten förmlich. Ursula hatte noch nie einen so fröhlichen Menschen gesehen und das ohne das Jemand einen Scherz gemacht hatte. Die Nonne führte sie hinein und sogleich zu dortigen Oberin. Die Oberin war selbst auch noch recht jung und auch sie erschien Ursula äußerst fröhlich. Den Nonnen hier schien es ungewöhnlich gut zu gehen, dachte Ursula so für sich. Die Oberin begrüßte sie und nahm das Schreiben entgegen, welches ihr Barbara für das jeweilige Kloster mitgegeben hatte. Dann bat sie die junge Nonne Ursula zu ihrer Zelle zu begleiten und ihr die Gemeinschaftsräume zu zeigen.

Die junge Nonne nahm Ursula an die Hand und tanzte förmlich mit ihr die Flure entlang. Langsam verunsicherte diese Heiterkeit Ursula doch etwas. Ursula fragte, wann das Abend- und das Nachtgebet stattfinden würden. Die Nonne lachte schon wieder und sprach: „So etwas gibt es bei uns nicht, wir essen gemeinsam zu Abend und dann plaudern wir noch etwas, machen Spiele und haben viel Spaß miteinander. Beten kann wer mag, wann er will, aber dann für sich alleine. Ursula war immer verwirrter, sie hatte gedacht, diese Regeln wären in allen Klöstern gleich. Aber auf der anderen Seite gefiel ihr diese fröhliche Art doch auch sehr. „Soll ich Dir noch beim Umziehen helfen"? fragte die Nonne sie. „Wenn Du magst" antwortete Ursula etwas überrascht. Kaum hatte sie dies gesagt, half ihr die Nonne auch schon aus der Tracht. „Du bist sehr üppig gebaut, so weiblich, das ist sehr schön" sprach sie und wie zufällig strich sie dabei über Ursulas Brust. Ursula war sehr zur eigenen Verwunderung diese Berührung nicht unangenehm. Wenn die Männer sie früher dort berührt hatten, waren sie immer so grob gewesen. Diese zarte Berührung hingegen fühlte sich soviel schöner an. Aber davon wollte sie der Nonne nichts sagen.

Auch beim weiteren herunterziehen der Kleidung berührte die Nonne Ursulas Haut. Ganz zärtlich den Bauch herunter, weiter bis zu ihrer Weiblichkeit und dann die Oberschenkel. Ursula durchlief ein Kribbeln wie sie es noch nicht kannte. Sie spürte selbst, wie sie die Augen leicht schloss und diese Berührung sehr genoss. „Ich lass Dich nun allein", sagte die Nonne mit einem seltsamen Lächeln. Sie käme später noch vorbei um sie zum Abendessen abzuholen. Ursula wusste nicht, was mit ihr geschah, sie war wie verzaubert. So als wäre sie nicht sie selbst, sondern würde neben sich stehen und sich selbst zuschauen.

Es dauerte gar nicht lange, da klopfte es an Ursulas Tür und die lustige Nonne stand wieder vor ihr. Abendessen ist dran, kam es mit ihrem lustigen Lächeln aus dieser heraus. Sie schien einfach immer fröhlich zu sein. Leicht scherzend und kichernd gingen sie zu den Gemeinschaftsräumen. Auch hier herrschte eine sehr lockere Stimmung. Die junge Oberin stellte Ursula kurz vor und erzählte, dass sie eine Woche bei ihnen bleiben würde. Die Nonnen winkten ihr zu und schienen sie herzlich zu begrüßen. Das Essen selbst war ausgesprochen schmackhaft und die Stimmung unter den Nonnen sehr ausgelassen. Man hätte fast meinen können, sie schäkerten miteinander. Immer wieder war an einem der Tische kichern zu vernehmen. Nach dem Essen wurde alles schnell abgeräumt und es wurden Getränke gereicht. Als Ursula an ihrem Becher roch, stellte sie fest, dass es alkoholische Getränke waren. Selten hatten sie diese ja auch probiert und die Oberin hatte ja davor gewarnt, wenn die Mönche zu viel von diesen zu sich nahmen. Aber hier waren ja nur Frauen, da konnte ja nichts passieren.

Die Nonnen, ja selbst die Oberin sprachen den Getränken reichlich zu. Das Gekicher und Gegacker wurde im Laufe des Abends immer lauter. Aber je länger der Abend dauerte, desto weniger Nonnen waren es. Immer in Zweier- oder Dreiergruppen verließen sie den Saal und zogen sich zurück. Jetzt ging auch die Oberin zusammen mit 2 anderen Nonnen. Das war das Zeichen der Höflichkeit für Ursula, nun auch den Saal zu verlassen. Die

Nonne, die ihr geholfen hatte, trank noch zügig ihren Becher leer und folgte Ursula sofort. „Komm ich begleite Dich noch zu Deiner Zelle und bin Dir behilflich" sagte sie. Dann fasste sie Ursulas Hand und ging mit ihr zu ihrer Zelle.

Dort half sie ihr aus der Kleidung, wie schon vorher. Aber diesmal verabschiedete sie sich nicht, sondern entkleidete sich ebenfalls und legte sich zu Ursula in das Bett. Ursula war diese neue, ungewohnte Art der Zärtlichkeit doch etwas suspekt. Sie sprach: „Ich glaube, ich möchte das nicht, das war nicht der Grund warum ich Nonne wurde". Die Nonne war etwas enttäuscht, aber zeigte Verständnis und ließ Ursula allein. Am nächsten Morgen ging Ursula zur Oberin und bat um ein Gespräch. Dies wurde ihr gern gewährt. Die Oberin fragte sie nach ihrem Begehr. Ursula sprach: „Ihr habt hier eine besondere Art der Beziehung untereinander. Es stört mich nicht, aber es ist nicht so meins, daher würde ich bitten, um die Probewoche hier, eventuell abgekürzt werden könnte". Die Oberin schaute sie an und sagte: „Das kann ich verstehen liebe Ursula. Wir haben uns alle im Laufe der Zeit hier gefunden und verstehen uns mehr als gut. Aber Dein Wunsch soll Dir gewährt werden, ich hoffe nur, wir bleiben Dir doch in guter Erinnerung". Dies konnte Ursula bejahen und freute sich, ihre Reise wieder aufnehmen zu können. Noch am selben Tag verließ sie das Kloster.

Die kommende Reise würde 2 Tage in Anspruch nehmen, so dass sie sich freute, diese Zeit in der Natur verbringen zu dürfen. Bisher hatte sie ja neben dem eigenen Kloster, nun schon 2 neue kennengelernt. Aber beide, in ihrer Art so unterschiedlich, gefielen ihr bei weitem nicht so gut wie das heimische Kloster. Vielleicht lag es auch an der Oberin Barbara, die dieses auf ihre besondere

Art führte. Aber Ursula war allem Neuen gegenüber offen und würde sich auch die restlichen gerne ansehen.

Aber jetzt würde sie sich erstmal an dem erfreuen, was sie zu sehen bekam. Sie beobachtete die wilden Tiere, schaute sich verschiedene Pflanzen an und manchmal blieb sie einfach stehen, staunte wie schön die Welt war und sog einfach die frische Luft ein. Gegen Abend kam sie in einen kleinen Ort, wo sie sich nach langem Fragen eine Unterkunft besorgte. Sie kam bei einer alten Frau unter, die sich freute etwas Gesellschaft zu haben. Ursula erzählte von ihrem Nonnen Dasein und ihrer jetzigen Reise. Die alte Frau erzählte ihr von ihrer Lebensgeschichte, die nicht immer leicht gewesen war. Vor einigen Jahren schon war ihr Mann verstorben, seit dem war das Leben für sie einsam und beschwerlich. Sie sprachen noch lange an diesem Abend und Ursula konnte der alten Frau eine Menge Trost spenden.

Gleich am nächsten Morgen machte sie sich wieder auf den Weg, um noch am gleichen Tag an dem nächsten Kloster anzukommen. Auch hier schaffte sie es erst kurz vor Sonnenuntergang dieses zu erreichen. Ebenfalls ein kleines Kloster, so wie das heimische. Gleich an der Pforte wurde sie auch hier freundlich empfangen. Die Pförtnerin brachte sie zur Oberin, der Ursula ihr Schreiben gab. Die Oberin, eine schon sehr alte, streng dreinschauende Frau, war deutlich freundlicher als es den Eindruck machte. Aber Ursula spürte sofort, dass hier ein recht strenger Ton herrschte. Die Oberin machte sie auf die Besonderheit des Klosters, die Bibliothek aufmerksam und auch gleich den Vorschlag, dass Ursula hier ihre Woche verbringen könnte. Das gefiel Ursula nur zu gut. Sie hatte durch den Unterricht im Winter die Liebe zu den Büchern gefunden.

Eine Nonne führte sie im Anschluss zu ihrer Zelle und zeigte ihr alles was Ursula wissen musste. Gleich nach dem Abendessen, bat Ursula darum sich zur Ruhe begeben zu können, um die Reise zu verarbeiten. Sie schlief schnell ein und erst am nächsten Morgen wurde sie geweckt. Der Ablauf war der gleiche, wie in ihrem Kloster. Morgengebet, ein karges Frühstück und dann begann die Arbeit der Nonnen. Ursula wurde zur Bibliothek geführt und eine Nonne erklärte ihr in groben Zügen, was für Schätze hier im Kloster beherbergt wurden. Sie war erstaunt über diese Anzahl von Büchern, es überstieg ihre Vorstellung, dass es überhaupt so viele Bücher gab.

Alle waren in schwere Lederumschläge eingebunden. Die Regale, in denen sie standen, gingen bis zur Decke des hohen Raumes. In der Mitte der Bibliothek standen einige Pulte, an denen man die Bücher ablegen und lesen konnte. Die Nonne wies Ursula aber darauf hin, dass ihre Aufgabe in der Pflege der Bücher bestand, nicht im Lesen. Hin und wieder würde die Oberin hier lesen oder aber einige Mönche. Das war nun nicht so ganz das, was Ursula sich von dieser Arbeit versprochen hatte. Aber sie wollte auch dies mit der nötigen Hingabe und Sorgfalt erfüllen. Manchmal aber nahm sie sich doch ein Buch und schaute hinein. Ein Exemplar hatte es ihr besonders angetan, es handelte über Kräuter und Pflanzen. Sie fand hier Zeichnungen, die sehr denen glichen, die sie selbst angefertigt hatte. So ein Buch könnte sie auch erstellen, dachte Ursula für sich.

Die Tage, die den gleichen Rhythmus wie in ihrem Kloster hatten, vergingen sehr schnell. Ursula hatte die Zeit genutzt, sich in der Woche das ganze Buch angesehen und so doch noch einiges Neues dazugelernt. Davon würde sie der Nonne, die in ihrem

Kloster für die Weiterverarbeitung der Kräuter verantwortlich war, erzählen.

Die Woche war schnell vergangen und Ursula wieder auf Reisen zum nächsten Ziel. Die letzten 2 Klöster waren auch jeweils nur eine Tagesreise entfernt. Es waren sehr kleine Klöster mit nur ganz wenigen Nonnen. Hier gab es nicht viel für Ursula zu lernen, aber dennoch war sie froh, auch diese kennengelernt zu haben. Insgesamt war sie nun 6 Wochen unterwegs gewesen und freute sich jetzt sehr auf das Heimatkloster. Alle wieder zusehen war ihr ein großes Bedürfnis. Als sie endlich wieder Zuhause war, wurde sie sogleich zur Oberin gebeten. Diese fragte Ursula endlos aus. Alles musste sie berichten, über die Tagesabläufe, die Oberinnen, die Ordnung und so vieles anderes. Die Oberin schien froh darüber, was sie zu hören bekam. Auf ihre Frage hin, wo es ihr am Besten gefallen hätte, musste Ursula nicht lange überlegen und sie nannte das Kloster mit der Bibliothek. „Das ist sehr gut liebe Ursula", sprach die Oberin. „Denn wir haben vor, unsere kleine Bibliothek zu erweitern und dort viel mehr Bücher und Karten zu sammeln. Es soll eine Einzigartige Bibliothek werden und ich würde Dich gerne mit dieser Aufgabe betrauen".

Ursula wusste gar nicht wie ihr geschah, dies war eine so wunderschöne Nachricht für sie. Obwohl sie alle Aufgaben der Nonnen mit Freude gemacht hatte, waren die Bücher doch etwas Besonderes. Zusammen mit einer weiteren Nonne und 2 Mönchen sollte diese Aufgabe nun beginnen. Ursula wurde trotz ihrer Jugend und ihrer erst kurzen Zeit als Nonne, die Leitung der Bibliothek übergeben. Es war eine hohe Verantwortung für sie.

Die neue Bibliothek:

Nach dem Frühstück zeigte die Oberin Ursula die Räumlichkeiten. Sie waren großzügig und hell. Ideal für eine Bibliothek. Auch waren schon riesige Regale eingebaut und viele Leitern, um die Bücher zu sortieren und zu pflegen. Ursula wollte gerade nach den Büchern fragen, als die Oberin sprach: „Einige Mönche sind schon mit Pferdewagen unterwegs und sammeln die Exemplare in verschiedenen Klöstern und Stiften ein". „Keine Sorge, Deine Arbeit kommt schneller als Du glaubst".

Nach nur 2 Tagen kam auch schon die erste Karre. Zusammen mit einigen Mönchen wurden die Bücher und Karten in die Bibliothek gebracht. Ursula hatte sich vorgenommen, alle Bücher nach ihren Inhalten zu sortieren, dann innerhalb der Gebiete nach der Reihenfolge der Anfangsbuchstaben. Sie begann mit ihren Helfern also die Bücher kurz zu sichten und Stapel mit Sachgebieten zu bilden. Eine Sortierung nach den Buchstaben sollte erst dann erfolgen, wenn alle geliefert waren.

Etwas Besonderes waren die Karten. Darunter eine Karte über die ganze Welt. Ursula brauchte lange, um diese zu verstehen. Die Oberin hatte ihr ans Herz gelegt, mit dieser extrem sorgfältig umzugehen, da es nur dieses eine Exemplar davon gab. Es wäre der größte Schatz des Klosters und von enormen Wert. Ursula versprach auf diese zu achten wie auf ihren Augapfel. Auch wies sie ihre Helfer, die Nonne und die beiden Mönche, hierauf noch einmal hin. Einer der Mönche, er hieß Jakob, war ein sehr zurückhaltender, aber sehr feiner Mann. Er drückte sich immer gewählt aus und hatte einen wachen Verstand. Obwohl er kleiner und zierlicher als Ursula war, hatte sie doch eine große Sympathie für ihn. Manchmal suchte sie wie zufällig, sogar seine Nähe. Auch Jakob schien ein gewisses Interesse an Ursula zu haben.

Am Abend schaute sich Ursula seit langem mal wieder ihren Stein an. Dieser war weich von der Konsistenz und leicht rosa verfärbt. Der kleine Stein in der Mitte aber war ganz dunkel. Sie nahm dies so zur Kenntnis und packte ihn wieder weg. In der Nacht träumte sie von Jakob. In ihrem Traum war sie allein mit ihm in der Bibliothek und sie küssten sich wild und innig. Dann berührten sie sich überall und irgendwann entledigten sie sich ihrer Kleidung. Genau in diesem Moment wachte Ursula auf. Sie war ein bisschen enttäuscht, hätte doch nach ihren Wünschen dieser Traum ruhig noch etwas andauern können.

Als sie am nächsten Morgen dann Jakob sah, hatte sie das Gefühl, als ob ihr das Blut in das Gesicht stieg. Es war ihr etwas unangenehm. Erstmal vermied sie den näheren Kontakt zu Jakob, der Traum war doch zu eindeutig gewesen. Der zweite Mönch, Robert, hingegen war ihr sehr unsympathisch. Auch schien er sich selten zu waschen; denn er verströmte einen sehr unangenehmen Geruch. Manchmal war er Ursula gegenüber auch vorlaut, aber sie wusste sich durch ihre Robustheit schon durchzusetzen. Jedenfalls würde sie ihn genau beobachten und wenn er weiterhin sich so geben würde, dann würde sie die Oberin bitten ihn auszutauschen. Das Einzige wofür er sich sehr interessierte, war die Weltkarte. Immer wieder schaute er sie an und machte sich Notizen. Als Ursula ihn darauf ansprach wich er aus und sprach von seinem besonderen Interesse an Karten.

Fast im Tagestakt kamen nun weitere Karren mit Büchern und Karten. Sie hatten somit reichlich zu tun. Durch die viele Arbeit war Ursulas Aufmerksamkeit gegenüber Robert gesunken und sie war über jede helfende Hand froh. Am Abend war sie dann oft sehr erschöpft und ihr Schlaf meist tief und fest. Immer mal wieder träumte sie aber von Jakob, aber keiner der Träume war mehr so intensiv wie der Erste.

Sie hatten nun begonnen die Bücher in die Regale zu verräumen. Ursula stand auf der Leiter und einer der anderen reichte ihr die Bücher an. Heute war es Jakob. Er hielt die Leiter fest und reichte ihr ein Buch nach dem anderen. Es erfüllte Ursula mit Stolz, die Bücherreihen in den Regalen wachsen zu sehen. Wieder gab Jakob ihr ein Buch und wie zufällig berührte er sie dabei mit der anderen Hand an ihren Schenkeln. War das Zufall fragte sich Ursula. Sie tat so, als hätte sie nichts bemerkt und wartete ab. Beim nächsten Buch geschah das Gleiche, noch etwas intensiver. Diesmal konnte sie nicht mehr darüber hinwegsehen und quittierte den Vorgang mit einem Lächeln. Dies schien Jakob nun zu motivieren noch etwas weiter zu gehen. „Warte", sprach Ursula. Sie schickte Robert und die andere Nonne weg um noch ein paar Bücher aus dem alten Lagerraum zu holen. Sie würden eine ganze Weile beschäftigt sein und lange brauchen bis sie zurück wären. Dann verschloss Ursula die Tür, ging auf Jakob zu, umarmte und küsste ihn. Erst zaghaft, dann wild und entschlossen. Aus ihrer Zeit vor dem Kloster, wusste Ursula was die Männer mochten. Sie wartete nicht lange, dann griff sie ihm beherzt an seine Männlichkeit. Sie spürte wie diese in ihrer Hand wuchs und wie Jakob gierig nach ihren Brüsten fasste. Diese wollte sie ihm gerne geben. Auch alles andere. So dauerte es nicht lange, bis beide entkleidet waren und dann nahm die Sache ihren Lauf, anders als in ihrem Traum endete es nicht an dieser Stelle. Da sie schon lange enthaltsam gelebt hatten, war es wie ein Rausch der Sinne. Sie gaben sich einander völlig hin. Erst ein Klopfen an der Tür weckte sie aus dieser Sinnlichkeit. Schnell zogen sie ihre Sachen an und Ursula rief: „Klein Moment, ich stehe gerade noch oben auf der Leiter". Jakob verzog sich in den hinteren Bereich, während Ursula die Tür öffnete. Robert kam herein und schaute, als ob er wüsste was geschehen war. Er sagte zwar kein Wort, aber sein Blick sprach Bände.

Sie müssten in Zukunft vorsichtiger sein dachte sich Ursula. Sie hatte immer wieder ein ganz komisches Gefühl bei Robert. Sie sprach auch mit Jakob darüber und sie waren sich einig, besser aufzupassen und vor allem auf Robert zu achten. Jakob hatte ihr erzählt, dass Robert unter den Mönchen nicht sonderlich beliebt und mehr ein Außenseiter war. Die Mönche mieden ihn wegen seiner teilweise falschen Art. Auch gab es den Verdacht, er würde stehlen, aber einen Beweis dafür gab es nicht. Auf Gerüchte aber wollte Ursula nichts geben.

Bei jeder sich bietenden Gelegenheit küssten oder streichelten sie Ursula und Jakob jetzt. Manchmal waren sie dadurch etwas unaufmerksam. Eines Tage, Ursula wollte zum Feierabend gerade die Tür der Bibliothek schließen, da machte sie eine schreckliche Entdeckung. Die Weltkarte war verschwunden. Sie rannte den anderen hinterher, aber erreichte nur noch Jakob. Sofort fragte sie ihn, ob er etwas gesehen hätte. Der Verneinte nur. Ausgerechnet an diesem Tag waren mehrere Nonnen und Mönche in der Bibliothek gewesen. In wenigen Tagen sollte die feierliche Eröffnung sein uns so mussten noch einige Dinge abgesprochen werden. Viele hatten somit Gelegenheit gehabt, die Karte zu entwenden. Aber in Verdacht hatten sie beide sofort Robert. Sie sprachen ein heimliches Treffen nach dem Nachtgebet ab. Dabei sollte dann das weitere Vorgehen besprochen werden.

Im Dunkel des Klosterhofes trafen sich Ursula und Jakob. Sie gingen ein paar Schritte, so dass niemand sie hören konnte. Ursula sprach ihren Verdacht, dass Robert die Karte gestohlen hatte, nun offen aus. Auch Jakob stimmte dem zu. Aber wie sollten sie es beweisen, wie heraus bekommen? Sie müssten es irgendwie schaffen in Roberts Zelle zu kommen. Nur Jakob hätte diese Möglichkeit; denn Ursula würde sofort im Trakt der Mönche auffallen. Die Idee war, gleich am nächsten Morgen während der Arbeit in der Bibliothek, sollte Ursula Jakob wegschicken um noch etwas aus dem Lager zu holen. Diese Zeit sollte er dann nutzen, um Roberts Zelle zu durchsuchen. Sie hofften nur darauf, dass er die Karte nicht woanders versteckt oder gar schon außer Haus gebracht hatte. Mit diesem Gedanken versanken sie gegenseitig in ihren Armen und nutzten die laue Sommernacht auf ihre eigene Art und Weise

Wie abgesprochen führten sie am nächsten Tag ihren Plan durch. Nach langer Zeit kam Jakob enttäuscht zurück und als er allein mit Ursula war, teilte er ihr mit, dass die Karte nicht in Roberts Zelle war. Er musste sie woanders versteckt haben. Daraufhin fasste Ursula einen diabolischen Plan. Sie sprach nur kurz zu Jakob: „Was in den nächsten Tagen hier geschieht, egal was es ist, es hat nichts mit uns und unserer Beziehung zu tun. Bitte verzeih mir und auch der Herr möge mir Verzeihen". Jakob wusste nicht, was Ursula vor hatte, aber er vertraute ihr.

Von nun an veränderte Ursula ihre Beziehung zu Robert. Sie machte ihm Komplimente, wertschätzte seine Arbeit und lächelte ihn sogar an. Robert, sonst von allen so gehasst, empfand das sehr angenehm. Er wuchs förmlich mit jedem Lob. Vielleicht war er doch gar nicht so ein schlechter Kerl, dachte Ursula kurz. Am nächsten Tag war Robert sogar frisch gewaschen, so dass nicht die übliche Duftwolke ihn umgab. Wieder näherte sich Ursula ihm. Wie zufällig berührte sie ihn zärtlich. Sie hielt sich dabei nicht besonders zurück, sondern berührte ihn direkt an seiner Männlichkeit, die auch sogleich erwachte. Dabei lächelte sie ihn an. Jakob hingegen schien direkt etwas eifersüchtig zu werden, obwohl ihn Ursula ja vorgewarnt hatte.

Am Nachmittag dann schickte Ursula die andere Nonne und Jakob mal wieder in das Lager. Sie gab ihnen eine sehr aufwendige Aufgabe, die sie den ganzen Nachmittag beschäftigen würde. Kaum hatten die beiden die Bibliothek verlassen, verschloss sie diese von innen. Dann näherte sie sich Robert und sprach: „Komm, das ist unsere Chance, Du bist doch sicher ein richtiger Mann und nicht so ein Schlappschwanz wie dieser Jakob". Robert fühlte sich in seinem Ego bestätigt. Er würde ihr schon zeigen was für ein Mann er wäre. Ursula küsste ihn fordernd. Sie zog ihre Kleidung aus, so dass Robert ihre großen, schweren Brüste anfassen konnte. Dieser Aufforderung kam er nur zu gerne nach. Dann zog auch Robert sich aus. Ursula forderte ihn auf sich auf den Rücken zu legen, sie wolle ihn reiten um seine Männlichkeit so richtig zu spüren. Robert konnte es kaum erwarten und gehorchte nur zu gern. Aber Ursula setzte sich nicht auf seine Männlichkeit sondern auf seinen Bauch, ihre Hand griff nach seinem Penis. Das gefiel Robert nun noch besser und er war schon voller Erwartung. Ursula strich mit den Fingern sanft seine Hoden, Robert stöhnte leicht auf. Dann ganz plötzlich nahm Ursula seine Hoden ganz fest in die Hand und drückte so fest zu wie sie nur konnte. Fast wahnsinnig vor Schmerz schrie Robert auf. „Das werde ich jetzt noch fester machen", sprach Ursula. „Los sag mir wo die Karte ist, sonst zerquetsche ich Dir die Dinger". Robert zögerte, Ursula drückte erneut ganz fest zu. Es tat ihr fast selbst weh. Robert schrie wie am Spieß. Wieder etwas lockerer und wieder fest. Robert musste sich vor Schmerz übergeben und versuchte zu sprechen. Noch einmal mit aller Kraft drückte Ursula zu. Dann sprudelte es aus ihm heraus. Er hatte die Karte im Keller des Gebäudes versteckt und wartete nur auf die Gelegenheit sie weg zu bringen. Noch einmal drückte sie zu und sagte: „Belügst Du mich, reiß ich sie Dir ab, Du wirst mich hinführen". Robert nickte und jetzt tat er ihr fast etwas leid. Soviel Schmerz hatte sie ihm zugefügt. Irgendwie hatte sie es genossen und diese Macht hatte sie erregt. Sie nahm seinen Penis in die Hand und rieb ihn. Erst langsam, dann immer schneller und befriedigte ihn zu seiner vollkommenen Überraschung. Er hatte einen irren Orgasmus und auch Ursula war ganz erregt. Es war mit ihr durchgegangen, diese Macht hatte sie so gefangen genommen.

Sie zogen sich an und sofort gingen sie zum Versteck der Karte. Robert händigte sie ihr aus und sagte: „Bitte verrate mich nicht, ich werde das Kloster noch heute Nacht verlassen und nie wieder her kommen". Das konnte Ursula nur recht sein und so verblieben sie mit dieser Lösung. Robert arbeitete diesen Tag noch unauffällig zu Ende und nach dem Nachtgebet ward er nie wieder gesehen. Jakob fragte Ursula zwar, wie sie es angestellt hatte, sie aber sagte nur: „Mein lieber Jakob, das willst Du nicht wissen und ich möchte Dein Gewissen auch nicht belasten. Nur soviel, es war eine schmerzliche Erfahrung für Robert".

Niemand sonst hatte vom Verlust der Karte erfahren, es wäre Ursula auch mehr als unangenehm gewesen. Am nächsten Tag sprachen alle nur über das seltsame Verschwinden von Robert. Keiner konnte sich erklären, was mit ihm passiert war. Aber wirklich traurig war auch keiner über sein Verschwinden. In den kommenden Nächten träumte Ursula immer wieder von Robert. Diese Gewalt ihm gegenüber, dieses Machtgefühl hatte sie so erregt. Ob sie das in ähnlicher Form auch mit Jakob machen könnte, fragte sie sich dann. Wäre dieser nicht viel zu weich für so etwas. Aber sie hatte gespürt, dass diese Art des Sexes sie ungemein erregte und wahrscheinlich die einzige wäre, die sie so richtig zum Orgasmus führen könnte. Dies anzusprechen gegenüber Jakob traute sie sich nicht, aber vielleicht könnte sie ihn auf diesen Weg führen.

Schon der erste Versuch hierzu scheiterte kläglich. Jakob winselte wie ein Hund und seine Männlichkeit erschlaffte sofort, als Ursula ihn etwas heftiger anfasste. Schade, dachte sie, aber das geht mit ihm nicht. So sehr er ihr sympathisch war, so wusste sie dennoch, es würde ihr immer wieder fehlen und eine lange Gemeinsamkeit war so nicht möglich. In den nächsten Tagen entfernte sie sich dann auch von Jakob. Es schien ihm noch nicht einmal ganz unrecht zu sein. Hatte er gespürt, dass er Ursula das nicht geben konnte, was sie so unbedingt wollte. Sie würde es nie erfahren. Die Arbeit aber lief trotzdem in aller Gemeinsamkeit und in freundlicher Atmosphäre ab. Ursula war Jakob sehr dankbar für sein indirektes Verständnis. Aber konnte sie irgendwann überhaupt noch einmal ihre Gefühle so ausleben? Hatte sie ihre Kindheit soweit geprägt, dass sie nun so ein Gefallen, ja förmlich Verlangen daran gefunden hatte? Aber sie wollte nicht nur selbst diese Macht spüren, sondern auch gern zu spüren bekommen. Sie erinnerte sich an ihren ersten Traum, wo sie von einer ganzen Truppe von Männern brutal vergewaltigt wurde. Auch das hatte ihr irgendwie gefallen. Was war nur nicht in Ordnung mit ihr?

Die kommenden Tage wurden immer hektischer, die feierliche Eröffnung stand bevor. Gut nur, dass die Karte wieder an ihrem Platz war. Verschiedene Kirchenobere, sowie führende Personen der umliegenden Orte waren eingeladen. Ursula war stolz auf ihre

Bibliothek. Ja sie nannte sie auch ihre Bibliothek, obwohl sie natürlich dem Kloster gehörte. Aber auch die Oberin, die jetzt öfter mal dort auftauchte, hatte sie für ihren Fleiß und ihr Engagement gelobt.

Die Eröffnung war ein großer Erfolg. Das Kloster wurde für die Öffentlichkeit geöffnet und viele machten von der Einladung Gebrauch. Die Führung übernahm die Oberin mit Hilfe von Ursula. Im Anschluss wurde im Klostergarten Essen gereicht. Die Oberin unterhielt sich lange mit einem Abt aus einem entfernt gelegenen Kloster. Im Anschluss kam sie zu Ursula und sprach zu ihr: „Der Abt war so begeistert, er möchte, dass Du auch seine Bibliothek ordnest. Er hat dort zwar einige Mönche eingesetzt, doch diese gehen mehr dem Laster der Trunksucht nach, als ihrer Arbeit". Ich habe ihm zugesagt, dass Du solange dort bleibst, bis Alles zu seiner Zufriedenheit erledigt ist. Zwar gebe ich Dich nur ungern her, aber ihm haben wir die Weltkarte, so wie viele andere Kostbarkeiten, zu verdanken.

Ursula freute sich über diese Einladung, war sie doch ein Zeichen für ihre gute Arbeit. Der Abt würde extra ein Fuhrwerk schicken, was sie dann abholen würde. Dies war schon eine ganz besondere Ehre. Zufrieden mit der Eröffnung bedankte sich die Oberin noch einmal bei Allen und ganz besonders bei Ursula.

Nun kehrten wieder der Alltag und die Ruhe ein. Die tägliche Arbeit bereitete ihr Freude, auch ergab sich immer wieder die Gelegenheit, etwas in den Büchern zu lesen. Während ihrer Abwesenheit sollte dann Jakob die Bibliothek leiten. Diesen Vorschlag hatte Ursula der Oberin gemacht.

Ursulas Aufenthalt bei den Mönchen:

Wie angekündigt kam das Fuhrwerk des Abtes. Ursula hatte noch einen Tag Zeit die Bibliothek zu übergeben, da die Reise erst am nächsten Morgen beginnen sollte. Sie wies Jakob noch einmal in Alles ein. Aber der kannte ja den Ablauf und Ursula wusste ihre Bibliothek in guten Händen. Sie war schon gespannt auf ihre neue Aufgabe und freute sich sehr darüber.

Der Fuhrmann war ein finsterer Geselle. Auch war er kein Mönch, sondern ein Helfer des dortigen Klosters. Er hatte eine grobe Sprache und so gut wie keine Manieren. Aber Ursula wusste ja mit groben Kerlen umzugehen, ihre Jugend hatte es sie gelehrt. Erst am Abend kamen sie am Kloster an. Der Pförtner führte sie sogleich zum Abt, der sie freudig begrüßte. Er hatte ihr eine Zelle frei gemacht, die sie sogar verriegeln konnte. Sie sollte sich erstmal von der Reise erholen, am nächsten Morgen würden ihr alle Räumlichkeiten sowie die Bibliothek gezeigt.

Über diese Entscheidung war Ursula sehr froh, die Reise hatte sie doch sehr angestrengt. Am nächsten Morgen, nach Frühgebet und Frühstück stellte der Abt ihr den Mönch Peter vor, dieser sollte sie herum führen und auch als Ansprechpartner für ihre Wünsche, ihr zur Verfügung stehen. Der Abt schien sehr bemüht um ihr Wohlergehen und legte wohl viel Wert auf seine Bibliothek. Diese war ein Grauen. Obwohl 4 Mönche hier beschäftigt waren, sah es unaufgeräumt und durcheinander aus.

Als Erstes machte Ursula eine Bestandsaufnahme. Die Mönche hingegen lungerten herum, tranken Wein und waren nicht zu viel zu gebrauchen. Das würde sie ändern, soviel wusste sie schon. Ihnen würde noch das Trinken und Faulenzen vergehen. Der Abt hatte ganz klar ihr den Vorstand der Bibliothek übergeben und die

Mönche spürten schnell ihre harte Art. Sie diskutierte nicht, sondern machte klare Ansagen. Auch kontrollierte sie ständig die von ihr eingeteilten Aufgaben, so dass die Mönche gar keine Zeit für ihre Trunksucht fanden. Dies Alles machte die Mönche aber nur noch feindseliger. Ständig steckten sie ihre Köpfe zusammen und schienen zu lästern. Daraufhin teilte Ursula die Arbeiten so ein, dass sie möglichst weit von einander entfernt beschäftigt waren.

In ihrer Freizeit genoss Ursula die Umgebung des klösterlichen Anwesens. Es war ein sehr weitläufiges Gelände. Auch gab es Teiche in denen die Mönche Karpfen mästeten. So war ihr ohnehin schon reichhaltiges Essen auch in der Fastenzeit gesichert und der Verkauf der Fische kam dem Kloster ohnehin zu Gute. Sie war gern am Wasser, am liebsten hätte sie manchmal stundenlang darauf gestarrt. Im Speisesaal saß sie meist beim Abt um ihn über die Fortschritte zu berichten. Auch der Mönch Peter gesellte sich gern zu ihr. Die anderen Mönche schienen eine gewisse Abneigung gegen Ursula zu haben. Sicherlich hatten die ihr Zugeteilten über ihre strenge Art berichtet.

Sie war nun schon gut eine Woche hier im Kloster. Die Mönche in der Bibliothek wurden immer seltsamer. Es lag ein Gefühl von Unfrieden in der Luft. Ursula spürte dies ganz deutlich. Eines Tages, kurz nach der Wiederaufnahme der Arbeit nach dem Mittagessen, passierte es dann. Ursula schimpfte einen der Mönche wegen seiner Faulheit aus. Dieser wusste sich nicht anders zu helfen, als sie daraufhin anzugehen. Er versuchte sie zu Boden zu werfen, aber durch Ursulas kräftige Figur gelang es ihm nicht. Es entstand eine Rangelei. Die anderen Mönche standen schnell drum herum. Ursula trat den Mönch in die Hoden, so dass dieser jammernd zu Boden fiel. Daraufhin packten sie die anderen

Mönche und warfen sie um. Sie rissen ihr die Kleidung vom Leib und begrabschten sie überall. Dann hielt einer ihre Arme fest, zwei andere die Beine. Sie forderten den zu Boden gegangenen auf, sich aus Rache das zu nehmen was ihr am meisten weh tun würde. Dieser ließ sich nicht lange bitten, er hob seine Kutte und drang mit Gewalt in sie ein. Als er endlich fertig war, wechselten sie und der nächste tat ihr Gewalt an. Einer nach dem anderen fiel über sie her. In ihrem Eifer bemerkten sie gar nicht, dass es nicht nötig gewesen wäre, sie festzuhalten; denn Ursula fand Gefallen daran. Das war wovon sie immer geträumt hatte. Als die Mönche mit ihrer Schandtat fertig waren, sich fast schon dafür schämten, geschah etwas das sie Alle völlig verwirrte. Ursula griff gleich zweien von ihnen unter die Kutte und streichelte ihre Männlichkeit und sagte: „Das war schon Alles? Zeigt mir was ihr könnt". Die Mönche wussten nicht, was um sie geschah. In ihrer Verdutztheit wandten sie sich ab und ließen Ursula in Ruhe. Diese war fast enttäuscht.

Niemanden erzählte sie davon, ab jetzt war es ein ganz anderes Verhältnis untereinander. Immer wenn sich die Gelegenheit ergab, nahm sie sich einen der Mönche, manchmal auch alle und ließ ihrem Trieb freien Lauf. Sie mochte es sehr, von mehreren gleichzeitig förmlich benutzt zu werden. Der Arbeit in der Bibliothek tat es gut, fortan funktionierte der Ablauf reibungslos. Sie bat aber die Mönche sich nicht anders zu verhalten. So sollten sie weiterhin allein bei der Essenseinnahme sitzen und ruhig auch über ihre strenge Art lästern. Diese fühlten sich dabei glatt ertappt und baten sie sogar bei manchen Dingen etwas strenger zu sein. Sie würden sie gern als ihre Herrin ansehen. Das gefiel Ursula sehr.

Die Bibliothek war mittlerweile gut sortiert, ordentlich eingeräumt und auf einem aktuellen Stand. Eigentlich war Ursulas Arbeit damit getan. Aber es gab etwas, das sie daran hinderte schon von hier fort zu gehen. Sie würde die Mönche vermissen. Zwar wusste sie, dass so etwas keine Liebesbeziehung war, aber die hatte sie ja auch nur Gott versprochen. Ursula haderte mit sich selbst, sollte sie in ihr Kloster zurück gehen oder lieber den Abt bitten sie hier im Hause zu lassen. Auch die Mönche spürten, dass eventuell die Zeit der Gemeinsamkeit vorbei war. Am Ende setzte sich der Wunsch in das heimische Kloster zurück zu kehren doch durch und Ursula bat den Abt um ihre Entlassung und den Rücktransport. Der Abt war sehr zufrieden mit ihrer Tätigkeit und entsprach ihrem Wunsch.

Wieder im heimischen Kloster:

Die Rückfahrt mit dem Pferdefuhrwerk war genau wie die Herreise. Der derbe Pferdeknecht fluchte die ganze Fahrt über und schlug die Pferde unnötig und oft mit der Gerte. Ursula hatte ihn schon mehrfach darauf angesprochen, aber er unterließ es nicht. Während der Pause, als sie gezwungenermaßen mit ihm essen musste, ließ Ursula sich die Gerte zeigen. Unter Murren gab ihr der Pferdeknecht die Ledergerte. Ursula nahm sie in die Hand und schlug so fest sie konnte ihm auf die Hände. Der Mann schrie vor Schmerz und fragte ob sie wahnsinnig sei. Sie aber sagte nur: „Siehst Du, genauso empfinden es die Pferde auch". Von da an setzte der Fuhrmann die Gerte nur noch zum Leiten der Pferde ein. Zumindest solange Ursula dabei war. Die Gerte allerdings, so dachte Ursula im Geheimen, hatte ihr schon gefallen, damit könnte sie auch gut die Mönche züchtigen. Aber den Gedanken verwarf sie schnell; denn diese Zeit war ja nun erstmal vorüber. Aber sie wusste für sich, irgendwann käme der Moment, wo sie es genau so machen würde.

Wieder im heimischen Kloster freuten sich Alle, sie wieder in ihren Reihen begrüßen zu dürfen. Jakob hatte die Bibliothek gut geführt und die Oberin bat Ursula sie gleich am nächsten Morgen aufzusuchen. Sie machte sich Gedanken, hatte die Oberin etwa irgendetwas zu Ohren bekommen, oder wollte sie sie woanders einsetzen? Die Arbeit in der Bibliothek hatte ihr doch immer so gut gefallen. Auch hatte sie diese ja nach Aussage der Oberin sehr gut ausgeführt. Aber wenn die Oberin etwas über ihr Tun erfahren hätte, währe die Freude bei der Wiederkehr bestimmt nicht so ausgefallen. Also hieß es warten.

Nach unruhiger Nacht ging Ursula gleich nach dem Frühstück zur Oberin. Diese bat sie freundlich herein und sprach: „Schwester Ursula, nur Gutes habe ich über Dich gehört". Ursula fiel ein Stein vom Herzen. „Erinnerst Du Dich an das dritte Kloster, in das Deine Reise Dich geführt hatte? Die Oberin dort ist leider zu unseren Herren gegangen. Sie hatte schon ein hohes Alter. Das Kloster soll nun erweitert werden. So soll es wie viele andere ebenfalls ein gemischtes Kloster werden. Zurzeit wird es von Schwester Johanna geleitet, aber nur Übergangsweise. Nicht ohne Grund habe ich Dich alle Klöster bereisen lassen und Dir die verschiedensten Aufgaben gestellt. In allen Bereichen warst Du eingesetzt und hast Dich bewehrt. Die Klosterleitung im Kloster Lüneburg hat entschieden, dass Du dieses Kloster als Oberin führen sollst. Zwar bist Du noch jung an Jahren und Erfahrung, aber Du hast das nötige Durchsetzungsvermögen. Daher bitte ich Dich, mach Dich auf den Weg und führe das Kloster so, wie Du es gelernt hast. Überwache auch den Anbau, sowie die

Erweiterung der Gartenanlage. Kümmere Dich um die Integration der Mönche in das Klosterleben".

Ursula war völlig überrascht über diese Weisung. Sie wollte gerade dazu ansetzen, der Oberin zu sagen, dass sie sich diese Aufgabe nicht zutrauen würde, als diese sofort wieder das Wort ergriff. „Mach Dich auf den Weg und zaudere nicht, ich weiß das Du dafür geschaffen bist".

Gleich am nächsten Morgen sollte das neue Kapitel in Ursulas Leben beginnen. Tausend Gedanken gingen ihr durch den Kopf. Sie nahm den Tagesablauf gar nicht mehr wahr. Alles lief an ihr vorbei. Sie verabschiedete sich im Laufe des Tages von allen ihr Liebgewonnenen und gleich am frühen Morgen machte sie sich auf die Reise.

Ursula als Äbtissin, ein neuer Lebensabschnitt:

Ursula hatte darum gebeten, den Weg zum neuen Kloster, zu Fuß zu gehen. Sie wollte die Zeit nutzen, um über vieles noch einmal nachzudenken und sich auf die Aufgabe vorzubereiten. Auch musste sie sich ja über ihren ersten Auftritt dort im Klaren sein, wie sie diesen gestalten würde. Die alte Oberin dort hatte ja ein recht strenges Kommando geführt. Aber wenn sie jetzt gegenteilig agieren und zu vertrauensselig wäre, dann würde ihr später unter Umständen der Respekt fehlen. Es gab soviel zu Bedenken. Wie würde sie es schaffen die Mönche mit in das Klosterleben einzubinden. Der Anbau, die Gartenanlage, der Aufbau musste mit überwacht werden. Alle diese Gedanken schwirrten ihr durch den Kopf. Kaum begann sie sich mit einem zu beschäftigen, da verwirrte sie schon der nächste. Zur Mittagszeit setzte sie sich mitten in eine große Heidefläche. Diese blühte zurzeit gerade so wunderbar. Sie schloss kurz die Augen und versuchte zur Ruhe zu kommen. Trotz der vielen Gedanken kamen ihr immer wieder die Mönche in den Sinn. Der Gedanke, diese hin und wieder zu züchtigen, von ihnen begehrt und genommen zu werden, machte sie ganz verrückt. Sollte sie ihren Trieb für sich behalten oder ihm nachgeben. Sie wusste, eine Zeit lang konnte sie davon absehen, aber irgendwann würde es doch wieder heraus brechen. War es da nicht sinnvoller, gleich von Anfang an Alles in die richtigen Bahnen zu lenken.

Am späten Nachmittag, kurz vor Sonnenuntergang kam Ursula am Kloster an. Die Nonnen hatten sie ja schon bei ihrer Reise kennengelernt. Ganz schnell spürte sie, wie die jüngeren Nonnen sich freuten, die älteren hingegen etwas feindselig gestimmt waren. Bestimmt hatte die eine oder andere auch auf diesen Posten gehofft. Ihr war durchaus bewusst, dass sie diese nur durch Leistung und klare Weisungen überzeugen konnte. Es würde nicht einfach werden, das war ihr klar.

Als Äbtissin hatte sie nicht nur einen eigenen Raum in dem sie ihrer Geschäfte nachkam, sondern auch im direkten Anschluss daran ein großes Zimmer und keine normale Zelle. Im Anschluss an das Abendgebet und die gemeinsame Mahlzeit hielt Ursula ihre Ansprache. Sie erklärte noch einmal die Neuerungen die zusätzlich zum Kloster kämen. Scheinbar war dies den Nonnen noch nicht bekannt; denn sie waren sehr überrascht. Ursula bat ganz besonders die erfahrenen unter ihnen um Unterstützung bei diesem gewaltigen Vorhaben. So hatte sie diese gleich eingebunden und die älteren Nonnen fühlten sich gebraucht. Ja, es war eine Bestätigung ihrer Arbeit. Dieser geschickte Schachzug hatte sofort das Eis gebrochen und ihr die Anerkennung der älteren Nonnen eingebracht.

Ursula blieb nicht viel Zeit zur Eingewöhnung, da erschienen auch schon die Bauarbeiter. Der Umgang mit diesen war für sie ja ein Leichtes. Durch ihren Vater, aber auch durch ihre Jugendzeit, hatte sie ja reichlich Erfahrung mit den groben Gesellen. Der Baumeister teilte die Leute ein, der größte Teil war mit dem Anbau beschäftigt, einige wenige mit der Anlage der Gärten. Hierauf wollte Ursula besonders achten. Ihre Erfahrung mit dem Bau der Gärten im Kloster Ebstorf würden ihr hier zugute kommen. So sollten sie es möglichst schaffen, diesen noch vor dem Winter fertig zu bekommen, damit schon einige Büsche und Obstbäume gepflanzt werden konnten. Nebenbei musste Ursula natürlich auch noch den täglichen Ablauf des Klosters im Auge behalten. Zwar waren es ja nicht so viele Nonnen, aber dennoch sollten sie schon das Gefühl haben, unter Kontrolle zu sein.

Es zeigte sich, dass die tägliche Arbeit der Nonnen recht selbständig lief. Sicher hatte die alte Vorgängerin diese Arbeiten auch nicht mehr alle sehen oder kontrollieren können. Die Nonnen waren es also gewohnt recht autark zu arbeiten. Dies würde die Sache vereinfachen. Auch der Baumeister hatte seine Arbeiter gut im Griff. Ursula war manchmal fast traurig, dass sie diese nicht auf ihre Art und Weise erziehen konnte. Wenn sie die kräftigen Männer so bei der Arbeit sah, hätte es ihr bestimmt Freude bereitet. Aber für solche Gedanken war jetzt keine Zeit. Sie würde sich schon holen was sie wollte, wenn erstmal die Mönche kamen.

Der Anbau machte gute Fortschritte, zwar war vieles aus Holz gebaut, aber dafür ging es umso schneller. Noch vor dem Winter sollten die ersten Mönche einziehen. So wäre auch die Beschaffung von Brennmaterial wesentlich leichter für Alle. Ursula hatte sich schon für viele Vorgänge einen Plan gemacht.

Sie hatte auch daran gedacht, die Küche um einen Raum zu erweitern, damit die große Menge an Kräutern, Beeren, Obst und Früchten, die zusätzlich zu erwarten waren, verarbeitet werden konnten. Ebenfalls war es ihr in den Sinn gekommen, wenn es Überschüsse gäbe, diese zu verkaufen. Aber bis dahin war es noch ein weiter Weg und viel Arbeit.

Die Gärten waren fertig und die somit frei gewordenen Arbeiter halfen mit den Anbau zu erstellen. Ursula und ihre Nonnen machten sich sogleich an die Pflanzarbeiten. Sie setzten Büsche und Sträucher. Diese dienten schon einmal der Orientierung für die weitere Bepflanzung. Auch die ersten Zellen für die Mönche waren bereit und schon in der nächsten Woche sollten aus anderen Klöstern die ersten kommen, um sich tatkräftig mit einzubringen. Das Kloster füllte sich, die Küchenmannschaft musste Ursula verstärken, um allen Anforderungen gerecht zu werden. Zurzeit gab es nur einen Speiseraum, der jetzt im Wechsel, erst die Nonnen, dann die Mönche, genutzt wurde. Dies zögerte zwar den Ablauf heraus, aber war unvermeidbar.

Ursula hatte die Mönche fest im Blick. Sie konnte sich auch überhaupt nicht dagegen wehren. Sie schaute sich in den ersten Tagen alle genau an. Sie studierte aber nicht nur ihr Äußeres, sondern auch ihr Verhalten, ihre Art sich zu geben. Sie hatte vor, sich einige zu ihrer Befriedigung heraus zu suchen. Nach und nach würde sie es heraus finden, welche sich dazu eigneten. Sie hatte da schon so ihre Art. Aber sie wusste auch, dass manche von ihnen nur auf Männer standen. Das war für diese der Grund gewesen ins Kloster zu gehen. Dort konnten sie recht einfach ihre Wünsche ausleben. Diese würden sogleich ausscheiden oder hatten sie es nur noch nicht anders erfahren?

2 Tage vor dem ersten Schnee war der Anbau fertig. Wie bestellt dachte Ursula.

Der Schnee hüllte die ganze Gegend, das Kloster und die Gärten in eine weiche Decke. Alles war ganz still und sehr besinnlich. Die Nonnen beschäftigten sich nun viel damit, die schon geernteten Früchte, Beeren, Kräuter und Gemüse zu verarbeiten. Es herrschte Hochkonjunktur im Küchenbereich. Gut das noch ein weiterer Raum hinzu gekommen war. Die Mönche hatten die etwas schwerere Aufgabe für Brennmaterial zu sorgen. Holz gab es ja nur sehr wenig, so dass sie immer noch den Torf von den Mooren holen mussten. Auch für die Beheizung der Gemeinschaftsräume waren sie verantwortlich. Die einzige Ausnahme war die Küche, hier wurden sie nur als störend empfunden. Es hatte sich gezeigt, dass sie dann ständig irgendetwas aßen. Die Leiterin der Küche hatte daraufhin ein Verbot verhängt. Sie sagte: „Die sind schon alle so dick, da muss das nicht sein". Ursula musste lachen als sie das hörte. Die Küchennonne war sehr resolut, aber eine begnadete Köchin. Ihr konnte deshalb so schnell niemand etwas übel nehmen.

Immer mehr nahmen jetzt die Weihnachtsvorbereitungen die Zeit der Küche in Anspruch. Es sollte ja immer etwas Besonderes sein, die Geburt Jesu zu feiern. Auch für Ursula stand da viel auf dem Programm. Sie musste einige Lebensmittel beiseite legen, die dann den Armen und Schwachen im nahegelegenen Ort geschenkt wurden.

Immer mehr Schnee fiel. Die Mönche konnten nun kein Brennmaterial mehr holen und begannen sich zu langweilen. Ursula musste sie dringend beschäftigen, sonst würden sie nur dem Wein zuviel zusprechen. So ließ sie viel Schnee im Vorhof des Klosters und die Gänge in den Gärten räumen. Lagerräume mussten aufgeräumt werden. Aber all diese Dinge beschäftigten sie leider nur kurz. Heute hatte sie sich zwei ausgesucht, um ihr Zimmer umzuräumen. Die Schränke mit den wichtigsten Büchern, den schweren Tisch, ihr Bett, alles sollte anders gestellt werden. Die beiden begannen und Ursula sah ihnen zu. Einer stellte sich auf einen Schemel um die Bücher aus den oberen Reihen zu nehmen. Es dauerte nur einen Augenblick da fiel er mitsamt dem Schemel um und hatte sich ordentlich weh getan. Sie erlaubte ihm sich einen Moment auf das Bett zu legen und schickte den zweiten nach draußen, um etwas Eis zum kühlen der Beule zu holen. Kaum war dieser weg, untersuchte Ursula den Mönch genauer. Sie tastete ihn überall ab. Als sie zu seiner Männlichkeit kam, ließ sie ihre Hand dort einen Moment liegen und wartete was passierte. Sie spürte, was sie spüren wollte. Der Mönch konnte diesem zarten Druck ihrer Hand nicht widerstehen. Langsam streichelte sie ihn und sagte: „Das wird Dich ablenken, glaube mir". Jetzt fasste sie fester zu, umgriff das gute Stück und tat das ihrige zu seiner Genesung. Der zweite Mönch kam schneller zurück als Ursula gedacht hatte. Auch hielt er es nicht für nötig anzuklopfen, so dass er schon im Zimmer stand und auch gleich sah, was sie da tat. Er blieb etwas erschreckt stehen. Dann rief Ursula ihn zu sich und sagte: „Komm stell Dich dicht zu mir, sicher tut auch Dir etwas weh, was Du vergessen möchtest". Sie nahm ihre freie Hand und griff ihm unter die Kutte. Schnell fand sie, was sie suchte. Mit jeder Hand verschaffte sie den Mönchen nun Erleichterung. Als sie fertig war, sagte sie nur: „Wenn Euch mal wieder was weh tut, kommt einfach zu mir, ich weiß wie ich Euch helfen kann".

Danach nahmen die Mönche ihre Arbeit wieder mit Freude auf und Ursula wusste, es würde nicht lange dauern, bis sie sich wieder von selbst melden würden. Sie würde die beiden richtig wild machen und dann ihre Macht ausspielen, so hatte sie es sich vorgenommen. Dann würde sie sie betteln lassen und züchtigen. Noch vor Weihnachten kamen sie wieder und baten um Heilung. Nacheinander rief sie die Mönche in ihren Privatraum und versorgte sie nach allen Regeln der Kunst. Beiden war im Anschluss noch lange ihr Grinsen anzusehen. Ursula wusste nun, dass sie es geschafft hatte, die beiden süchtig zu machen. Als sie das nächste Mal vor ihrer Tür standen, schickte sie sie einfach weg. Wieder ein paar Tage später rief sie den Ersten zu sich. Voller Freude ging er in ihr Zimmer. „Was willst Du" fragte sie ihn. Er stammelte nur etwas von Krankheit und Heilung. „Zeig mir, wo es Dir weh tut" sprach Ursula. Er zog die Kutte hoch und deutete auf seine Männlichkeit. „Oh da will ich Abhilfe schaffen" sagte sie und nahm eine Reitgerte und schlug ihn damit auf seinen Penis. „Jetzt tut es Dir weh". Der Mönch wusste nicht wie ihm geschah. Er war völlig verschreckt. „Aber Oberin, was soll das"? kam es aus ihm heraus. Du wirst schon ein bisschen mehr bieten müssen erklärte ihm Ursula. Du wirst mich als Deine Herrin bezeichnen und mir dienen, du elendiger Mönch. Er war immer noch verstört. Sie fasste ihn kurz dort an wo er es wollte, aber kaum war sein Penis erregt, schlug sie wieder mit der Gerte drauf. „Das tut weh Herrin", kam es aus dem Mönch hervor. Ursula schien für den Anfang zufrieden. Sie tat ihm noch den Gefallen nach dem er so gierte und sprach: "Gewöhn Dich daran, wenn Du irgendwas von mir willst". Mit dem zweiten verfuhr sie genauso. Auch er brauchte eine Weile bis er verstanden hatte was sie wollte.

Ein prächtiges Weihnachtsfest stand vor der Tür. Tief verschneit war die Landschaft, aus der Küche kam immer ein wundervoller

Duft und die Nonnen waren in besinnlicher Stimmung. Die Feuer in der Küche brannten nun fast Tag und Nacht. Neben den Mönchen und Nonnen mussten ja die Armen und Schwachen ebenfalls verköstigt werden. Ursula hatte sich für diese Jahr etwas Neues einfallen lassen. Sie wollten nicht zu jedem Einzelnen gehen und etwas verteilen, nein sie würden die Leute alle abholen und im Speisesaal verköstigen. Das sollte das Geschenk des Klosters sein und wäre sicher auch im Sinne von Jesus Christus. So wurden die Menschen nicht nur satt, sondern hatten auch die Möglichkeit mal zusammen zu kommen. Sie wusste zwar, dass es eine extra Belastung für die Küche und die anderen Nonnen war, aber sie wollte ein Zeichen der Barmherzigkeit setzen. Manchmal fragte sie sich selbst, wie ihre Barmherzigkeit mit ihrem Trieb zu vereinbaren war.

Der Tag des großen Festmahles war gekommen. Die Mönche waren mit Pferdeschlitten losgefahren um die Leute einzusammeln. Die Nonnen bereiteten die Speisen und die Tische vor. Überall war Arbeit angesagt. Ursula war für Alle da und ansprechbar. Sie half überall wo sie konnte und war sich auch für keine Arbeit zu schade. Die Armen des Ortes trafen ein, es war ein fröhlicher Moment. Die Leute redeten viel, da sie ja meistens alleine waren. Als die Speisen und Getränke gereicht wurden, gab es ein großes Ah und Oh. Sie aßen als ob sie lange nichts bekommen hatten. Alle lobten das Essen und die Küchennonne mit ihren Helferinnen war sehr stolz auf dieses gelungene Mahl. Erst kurz vor Sonnenuntergang fuhren die Mönche die Leute wieder in den Ort. Noch lange wurde von diesem Tag gesprochen. Das Kloster hatte einen richtig guten Ruf durch die Weihnachtsspeisung bekommen.

Am Abend dann, als die Mönche zurück waren, fand das Essen für Alle statt. Diesmal wurden zusätzliche Tische mit aufgestellt, so dass es ausnahmsweise gemeinsam erfolgen konnte. Die Mönche sprachen besonders dem Wein reichlich zu. Mit der Zeit wurde es immer lauter und ausgelassener im Speisesaal. Ursula würde bald einschreiten müssen. Besonders die zwei Mönche, die immer zur Heilung kamen, taten sich hervor. Ursula wollte nicht, dass sie zuviel redeten. Darum ging sie kurz auf ihr Zimmer, holte unauffällig die Reitgerte und ließ die beiden diese kurz sehen. Augenblicklich verstummten sie und meinten sie wären müde und würden jetzt doch gern zu Bett gehen. Mit einem Nicken verabschiedete Ursula sie. Danach löste sich die Feier langsam auf. Auch die letzten machten sich auf den Weg in ihre Zellen. Die Nonnen hatten schon fast alles abgeräumt und gingen nun auch ihres Weges. Das Nachtgebet hatte Ursula für diesen Abend schon vorher abgesagt.

Wieder hatte sich an diesem Abend die Macht ihrer dunklen Seite gezeigt. Ursula kam immer schwerer damit klar, dass sie einerseits so barmherzig, andererseits aber so sadistisch veranlagt war. An diesem Abend holte sie ihren Stein hervor um ihn zu befragen. Der Stein war außen ganz weich. Der innere Stein aber war ganz hart. „Du bist wie ich, nach außen weich, doch der Kern ist hart und sadistisch. Aber so wirklich hast Du mir den Weg nicht gewiesen. Der Krieg meiner Gefühle miteinander tobt immer heftiger und ich kann mich für keine der beiden Seiten entscheiden. Vielleicht hat Dich einfach die falsche gefunden. Sie steckte den Stein wieder weg.

Am nächsten Morgen, beim Gebet schien es einigen Mönchen noch recht schlecht zu gehen. Wahrscheinlich hatten sie auf ihren Zellen noch weiter getrunken; denn im ganzen Raum roch es nach

Alkohol. Aber immerhin hatten sie es geschafft pünktlich da zu sein. Am Vormittag, Ursula saß an ihrem Schreibtisch, wurde ihr ein neuer Mönch vorgestellt. Dieser kam ihr irgendwie bekannt vor, aber da auch die Mönche einen anderen Namen trugen als den ihrer Geburt, konnte sie ihn nicht einordnen. Es wurde ihr nur gesagt, dass auch er vom Kloster Ebstorf kam. Ursula nahm sich vor den Mönch gut im Auge zu behalten, es schien etwas Seltsames in der Luft zu liegen. Der neue Mönch machte aber einen guten Eindruck, er war fleißig und handwerklich sehr geschickt. Nach einiger Zeit gab Ursula ihre Beobachtung auf und dachte einfach nur sie hätte sich getäuscht.

Der Klosterbetrieb lief problemlos, für die Nonnen gab es genug zu tun, für die Mönche besorgte Ursula immer wieder neue Aufgaben. Aber der Winter zog sich lang und alle sehnten den Frühling herbei. Ihre beiden speziellen Mönche kamen jetzt nur noch selten. Scheinbar gefiel ihnen diese Art der Züchtigung doch nicht so. Ursula vermisste es etwas, aber sie stürzte sich in ihre Arbeit um so die nötige Ablenkung zu erfahren. Mittlerweile wurde das Brennmaterial knapp. In diesem Jahr würde sie die Mönche rechtzeitig damit beauftragen genügend zu sammeln und vor allem Torf zu stechen. Aber auch der längste Winter geht einmal zu Ende. Die Sonne wurde immer kräftiger und an manchen Stellen lugten schon die ersten Schneeglöckchen aus dem Boden. Jetzt konnte es nicht mehr lange dauern, bis sie Alle ihren normalen Arbeiten wieder nachgehen konnten.

Gleich die ersten Frühlingstage wurden zum pflanzen genutzt. Ursula hatte neben den Nonnen auch die Mönche zur Unterstützung in den Garten berufen. Wenn hier die wichtigste Arbeit getan war, würde sie die Mönche in die Moore zum Torf stechen schicken. Denn dieser Winter hatte ihr gezeigt, wie wichtig es war genügend Brennstoff zu haben. Noch einmal sollte es nicht so knapp werden. Während der gemeinsamen Arbeit im Garten beaufsichtigte Ursula die Nonnen und Mönche selbst. Sie wollte nicht, dass es hier zu Übergriffen kam. Was sie selbst tat, konnte sie vor sich verantworten, aber die anderen hatten ihren Schutz verdient.

Jetzt begann endlich die Zeit des Torf Stechens. Mit mehreren Fuhrwerken rückten die Mönche aus und kamen immer erst am späten Abend zurück. Manchmal fuhr Ursula auch mit um den Fortschritt der Arbeiten zu sehen. Sie wusste genau wie viel die Mönche zu schaffen hatten. Immer dann hatte sie auch ihre Reitgerte mit und spielte in der Hand mit dieser. Die meisten Mönche kannten die Bedeutung nicht und hielten es einfach für eine seltsame Angewohnheit. Aber auch das Torfstechen lief problemlos, wie überhaupt der ganze Betrieb. Fast schon zu problemlos, dachte Ursula.

Eines Vormittags, Ursula befand sich gerade mit den Nonnen im Garten, kam eines der Fuhrwerke in schnellen Tempo angerast. Der neue Mönch fuhr den Wagen. Er sprang schnell herunter und rief schon von weitem: „Mutter Oberin, wir brauchen ihre Hilfe, einer der Mönche hat sich schwer verletzt". Ursula packte schnell ein paar Sachen für Verbände, hastete zum Fuhrwerk und raste mit dem Mönch davon. Er fuhr so schnell, dass es viel zu laut war ihn zu fragen was passiert wäre. Plötzlich an einem Hain mit vielen Holunderbüschen hielt er an und sprang vom Kutschbock. Er half Ursula herunter und rannte mit ihr zu den Büschen. Ursula erschrak, da war nichts, niemand, sie waren ganz alleine. „Na Walburga sagte der Mönch, erkennst Du mich nicht wieder? Ich war einer von denen, die hinter Dir her gepfiffen haben und Du hast mich auf das Übelste gedemütigt. Alle Welt hat mich verspottet und immer haben sie auf meine Hose gezeigt und gelacht. Jeder dachte ich hätte einen ganz kleinen Penis. Keine Frau in der Nähe wollte mit mir etwas zu tun haben. Darum musste ich ins Kloster gehen". Das Alles habe ich Deiner Bosheit zu verdanken. Heute ist der Tag der Rache gekommen".

Er packte Ursula, warf sie auf den Boden. Gegen diesen mittlerweile kräftigen Mann hatte auch sie keine Chance. Er riss ihr genüsslich die Sachen vom Leib, dann schlug er sie ins Gesicht. Sie lag völlig verschüchtert da und schämte sich über ihr Vorgehen damals und das was sie dem Jungen angetan hatte. „Jetzt werde ich Dir meinen Kleinen zeigen und ihn Dir so geben wie Du ihn verdient hast". Er drückte ihre Schenkel auseinander und drang mit aller Gewalt in sie ein. Was ihr früher so gefallen hatte, machte ihr auf einmal gar keinen Spaß mehr. Sie fühlte die Demütigung und begann zu heulen. „Nur für diesen Moment der Rache habe ich weitergelebt" schrie der Mönch sie an. Als er sie vergewaltigt hatte, band er ihre Hände zusammen und sie an einem Busch fest. Er wollte sich noch etwas an dieser Demütigung ergötzen. Dann nahm er ihre Reitgerte, die sie ja immer mit sich führte und schlug sie damit in das Gesicht, dann auf die Brüste und zum Schluss auf ihre Weiblichkeit. Ursula hatte aufgehört zu heulen und sich ihrem Schicksal ergeben. Sie wusste, er würde sie töten und irgendwie konnte sie ihn verstehen. Sie wimmerte nicht mehr und flehte auch nicht um Gnade, sie gab sich ganz in Gottes Hände. Jetzt packte der Mönch ihren Hals mit beiden Händen, drückte fest zu bis ihr Körper erschlaffte. Dann warf er den Leichnam auf den Wagen, alle ihre Sachen ebenfalls. Nur die Reitgerte steckte er tief in ihre Weiblichkeit. Er würde sie so im Moor versenken. Wenn sie irgendwer in vielen Jahren einmal finden würde, dann sollte derjenige erkennen was für ein böser Mensch sie war.

Er fuhr das Fuhrwerk ganz dicht ans Moor, dann gab er den Pferden wilde Schläge, so dass sie mit dem Karren und der Nonne ins Moor gerieten und langsam versanken. Es sollte wie ein Unfall aussehen. Er selbst wartete bis Alles versunken war, dann ging er seinen Weg und wurde ebenfalls nie wieder in der Gegend gesehen. Lange wurde nach Ursula, ihm und dem Fuhrwerk gesucht. Nur die Spuren konnten die Suchenden finden und deuteten es als einen Unfall wegen der schnellen Fahrt. Für Ursula und den Mönch wurde eine große Trauerfeier abgehalten und selbst die Oberin Barbara war gekommen und hielt eine sehr traurige Rede, in der sie all die guten Seiten von Ursula aufzählte, die andere Seite hatte sie nie kennengelernt und die wenigen, die diese Seite kannten, schwiegen darüber für alle Zeit.

Ende Walburga

Teil 5: Hans

Lehrjahre sind keine Herrenjahre:

1627, ein Fuhr- und Ausspanngasthof in der Lüneburger Heide. Hans, mittlerweile 17 Jahre alt, war als Findelkind von den Inhabern des Gasthofes kurz nach seiner Geburt hier aufgenommen worden. Ihm selbst war dieser Umstand überhaupt nicht bekannt, auch ließen ihn die Eltern dies niemals spüren. Sie, die selbst keine Kinder hatten, nahmen ihn damals mit Freude auf. Diese Freude hielt auch bis zum heutigen Tage, so dass man die Kinder- und Jugendzeit von Hans, als recht glücklich beschreiben kann. Obwohl die Eltern durch den Gasthof bedingt nie wirklich viel Zeit für Hans hatten, so konnte er doch immer mit dabei sein und die Schankwirtschaft war sein eigentliches Zuhause. Früh hatte er sich so schon an die lauten Fuhrleute und die wilden Landsknechte gewöhnt. Ebenso an die Weiber, die sich von diesen freihalten ließen und oft sehr obszön sich selbst und ihren Körper anboten. Aber ein jeder war in seiner Kindheit freundlich zu ihm gewesen. Ja selbst die wildesten Burschen hatten ihn auf den Arm genommen und mit ihm gelacht.

Inzwischen war er dafür natürlich schon viel zu alt. Jetzt war er derjenige, der hinter dem Tresen stand und viel Zeit in der Wirtschaft verbrachte. Mutter stand mit ihren Helferinnen in der Küche und bereitete die Speisen zu, Vater kümmerte sich um die Fuhrwerke, half beim Ausspannen und Tausch der Pferde, aber auch die Schweinezucht und das Bier brauen waren sein Metier. So war die Arbeit aufgeteilt und jeder hatte seinen Bereich, für den er verantwortlich war. In der letzten Zeit hatte die Zahl der

Besucher immer weiter zugenommen. Auf der Fuhrstrecke von Celle nach Lüneburg gelegen, war der Gasthof immer weiter gewachsen und weit über die Region bekannt. Die Fuhrleute richteten ihre Touren so ein, dass sie immer einen Halt hier einlegen und sich etwas vergnügen konnten. Manche aßen nur kurz etwas in der Zeit wo die Pferde getauscht wurden, andere wieder zechten den ganzen Abend und die Nacht hindurch, bevor sie dann oft noch angetrunken, am nächsten Morgen wieder ihren Weg fortsetzten. Für diese Gesellen hatte der Gasthof 2 kleine und ein großes Gemeinschaftszimmer. Hier konnten die Trunkenbolde so gut es geht ihren Rausch ausschlafen oder sich aber noch mit den Dirnen vergnügen. Mutter sah diese Weiber gar nicht gerne im Gasthaus, sie wusste aber, dass ohne sie die Fuhrknechte auch nicht in so großer Zahl einkehren würden. Somit waren sie ein notwendiges Übel, mit dem man leben musste.

Hans war groß gewachsen und recht kräftig für sein Alter. Durch den derben Umgang im Gasthof und sein dementsprechendes Auftreten, erschien er wesentlich älter. Nicht selten musste er einen Streit schlichten, meist ging es dann darum das jemand beim Spiel betrogen hatte oder um eines der Weiber. Hans griff in solchen Fällen rigoros durch und setzte die Streithähne vor die Tür, wo sie ihren Kopf abkühlen konnten. Die meisten von ihnen kannte er ohnehin und wusste sie schon richtig anzufassen. Auch die Dirnen wussten, wie sie sich zu verhalten hatten. Sollte eine von ihnen in den Verdacht geraten ihre Kunden zu bestehlen, würde sie sofort Verbot erhalten, hier ihrem Gewerbe nachzugehen. Sie kannten Hans und wussten, dass er sofort so handeln würde.

Einen anderen Beruf hätte Hans sich gar nicht vorstellen können. Er war ständig mit Menschen zusammen und hier erfuhr er auch alle Neuigkeiten aus der Region. Sicher war vieles nur Klatsch, aber auch diesen anzuhören, konnte ganz interessant sein. Die Fuhrleute versuchten sich manchmal etwas wichtig zu tun. Aber wie so oft war auch am Klatsch meist etwas Wahres dran. Der lange Krieg dauerte nun auch schon fast 10 Jahre, bisher aber war die Region davon verschont geblieben. Nur Fuhrleute die lange Wege aus dem Süden des Landes kamen, konnten von einzelnen Schlachten berichten. Wie so oft ging es dabei um den Glauben. Dieser spielte für Hans keine große Rolle, sein Tagesablauf ließ ihm auch gar keine Zeit, sich mit so etwas zu beschäftigen. Schon morgens um 7 Uhr musste er mit seiner Arbeit beginnen. Als Erstes weckte er die Gäste, die übernachtet hatten. Dann half er der Mutter beim Frühstück für die Fuhrleute, die meist sehr früh wieder ihren Weg antraten. Danach hatte er dann etwas Zeit für sich und erst gegen Mittag ging es weiter. Dann kamen die Fuhrleute, die nur schnell ihre Pferde tauschten und in der kurzen Zeit zum Mittagessen blieben. Der richtige Betrieb begann dann erst bei Sonnenuntergang. Dann kamen die Fuhrleute, die über Nacht blieben, die Dirnen die ihr Geld verdienen wollten und auch andere Gestalten, die dem Spiel oder dem Trunk nachgingen. Oft war es lang nach Mitternacht bis Hans dann wieder zu Bett kam.

Auch für Bekanntschaften oder gar eine Freundin war da keine Zeit. Er hatte sich zwar schon einige Male mit Mädchen aus dem naheliegenden Nachbarort getroffen, aber die wollten immer gleich etwas Festes für ewig und dafür fühlte sich Hans noch viel zu jung. Anderen wieder war seine Herkunft, aus einer Schankwirtschaft wo derbe Gesellen und Dirnen verkehrten, nicht standesgemäß. Wenn er das hörte, dann lächelte Hans nur; denn wenn diese Mädchen wüssten, wie oft ihre Väter sich im Gasthof mit den Dirnen vergnügten, hätten sie sicher anders darüber gedacht. Aber das behielt er natürlich für sich.

Der Tag heute war bisher recht ruhig verlaufen, aber es war nun mal Sommer und da machten die Fuhrleute ihre Pausen oft auch im Freien. Jetzt, am Abend, da füllte sich der Gasthof. Die Ersten waren wie so oft die Dirnen. Sie suchten sich schon einen Platz, um nach den besten Freiern Ausschau zu halten. Die ältesten unter ihnen kamen immer zuerst. Für die jüngeren war es leichter einen Mann zu finden, der sie den Abend über frei hielt und noch etwas Geld zusätzlich da ließ. Die älteren mussten sich daher oft mit den einfacheren und derberen Fuhrleuten oder gar den Landsknechten zufrieden geben. Die Landsknechte waren überhaupt die derbsten Gesellen. Sie zogen in kleinen Gruppen durch das Land und heuerten je nach Bezahlung bei den verschiedenen Fürsten oder anderen Herren an. Ihr Leben bestand im Wesentlichen aus dem Kriegshandwerk, dem Suff und den Weibern. Eine langfristige Planung machte für sie keinen Sinn. Sie hatten nicht viel zu verlieren außer ihrem Leben und selbst dies war nicht viel wert und recht erbärmlich.

Die ersten Essen wurden heraus gegeben, das Bier lief in Strömen und Hans machte gute Einnahmen. Kaum noch ein Platz war frei. Solche Tage mochte Hans, da wusste er, dass sich die Arbeit lohnte. Am größten Tisch saßen einige Fuhrleute und würfelten um Geld. Nebenbei verschlangen sie Unmengen an Bier und grölten laut. Wo das Geld locker saß, da waren auch die Dirnen. Sie hielten Ausblick nach denen die gewannen und bereit waren etwas zu verschenken, wenn sie diese nur genug dazu animierten. Dazu öffneten sie dann ihre Bluse, setzten sich auf den Schoss des

Spenders und ließen auch schon mal ihre Hand dahin rutschen wo es den Herren besonders gefiel. Diese fassten die Dirnen dann an die Brüste und grölten noch lauter. An den anderen Tischen wurde noch gegessen und es ging recht gesittet zu. Nur in einer Ecke saßen ein paar Landsknechte die ebenfalls reichlich zechten. Die Weiber aber hatten für sie noch kein Auge über und das störte die Landsknechte mächtig. Immer wieder riefen sie nach ihnen, aber die beschäftigten sich nun mal lieber mit denen, wo sie sahen das Geld auf dem Tisch lag.

Hans hoffte insgeheim, dass noch ein paar Dirnen auftauchten, bevor es Streit um die Weiber gab. Als wäre sein Flehen erhört worden, kam noch die alte Lisa mit ihren 2 Töchtern. Alle 3 wohnten im nahen Ort und verdienten sich auf diese Weise ihren Lebensunterhalt. Lisa war schon recht verschlissen und sah auch ziemlich verbraucht aus, im Gegensatz zu ihren Töchtern. Aber es gab auch viele Fuhrleute, die immer speziell nach Lisa fragten. Warum konnte Hans nicht verstehen, aber es war ihm auch egal. Jetzt jedenfalls war er froh, dass sie da waren. Die Drei sahen sich kurz um, stellten fest, dass der Spieltisch schon ausreichend versorgt war und begaben sich zu den johlenden Landsknechten. Damit war das Streitpotential sofort gesunken und der Abend konnte seinen Lauf nehmen. Zwar waren für 5 Landsknechte 3 Frauen nicht die passende Zahl, aber Hans wusste, Lisa war in der Lage immer gleich mehrere zu versorgen. Sie war zwar schon fast 50, aber nach ein paar Bieren und Schnäpsen, lebte sie erst richtig auf. Sicher brauchte sie den Alkohol um ihrer Arbeit nachzugehen und auch zu vergessen, was sie da tat. Aber genau der Alkohol hatte eben auch seine Spuren in ihrem Gesicht hinterlassen. Den Landsknechten war das scheinbar recht egal und sie nahmen was kam. Es dauerte nicht lange, da kam einer der

Landsknechte zu Hans und fragte ihn nach einem Zimmer. Hans gab ihm den Schlüssel für eines der kleinen und lächelte ihn dabei an. Der Landsknecht, zwei seiner Freunde und Lisa verschwanden in der oberen Etage. Die anderen beiden vergnügten sich mit den 2 Schwestern am Tisch.

Nach einer Stunde kamen die 3 Landsknechte wieder herunter, gingen zum Tisch, sprachen kurz mit den anderen beiden und bezahlten dann bei Hans. Sofort im Anschluss verließen sie das Gasthaus. Hans war verwundert darüber, wo wollten sie noch so spät am Abend hin und warum so plötzlich. Da fiel ihm auf, dass Lisa ja noch im Zimmer sein musste. Er rannte die Treppe herauf, öffnete die Tür und dann sah er sie. Lisa lag nackt auf einem der Betten. Ihre langen schwarzen Haare hingen ihr ins Gesicht, ihre schweren, schlaffen Brüste hingen zur Seite herunter. Sie wimmerte und heulte. Was war geschehen? Hans setzte sich neben sie auf den Rand des Bettes, strich ihr die Haare aus dem Gesicht und sah, dass sie geschlagen worden war. Überall war die Haut aufgesprungen, das Gesicht war verquollen und gerötet. Eine Hand von ihr hielt verkrampft etwas fest. Als sie Hans erkannte, kreischte sie los: „Diese Schweine, mit einem Stein haben sie mich bezahlt". So eine alte Hure hätte nicht mehr verdient hatten sie ihr gesagt. Sie hätte wahrscheinlich sowieso nicht mehr lange, da könnte sie ihn ja als Grabstein nehmen. Dann hatten sie noch zugeschlagen und waren abgehauen. Lisa war am Boden zerstört. Hans wusste nicht, was ihn überkam, aber sie tat ihm leid. Er nahm ihren Kopf in den Arm und drückte ihn gegen seine Brust. Jetzt heulte Lisa noch mehr. Sie ließ ihren Tränen freien Lauf und schimpfte gleichzeitig auf die Landsknechte mit Worten, die Hans bis dahin noch nicht gehört hatte und auch schnell wieder vergessen wollte. Endlich kamen auch ihre Töchter und lösten Hans bei der Betreuung von Lisa ab. Es dauerte auch noch lange, bis alle 3 wieder die Treppe herunterkamen. Lisa hatte sich wieder gefangen, die Mädchen hatten sie sogar wieder halbwegs ansehnlich hin bekommen. So schien auch dieser Vorfall ein relativ gutes Ende genommen zu haben, bis auf das Lisa um ihren Lohn betrogen wurde. Lisa kam nun direkt zu Hans, öffnete die Hand und gab ihm den Stein, mit dem die Landsknechte sie abgespeist hatten. Sie sprach: „Hans, Du warst der erste Mann, der wirklich nett zu mir war und nicht die Situation ausgenutzt hat. Ich habe nicht viel, aber ich will Dir meinen Lohn dafür schenken. Die Landsknechte haben sogar gesagt, es wäre ein wertvoller Stein und sie hätten ihn zusammen mit einer Dirne wie ich es bin im Moor gefunden". Hans war sehr erstaunt über Lisas Worte, er nahm den Stein ohne darüber nachzudenken und wunderte sich über dessen Aussehen. Der Stein war ganz weiß und in der Form eines Herzens. In der Mitte war ein zweiter Stein eingelagert. Wirklich ein seltsames Stück dachte Hans und da er Lisa nicht enttäuschen wollte, nahm er ihn an und steckte ihn in die Tasche. Er dankte Lisa und lächelte sie an.

Diese aber hatte für den heutigen Abend genug und verließ mit ihren Töchtern den Gasthof. Bis auf diesen Ärger verlief der Rest des Abends ruhig für Hans. Die Fuhrleute spielten noch lange um Geld und tranken reichlich. Hin und wieder verschwand einer von ihnen mit einer Dirne auf einem der Zimmer, aber dabei schien alles normal zu sein. Erst spät kam Hans zu Bett. Er zog sich aus, nahm noch einmal den Stein in die Hand und wunderte sich über ihn. Er fühlte sich jetzt ganz anders an, ganz weich war er und sowohl der große, als auch der kleine Stein pulsierten leicht. War er doch etwas besonders wertvolles, hatten die Landsknechte etwa die Wahrheit erzählt? Hans wusste es nicht, er war auch zu müde um darüber nachzudenken. Er fiel ins Bett und schlief tief und fest ein.

Am nächsten Morgen nahm er gleich wieder den Stein; denn er war sich nicht mehr sicher, ob er das Alles nur geträumt hatte. Aber es war Wirklichkeit, der Stein war genauso wie in der Nacht zuvor. Hans beschloss ihn als Glücksbringer immer bei sich zu tragen. Nun aber musste er sich beeilen, Mutter würde schon auf ihn warten. Ob er ihr davon erzählen sollte? Wohl besser nicht, sie hörte nicht gern etwas über die Dirnen. Hans fand sie gar nicht so schlimm, schließlich gingen sie auch nur ihrer Arbeit nach und zu ihm waren sie immer nett gewesen.

In den nächsten Tagen kamen Lisa und ihre Töchter nicht in den Gasthof. Sicher musste sie sich erstmal von der Tortur erholen, dachte Hans. Aber es gab ja noch andere, die sich um die Gäste kümmerten. Wie zum Beispiel Magda, die immer mit einer ganzen Horde von Weibern einfiel. Sie kümmerte sich in ihrem Haus um die anderen Frauen und schien auch das Sagen zu haben. Magda war auch schon in Lisas Alter, sah ihr sogar recht ähnlich und ebenfalls war ihr die Lebensweise anzusehen. Aber die anderen Frauen, um die sich Magda kümmerte, waren nicht ihre Töchter oder mit ihr verwandt, sondern diese hatten sich einfach um sie herum angesammelt um so gemeinsam ihren Unterhalt zu verdienen. Auch heute war Magda mit ihrer Truppe im Gasthaus. Noch war es ruhig und die Dirnen saßen zusammen an einem Tisch und tratschten. Das war eine ihrer Lieblingsbeschäftigungen. Ihr Verzehr beschränkte sich so lange sie alleine waren auf das Nötigste, erst wenn sie spendierfreudige Männer fanden, dann legten sie so richtig los. Hans wunderte sich oft, wie sie es schafften, soviel Alkohol zu trinken. Er hatte sogar schon einige Male darüber nachgedacht, den Frauen etwas dafür zu geben, wenn die Männer für sie und sich Getränke bestellten. Dieser Vorschlag aber hatte seinen Eltern gar nicht gefallen und so hatte er diesen auch schnell wieder verworfen. Wenn er aber mal später den Gasthof alleine führen würde, wollte er den Gedanken noch mal auffassen. Überhaupt würde er dann ein paar Dinge ändern, aber noch war das nicht möglich. Auch teilte der Vater ihm noch das Geld zu, er war nicht beteiligt am Gewinn. Vater hatte gesagt, er sollte erstmal lernen mit wenig auszukommen.

Auch am heutigen Abend waren wieder einige Landsknechte in der Schenke. In letzter Zeit häufte sich die Zahl derer. Hans hatte aus den Gesprächen entnommen, sie wären nach Dänemark und Schweden unterwegs, um den dortigen Herren zu dienen. Der Weg aus dem Süden führte sie daher unweigerlich hier vorbei. Bis auf ihre Derbheit waren die Landsknechte ja auch immer eine gute Einnahmequelle. Sie verprassten oft ihr ganzes Geld an einem Abend. Dazu hatten sie heute auch gute Gelegenheit; denn Magda und ihre Weiber kümmerten sich sehr um die Landsknechte. Es dauerte nicht lange, da ging es hoch her. Bier und Schnaps flossen in Strömen und Hans war froh, dass die Landsknechte mit den Dirnen an einem Tisch in der Ecke saßen; denn es war zum Teil doch recht wild was dort lief. Auch Magda war außer Rand und Band. Beim letzten Bringen der Getränke hatte sie sogar Hans zwischen die Beine gefasst und erfolgreich nach seiner Männlichkeit gesucht. Hans hatte beide Hände voll und konnte sich nicht wehren. Aber es fühlte sich gut an, da wollte er das eigentlich auch gar nicht. Bisher hatte er so etwas noch nicht gespürt. Magda hingegen hatte gleich gespürt was sich da bei ihm in der Hose tat. Sie schaute ihn dabei an und leckte sich mit der Zunge über ihre Lippen. Bevor er fertig war mit dem verteilen der Krüge hatte Magda schon alles fest im Griff. Hans dachte nur, die weiß was sie machen muss. So ging es den ganzen Abend, jedes Mal wenn er etwas brachte, machte Magda weiter mit ihrem Spiel. Dabei saß sie auf dem Schoss einer der Landsknechte und ihre großen, schlaffen Brüste hingen aus ihrer Bluse und wurden von den groben Händen des Landsknechtes bearbeitet. Magdas Interesse aber galt seltsamerweise Hans, dabei war sie fast 3-mal so alt wie er. Später am Abend nahmen die Landsknechte dann das große Zimmer und verzogen sich mit den Dirnen dorthin. Sie hatten es gleich bis zum nächsten Morgen bezahlt, so dass Hans kurze Zeit später ebenfalls zu Bett gehen konnte. Sein Zimmer, dass seiner Eltern und die Zimmer für die Fremden lagen alle auf dem gleichen Flur.

Hans erste Erfahrungen mit Frauen:

Hans war noch nicht eingeschlafen, da klopfte es leise an seine Tür. Er schlich im Nachtgewand hin, öffnete sie einen Spalt und sah Magda. Sie stieß sogleich die Tür auf und stand im Zimmer. Sie legte den Finger auf den Mund um ihm zu zeigen er möge ruhig sein. Ohne weitere Worte fasst sie ihn wieder da an wie schon in der Schenke. Hans schloss die Augen und genoss diesen Griff. Magda drängte ihn so in Richtung Bett und deutete ihm an sich hinzulegen. Wie von fremder Hand gesteuert, ohne nachzudenken, kam er der Aufforderung nach. Magda schob sein Nachthemd hoch und konnte nun ohne Stoff dazwischen ihm zeigen was sie von ihm wollte. Erst mit einer, dann mit beiden Händen zeigte sie ihm was die Lust bedeutete. Sie legte ihre

Kleidung ab und zeigte ihm, wo sie gern seine Hände spüren würde. Dies war alles so neu für Hans. Nie hätte er gedacht, dass es etwas gäbe, was sich so anfühlen würde. Nach einiger Zeit des Streichelns bestieg Magda ihn und begann ihn zu reiten. Ihre schweren, hängenden Brüste schaukelten ihm dabei durch das Gesicht. Als sie fertig waren zog Magda sich schnell wieder an und sagte im Herausgehen: „So Hans, nun kannst Du viel besser einschätzen, was wir für Deine Gäste tun. Denk mal darüber nach und überlege Dir etwas, damit das so bleibt".

Hans war sichtlich verwirrt, wie hatte sie das gemeint? Wollte sie ihm damit sagen, dass sie Geld dafür haben wollte, dass sie mit ihren Weibern in der Schenke war? Holte ihn jetzt seine Idee schneller ein, als er gedacht hatte? Er musste noch einmal darüber nachdenken, aber auch über das, was eben geschehen war. Trotz ihres Alters oder etwa gerade deshalb hatte Magda ihm gezeigt, was es außer Arbeit noch gibt. Immer noch sah er sie vor sich, ihre langen schwarzen Haare, ihre üppigen Brüste und all das andere. Er konnte einfach nicht einschlafen, drehte sich immer wieder hin und her. Dann nahm er seinen Glücksstein und hielt ihn in der Hand. Dieser aber war noch so wie immer. Warm, weich und leicht pulsierend.

Nach langer Zeit war heute wieder mal Lisa mit ihren Töchtern in der Schenke. Sie hatte sich augenscheinlich gut erholt, ja sie wirkte sogar frischer als sonst. Die Tage ohne Alkohol und Männer hatten ihr wohl gut getan. Irgendwie zog Lisa Hans nun an. War es ihre große Ähnlichkeit zu Magda, mit der er die ersten Erfahrungen gesammelt hatte. Warum fand er nicht die Töchter viel interessanter, diese waren doch in seinem Alter. Hans sprach Lisa an, erkundigte sich nach ihrem Wohlergehen und versuchte mit ihr ins Gespräch zu kommen. Sie reagierte nur zögerlich, scheinbar brauchte sie erst einige Schnäpse, bevor sie etwas zugänglicher war. Langsam kamen auch die ersten Fuhrleute in die Schenke, so dass Hans erstmal wieder abgelenkt war. Er brachte gerade einige Krüge zu den Knechten an den Tisch, als plötzlich von außerhalb ein großer Krach und lautes Schreien zu hören war. Hans wusste sofort, dass etwas Schlimmes passiert sein musste. Er stellte die Krüge ab und rannte sofort nach draußen.

Ein Fuhrwerk war beim Ausspannen der Pferde durchgegangen, Vater war unter dem Fuhrwerk eingeklemmt und schrie gar furchtbar. Einige Männer versuchten verzweifelt ihn davon zu befreien. Hans begann sofort zu helfen, aber das Fuhrwerk hatte sich so verkeilt, dass es nicht vorwärts oder rückwärts ging. Die Pferde stiegen immer wieder in die Luft und jedes Mal wurde Vater erneut gequetscht. Blut quoll aus Vaters Mund und er konnte nur noch röcheln. „Hans" rief er. Hans eilte zu ihm, hielt seine Hand. Dann sprach der Vater: „Hans, ich bin Dein Vater, aber Deine Mutter ist nicht Deine Mutter. Deine Mutter ist Lisa. Ich hätte es Dir vorher sagen sollen, aber ich habe die Gelegenheit verpasst. Steh zu ihr, sie hat es schwer". Seine letzten Worte verhallten wie ein Donnerschlag in den Ohren von Hans. Der Körper des Vaters erschlaffte, er war tot. Hans schrie und weinte gleichzeitig. Nicht nur sein Vater war tot, sein ganzes Leben war in Frage gestellt. Seine Mutter eine Hure. Er musste erfahren, was da passiert war.

Mittlerweile waren alle Gäste draußen. Endlich mit der Kraft vieler Männer konnte das Fuhrwerk vom Leichnam des Vaters entfernt werden. Mutter saß neben ihm und heulte gar furchtbar. Hans blickte zu Lisa. Sie spürte plötzlich, dass er die Wahrheit kannte. Hatte der Vater die letzten Worte dazu genutzt? Sie wusste es einfach.

Die Schenke blieb erstmal geschlossen, nur die vermieten Zimmer blieben für die Fuhrleute die übernachten mussten geöffnet. Noch am Abend saß Hans lange mit seiner Ziehmutter zusammen. Sie sprachen über alle Dinge, wie sie passiert waren und was geschehen war. Hans war enttäuscht, dass seine Eltern nicht früher mit ihm gesprochen hatten, aber hatte auch wiederum Verständnis für seine Eltern. Wie sollte er sich jetzt Lisa gegenüber verhalten? Seine Mutter sprach: „Hans, Lisa ist kein schlechter Mensch, auch wenn es so scheint. Sie hatte ein schweres Leben und war vor mir kurz mit Deinem Vater zusammen. Sie allein konnte Dich damals nicht versorgen; denn sie hatte schon die zwei Mädchen und niemand mehr der sich um sie kümmerte. So kam sie zu ihrem Gewerbe und später dann niemals mehr dort heraus. Sie hat Dich nie aus dem Auge verloren und oft wenn Du es nicht gesehen hast, nach Dir gefragt. Sie wusste, es wäre besser für Dich, hier aufzuwachsen". Diese Worte trafen Hans so tief, dass er begann zu weinen. Er konnte seine Tränen nicht mehr zurückhalten. Aber er würde ab sofort dafür sorgen, dass Lisa nie mehr diesem Gewerbe nachgehen musste. Sie war seine Mutter.

War es das was ihn so angezogen hatte, deshalb auch das komische Gefühl in der Nacht mit Magda? Es gab so viele Fragen und keine Antworten. Bei der Beerdigung vom Vater versuchte Hans sehr tapfer zu sein. Auch Lisa war zugegen, hielt sich aber diskret im Hintergrund.

Die Schenke wurde wieder eröffnet und für die Arbeiten, für die Vater sonst zuständig war, stellte Hans 2 Helfer ein. Die Mutter hatte das Geschäft an Hans übergeben und er war nun der neue Herr im Haus. Mit sonstigen Veränderungen wollte er aber noch einige Zeit warten, soviel Rücksicht wollte er auf Vaters

Entscheidungen nehmen. Noch war Alles sehr anstrengend für Hans. Die Gäste waren ausgelassen und lustig, aber danach war ihm noch nicht. Lisa und seine beiden Halbschwestern fanden ebenfalls eine Anstellung in der Küche, beim sauber halten der Zimmer und als Bedienung in der Schenke. So hatte Hans auch mehr Zeit die Aufgaben der anderen Helfer zu überwachen.

Wie immer heilte die Zeit die Wunden. Hans konnte auch wieder Lachen und war sehr froh darüber, endlich seine Herkunft zu kennen. Auch dass seine wirkliche Mutter in seiner Nähe in einer normalen Arbeit beschäftigt war, fand er beruhigend. Der Besuch der Schenke nahm weiterhin zu, so dass Hans schon darüber nachdenken musste, den Schankraum zu erweitern. Zu diesem Zweck war er heute in die nahe Ortschaft gegangen um einige Handwerker zu befragen. Er holte sich verschiedene Vorschläge und deren Kosten dafür ein. Am Abend würde er es zusammen mit der Mutter, so nannte er sie trotzdem immer noch, besprechen. Auch wenn er jetzt der Herr im Hause war, so wollte er dennoch ihre Erfahrung nutzen. Sie entschieden sich gemeinsam für eine deutliche Erweiterung des Schankraumes, indem sie die jetzige Küche dazu nahmen, eine neue größere Küche sowie noch einen Anbau in dem Zimmer für Übernachtungsgäste, aber auch Platz für die Brauerei und die Schweinezucht sein sollten. Die jetzigen Stallungen sowie die alten Brauräume würden dann für mehr Pferdeställe dienen. So das alle Kapazitäten erweitert würden. Die etwas ruhigere Zeit im Herbst und Winter sollte dazu genutzt werden. Gleich am nächsten Tag machte sich Hans wieder auf den Weg in das Dorf und vergab die Aufträge.

Schon als der Herbst kam, die Arbeiten mit dem Nebengebäude begannen, zeigte sich immer mehr, wie nötig es war. Die Schenke platzte oft aus allen Nähten. Der steigende Warentransport, aber auch die immer größer werdende Zahl der Landsknechte war dafür verantwortlich. Auch die Kapazität der Küche war komplett ausgelastet und nur Dank der Hilfe von Lisa und ihren Töchtern war es überhaupt noch zu schaffen.

Viele Fuhrleute fragten immer noch nach Lisa. Aber da verwies Hans ganz geschickt auf Magda und mit einem Zwinkern gab er sich selbst als Referenz für diese an. Aber auch er selbst dachte oft an sie und manchmal, wenn es die Zeit erlaubte, nahm er sie mit auf sein Zimmer. Er hätte jede andere der Dirnen bekommen können, aber er war von Magda angetan. Manchmal stellte er sich schon die Frage, ob er ganz normal wäre. Aber er schob es einfach auf Magdas besondere Erfahrung zurück, dass es ihm so mit ihr gefiel.

Erweiterung der Schenke:

Der Herbst ging ins Land, die Erweiterung der Schenke ging rasant voran. Der Anbau war schon fertig und demnächst sollte die Umgestaltung des Schankraumes, der Umzug der Küche, der Brauerei und der Schweine von statten gehen. Für diesen Zeitraum standen dann nur die Zimmer für Übernachtungsgäste zur Verfügung. Hans hatte sich für den Transport der vielen Gegenstände noch einige Helfer aus dem Dorf ausgesucht und als der Tag der Veränderungen kam, packten viele Hände mit an. Mutter und Hans übernahmen die Koordination; denn gleich im Anschluss sollte es ja ohne Probleme weiter gehen.

In den alten Zimmern, die sie sonst vermietet hatten, würden Lisa und ihre Töchter einziehen. Dann war die Familie wieder zusammen und die langen Wege jeden Tag würden für sie entfallen. Mit seinen Halbschwestern verstand sich Hans recht gut, aber so richtig nahe kamen sie sich nicht. Diese waren allerdings dankbar, nicht mehr der alten Tätigkeit nachgehen zu müssen.

Endlich war alles wieder einsatzbereit. Zur Neueröffnung waren auch viele Leute aus dem Dorf erschienen. Der Schankraum war jetzt vom Essraum getrennt, so dass die Leute, die ihr Mahl zu sich nahmen, nicht von den wilden Gesellen in der Schankstube gestört wurden. Es war für die Bedienung leichter hindurch zu kommen, vor allem wenn die Fuhrleute und Landsknechte schon recht betrunken waren. Diese konnten dann oft ihre Finger nicht von den Schwestern lassen und hielten sie immer noch für Dirnen. An Alles hatten sie gedacht, Hans war stolz auf die neue Schänke. Es wurde ein langer Abend mit viel Schnaps und Bier. Auch Magdas Weiber waren alle erschienen und erfreuten sich guter Geschäfte.

Mit dem guten Gefühl das Richtige getan zu haben, ging Hans spät, aber zufrieden zu Bett. Zwar käme jetzt bald der Winter und die Geschäfte würden flauer, aber im nächsten Frühling könnten sie dann gleich richtig loslegen. Was Hans etwas beunruhigte, waren aber die immer mehr aufkommenden Gerüchte über den Krieg. Manche Landsknechte sprachen schon davon, dass auch diese Gegend bald betroffen wäre. Immer wieder fiel der Name Wallenstein, ein General der angeblich eine Armee aufstellen würde um die Truppen des Kaisers zu unterstützen. Hans wusste zwar, dass die Landsknechte viel Unsinn erzählten, aber da immer wieder derselbe Name fiel, machte er sich doch Sorgen.

Der Winter ließ noch auf sich warten, so dass immer noch reichlich Fuhrwerke ihren Halt an der Schenke machten. Gegen Abend füllte es sich immer mehr und bald erschien auch Magda mit ihren Frauen. Diesmal war ein neues Gesicht dabei. Ein sehr junges Mädchen mit langen strohblonden Haaren. Sofort richteten sich alle Blicke auf sie. Auch Hans wäre bei dem Anblick fast der Krug aus der Hand gefallen. Sie lächelte ihn an und um Hans war es geschehen. Er musste sofort verhindern, dass die Meute über sie herfiel, dass sagte ihm sein Gefühl. Sie schien noch schüchtern und das war auch gut so. Hans ging sofort zu Magda und fragte wer die Neue wäre. Magda stellte sie mit dem Namen Doro vor. Dies war eine Abkürzung für Dorothee fügte sie noch hinzu. Hans reicht Doro die Hand und spürte gleich etwas ganz Besonderes. Dann trafen sich ihre Augen und um Hans war es endgültig geschehen. Er wandte sich wieder Magda zu und sagte: „Ich muss Dich sofort sprechen, komm bitte auf mein Zimmer". „Kannst es wohl nicht mehr abwarten mich zu befummeln", lachte Magda heraus. Aber dann erkannte sie den Ernst im Blick von Hans und folgte ihm augenblicklich.

„Ich möchte nicht, dass Doro hier arbeitet in eurem Metier" sagte Hans. „Sie ist viel zu schade dafür" fügte er hinzu. Magda mit ihrer Erfahrung spürte sofort, dass da etwas im Busch war und wusste auch gleich dies zu nutzen. „Aber das junge hübsche Ding wird mir gutes Geld bringen", sagte sie. Zuerst wollte Hans ihr eine Summe bieten um dies zu unterlassen, dann aber schlug er ihr vor, von jedem Getränk, dass ihre Frauen spendiert bekämen und das im Beisein auch die Freier tranken, würde sie 1 Zehntel bekommen. Magda überlegte einen kurzen Moment, dann willigte sie ein und sagte: „Was mache ich aber dann mit Doro"? Hans erklärte ihr, dass es viel besser wäre, wenn sie hier regulär mit ihm zusammen arbeiten würde. Beide waren sich einig darüber, dass dieses Gespräch unter ihnen bleiben sollte.

Hans und Doro:

Als Magda das Zimmer verließ spürte Hans etwas in seiner Hose. Nicht das was er sonst für Magda empfand, sondern es war der Stein, der ganz stark pulsierte. Er nahm ihn heraus und erschrak. Der Stein fühlte sich an wie ein echtes Herz, ganz weich, rot und pulsierend. Das muss ein Zeichen sein, sagte sich Hans und ging mit einem guten Gefühl zurück zur Schankstube und gleich weiter zu Doro. Er sah sie an und erklärte: „Doro, ich weiß das es Nichts für Dich ist, hier unter Magda zu arbeiten. Ich biete Dir daher an, für mich als Bedienung zu arbeiten". Doro schien sehr erleichtert, sie war nur aus purer Not an Magda geraten und hatte keinerlei Erfahrung, was sie hier sonst erwartet hätte. Sie lächelten sich an und konnten ab diesem Moment die Augen nicht mehr voneinander lassen.

Hans stellte sie Mutter, seiner echten Mutter und allen anderen in der Schenke als neue Bedienung vor. Beide Mütter sahen sofort in seinen Augen, dass dies nicht der wahre Grund war, warum er Doro ihnen vorstellte. Sie lächelten sich an und freuten sich für ihn. Weder Hans, noch Doro hatten gemerkt, dass sie sich während des Vorstellens die ganze Zeit an der Hand gehalten hatten. Erst jetzt wurde es ihnen bewusst und beide lachten.

Doro erzählte Hans, sie käme noch weiter aus dem Norden. Vor gut einem Jahr waren ihre Eltern bei einem Feuer ums Leben gekommen. Seit dem war sie ganz auf sich gestellt. Aber ohne Haus, ohne Arbeit hatte sie sich so durchgeschlagen, bis sie bei Magda gelandet war. Ihre Stimme hatte einen klaren Klang und für Hans war es wie Musik in seinen Ohren. Er liebte einfach Alles an ihr. Sie war auch nicht so schüchtern wie sein erster Eindruck ihm vermittelt hatte, sondern eher etwas keck. Aber in einer Art und Weise, die Hans einfach immer wieder zum Lachen brachte. Ihre offene und ehrliche Art, dieses Lächeln, diese Augen, er konnte einfach nicht mehr ohne sie sein.

Es dauerte gar nicht lange, da wurde aus dem Arbeitsverhältnis ein Liebesverhältnis. Hans gefiel es gut, dass nun doch endlich der Winter kam und er so mehr Zeit für Doro hatte. Als der erste Schnee gefallen war, nahmen sie sich einen ganzen Tag Zeit um mit einem Pferdeschlitten die Gegend zu erkunden. In schwere Mäntel und Decken gehüllt, fuhren sie durch die tief verschneite Heidelandschaft. Würde diese Reise nur ewig dauern, dachte Hans. Diese Reise und ihre Liebe. Immer wieder schauten sich beide an, von der wunderschönen Landschaft nahmen sie gar nicht viel wahr. Erst gegen Abend kamen sie zurück, in ihren Augen eine tiefe Liebe und Glückseligkeit; denn Hans hatte während ihrer Fahrt um die Hand von Doro angehalten. Doro musste nicht überlegen um ihr Ja Wort zu geben. Schon im Frühling wollten sie heiraten.

Diese Neuigkeit mussten sie sogleich allen mitteilen, sie konnten diese Freude nicht für sich behalten und alle sollten daran teilhaben. Jetzt aber würden sie sich erstmal auf das gemeinsame Weihnachtsfest freuen. Das Fest der Liebe, für beide diesmal mit einem doppelten Sinn. Die Vorbereitungen für das Weihnachtsfest waren schon im vollen Gange. Wie seine Eltern es schon immer getan hatten, wollte auch Hans eine Feier mit allen Angestellten und Helfern machen. Sie würden zusammen beten, essen und einfach eine schöne Zeit haben. Dabei würde Hans dann auch die Angestellten über die kommende Hochzeit informieren. Er war so stolz auf seine Braut. Sie war so anders, als alle die er bisher kennengelernt hatte. Auch die lüsternen Gedanken an Magda hatte er seit Doro nicht mehr gehabt. Diese

Frische von Doro, den Duft ihrer Haut und das wunderbare Gefühl diese berühren zu dürfen, das waren die Dinge die ihn jetzt noch interessierten.

Weihnachten kam, sie feierten ihr Fest wie geplant. Hans verkündete die frohe Botschaft von Christi Geburt, aber auch die der Hochzeit. Alle waren sich einig, dass die beiden ein wunderschönes Paar waren. Das dachte auch Doro für sich, sie war nicht nur glücklich und froh darüber, dass ihr die Zeit als Dirne erspart wurde, nein sie liebte Hans von ganzem Herzen. Die Feier wurde lustig, es wurde reichlich auf die beiden angestoßen. Erst spät in der Nacht gingen die letzten nach Hause. Die kommenden Tage nahmen sich Hans und Doro viel Zeit für sich selbst, um die besinnliche Zeit auch in der gedachten Weise zu durchleben.

Schon kurz nach Beginn des neuen Jahres war der Schnee wieder verschwunden. Eine frostfreie Zeit begann und somit auch wieder der Verkehr der Fuhrwerke. Es waren noch nicht viele Besucher in der Schenke, aber die die kamen erfreuten sich an der neuen freundlichen Bedienung. Hin und wieder musste Hans aber einschreiten, wenn die Männer nach zuviel Schnaps und Bier glaubten, sie könnten Doro anfassen. Hans setzte dann seinen ganz bösen Blick auf und ein jeder wusste was gemeint war. Niemand sollte seine Doro angrabschen und sie behandeln wie das, was sie Dank seiner Hilfe nicht geworden war. Er war so froh darüber, damals sofort gehandelt zu haben. Allein der Gedanke, dass ein anderer sie berühren würde, machte ihn rasend. Aber wirklich Sorgen musste er sich ohnehin nicht machen; denn Doro konnte in ihrer zwar freundlichen, aber bestimmten Art den Männern schnell ihre Grenzen aufzeigen.

Mit Doro an seiner Seite war Hans in seiner Persönlichkeit gereift und gewachsen. Sie tat ihm mehr als gut. Die Tage vergingen wie im Flug aber sie hatten jetzt einen ganz anderen Sinn für ihn bekommen. Stand früher immer das Geschäft im Vordergrund, so war es jetzt die Liebe zu Doro. Obwohl es erst Februar war, herrschte schon viel Betrieb auf den Wegen und in der Schenke. Die Zahl der Landsknechte und mit ihnen leider auch die Menge der Gerüchte über den Krieg hatte ebenfalls wieder zugenommen. Was sollte er tun, wenn der Krieg hierher käme? Sollte er Doro lieber in eine sichere Gegend schicken? Aber eine Zeit ohne sie konnte sich Hans gar nicht vorstellen. Immer noch blieb die kleine Hoffnung, dass es eben nur Gerüchte waren. Hans wusste, dass in anderen Gegenden schon seit Jahren der Krieg tobte. Immer wieder gab es unter den verschiedenen Gruppen einzelne Schlachten. Wie sehr es ihn ärgerte, dass es dabei um den Glauben ging. Beide Seiten verkündeten Liebe und Barmherzigkeit, führten aber gegenseitig Krieg und stießen die Bevölkerung in Armut und Tod. Wie konnte das nur miteinander harmonieren? Das Einzige, was seine Sorgen und Ängste immer wieder schnell zur Seite schob, war die bevorstehende Hochzeit. Es waren nur noch wenige Wochen bis dahin, dann wären sie auch vor Gott ein Paar und für ewig verbunden.

Plötzlich gab es ganz andere Sorgen für Hans und alle anderen. Fuhrleute die aus Richtung Lüneburg kamen, hatten erzählt, dass die Pestilenz ausgebrochen war. Immer mal wieder war das in den letzten Jahren so gewesen, hatte Mutter erzählt. Viele Menschen hatte die Pest dahin gerafft. Immer mehr schlimme Nachrichten kamen durch die Fuhrleute. Hans schloss am nächsten Tag die Schenke. Egal was passieren sollte, sie würden so lange geschlossen und Niemanden in ihre Nähe lassen, bis wieder

Gegenteiliges zu hören war. Auch kamen kaum noch Fuhrwerke vorbei. Ihre Hochzeit würden sie verschieben, bis die Gefahr wieder vorüber war. Die Helfer, die im Nachbarort wohnten waren in ihre Häuser zurück gekehrt, alle anderen blieben in der Schenke. Lebensmittel waren reichlich vorhanden, so dass keiner diesen sicheren Ort verlassen musste.

Da kaum noch Fuhrwerke vorbei kamen und somit auch keine Informationen, hatten sie beschlossen einfach so lange zu warten, bis der Verkehr wieder deutlich zunahm. 6 Wochen dauerte es, bis der Spuk vorüber war. Unzählige Tote hatte die Pest gefordert. Selbst im kleinen Nachbarort war ein Viertel der Bewohner verstorben. Überall herrschte Trauer und Elend. Viele Familien waren komplett ausgelöscht, anderen war der Ernährer genommen. Viele hatten ihre Kinder verloren. Auch 2 von den Arbeitern der Schenke hatte es getroffen. Es hatte den Ort um Jahre zurück geworfen. Egal von wo berichtet wurde, überall gab es soviel Leid.

Hans dankte Gott dafür, dass sie verschont worden waren. Aber Alle wussten, es war sein schneller Entschluss gewesen, der sie gerettet hatte. Sie waren ihm so dankbar dafür und stolz darauf einen so umsichtigen Herren zu haben. In dieser Zeit der Trauer aber wollten Hans und Doro nicht heiraten, das Drumherum war einfach zu traurig für eine Freudenfeier. Aber ein Paar waren sie auch so und die schwere Zeit hatte sie noch mehr zusammengeschweißt.

Sehr langsam nahm der Betrieb in der Schenke wieder zu. Der Verlust an Menschen hatte den ganzen Handel getroffen. Jetzt erst erfuhr Hans davon, dass auch Magda und 2 ihrer Frauen gestorben waren. Es machte ihn sehr traurig, trotz seiner wunderschönen Liebesbeziehung, war sie es doch erst gewesen, die ihm die Freuden des Lebens gezeigt hatte. Eine der älteren Dirnen hatte das Regiment übernommen, aber es schien den anderen Huren nicht so recht zu gefallen. Magda war nicht nur ihre Herrin, sondern auch wie eine Mutter für sie gewesen. Die Neue war nur Geldgierig. Als Hans das zu Ohren kam, erzählte er nichts über das besondere Angebot, das er Magda gemacht hatte. Dies war ja auch nur eine Absprache zwischen den beiden gewesen von dem die anderen nichts erfahren hatten.

Durch die Pest in der Region hatten die Heere aber einen anderen Weg eingeschlagen. Die Kämpfe fanden östlich der Elbe statt. Wallensteins Heer hatte die Dänen geschlagen. Einzelne dänische Banden marodierten aber noch durch die Gegend. Vor ihnen wurde gewarnt. Besonders gern würde sie einzeln stehende Höfe und Häuser überfallen, die Bewohner massakrieren und berauben. Im Anschluss würden die Häuser angezündet. Hans war nur froh, dass doch meistens einige Männer zusätzlich in der Schenke waren. Mit Glück sogar Landsknechte. Aber dennoch mussten sie auf der Hut sein.

Neben all diesen Sorgen gab es aber so viele schöne Momente für Hans und Doro. Das begann schon mit dem Aufstehen. Der erste Blick, das erste Lächeln, ein paar Zärtlichkeiten die ausgetauscht wurden. So hatte jeder Tag einen wunderbaren Start. Auch später dann am Tage, wenn sie zusammen die Arbeit verrichteten, nahmen sie sich immer die Zeit für einen kleinen Liebesbeweis. Manchmal blieb nur Zeit für einen flüchtigen Kuss oder eine Umarmung, aber immer dachte einer an den anderen. So machte auch die Arbeit gleich noch mehr Spaß. Überhaupt zeigte sich bei der Arbeit, selbst in stressigen Situationen, ihre Harmonie. Kein böses Wort, kein böser Blick, sondern immer füreinander da sein und einstehen. Sie ergänzten sich wie es bei einem Paar sein sollte.

Die Fuhrwerke und die Gäste wurden wieder mehr, mit Schrecken stellte Hans fest, dass es im Moment schwierig war, genügend Schweine für die Mahlzeiten zu bekommen. Scheinbar hatte die Pest einige Bauern erwischt. Er musste sich um eine Lösung bemühen, sonst könnten sie bald nicht mehr genug anbieten. Er schlug Doro vor, gemeinsam eine Reise durch die umliegende Gegend bis nach Lüneburg zu machen, um neue Lieferanten zu finden. Doro war begeistert von der Idee, sie freute sich darauf dem Alltag entrissen zu werden und ein paar Tage mit Hans alleine zu verbringen. Nicht das ihr die Arbeit nicht gefiel, aber es war einfach mal etwas ganz anderes.

Hans hatte ein Fuhrwerk vorbereitet, schnappte sich Doro und voller Freude fuhren sie los. Es war wie bei ihrer Schlittenfahrt, dicht aneinander gekuschelt saßen sie auf dem Kutschbock. Immer wieder küssten sie sich oder schauten sich verliebt an. Den Nachbarort konnten sie sich schenken, da kannten sie ohnehin alle Bauern. Bei jedem einzelnen Hof hielten sie an, erkundigten sich nach Schweinen. Die meisten hatten aber nur so viele, wie sie selbst verzehrten. Was ihnen aber immer wieder angeboten wurde, waren Schafe. Diese besondere Rasse der Heide, die Heidschnucken. Dankend lehnten sie ab; denn die derben Fuhrleute und Landsknechte wollten immer Schweinebraten essen. Zum Abend hin kamen sie in eine etwas größere Ortschaft. Dort fanden sie ebenfalls eine Schenke. Hier wollten sie essen und nach Möglichkeit übernachten. Sie würden nicht erzählen, dass sie selbst eine betreiben um nicht als Konkurrenten gesehen zu werden.

Als sie nach dem Essen fragten, wurde ihnen Heidschnuckenbraten angeboten. Doro und Hans sahen sich kurz an, dann bestellten sie diesen. Das war eine der besten

Entscheidungen, die sie hatten treffen können. Der Braten schmeckte gar köstlich und beide waren begeistert. Jetzt mussten sie ihre ablehnende Entscheidung gegenüber den Bauern wohl doch noch einmal überdenken. Aber wie sollten sie erfahren, wie man das so gut hin bekommen würde. Noch den ganzen Abend überlegten sie und hatten die verrücktesten Ideen. Sie waren nur noch am kichern, den Koch entführen, sich in der Küche verstecken und zuschauen. Sie waren in ihrer Verliebtheit richtig albern. Ihr Lachen aber steckte die anderen Gäste an und so wurde es ein lustiger Abend, aber diesmal als Gast, nicht als Wirte. Überhaupt fanden sie es interessant, einfach mal die andere Seite zu sehen. So konnte man auch erkennen, was sie in ihrer Schenke noch verbessern konnten. Erst spät am Abend kamen sie auf ihr Zimmer und nach vielen Zärtlichkeiten, endlich in den Schlaf.

Als sie am nächsten Morgen ihre Reise fortsetzten, hatten sie folgenden Plan gefasst. Bestimmt würden die Bäuerinnen dort wo Schafe verkauft würden auch wissen, wie man diese zubereiten musste. So würden sie sich einfach auf den kommenden Höfen umhören. Schon beim dritten Hof hatten sie Erfolg. Ihre Taktik war gewesen, einfach zu fragen, ob sie dort etwas zu Essen bekommen könnten. Etwas Regionales am liebsten. Die Bäuerin lud sie einfach mit ein, gemeinsam mit der Familie zu essen. Sie hatte gesagt, es gäbe Heidschnuckenbraten, das wäre das einzig wirklich regionale. Das Rezept der Bäuerin hielt dem im Gasthaus gut stand, Doro und Hans sahen sich zufrieden an. Sie sprachen ab, Doro würde 2 Tage bei der Bäuerin bleiben, während Hans trotzdem weiter nach Schweinen suchen würde. In dieser Zeit sollte sie sich von der Bäuerin alle Tricks und Kniffe zeigen lassen, denen es bedurfte, um die Heidschnucke richtig zuzubereiten. In

Zukunft würden sie dafür auch immer einige Schafe abnehmen und ein paar sogar sofort.

Die Familie willigte ein und Hans zog alleine weiter. Erst kurz vor Lüneburg fand er einen Bauern, der genügend Schweine hatte. Hans kam mit ihm überein, sich in Zukunft auch von ihm beliefern zu lassen. Er übernachtete in Lüneburg und machte sich fröhlich, in Vorfreude auf Doro wieder auf den Rückweg. Erst am nächsten Abend kam er in die Nähe des Hofes, wo er Doro zurück gelassen hatte. Aber der Hof war nicht mehr da. Dort wo er gestanden hatte, schwelte nur noch ein Feuer. Der Hof war verbrannt. Sofort sprang Hans vom Wagen und suchte nach Doro und der Familie. Er fand aber nur den Bauern und den ältesten Sohn, beide erschlagen, nicht verbrannt. Doro, die Bäuerin und die Tochter der Familie waren nicht zu finden. Waren sie verschleppt worden. Hans wurde fast wahnsinnig vor Sorge um Doro. Was sollte er tun. War es eine marodierende, dänische Bande gewesen?

Die Suche nach Doro:

Hans überlegte nur kurz, dann setzte er sich auf das Fuhrwerk und fuhr so schnell es nur ging zum Gasthaus. Dort waren in der Schenke einige Landsknechte, wie er es erhofft hatte. Sofort informierte er die Familie, bot den Landsknechten einen Haufen Geld ihn zu begleiten und Doro und die Familie zu suchen. Mit 3 Fuhrwerken fuhren Hans, 2 seiner Helfer und 5 Landsknechte los. Zuerst ging es zum Ausgangspunkt. Dort schauten sich die Landsknechte alles an und waren einstimmig der Meinung, dass es sich um Dänen gehandelt hatte. Sie suchten nach Spuren und hatten auch bald welche entdeckt. Bis zur Dunkelheit folgten sie diesen, dann schlugen sie ihr Lager auf. Einer der Landsknechte hielt immer Wache, falls die Dänen noch in ihrer Nähe wären. Da diese bestimmt zu Fuß unterwegs waren, würden sie nicht so schnell vorwärts kommen. Gleich mit Beginn der Helligkeit würden sie weiter suchen.

Hans konnte es kaum erwarten, bis sie weitersuchen konnten. Er drängte die Leute zum Abmarsch. Sie folgten den Spuren bis zur nächsten Abzweigung. Dort wurde der Weg fester und sie konnten die Spuren nicht mehr sehen. Sie fuhren erst ein Stück in die eine Richtung, dann in die andere. Dort fanden sie einen Stofffetzen von Doros Jacke. Hatte sie den abgerissen und als Wegweiser hingehängt? Kurze Zeit später kamen sie wieder zu einem abgebrannten Hof. Das Feuer schwelte noch. Auch hier lag ein erschlagener Mann. Sie waren wohl auf der richtigen Spur. Die Landsknechte schätzten, die Dänen hätten wohl einen guten Tag Vorsprung. Ihr Weg führte scheinbar gezielt nach Norden, sicher wollten sie dort in ihr Land zurück.

Hans mahnte zur Eile. Immer wieder fanden sie nun Stofffetzen. Doro hatte also in der Hoffnung gesucht zu werden, den Weg markiert. Wieder bis zum Abend folgten sie dieser Spur. Erst als es zu dunkel wurde, schlugen sie ihr Lager auf. Am Feuer holte Hans traurig seinen Stein aus der Tasche. Er war immer noch weich, rot und beide Steine pulsierten. Am oberen Rand zeigte sich ein schwarzer Fleck. Währe dies eine Karte, so würde der Fleck nach Norden weisen, dachte Hans. Will er mir den Weg zeigen?

Kaum wurde es hell, ging die Suche weiter. An diesem Tag hatten sie noch keinen Stofffetzen gefunden. Was war passiert? Hans nahm den Stein und sah ein unverändertes Bild. Immer noch war der Fleck am oberen Rand. Sie folgten dem Weg weiter nach

Norden, es musste einfach der richtige sein. Jeden den sie unterwegs trafen fragten sie nach den Dänen mit Frauen im Schlepptau. Aber niemand hatte irgendetwas gesehen. Hans war schon ganz verzweifelt und wurde immer trauriger. Die Landsknechte munterten ihn auf, sie würden die Verbrecher schon finden und richten. Es war schon fast Abend, da sahen sie etwas dicht am Wegesrand. Dort lag Kleidung, aber nicht die von Doro, das erkannte Hans sofort. Ein Stück weiter sahen sie was passiert war. Die Bauersfrau lag nackt, offenbar geschändet und erschlagen im Dickicht. Hans wurde fast wahnsinnig vor Wut. „Diese Schweine, wenn sie Doro was tun, werde ich jeden einzelnen von ihnen zu Tode quälen. Ich werde solange suchen bis ich sie finde und wenn es mein ganzes Leben dauert", schrie Hans heraus. Mit diesem traurigen Fund endete die Suche für diesen Tag.

Am Feuer am Abend besprachen sie das weitere Vorgehen. Einer der Landsknechte sagte: „Viel Vorsprung können sie nicht mehr haben, die Frau war noch gar nicht ganz kalt, ich habe sie extra angefasst". Auf diese Idee wäre Hans gar nicht gekommen. Hier merkte er, dass die Landsknechte sich auskannten im Kriegshandwerk. Weiter sprach der Mann: „Sie werden sich der Elbe fern halten, da dort immer noch Truppen von Wallenstein stationiert sind". Dieser Mann, Hubert hieß er, schien deutlich intelligenter als die anderen zu sein. Hans würde auf ihn hören, nahm er sich vor. Hubert sollte von nun an die Suche anführen. Von seinem Stein, der immer noch das gleiche Bild zeigte, erzählte Hans aber nichts, die anderen hätten ihn sonst wahrscheinlich für verrückt gehalten.

Am nächsten Tag wurde es schwierig, wenn sie weiter nach Norden ziehen wollten, mussten sie jetzt die Elbe überqueren.

Was hatten die Dänen gemacht? Hatten sie es gewagt, den Fluss zu überqueren, trotz der Soldaten von Wallenstein, oder waren sie in eine andere Richtung weiter geflohen. Sie standen vor einer schweren Entscheidung. Hans nahm heimlich seinen Stein heraus und schaute darauf. Er war weich, rot, beide Steine pulsierten und zwischen dem kleinen, eingelagerten Stein und dem schwarzen Punkt am oberen Rand verlief ein dünner blauer Strich. Wie eine Ader sah er aus. Hans wusste nun, sie müssten den Fluss überqueren und dem Weg weiter nach Norden beibehalten. Er sprach mit Hubert, dann kamen sie zu folgender Entscheidung. Die Helfer und 3 der Landsknechte sollten mit 2 Fuhrwerken zurück fahren. Den Helfern teilte Hans noch einige Nachrichten für seine Mutter mit. So sollten sie ihr sagen, er würde solange suchen, bis er Doro gefunden hätte und wenn es ewig dauern würde. Hans selbst wollte mit Hubert und einem weiteren Landsknecht die Suche fortsetzen. Sie würden bis nach Dänemark fahren, wenn es sein musste.

Sie setzten über die Elbe und nahmen die Suche wieder auf. Außer dem Stein hatten sie keinerlei Hinweise mehr auf die Dänen. Weder Befragungen noch Stofffetzen die ihnen den Weg wiesen. Bestimmt hatte Doro dies auch aufgegeben. Würde sie etwa glauben, Hans würde nicht mehr nach ihr suchen? Sie müsste es doch in ihrem Herzen spüren, wie sehr er sie vermisste. Sie kamen wieder in eine ländliche Gegend. Das flache Land erlaubte ihnen eine weite Sicht. In großer Entfernung sahen sie Rauchwolken. Waren die Dänen etwa wieder am Brandschatzen? Sie machten sich sofort in die Richtung auf und kamen zu einem noch stark brennenden Bauernhof. Sofort suchten sie nach Menschen, die vielleicht verletzt waren. Zuerst fanden sie den Bauern, auch wieder erschlagen. Dann eine alte Frau die ebenfalls getötet wurde. Sie wollten sich gerade wieder auf den Weg machen, als sie ein zartes Wimmern vernahmen. Es kam aus einem der kleinen Stallungen, die noch unversehrt waren. Sofort rannten sie dorthin und fanden eine noch recht junge Frau. Sie erkannte, dass die Männer ihr nichts Böses wollten und erzählte was passiert war.

Dänen hatten den Hof überfallen, ihren Vater, die Großmutter erschlagen und ihre Mutter verschleppt. Sie selbst war gerade dabei die Eier der Hühner einzusammeln und hatte sich versteckt gehalten. Sie berichtete von 5 oder 6 Männern, die noch 2 Frauen dabei hatten. Diese waren gefesselt. Eine von ihnen hatte auffallend blondes Haar, fast weißlich. Hans wusste sofort, dass sie von Doro sprach. Er wollte soviel wissen von der jungen Frau, aber diese stand noch so unter Schock, dass sie gar nicht viel mehr erzählen konnte. Außerdem hatte sie sich so gut versteckt, dass sie selbst nicht viel gesehen hatte.

Die ganze Zeit hatte sie sich versteckt gehalten, aus Angst die Männer kämen noch einmal zurück. Erst als sie erkannt hatte, dass die Männer um Hans nicht gefährlich waren, hatte sie begonnen zu wimmern. Vorher war ihre Stimme wie verloren gewesen. Hans fragte sie noch, ob sie ihr irgendwie helfen oder sie wohin bringen könnten. Die junge Frau erzählte von ihrer Tante ganz in der Nähe und war froh bis dorthin eine Begleitung zu haben. Sie zitterte noch immer vor Angst. Obwohl sie jetzt etwas Zeit verlieren würden, brachten sie die junge Frau zu ihrer Tante. Immerhin hatte sie ihnen so wichtige Informationen gegeben und das wichtigste war, Hans wusste das Doro lebte. Sie sprachen kurz mit der Tante, erklärten ihr was passiert war, aber auch warum sie gleich weiter müssten. Die Tante war froh, dass die junge Frau überlebt hatte und wünschte ihnen Erfolg Doro, die Bauerntochter und auch ihre Schwester zu finden.

Immer weiter Richtung Norden zogen sie, in der Hoffnung mit dem Fuhrwerk doch schneller als die Dänen zu sein. Diese schienen sich aber immer etwas abseits der Wege zu halten. Was bloß hatten die Dänen mit den Frauen vor? Diese machten ihnen den Weg doch nur schwerer. Sie mussten sie unbedingt bald finden, in 2 Tagesreisen würden sie schon an der Dänischen Grenze sein. Immer wieder hielten sie Ausschau, aber nichts war zu sehen, es war wie verhext. Wieder war ein Tag vorbei, sie schlugen ihr Lager auf und waren verzweifelt. So dicht waren sie dran und trotzdem hatten sie noch keinen Kontakt zu der Truppe. Was sollten sie überhaupt machen, wenn sie die Dänen fanden? Würden sie es schaffen die Frauen zu befreien? Hubert mahnte zur Ruhe, die Dänen wären bestimmt bewaffnet und als geübte Soldaten ihnen nicht nur von der Anzahl her überlegen. Es gäbe nur eine Chance, wenn diese unaufmerksam wären und sie den Überraschungseffekt nutzen konnten. Aber das müssten sie entscheiden, wenn die Situation eintraf. Wichtig war erstmal den Kontakt zu ihnen zu bekommen.

Hans packte wieder seinen Stein aus. Aber nichts Neues war zu erkennen. Es blieb ihnen nichts übrig als zu schlafen, damit sie am nächsten Tag wieder früh mit der Suche beginnen konnten. So geschah es denn auch. Wieder hielten sie Ausschau, befragten Leute und endlich hatten sie einmal Erfolg. Ein Mann erzählte ihnen von einer Truppe Söldner die mit 3 Frauen am späten Abend unterwegs waren. Er hatte sich schon gewundert, dass diese durch die kommende Nacht laufen wollten, so wie es aussah. Hans dankte dem Mann sehr. Das war wohl des Rätsels Lösung, sie wanderten nur nachts weiter in den meisten Fällen. Deshalb hatten sie die Dänen nie zu Gesicht bekommen. Während sie schliefen, waren diese immer weiter gezogen. Solange sie gesucht hatten, haben die Dänen wahrscheinlich geruht. Hubert schlug vor, jetzt ohne großes Suchen schnell nach Norden weiter zu fahren, dann am späten Nachmittag schon zu lagern und nur wenige Stunden zu schlafen und in der Nacht nach der Bande Ausschau zu halten. Hans willigte ein und so gingen sie nach Huberts Vorschlag vor. Es war ohnehin nicht mehr weit bis zur Dänischen Grenze.

Als die Dämmerung stark genug war, versteckten sie ihr Fuhrwerk im nahen Wäldchen und legten sich versteckt auf die Lauer. Wahrscheinlich würden sie die Dänen erst hören und dann sehen. Hans nahm seinen Stein und stellte fest, dass der kleine Stein heftig pulsierte. Waren sie schon ganz in der Nähe, fragte er sich. Sie hatten sich einen Platz ausgesucht von dem aus sie 2 Wege beobachten konnten. Die wolkenlose Nacht sollte ihnen dabei hilfreich sein, so hofften sie. Stunde um Stunde verging, nichts geschah. Das Morgengrauen setzte schon fast ein, als sie Stimmen hörten. Sofort waren sie hellhörig. Schon aus der Ferne konnten sie Stimmen vernehmen, deren Sprache sie nicht verstanden.

Da kamen sie. Hans erkannte Doro als erstes. Ihr hellblondes Haar schimmerte im Mondlicht. Sein Herz schlug bis zum Hals. Er hatte Angst, dass es so laut war, dass die Dänen es hören würden. Fast wäre Hans losgelaufen, aber Hubert hatte ihn zurückgehalten und nur mit dem Kopf geschüttelt. Ein Angriff jetzt wäre chancenlos und sie würden ihre vielleicht einzige Möglichkeit verschenken. Sie mussten den Dänen ohne Fuhrwerk folgen und eventuell dann zuschlagen wenn diese schliefen. Nur wenige Meter gingen diese an ihnen vorbei. Hans schaute mit aller Kraft seiner Augen und seines Herzens zu Doro. Sie dreht kurz den Kopf, hatte sie ihn gesehen oder etwas bemerkt? Hoffentlich würde sie sich nicht verraten.

Sie ließen die Dänen vorbei ziehen. In sicherer Entfernung folgten sie ihnen. Noch über 2 Stunden waren diese gegangen bevor sie ihr Lager im nahen Wald aufschlugen. Hans und seine Männer mussten verharren. Wenn die Dänen Wachen aufgestellt hätten und als erfahrene Soldaten hatten sie das bestimmt, dann dürften sie ihnen nicht zu nahe kommen, sonst würden sie bemerkt. Aber wie konnten sie sich ihnen nähern? Selbst Hubert hatte noch keine Idee. Er schlug vor, sie eine längere Zeit zu beobachten um ihre Gewohnheiten zu studieren. Dann würden sie den nötigen Schwachpunkt schon finden. Die einzige Ausnahme wäre, wenn die Frauen in Gefahr kämen, dann würden sie sofort zuschlagen. Auch Hans hielt dies für die einzig sinnvolle Variante; denn selbst wenn sie sich noch Verstärkung holen würden wäre immer die Gefahr, dass die Frauen getötet würden, vorhanden.

Sie wollten abwechselnd Wache halten, so dass auch sie sich am Tage über ausruhen konnten. Am Abend wenn die Dänen wieder loszogen, würden sie ihnen in gebührenden Abstand folgen. Hans hatte gerade Wache, als er hörte, dass der Trupp in Bewegung kam. Er weckte schnell seine Kumpane, dann machten sie sich auf den Weg. Noch in dieser Nacht würden sie die Grenze überschreiten. Das würde es nicht leichter machen. In Grenznähe wäre die Sprache sicher noch gleich, aber je weiter sie ins Landesinnere kämen, umso schwieriger würde die Verständigung. Sie durften die Truppe keinesfalls aus den Augen verlieren.

Die ganze Nacht folgten sie ihnen in ausreichendem Abstand. Sie verloren sie zwar nicht aus den Augen, konnten so aber auch keine Schwachpunkte feststellen. Der Gang über die Grenze war fließend. Sie mussten bald eine Lösung finden, darüber waren sich

Hans und seine Männer im Klaren. Gegen Morgen lagerten die Dänen erneut. Hubert wollte sich solange es noch nicht ganz hell war, einmal dicht heranschleichen, um zu sehen, ob sie Wachen aufgestellt hatten.

Hubert machte sich so leise und vorsichtig es ging auf den Weg. Da sie abseits in einem Wäldchen lagerten, konnte ihn jetzt jeder kleine Ast verraten. Ein knacken, ein zurückschlagen von Blättern, dies alles musste er vermeiden. Aber Hubert war ein erfahrener Söldner und wusste was er tat. Jetzt sah er das Lager vor sich. Die Dänen hatten den Frauen die Hände und Füße gefesselt. Außerdem hatten sie Knebel im Mund, so dass sie nicht schreien konnten. Eine Wache hatten sie zwar nicht aufgestellt, aber sie lagerten so, dass die Frauen in ihrer Mitte waren. Hubert schlich zurück und berichtete den anderen über das Gesehene. Darauf beschloss auch Hans diesen Weg ebenfalls auf sich zu nehmen. Er würde versuchen, mit Doro Augenkontakt zu bekommen. Sie sollte wissen, dass sie nicht allein war und die Rettung nahte.

Auch Hans schlich vorsichtig und leise zum Lagerplatz. Er sah Doro sofort. Sie aber schaute in eine andere Richtung. Wie sollte er sich bemerkbar machen? Jedes Geräusch wäre verdächtig gewesen. Es blieb ihm nur eine Möglichkeit. Er dachte ganz stark an die Liebe zu Doro und öffnete sein Herz ganz weit für sie. Es dauerte nur einen kleinen Augenblick, da schaute Doro in seine Richtung und sah ihn. Er konnte erkennen, wie ihre Augen weit aufgingen und sie am liebsten gerufen hätte. Aber zum einen der Knebel, als auch die eigene Vernunft, hielten sie davon ab. Hans war froh, so eine intelligente Frau zu haben. Er winkte ihr kurz zu, legte dann einen Finger auf die Lippen und zog sich wieder zurück. Dieser kurze gemeinsame Augenblick stärkte beide enorm.

4 weitere Tage und Nächte waren vergangen, immer noch folgten sie den Dänen, die ihren Nordkurs konsequent fortsetzten. Es gab einfach keine Chance die Frauen zu befreien. Immer wieder hatten sie sich angepirscht, aber jedes Mal waren die Frauen in der Mitte des Lagers, umringt von den Dänen. Sie würden Hilfe brauchen, sie mussten es schaffen, dass die Dänen abgelenkt würden um schnell zuzuschlagen. Seit die Dänen im eigenen Land waren, hatten sie nicht mehr Gebrandschatzt. Aber wie sollten sie Hilfe bekommen? Wen sollten sie ansprechen. Die Menschen würden sie gar nicht verstehen und da sie nur nachts unterwegs waren, begegneten sie auch niemandem. Hans schlug vor, mal wieder am Tage mal etwas voraus zu gehen, um noch mal genau zu schauen, wie die Dänen die Frauen beim Marsch sicherten. Hubert hielt dies für eine gute Idee. So überholten sie die Dänen, lagerten in nördlicher Entfernung und würden in der Nacht diese beim vorbeigehen beobachten.

Auch hier ließen die Dänen die Frauen in der Mitte laufen. Zwar nur an den Händen gefesselt, aber das war ausreichend, dass diese sich nicht schnell entfernen konnten. Des Weiteren waren alle drei Frauen mit einem Seil verbunden, dies machte es nahezu unmöglich sie zu befreien. Was hatten die Dänen bloß mit den Frauen vor, wie lange würde die Reise noch weiter gehen?

Sie überholen die Dänen jetzt jeden Tag, um zu sehen ob es eine Möglichkeit gäbe. Immer aber lagerten sie nach Möglichkeit an einer Abzweigung um nicht zu verpassen, wenn sie ihren Weg ändern würden.

Nach 3 weiteren Nächten geschah etwas Seltsames. An der Abzweigung verabschiedeten sich 2 der Dänen vom Rest der Truppe und ging einen anderen Weg. Teilten sie sich jetzt langsam auf? War bald das Ende der Reise erreicht und was würde dann passieren? Immer noch waren sie zu Fünft, also in eindeutiger Mehrzahl. Es musste bald was geschehen, wie sollten sie sich verhalten, wenn die Dänen sich weiter aufteilten und dann auch die Frauen in verschiedene Richtungen verschleppen würden? Als sie die Dänen am nächsten Tag wieder überholten, kamen sie in die Nähe einer Ortschaft. Da kam Hans eine Idee. Sie gingen in den Ort, suchten eine Schenke und fanden auch eine. Als diese öffnete, kehrten sie ein. Hans versuchte sich mit dem Wirt zu unterhalten, aber obwohl dieser ein paar Fetzen Deutsch verstand, kam nicht mehr als eine Bestellung zustande. Sie aßen und tranken. Auch hier war eine Schenke genauso wie in der Heimat. Es dauerte nicht lange, da kamen die ersten Dirnen. Dies war ihr großes Glück und Leid zugleich. Als die Dirnen zu ihnen kamen, stellten sie schnell fest, dass 2 von ihnen Deutsch sprachen. Sie erzählten Hans, dass sie von Söldnern verschleppt und hierher verkauft worden waren. Sie waren zwar nun mehr oder weniger frei, hatten aber nicht die Möglichkeit zurück zu kehren. Außerdem waren sie dem gleichen Gewerbe schon früher nachgegangen, so dass es ihnen eigentlich egal war.

Hans verwarf ganz schnell seine Idee, den Wirt um Hilfe zu fragen. Er war nur froh, dass dieser ihn nicht verstanden hatte. Sicher hätte er die Dänen gewarnt. Aber die Dirnen waren bereit ihnen zu helfen. Wie aber sollten sie das anstellen? Hans zahlte den Wirt großzügig für Speis und Trank und sie gingen mit den Dirnen aus der Schenke. Diese hatten dem Wirt erklärt, für ein paar Stunden mit den Fremden zu gehen um sich ordentlich zu vergnügen. Sie verabschiedeten sich vom Wirt mit lautem Lachen um ihr vorgespieltes Vergnügen glaubhaft zu machen.

Es würde bald Dunkel, sie mussten nun schnell einen Plan schmieden. Eine der Dirnen hatte eine Idee, dann zogen sie los.

Noch waren sie ja vor den Dänen und diesen Vorteil wollten sie nutzen. An einer Abzweigung mit einigen Büschen an den Seiten versteckten sich die Männer. Die Frauen blieben auf dem Weg und warteten auf die Dänen. Sie hatten sich mit Schnaps eingedeckt und jede von ihnen trug ein Messer bei sich. Dann hörten sie die Gruppe kommen. Die Dirnen taten als seien sie stark betrunken. Sie torkelten, eine fiel hin, dann grölten sie laut. Sie erweckten den Eindruck, als wenn sie völlig hilflos durch die Gegend irrten.

Die Dänen hielten ein und schienen sich zu freuen. Schnell war ihre Marschordnung vergessen und jeder wollte der Erste bei den Weibern sein. Diese taten ihrem Berufszweig alle Ehre und rissen sich wie im Wahn gegenseitig die Kleidung kaputt und herunter. Die Dänen konnten nicht widerstehen und wollten selbst Hand anlegen. Die Dirnen taten erst etwas erschrocken, ließen sie aber dann gewähren. Auch begannen die Dänen sofort den mitgeführten Alkohol wie ausgedörrte zu trinken. Sie bemerkten überhaupt nicht, dass Hans und seine Helfer die entführten Frauen schon lange ins Dickicht gezogen und los geschnitten hatten. Hans und Hubert blieben noch vor Ort. Der Helfer und die Frauen liefen so schnell sie konnten zu einer vereinbarten Stelle. Immer wilder wurde das Gelage und die Dänen waren schon sehr betrunken. Sie irrten jetzt selbst umher, grölten und lachten laut. In ihrem Suff bemerkten sie noch nicht einmal mehr, wie sich die Dirnen ebenfalls aus dem Staub machten. Die hatten ihnen reichlich Schnaps da gelassen und das war im Moment alles was die Dänen wollten. Hans, Hubert und die Dirnen rannten nun ebenfalls zum vereinbarten Treffpunkt und das Widersehen war ein Triumph der Liebe. Für ihre große Hilfe bot Hans den Dirnen an sie mitzunehmen. Diese aber lehnten ab, es war ihnen egal, wo sie ihren Dienst verrichteten. Daraufhin gab Hans ihnen eine Menge Geld und schenkte der Dirne mit der Idee seinen Stein. „Es ist das wertvollste, was ich Dir geben kann. Zwar hast Du nicht den ehrbarsten Beruf, aber Du bist ein von Herzen guter Mensch. Du hast mir das wertvollste gegeben, was man mir geben konnte, darum sollst Du diesen Stein erhalten. Trag ihn immer bei Dir, er wird Dir immer helfen Dein Glück zu finden" sagte Hans. Dann trennten sich ihre Wege. Die Dirnen gingen zurück zu ihrer Schenke und Hans, Doro und der Rest der Truppe machte sich sofort Richtung Süden auf.

Die Flucht aus Dänemark:

Hans nahm Doro fest in den Arm, ab nun würde er sie nie wieder alleine lassen, das schwor er sich. Jetzt aber mussten sie versuchen so weit wie möglich von den Söldnern weg zu kommen. Wenn diese ihren Rausch ausgeschlafen hatten und bemerken würden, was geschehen war, würden sie bestimmt auch die Richtung ändern und ihnen folgen. Da sie sich nicht auskannten, blieb ihnen nur der gleiche Weg zurück. Sie gingen den Rest der Nacht und noch den nächsten Tag bis zum Mittag.
Erst dann lagerten sie, wie auch die Dänen vorher, leicht abseits in einem Wäldchen. Hans und Doro hatten sich so viel zu sagen. Doro erzählte Hans, dass die Söldner untereinander nur Dänisch gesprochen hätten, nur Kommandos für die Frauen waren auf Deutsch gewesen. So hatten sie auch nicht gewusst, was diese mit ihnen vorhatten. Fast schon gewundert hatte sie sich, dass die Dänen sie nicht geschändet hätten. Der Anführer hatte immer darauf geachtet, dass keiner der Männer ihnen zu nahe kam. Hans der aufmerksam zugehört hatte, erklärte nun seinerseits, dass ihm

die Dirnen erzählt hatten, sie wären auf dem gleichen Weg ins Land gekommen. Die Söldner hätten sie an die Schenke verkauft. Wahrscheinlich war das der Grund für die Unversehrtheit. Aber viel wichtiger für beide war die Tatsache, dass sie sich wiedergefunden hatten. Doro sagte, dass sie Hans immer gespürt hatte. Zwar waren zwischenzeitlich natürlich mal Zweifel gekommen, aber tief in ihrem Herzen hatte sie gewusst, dass Hans sie retten würde. Aber noch waren sie ja nicht gerettet. Die Dänen würden sie suchen. Als geübte Truppe und ohne die Frauen kämen sie viel schneller voran. Der eine Tag Vorsprung würde nicht ausreichen, um sicher bis zur Grenze zu kommen. Würden sie tagsüber reisen und gesehen, könnten die Menschen sie verraten, würden sie nur nachts reisen, unterlägen sie der gleichen Gefahr wie die Dänen und diese könnten sie überholen und ihnen auflauern.

Ohne richtigen Plan, aber dem Antrieb den langen Weg zu schaffen, gingen sie mit beginnender Dunkelheit weiter. Sie vereinbarten möglichst leise zu sein, um eventuell sich nähernde Personen zu hören. Das war das Einzige, was sie im Augenblick schützen würde. Auch hatten sie überlegt, sich aufzuteilen um nicht als Gruppe so aufzufallen, aber den Gedanken doch schnell wieder verworfen. Die nur groben Kenntnisse des Weges, das ständige auf Geräusche achten, all diese Dinge machten sie zusätzlich langsam. Aber auch diese Nacht ging vorüber, ohne dass sie in Gefahr gerieten. Wieder dehnten sie die Flucht bis fast zum Mittag aus. Erst die totale Erschöpfung ließ sie rasten.

Während der Rast blieb immer einer wach um jegliche Überraschung zu vermeiden.

Obwohl es mitten am Tage war, schliefen alle durch die Erschöpfung schnell und tief ein. Hubert hatte die erste Wache

übernommen. Er riss sie mit lautem rufen aus dem Tiefschlaf. Alle horchten auf. Sie hörten auf dem nahen Weg ein Fuhrwerk. Ganz deutlich konnten sie die Pferde und das Knarren des Wagens hören. Hubert schlich bis zum Waldrand um Ausschau zu halten. Dann hörten sie ihn laut rufen und schreien. Aber es war keine Warnung sondern eher ein Hurra. Sie eilten ebenfalls zum Waldrand und sahen nur noch wie Hubert zum Weg rannte und mit den Armen fuchtelte. Was hatte der alte Haudegen nur vor? Was hatte er entdeckt? Dann konnten sie es auch erkennen. Es war die Dirne, der Hans den Stein geschenkt hatte. Sie war alleine auf dem Fuhrwerk. Hubert hielt sie an, dann näherten sich alle dem Weg.
Sie hatte es sich anders überlegt und wollte ebenfalls in die Heimat zurück. Schnell erzählte sie, wie sie das Fuhrwerk erstanden hatte. Sie hatte all ihr zurückgelegtes Geld geopfert und auch noch von den Kolleginnen etwas bekommen. Dafür und unter der Zugabe des wertvollen Steines hatte sie sich frei gekauft und das Fuhrwerk bekommen. Unterwegs hatte sie die Dänen nicht gesehen und war der Meinung, diese hätten wahrscheinlich lieber den Weg in die Heimat fortgesetzt. Aber da es nicht sicher war, sollten sie lieber alle schnell aufsteigen, damit sie ihren Weg fortsetzen konnten. Das ließ sich niemand zweimal sagen. Die vielen Tage zu Fuß auf dem Hin- und jetzt auf dem Rückweg hatten alle an die Grenze der Belastbarkeit gebracht. Mit dem Fuhrwerk wären sie in 2 bis 3 Tagen an der Grenze und dann auch in Sicherheit.
Hans und alle Anderen waren ihr unendlich dankbar. Wieder hatte sie nicht nur an sich allein gedacht, sondern bewiesen, was für ein gutes Wesen in ihr steckte. Der weitere Weg verlief friedlich und in guter Stimmung Aller. Am dritten Tag überquerten sie die Grenze. Auf dem weiteren Weg in die Heide stiegen die beiden

Frauen in ihrer Heimat aus und verabschiedeten sich mit großem Dank an Hans und seine Truppe.

Hans, Doro, Hubert, der zweite Landsknecht und die Dirne kehrten zur Schenke zurück. Es gab eine riesige Wiedersehensfeier. Allen mussten sie ihre aufregende Geschichte erzählen.

Hans bot Hubert und dem zweiten Landsknecht an, für ihn zu arbeiten. Zuverlässigere Männer konnte er nicht finden. Sie überlegten nur kurz und sagten zu. Nach kurzer Zeit fand sich auch für die Dirne eine Aufgabe, sie führte die anderen Dirnen an und übernahm die Aufgabe von Magda. Die anderen Weiber waren erfreut; denn ihre jetzige sich selbst ernannte Herrin war nicht das, was ihnen Magda gegeben hatte.

Schnell hatten sich Hans und Doro wieder in den Alltag eingelebt. Zwar gab es jetzt auch wieder genügend Schweine, aber dennoch sollte es endlich losgehen mit dem Heidschnuckenbraten. Dank Hubert kam auch noch eine weitere Spezialität hinzu. Als sie gerade angekommen waren, hatte er gesagt: „Ich habe einen solchen Hunger, ich könnte einen ganzen Ochsen in Fetzen schneiden und ihn aufessen" Alle hatten lauthals gelacht, aber Hans hatte die Idee, gerade für die hungrigen Fuhrleute und Landsknechte aus geschlachteten Rindern das Gericht „Huberts Ochsenfetzen" zu machen. Nach einigen Versuchen, bei denen Hubert immer selbst probieren musste, fanden sie das passende heraus.

Keiner hatte geahnt, was dies für Folgen hatte. In der ganzen Gegend, unter allen Fuhrleuten sprach es sich herum. Huberts Ochsenfetzen waren der Renner. Eine riesige Portion marinierte Rindfleischfetzen, mit einer Fuhrmannsladung Bratkartoffeln. Da wurden selbst der hungrige Hubert und alle anderen ausgehungerten Gesellen satt. Obwohl Hubert sich um die

Fuhrwerke kümmerte, war er doch unendlich stolz auf seinen Ausspruch. Zwar hatte Hans ja die Idee gehabt, aber er war der Urheber. Einem Jeden, ob er es hören wollte oder nicht, erzählte er von seinem Ausspruch und dem daraus resultierenden Gericht.

Im Herbst war es dann endlich soweit. Hans und Doro feierten ihre langersehnte Hochzeit. Wie hatten sie auf diesen Moment gewartet. Eine Liebe, die durch die Hölle gegangen war, fand endlich ihre Berechtigung vor Gott. Es wurde eine große Feier, mit allen Angestellten, vielen Gästen aus dem nahen Ort und natürlich den Ehrengästen, Hubert, dem zweiten Landsknecht und der Dirne Uta. So nannte sie sich zumindest gegenüber allen Gästen. Ob dies ihr wahrer Name war, verriet sie nie.

Die jetzt friedlichen Zeiten, die neuen Gerichte, all dies ließ das Geschäft wieder stark florieren. Obwohl vor einem Jahr erst angebaut, dachte Hans schon an die nächste Erweiterung nach. Aber damit wollte er noch etwas warten und vor allem die Zeit mit seiner Frau genießen.

Als die ruhige Zeit des Winters vorbei war, ergaben sich viele neue Dinge. Hans und Doro würden nicht mehr lange alleine sein; denn Doros Bauch wuchs immer mehr und der Nachwuchs würde schon im Sommer das Licht der Welt erblicken. Aber noch ein zweites Paar hatte sich gefunden. Hubert und Uta. Ob es die gemeinsamen Erlebnisse auf der Flucht waren oder ob Hubert sogar der Grund der Entscheidung von Uta war, das blieb ihr Geheimnis. Jedenfalls waren die beiden unzertrennlich und es machte Hans sehr glücklich, dass diese schlimme Reise nun doch neben dem eigenen Glück noch etwas Gutes hervorgebracht hatte.

Im Sommer wurde Josephine geboren. Ein Geschöpf der Liebe mit ebenso hellblonden Haaren wie Doro. Hans war kaum noch von ihr weg zu bekommen. Doro sagte schon manchmal, er wäre wohl die bessere Mutter geworden. Aber für Hans war es sehr wichtig, dass sein Kind von Anfang an den Bezug zu den richtigen Eltern hatte. Eine Erfahrung wie er sollte die kleine Josephine niemals machen. Sie hatte das Glück in einer Geborgenheit von sich unendlich liebenden Eltern aufzuwachsen.

Die Schenke hatte sich zu einem wahren Anziehungspunkt auf der Strecke von Celle nach Lüneburg entwickelt. Die Fuhrleute versuchten ihre Tour immer so zu legen, dass sie in der Schenke einkehren und Huberts Ochsenfetzen genießen konnten. Hans und Doro sahen Josephine heranwachsen und zu ihrem 21.ten Lebensjahr übergaben sie das Geschäft an sie. Beide zogen sich zurück und genossen trotz ihres Alters immer noch ihre Liebe. Die Verbindung der Herzen zueinander, die Harmonie, das Begehren, nichts von all dem hatte sich verloren. Leider blieb es für die beiden Liebenden bei dem einen Kind. Ganz im Gegenteil zu Hubert und Uta, die mittlerweile 5 davon hatten.

Was aber immer in der Schenke geblieben war, war die gemeinsame Weihnachtsfeier. Nur wurde anstelle der Weihnachtsgeschichte immer die großartige Rettung von Doro zum Besten gegeben. Jedes Mal dann war es für Hans und Doro wie eine Erinnerung die erst gestern war. Es zeigte ihnen dann, welch großes Glück sie gehabt hatten. Die Tage danach blieben die beiden meist allein für sich und genossen die Erinnerung an dieses aufregende Abenteuer und den Beweis ihrer großen Liebe.

Oft fragten sich Hans und Doro dann, was wohl aus dem Stein geworden war. Aber beide waren sich sicher, das dass Chattenherz ihrer Liebe geholfen, ja sie erst ermöglicht hatte. Im Innersten wussten sie darum, dass nur ein guter Mensch es besitzen konnte.

Bis zu ihrem Tode, der innerhalb von nur 3 Tagen die beiden im hohen Alter ereilte, waren sie ein Paar der Herzens. Keiner würde sie je vergessen hier in der Schenke. Ihre Geschichte war das Besondere, was dieses Haus immer ausmachen sollte.

Ende Hans

Schlusswort:

Wo das Chattenherz seit der Zeit von Hans und Doro die nächsten Jahrhunderte verbrachte ist nicht bekannt. Aber heute ist es wieder in Deutschland. Es befindet sich in der Hand des Menschen, der es in dieser Zeit verdient hat. Ein Mensch, dessen Herzen so rein und gut ist. Auch hier kam es erst zu einem Zeitpunkt zu diesem Menschen, als die Veränderungen in seinem Leben begannen und dieser Mensch sich für die Liebe und das Chattenherz bereit erklärte.

Ende Das Chattenherz im Heidemoor

Bibliografische Information der Deutschen Nationalbibliothek: Die Deutsche Nationalbibliothek verzeichnet diese Publikation in der Deutschen Nationalbibliografie; detaillierte bibliografische Daten sind im Internet über dnb.dnb.de abrufbar.

© 2017 Thomas Wenig
Herstellung und Verlag:
BoD – Books on Demand,
Norderstedt

ISBN: 9783743110090